TOM CLANCY und MARTIN GREENBERG

TOM CLANCY'S POWER PLAYS: POLITIKA

Roman

Aus dem Amerikanischen
von Heiner Friedlich

Deutsche Erstausgabe

WILHELM HEYNE VERLAG
MÜNCHEN

HEYNE ALLGEMEINE REIHE
Nr. 01/10435

Titel der Originalausgabe
TOM CLANCY'S POWER PLAYS:
POLITIKA

Umwelthinweis:
Das Buch wurde auf
chlor- und säurefreiem Papier gedruckt.

Redaktion: Redaktionsbüro Dr. Andreas Gößling

Printed in Germany 1998
Umschlagillustration: Bob Warner
Umschlaggestaltung: Atelier Ingrid Schütz, München
Satz: Pinkuin Satz- und Datentechnik, Berlin
Druck und Bindung: Ebner, Ulm

ISBN 3-453-12939-3

Danksagung

Ich danke Jerome Preisler für seinen wertvollen Beitrag bei der Vorbereitung des Manuskripts. Für ihre Hilfe danke ich auch Larry Segriff, Denise Little, John Helfers, Robert Youdelman, Esq., Tom Mallon, Esq., den wundervollen Menschen von der Putnam Berkley Group, einschließlich Phyllis Grann, David Shanks und Tom Colgan, sowie Doug Littlejohns, Frank Boosman, Jim Van Verth, Doug Oglesby, dem übrigen ›Politika‹-Team und allen anderen von Red Storm Entertainment. Wie immer danke ich auch meinem Agenten und Freund Robert Gottlieb von der William Morris Agency. Am wichtigsten aber ist mir, daß Sie, verehrte Leser, entscheiden, wie erfolgreich unsere gemeinsamen Bestrebungen gewesen sind.

Tom Clancy

1.

Kreml, Moskau
24. September 1999

Kopfschmerzen, Wodka und Aspirin; Aspirin, Wodka und Kopfschmerzen.

Eine Kombination, die jeden ins Wanken brächte, dachte Boris Jelzin, während er mit einer Hand seine Schläfen massierte und sich mit der anderen drei Tabletten in den Mund warf.

Er griff nach dem Glas auf seinem Schreibtisch und nahm einen tiefen Schluck. Dann begann er in Gedanken bis dreißig zu zählen und bewegte dabei den Wodka im Mund, um die Aspirintabletten aufzulösen.

Achtundzwanzig, neunundzwanzig, schlucken. Er stellte das Glas ab, senkte den Kopf und preßte die Handflächen gegen die Augen. Dann wartete er.

Nach einem Moment ließen die rasenden Kopfschmerzen ein wenig nach. Doch die Erleichterung war nicht annähernd so stark wie an den Tagen zuvor. Immer noch fühlte er den Schwindel. Bald würde er seinem Hausrezept eine weitere Tablette hinzufügen müssen. Vier auf einmal. Vielleicht würde er auch experimentieren – die Wodkamenge erhöhen oder die Medizin in einem Zug hinunterstürzen. Sicher wäre das weniger ekelerregend. Aber er mußte sich in acht nehmen. War es möglich, eine Überdosis Aspirin und Alkohol zu erwischen? Und wohin würde das alles führen? Aber das wußte er bereits. Bevor es zum endgültigen Zusammenbruch käme, würde er sich vielleicht wieder in den Fernsehnachrichten sehen, wie er sich vor der ganzen Welt lächerlich machte, weil er auf einer Wahlveranstaltung wie ein betrunkener Teenager zu Rock-'n'-Roll-Musik tanzte.

Mit geschlossenen Augen blieb Präsident Jelzin an seinem Schreibtisch sitzen. Die Vorhänge waren vor die Fenster gezogen, um das Sonnenlicht abzuhalten, das über die hohe Mauer im Osten des Roten Platzes fiel. Er fragte sich, was die Kopfschmerzen, die Übelkeit und der Wodka am frühen Morgen über seinen allgemeinen Gesundheitszustand aussagten. Mit Sicherheit nichts Gutes. Warum sollte er nicht einen Schritt weiter gehen und darüber nachdenken, was sie über den Zustand des Staates aussagten? Ein Mann, der vor seiner Amtsübernahme selten auch nur eine Erkältung gehabt und tagsüber niemals getrunken hatte, war zu einem Mann geworden, der alle Lust auf Sex verloren hatte, dafür jeden Morgen mit dem unwiderstehlichen Verlangen nach Wodka erwachte. Ein Mann, der schon viel zuviel Zeit unter dem Messer der Chirurgen verbracht hat, dachte er und rieb sich geistesabwesend über die Narbe, die seine letzte Bypassoperation hinterlassen hatte.

Dann streckte er sich und öffnete die Augen. Der Bücherschrank auf der anderen Seite seines Schreibtischs nahm plötzlich doppelte Konturen an und verschwamm vor seinem Blick. Jelzin holte tief Luft, blinzelte zweimal, aber das Zimmer blieb unscharf. Allmächtiger Gott, er fühlte sich furchtbar. Zum größten Teil, das wußte er, lag das an dem Druck, den Korsikow und Pedaschenko auf ihn ausübten. Insbesondere letzterer. Seit einiger Zeit schon infizierte er die Nation mit seiner Rhetorik – und die Infektion breitete sich immer rascher aus, seit er seine extremistischen Ansichten über einen festen Sendeplatz im Fernsehen verbreiten konnte. Was würde geschehen, wenn sich die Situation in den ländlichen Gegenden im Süden verschlechterte? Wenn Pedaschenko über den korrumpierenden Einfluß des westlichen Dollar schimpfte und über die Bedrohung, die die NATO – und speziell deren Erweiterung – seiner Meinung nach für die russischen Interessen darstellte, dann war das eine Sache. Für das Publikum waren das abstrakte Themen. Aber mit dem Hunger verhielt es sich anders. Den Hunger verstand jeder. Er ließ sich nicht durch beschwichtigende Worte von politischen Gegnern lindern. Pedaschenko war schlau und opportunistisch. Er wußte, welche Knöpfe er zu drücken hatte. Seinem Charisma konnte sich niemand entziehen. Und falls die furchtbaren Prognosen über den Umfang der Ernte auch nur halbwegs einträfen …

Jelzin verwarf den Gedanken, bevor er sich voll entfaltet hatte. Er verschloß die Wodkaflasche und legte sie in die unterste Schublade seines Schreibtischs. Jeden Augenblick würden die Lichter auf seinem Telefon zu blinken beginnen. Seine Assistenten würden mit ihren Aktenordnern und den Lageberichten hereinkommen. Er würde mit einer Vielzahl von Problemen konfrontiert werden, von denen viele sein sofortiges Eingreifen erforderten. Man würde ihm Dokumente zu lesen geben, andere zur Unterschrift vorlegen.

Er mußte sich zusammenreißen.

Mit ausgestreckten Beinen schob er seinen Stuhl zurück und stand auf. Wieder verdoppelte sich das Bücherregal vor seinen Augen. Er legte eine Hand auf die Tischkante, um sich abzustützen, und wartete. Diesmal legte sich der Schwindel nicht. Er wartete weiter, jetzt schon schwitzend, fühlte sich unsicher. Sein Schädel dröhnte, und sein Herz raste. Plötzlich war ihm der Kragen seines Hemdes zu eng. Mit einem Mal schien der Luftdruck im Raum zu sinken.

Was stimmte nicht mit ihm?

Während er seine Hand nach dem Telefonhörer ausstreckte, dachte er, daß er alle Verabredungen für die nächsten Stunden absagen mußte. Er brauchte unbedingt Ruhe.

Aber bevor der Präsident die Taste für die interne Sprechverbindung drücken konnte, schoß ihm der Schmerz in einem grellen, quälend weißen Blitz durch den Kopf und ließ ihn von seinem Schreibtisch zurücktaumeln. Mit weit aufgerissenen Augen griff er sich an die Schläfen, als wollte er sie davon abhalten auseinanderzuplatzen. Stöhnend und von Angst erfaßt, warf er sich über die Schreibtischplatte in Richtung des Telefons.

Seine Finger tasteten noch nach dem Hörer, als der Anfall seinen Höhepunkt erreichte. Hilflos zappelte der schwere Mann auf der Tischplatte herum, dann rutschte er zu Boden. Seine Arme zuckten in unkontrollierten Krämpfen, die Hände zu Klauen verkrümmt.

Als Boris Jelzin zehn Minuten später von seiner Sekretärin gefunden wurde, lag er bereits im Koma.

Zwei Stunden später erklärten die entsetzten Ärzte des Mischurinsky-Krankenhauses den Präsidenten der Russischen Föderation für tot.

2.

SAN JOSÉ, KALIFORNIEN
6. OKTOBER 1999

Roger Gordian hatte sich immer unwohl gefühlt, wenn er in den Medien, bei Vorträgen oder zu geschäftlichen Anlässen mit dem Wort ›Visionär‹ angekündigt worden war. Allmählich hatte er jedoch begriffen, daß jeder mit einem Etikett versehen wurde, und manche Etiketten waren nützlicher als andere. Einflußreiche Kongreßabgeordnete ließen Visionäre nicht in den Wartezimmern schmoren. Für Materialbeschaffung verantwortliche Militärs widmeten seinen Ideen größere Aufmerksamkeit als denen von Menschen mit dem Ruf, durchschnittliche Zeitgenossen zu sein, die ein wenig Grips, eine gute Arbeitsmoral und ein bißchen althergebrachten, von der Erziehung in Wisconsin herrührenden unternehmerischen Ehrgeiz vorweisen würden. Außerdem – auch wenn er in der Öffentlichkeit einen bestimmten Ruf hatte, sah er selbst sich doch ganz anders. Beide Einschätzungen hatten ihre Berechtigung. Er hielt sich an das, was seinen Zwecken am besten diente.

Dabei neigte Gordian keineswegs zu falscher Bescheidenheit. Er war stolz auf seinen Erfolg. In nur fünf Jahren hatte er Tech-Electric, ein heruntergewirtschaftetes Elektronikunternehmen, das er 1979 für ein Butterbrot gekauft hatte, in einen führenden Hersteller für Business und Personal Computer verwandelt. Anfang der achtziger Jahre war seine mittlerweile in UpLink International umbenannte Firma zu einem der größten Auftragnehmer der Regierung geworden, indem sie sich auf Systeme für die Satellitenaufklärung spezialisiert hatte. Gegen Ende des Jahrzehntes hatten seine hohen Investitionen in Forschung und Entwicklung sowie seine Hingabe an den Entwurf eines kompletten Nachrichtensystems für das auf diesem Gebiet expandierende Militär dann GAPSFREE hervorgebracht, die schnellste und genaueste Aufklärungstechnologie und das modernste Leitsystem für Raketen und präzisionsgesteuerte Waffen auf dem Weltmarkt. Und all das war geschehen, bevor er begonnen hatte, seine Holdings auszuweiten …

Trotzdem muß man alles in der richtigen Relation sehen, dachte Gordian. Nach zwanzig Jahren beruflichen Erfolges wußte er offensichtlich immer noch nicht, wie man eine Ehe führte. Vielleicht hatte er es auf dem Weg nach oben auch nur vergessen, wie seine Frau Ashley glaubte.

Er stieß einen langen Seufzer aus und betrachtete den

großen Umschlag, der zusammen mit dem üblichen Stapel Morgenpost auf seinem Schreibtisch gelandet war. Der Umschlag war am Vortag von der Werbeagentur abgesandt worden, die seinen neuesten Prospekt erstellte; zweifellos enthielt er Entwürfe, die er begutachten sollte. Darum würde er sich in wenigen Minuten kümmern. Zuerst kamen sein schwarzer Kaffee, ein Blaubeermuffin und die *New York Times*.

Gordian nahm die Zeitung vom Stapel, trennte den internationalen Teil von den anderen und überflog das Inhaltsverzeichnis. Alexander Nordstrums Kommentar befand sich auf Seite A36. Er biß in das Muffin, nahm einen Schluck Kaffee und setzte die Tasse wieder ab, bevor er sich sorgfältig die Finger an einer Serviette abwischte. Dann begann er durch die Zeitung zu blättern.

In einem Interview, das Gordian in der vergangenen Woche einem TV-Magazin gegeben hatte, war er gefragt worden, ob er seinen Arbeitstag in einem riesigen elektronischen Kontrollzentrum verbringe, umgeben von Wänden flackernder Computerbildschirme, und dabei wie ein technokratischer Großer Bruder das Weltgeschehen auf CNN und den Online-Diensten verfolge. Er hatte zugegeben, in erster Linie ein zwanghafter Zeitungsleser zu sein – trotz seines Beitrags zu hypermodernen Technologien zur Informationsbeschaffung und Kommunikation, und obwohl er sich ihrer auch oft bediente.

Der Reporter hatte einen skeptischen, milde klagenden Blick in die Kamera geworfen, als wollte er seinen Zuschauern zu verstehen geben, daß Gordian sie auf den Arm nahm. Gordian hatte nicht versucht, ihn vom Gegenteil zu überzeugen.

Als er Alex' Artikel aufschlug, rutschten zwei Seiten aus der Mitte des Zeitungsteils in seinen Schoß, blieben dort kurz liegen und fielen dann auf den Teppich. Unwillig beugte er sich vor, um sie aufzuheben, und stieß dabei fast seinen Kaffee um. Er schob die Seiten an ihren Platz zurück und erkannte im selben Moment, daß er sie versehentlich falsch herum hineingesteckt hatte. Vorsichtig drehte er sie um.

Okay, dachte er. Wenn wir schon dabei sind, alles in der richtigen Perspektive zu sehen, fügen wir ein vollständiges Versagen, die U-Bahn-Lektüre in den Griff zu bekommen, zur Liste meiner persönlichen Unzulänglichkeiten hinzu.

Ungefähr eine weitere Minute kostete es Gordian, der Zeitung endlich seinen Willen aufzuzwingen. Dann fand er Nordstrums Artikel, der sich etwa in der Mitte der Kommentarseite befand. Er las:

RUSSLANDS HERRSCHENDE TROIKA

Kann der dreiköpfige Wachhund seinen eigenen Biß überleben?

VON ALEX R. NORDSTRUM, JR.

In den Wochen nach dem plötzlichen Tod des russischen Präsidenten Boris Jelzin hielten westliche Beobachter eine Konfrontation zwischen den opponierenden politischen Kräften für nahezu sicher. Viele befürchteten einen Putsch ähnlich der Übernahme der Regierung durch die alte Garde der Kommunistischen Partei, mit der 1991 die Gorbatschow-Ära beendet wurde. Mit der Bildung der Interimsregierung wurde die Krise jedoch abgewendet – manche würden sagen verschoben. Aber erscheint ein Krieg im Kreml jetzt tatsächlich weniger unausweichlich, da Wladimir Starinow den Präsidenten vertritt und sich Arkadij Pedaschenko und Andrej Korsikow bereit erklärt haben, die Macht mit ihm zu teilen, bis der nationale Notstand aufgehoben und eine demokratische Wahl abgehalten werden kann? Auch in diesem Fall sind viele Beobachter im Westen pessimistisch. In der tiefen Kluft zwischen den drei Führern sehen sie einen Volksaufstand keimen.

Fürwahr sind die Anzeichen dafür unmöglich zu ignorieren. Obwohl sich der frühere Vizepräsident Starinow als geschickter politischer Taktierer erwiesen hat, ist er aufgrund seiner engen Verbindung zu Jelzin, dessen Popularität beim russischen Volk zu schwinden begonnen hatte, geschwächt. Umlagert von Problemen, die von einer dramatischen Getreideknappheit bis zu furchtbaren AIDS- und Drogenepidemien reichen, ist Starinow zur Zielscheibe der wachsenden Unzufriedenheit innerhalb seiner Nation geworden. Unterdessen berichten Quellen aus Moskau entgegen anderslautenden offiziellen Stellungnahmen, daß sich sein Erzrivale Pedaschenko, der Vorsitzende der Nationalen Partei für Erde und Boden (PEB), unter dem Vorwand unvereinbarer Terminpläne seit Wochen weigere, mit Starinow zusammenzutreffen.

In der Tat ist Pedaschenko sehr beschäftigt. Er hat sich ins politische Rampenlicht geschoben und drängt auf Unterstützung für seine extremistischen, unverhohlen antiamerikanischen Ansichten, mit denen er die ›guten alten Zeiten‹ der kommunistischen Herrschaft beschwört. Während die Spannungen zwischen Pedaschenko und Starinow offensichtlich auf eine Konfrontation hinauslaufen, hält sich Korsikow im Hintergrund. Der Apparatschik alten Stils mit starker Rückendeckung durch das russische Militär wartet darauf, wer von den beiden anderen noch steht, wenn sich die Staubwolke legt.

Man kann sich nur beunruhigt fragen, wann diese Ansammlung politischer Bettgenossen dazu in der Lage sein wird, eine Übereinstimmung in grundlegenden Fragen von nationalem und internationalem

Interesse zu erzielen. Bisher waren sie unfähig, über kleinliches Gezänk um eine Zusammenkunft im gleichen Raum hinauszukommen. Dabei werden von dieser Fähigkeit Rußlands zukünftige Beziehungen zu Amerika und zu anderen Weltmächten abhängen. Inmitten des Gewirrs aus Zweifeln tritt eines deutlich hervor: Der Präsident der Vereinigten Staaten muß unverzüglich seine Unterstützung für Starinow zum Ausdruck bringen. Dessen reformistische Philosophie, sein Wille zu wirtschaftlichen Reformen und seine starke Bindung an den Westen sind die deutlichsten Anzeichen für Kontinuität. Ohne die Glaubwürdigkeit, die ihm durch eine derartige Unterstützung zuteil würde, wird er mit allergrößter Wahrscheinlichkeit zum Opferlamm auf dem Altar der russischen Politik werden. Bisher jedoch hat sich das Weiße Haus in charakteristischer Weise unentschlossen gezeigt …

Gordian legte die Stirn in Falten und ließ die Zeitung sinken. Wie immer nahm sein Berater in außenpolitischen Fragen kein Blatt vor den Mund. Als Experte in den Bereichen Geschichte, Politik und aktuelles Zeitgeschehen besaß Nordstrum ein geradezu unheimliches Talent dafür, politische Ereignisse mittels Analyse der Vergangenheit einer Nation und der beteiligten Persönlichkeiten vorauszusagen.

Ganz zu schweigen von seinem Geschick, mir den Morgen zu verderben, dachte Gordian.

Doch das war nicht ganz fair. In Wahrheit hatte er Nordstrums Einschätzung der russischen Situation schon vorher aus dessen Munde gehört; dafür bezahlte er ihn schließlich. Dennoch beunruhigte ihn die Tatsache, daß Alex seinen fehlenden Optimismus auf einem derartigen Forum zum Ausdruck brachte. Insbesondere fürchtete er um die neue Bodenstation, die im nächsten

Monat in Kaliningrad in Betrieb genommen werden sollte, und um Starinows anstehenden Besuch in Washington.

Als er seine Tasse erneut an die Lippen führte, stellte er fest, daß der Kaffee kalt geworden war. Er setzte die Tasse wieder ab. Kein großer Verlust, dachte er. Bevor der Tag vorüber wäre, hätte er etliche Tassen frischen Kaffees bekommen.

Er schüttelte seine düstere Stimmung ab und griff nach seinem Adreßbuch. Dan Parker sollte ihn darüber ins Bild setzen, wie die Abgeordneten auf Starinows Ersuchen um Lebensmittelhilfe reagieren würden. Danach stand eine Beratung mit Scull und Nimec an, um deren Meinung einzuholen.

Er nahm den Hörer ab.

Es war Punkt neun Uhr – Zeit, an die Arbeit zu gehen.

3.

KAUKASUS, IN DER NÄHE DES KASPISCHEN MEERS
RUSSLAND, 10. OKTOBER 1999

Die Mühle lag still.

In dem halben Jahrhundert seines Lebens hatte Veli Gazon allzuoft erfahren müssen, zu welchen Verheerungen die Natur in der Lage war, wenn sie sich gegen einen erhob. Vor nur sechs Jahren hatte er während einer Choleraepidemie zwei Söhne verloren. Zwei Jahrzehnte zuvor war seine Frau bei einem Erdbeben ums Leben gekommen, bei dem auch ein Teil seiner Farm in den Wassermassen versunken war, die der Fluß mit sich gebracht hatte, als er über die Ufer getreten war und die Graslandschaft überschwemmt hatte. Die tiefen Kerben und Falten in Gazons Gesicht zeugten von den harten Zeiten, die er durchlebt hatte. Aus seinen finsteren Augenhöhlen blickte trotz bitterer Verluste der Wille zu überleben.

Er gehörte nicht zu den Menschen, die ein großes Bedürfnis nach physischer Bequemlichkeit verspürten, und fand auch nicht, daß irgend jemand ein Anrecht darauf hatte. Eine solche Denkweise war ihm fremd; er konnte sie nicht verstehen. Als Angehöriger des Stammes der Alan, eines Volkes, das den Boden seit Jahrhunderten bearbeitet hatte, besaß er die angeborene Überzeugung, es müsse genügen, zu arbeiten und in Würde zu existieren. Sich zu beklagen oder mehr zu wünschen hätte dem Menschen lediglich einen Fluch eingebacht, der die Natur dazu provozieren würde, erneut auf grausame Weise ihre Macht zu demonstrieren.

Aber hier zu stehen, umgeben von leeren Silos, die einst mit Weizen gefüllt gewesen waren, inmitten der großen Anlage aus Aufzügen, Förderbändern, Spülmaschinen, Rollen und Beutelvorrichtungen …

Heute war er zornig. Und er hatte Angst.

Große Angst.

Er nahm einen tiefen Zug von seiner selbstgedrehten Zigarette, behielt den Rauch eine Weile in der Lunge und stieß ihn dann durch die Nase wieder aus. Seit den Tagen sowjetischer Herrschaft und des Kollektivs hatte seine Familie die Mühle betrieben; als die staatlichen Fabriken an die Territorien zurückverkauft worden waren, hatten sie sie erworben. Indem Veli, sein Bruder und ihre Vettern all ihre Mittel zusammengelegt hatten, war es ihnen gelungen, sie den korrupten Beamten für ein Vielfaches vom tatsächlichen Wert der alten Maschinen abzukaufen. Irgendwie schafften sie es später sogar, die Mühle auch während der schlimmsten Zeiten in Betrieb zu halten. Aber jetzt …

Jetzt lag sie still. Geschlossen. Die Laderampe war verwaist. Die Waggons, mit denen normalerweise roher Weizen von den Farmen zur Mühle und volle Säcke mit verarbeitetem Mehl von der Mühle zu den Lagerhäusern im Norden gebracht wurden, standen abseits der Verladestation. Unter dem grauen Oktoberhimmel wirkten sie kalt und tot.

Es gab kein Getreide zu verarbeiten.

Nichts.

Der *Schiornoziom*, der fruchtbare schwarze Boden, der die Saat auch während der schlimmsten Katastrophen hatte aufgehen lassen, hatte diesmal nicht einmal eine magere Ernte hervorgebracht. Im August, nachdem der Weizen verdorrt war, waren ein paar Männer vom Landwirtschaftsministerium aus der Hauptstadt gekommen. Sie untersuchten die Erde und erklärten, sie sei verseucht. Die Böden seien übernutzt, und der Regen enthalte Gifte, sagten sie. Aber was die Bürokraten nicht sagten, war, daß die Übernutzung von ihrem eigenen Ministerium angeordnet worden war. Damals hatte man verbindliche Produktionsquoten aufgestellt und die Verteilung der Nahrungsmittel gesteuert. Die Beamten sagten auch nicht, daß das Wasser mit Abfällen aus den chemischen Anlagen und Munitionsfabriken der Regierung kontaminiert worden war.

Und sie sagten nicht – bevor sie schließlich wieder abrückten –, ob irgendeine Möglichkeit bestand, den Schaden rechtzeitig vor der nächsten oder zumindest der übernächsten Saison zu beheben.

Vielleicht war es zu spät, dachte Veli Gazon. Jetzt lag die Mühle still.

Still wie ein Grab.

Es gab kein Getreide.

Veli befeuchtete die Spitzen von Daumen und Zeigefinger mit ein wenig Spucke und drückte die Zigarette aus. Den Stummel ließ er in seine Hemdtasche fallen, weil er den restlichen Tabak später mit dem von anderen Stummeln mischen und zu einer neuen Zigarette rollen würde. Er hatte nichts zu verschwenden.

Es gab kein Getreide.

Weder in seinem Dorf noch im Nachbarort – auf keinem der Felder zwischen dem Schwarzen und dem Kaspischen Meer wuchs Korn.

Das bedeutete, daß bald ...

Beängstigend bald würde Rußland von den Schreien der Hungernden und Sterbenden erfüllt sein.

4.

WEISSES HAUS, WASHINGTON, D. C.
26. OKTOBER 1999

»In Rußland ist Brot alles«, erklärte Wladimir Starinow in flüssigem Englisch, wenn auch mit deutlichem Akzent. »Verstehen Sie?«

Präsident Ballard ließ sich diese Worte durch den Kopf gehen. »Ich glaube schon, Wladimir«, antwortete er ruhig. »Jedenfalls soweit es mir von meinem momentanen Standpunkt aus möglich ist.«

Beide schwiegen für einen Moment.

Nach dem Fototermin im Rosengarten hatten sich die beiden Männer in den großen holzgetäfelten Konferenzraum am Ende des Flurs gegenüber dem Oval Office zurückgezogen. Vor ihrem Mittagessen mit führenden Kongreßmitgliedern wollten sie sich rasch über ein Nothilfeprogramm verständigen. Auf Starinows Seite des Tisches befanden sich sein Innenminister Jeni Baschkir, der als Anhänger der Kommunisten galt, und Pawel Moser, ein hohes Mitglied des Föderationsrates. Der amerikanische Präsident war in Begleitung von Vizepräsident Stephen Humes, Landwirtschaftsministerin Carol Carlson und Außenminister Orvel Bowman. Ein Dolmetscher des Weißen Hauses namens Hagen saß am entfernten Ende des Tisches und wirkte so, wie er sich fühlte – überflüssig. Jetzt sah Starinow den Präsidenten direkt an. Sein breites, rundes Gesicht erschien nüchtern, die grauen Augen hinter der Nickelbrille waren ruhig.

»Ich möchte keinen Zweifel daran lassen, daß ich es wörtlich meine«, betonte er. »Für amerikanische Wähler zählt die Verfügbarkeit eines breiten Angebots. Wenn Kosten und Einkommen stabil bleiben, erweitert sich das Angebot, und die Politiker werden wiedergewählt. Wenn sich die wirtschaftliche Lage verschlechtert, ist das Angebot eingeschränkt, und die Amtsinhaber werden ersetzt. Dagegen sind die Sorgen des russischen Volkes grundsätzlicherer Natur. Sie fragen sich nicht, was sie essen werden, sondern, ob sie überhaupt essen.« Er legte eine Pause ein und holte tief Atem. »Vielleicht kann ich es Ihnen am besten anhand eines Beispiels erklären. Kennen Sie das McDonald's-Restaurant in Moskau? Männer und Frauen sparen monatelang, um ihre Familien einmal dorthin zum Essen auszuführen – das heißt, natürlich nur die, die Arbeit haben. Sie stehen oft Stunden in der Schlange an, bis sie durch die Türe gelangen, hinter der sich ihnen eine für sie magische Welt öffnet. Und in gewisser Weise stimmt das auch. Für sie ist es ein extravagantes Vergnügen, ein seltener Luxus. Die Menschen dagegen, die außerhalb der Hauptstadt leben und oft ohne Arbeit sind, wagen nicht einmal davon zu träumen, diesen Ort zu betreten. Verstehen Sie? Brot ist alles, was sie sich leisten können. Ohne Brot werden Millionen Menschen nichts auf ihren Tischen haben. Absolut nichts. Ihre Kinder werden verhungern. Und ihr Zorn wird sich – ob gerechtfertigt oder nicht – gegen die herrschenden Politiker richten.«

Der amerikanische Präsident beugte sich vor, stützte die Ellbogen auf den Tisch und verschränkte die Finger unter seinem Kinn. »Vor allem, schätze ich, gegen einen

Politiker, der die Vereinigten Staaten um Hilfe angeht und mit leeren Händen zurückkehrt.«

Ihre Blicke trafen sich.

»Ja«, bestätigte Starinow. »Er könnte in der Tat uneffektiv erscheinen. Außerdem gibt es innerhalb der Regierung bedauerlicherweise Elemente, von denen einige immer noch aus dem Kalten Krieg übriggebliebene Ressentiments gegen Ihr Land hegen. Sie würden ein solches Ergebnis gerne dazu benutzen, die russische Wahlbevölkerung aufzustacheln und für sich selbst eine bessere Position zu erreichen.«

Touché, dachte der Präsident. You scream, I scream, we all scream for ice-cream. Er wandte sich Landwirtschaftsministerin Carlson zu. »Carol, wieviel Hilfe können wir zur Verfügung stellen, und wie schnell können wir sie in die Wege leiten?«

Die elegante Fünfundfünfzigjährige, die eine unerschöpfliche Energie besaß und aussah, als wäre sie zehn Jahre jünger, schürzte nachdenklich die Lippen. Sie gab vor, im stillen rasch einige Berechnungen anzustellen. In Wahrheit waren sie und der Präsident das ganze Szenario bereits im voraus durchgegangen. Ballard mochte, respektierte und – was am wichtigsten war – brauchte Starinow als Verbündeten. Er würde alles tun, um dessen Popularität zu fördern und ihn im Amt zu halten. Außerdem gefiel ihm – ohne, daß er zynisch gewesen wäre – der Gedanke, für Nahrung in den Mündern verhungernder Kinder zu sorgen. Aber er war sich keineswegs zu schade dafür, Lebensmittel als Hebel (oder sogar schweren Knüppel) in den parallel laufenden Abrüstungsverhandlungen und Handelsgesprächen zu benutzen.

»Wir haben genügend Reserven, um mindestens hunderttausend Tonnen Weizen, Hafer und Gerste zur Verfügung zu stellen, außerdem eine etwas geringere Menge Maismehl«, antwortete Carlson nach einer Weile, die ihr für eine Denkpause angemessen erschien. »Was den zeitlichen Rahmen anbetrifft, würde ich sagen, daß wir die erste Lieferung in etwa einem Monat auf den Weg bringen könnten. Natürlich immer unter der Voraussetzung, daß wir den Kongreß dazu bringen, uns zuzustimmen.«

Der Präsident nickte und wandte sich an seinen Stellvertreter. »Steve, wie sieht's mit finanzieller Hilfe aus?«

»Als Teil eines Gesamtpakets habe ich dreihundert Millionen Dollar in Anleihen vorgeschlagen. Realistisch betrachtet, könnten wir vielleicht die Hälfte des Betrags durchbringen. Dabei werden strikte Auflagen bezüglich der Verwendung und Rückzahlung gemacht werden.«

»Meiner Meinung nach wird uns die Verteilung die größten Probleme bereiten«, schaltete sich Bowman ein. »Auch wenn wir die Beteiligung von US-Truppen so gering wie möglich halten, werden alle eine ähnliche Situation wie in Somalia befürchten.«

Wie jeder im Raum wußte, war das eine subtile Art anzudeuten, daß amerikanische Soldaten gezwungen sein könnten, gewalttätige Banden daran zu hindern, die Ladung von Lastwagen und aus Getreidespeichern zu plündern.

Baschkir warf Bowman einen scharfen Blick zu. Der mürrische Mann in mittlerem Alter, dessen dunkle Haut und gedrungene, kräftige Statur die Herkunft seiner Vorfahren aus dem Fernen Osten verrieten, war in diplomatischen Kreisen dafür bekannt, Starinow gegenüber loyal, im Hinblick auf dessen prowestliche Politik aber auch äußerst kritisch zu sein. »Bei allem Respekt, Herr Außenminister, aber meine Regierung ist in der Lage, die Lebensmittel, wenn sie denn einmal eingetroffen sind, allein an ihre Bürger zu verteilen«, sagte er. »Ich sehe keine Veranlassung, Ihr Militär daran zu beteiligen.«

»Um ehrlich zu sein, ich dachte an eine Mission im Rahmen des Welternährungsprogramms.« Bowman räusperte sich. »Falls sich die Vereinten Nationen wie erwartet beteiligen, werden sie höchstwahrscheinlich verlangen, daß mein Land Schutztruppen im Rahmen eines multinationalen Teams entsendet.«

Baschkir richtete sich in seinem Stuhl auf, enthielt sich aber eines weiteren Kommentars.

Die Haltung des russischen Innenministers veranlaßte den amerikanischen Präsidenten dazu, schlichtend einzugreifen. »Warum überqueren wir diese Brücke nicht dann, wenn wir davor stehen?« fragte er und ließ eine Version jenes leutseligen Lächelns sehen, das ihm im Wahlkampf so gute Dienste geleistet hatte. Er blickte auf seine Armbanduhr und sah dann wieder den Vizepräsidenten an. »Unsere Unterhaltung mit dem Kongreß beginnt in weniger als einer halben Stunde. Bei wem können wir mit Unterstützung rechnen?«

»Senator Sommers aus Montana macht einen guten Eindruck«, erwiderte Humes. »Er ist eine Schlüsselfigur im Komitee für Auslandsbeziehungen und gleichzeitig ein großer Bewunderer der Bemühungen von Minister Starinow, die lebensnotwendigen wirtschaftlichen Reformen beizubehalten und weiter voranzutreiben.«

Ganz zu schweigen von der Tatsache, daß sein Bundesstaat in den vergangenen drei Jahren aufgrund der guten Ernten große Getreidevorräte anlegen konnte, dachte der Präsident.

»Wie sieht's auf der anderen Seite aus?«

»Senator Delacroix wird mit Sicherheit opponieren. Aber seine Partei ist in dieser Frage gespalten, und ich bezweifle, daß er viel mehr tun wird, als zu knurren.«

Präsident Ballard nickte. »Okay, dann sind wir wohl zum Mittagessen bereit«, stellte er fest. »Hoffentlich bin ich nicht der einzige hier, der unsere Chancen als sehr gut einstuft.«

Starinow lächelte. »Vielen Dank, mein Freund. Auch ich bin zuversichtlich – sowohl, was Ihre Führungsqualitäten angeht, als auch, was die Großzügigkeit und das Mitleid Ihres Volkes betrifft.«

Er streckte seinen Arm über den Tisch, ergriff die Hand des Präsidenten und schüttelte sie heftig.

Mit ausdruckslosem Gesicht und sprödem Schweigen beobachtete Baschkir die beiden.

5.

Kaliningrad, Russland, 26. Oktober 1999

Gregor Sadow schlich durch die Dunkelheit wie ein Dieb in der Nacht. Aber Gregor war kein Dieb. Nicht auf dieser Mission. Diesmal hatten er und sein Team andere Absichten.

Ihr Ziel tauchte aus der Dunkelheit auf. Obwohl das niedrige Gebäude weniger als drei Stockwerke hoch war, nahm es die größte Fläche des Straßenblocks ein. Es war ein Lagerhaus mit Lieferanteneingängen auf allen Seiten und einer Laderampe, die fast die gesamte Rückseite entlang verlief. In üppigeren Zeiten hatten Arbeiter in zwei Schichten Lebensmittel in das Lagerhaus transportiert und auf Lastwagen verladen, die in einem nicht abreißenden Strom vorbeifuhren.

Aber jetzt herrschten keine üppigen Zeiten mehr. Das Lagerhaus war in diesen Tagen weniger als zur Hälfte gefüllt, und nur eine Schicht arbeitete darin – eine Schicht, die erst in drei Stunden ankommen würde.

Gregor hielt eine Hand hoch. Um ihn herum verschmolz sein Team mit den Schatten. Alle waren stehengeblieben. Sie warteten auf seinen nächsten Befehl. Sadow lächelte in sich hinein. Es war ein neues Team, aber sie wurden ständig besser. Nach Monaten harten Trainings begannen die fünf – vier Männer und eine Frau –, die bis zu diesem Punkt überlebt hatten, vielversprechende Fortschritte zu zeigen.

Immer noch lächelnd, griff er an seinen Gürtel und hakte das Nachtsichtgerät aus. Während der vergangenen sieben Nächte hatte Gregor das Lagerhaus beobachtet, die Wächter abgestoppt und alle zu berücksichtigenden Faktoren aufgelistet. Dementsprechend hatte er seinen Plan geschmiedet.

Es gab vierzehn Wächter, davon zehn auf unregelmäßiger Fußstreife in und um das Gebäude herum, die restlichen auf dem Dach. Keiner von ihnen versteckte sich. Die Eigentümer des Lagerhauses wollten nicht, daß ihre Männer jemanden stellten; sie sollten die Diebe lediglich abschrecken. Deshalb hatten sie den Wachen befohlen, ihre Anwesenheit deutlich zu machen.

Alle Sicherheitsbediensteten waren mit den gleichen Waffen ausgestattet. Sie trugen kleinkalibrige Handfeuerwaffen in Gürtelholstern und AK-47-Gewehre in den Händen. Gregor war sicher, daß sie irgendwo drinnen in einem Schrank auch Waffen für den Straßenkampf unter Verschluß hielten, aber darum machte er sich keine Sorgen. Falls sein Team und er den Wachen Gelegenheit gäben, auf sie zu schießen, hätten sie ihre Mission ohnehin verfehlt.

Nein, um die Bewaffnung sorgte er sich wirklich nicht. Aber die K-9-Einheiten beunruhigten ihn. Zwei Wächter mit jeweils einem deutschen Schäferhund patrouillierten offenbar willkürlich um das Gebäude herum. Nach einiger Zeit hatte Gregor jedoch festgestellt, daß sich die beiden Hundeführer jeweils auf den einander gegenüberliegenden Seiten des Lagerhauses hielten.

Das kam ihm zugute. Dadurch bekam sein Team ein Zeitfenster von ungefähr zweieinhalb Minuten, in denen sie hineingelangen, ihre Arbeit erledigen und wieder verschwinden konnten. Möglicherweise würde es auch länger dauern, bis einer der Hundeführer an ihrem Ausgang vorbeikam, aber zweieinhalb Minuten blieben ihnen auf jeden Fall.

Sie mußten reichen.

Gregor setzte das Nachtsichtgerät auf und bedeutete seinem Team, dasselbe zu tun. Innerhalb weniger Augenblicke waren alle bereit. Jetzt mußten sie nur noch warten.

Es dauerte nicht lange. Aufmerksam beobachtete Gregor den Hundeführer, der die beiden Seiten abschritt, die er einsehen konnte. An seiner Position war leicht zu erraten, wo sich der andere Mann mit dem Hund befand.

Kaum drei Minuten, nachdem sie einsatzbereit gewesen waren, sah Gregor, wie die eine K-9-Einheit die am entferntesten gelegene Ecke des Gebäudes erreichte. Wieder griff er an seinen Gürtel, jetzt, um zweimal kurz hintereinander die Sprechtaste an seinem kleinen Funkgerät zu betätigen. Er brauchte nichts zu sagen, das doppelte Signal genügte.

Auf der gegenüberliegenden Seite des Gebäudes öffnete Nikita, das weibliche Mitglied seines fünfköpfigen Teams, lautlos die Türen von zwei Käfigen, die sie mitgebracht hatten. Dann drückte die junge Frau einen Knopf auf einem kleinen Kasten, den sie vor sich auf den Boden gelegt hatte, wodurch eine kleine Batterie einen sanften Elektroschock durch die Böden der Käfige entlud. Sofort sprangen zwei Hasen vorwärts und flohen vor dem unerwarteten Schmerz aus den Käfigen.

Nikita wußte, daß sie ganz davonhoppeln würden, wenn der Schmerz vergangen war und die Hunde sie bemerkt hatten, aber das war egal. Sie sollten lediglich für ein wenig Verwirrung sorgen.

Das taten sie auch, genau wie Gregor geplant hatte. Der Schäferhund, der sich am nächsten befand, begann zu bellen, und Augenblicke später fiel der zweite ein.

Nikita lächelte leise in sich hinein. Sie nahm die Käfige auf und schlich in die Nacht zurück, um Gregors Rückkehr abzuwarten.

Gregor Sadow hörte die Hunde bellen, gab aber noch nicht Befehl vorzurücken. Statt dessen wartete er, bis sich die Aufmerksamkeit aller Wachen darauf konzentrierte, was die Hunde so aufregte. So war es in jeder Nacht der vergangenen Woche gewesen, wenn die Tiere angeschlagen hatten.

Er hob die Hand und brachte damit sein Team in höchste Bereitschaft. Als sich der letzte Wächter abwandte, formte er eine Faust und ließ sie fallen. Augenblicklich rückten seine Männer vor, wobei sie die nächtlichen Schatten so gut wie möglich nutzten. Rasch drangen sie in das Lagerhaus ein.

Sadow bildete wie immer die Spitze.

Für das Innere des Gebäudes waren nicht viele Sicherheitsvorkehrungen getroffen worden. Einige Wächter dehnten ihre unregelmäßigen Runden manchmal auf die großen Räume aus, aber meistens blieben sie draußen, um jeden abzuschrecken, der versucht sein könnte, sich an den hier gelagerten Lebensmitteln zu vergreifen. In Zeiten wie diesen waren Nahrungsmittel wertvoller als Gold – und Gregor beabsichtigte, ihren Wert noch in die Höhe zu treiben.

Von einer Stelle, an der er einen guten Überblick hatte, gab er den Männern das Zeichen auszuschwärmen. Draußen beruhigten sich die Hunde, aber das spielte keine Rolle mehr. Im Dunkel des Lagerhauses befand sich Gregors Team gegenüber den Wächtern im Vorteil. Und sehr bald würden sie selbst für Aufregung sorgen.

Durch sein Nachtsichtgerät beobachtete er, wie seine Leute durch die Hallen huschten und an vorgemerkten Punkten kleine Pakete anbrachten. Mit diesen Blöcken aus Paraffin, vermischt mit Getreide und Sägespänen, in denen sich jeweils ein winziger piezoelektronischer Mechanismus befand, um auf Befehl einen Funken auszulösen, wollte Gregor ein ganzes Regime stürzen. Auf sein Signal hin würden die Pakete explodieren. Aufgrund ihrer strategischen Positionierung würden sie das gelagerte Korn entzünden. Innerhalb kürzester Zeit stünde das ganze Gebäude in Flammen.

Das Teuflische an seinem Plan war, daß niemand die Brandstiftung nachweisen konnte. Das Paraffin ähnelte dem Wachs, mit dem viele der Kisten und Kartons versiegelt waren. Die Sägespäne und das Korn würden nicht von den Kisten und deren Inhalt zu unterscheiden sein. Nur die piezoelektronischen Geräte konnten Verdacht erregen, aber sie waren so klein, daß sie in dem Brand nahezu vollständig zerstört werden würden.

Während seine Männer die Paraffinblöcke plazierten, deaktivierte Gregor das Sprinklersystem. Zwar war die Löschanlage alt, seit Jahren nicht mehr getestet worden und hätte wahrscheinlich sowieso nicht funktioniert, aber er ging niemals ein unnötiges Risiko ein.

Als er sich vom Schaltkasten des Systems abwandte, um seine nächste Aufgabe in Angriff zu nehmen, nahm er eine unerwartete Bewegung wahr. Einer der Wächter war durch die gegenüberliegende Tür eingetreten und kam immer tiefer in das Lagerhaus hinein, auf sein Team zu.

Jetzt hatten sie ein Problem. Ein Wächter allein konnte sie nicht stoppen, aber möglicherweise würde es ihm gelingen, einen Schuß abzufeuern, der mehr Wächter anlockte, als Gregor und sein Team vertrugen.

Außerdem gab es noch ein anderes, größeres Problem. Im selben Augenblick, als Gregor begann, sich in Richtung des Wächters zu bewegen, sah er, daß sich Andrej, das jüngste und ungestümste Mitglied seines Teams, ebenfalls auf den Wächter zu bewegte – und seine Waffe zog.

Das konnte Gregor nicht zulassen. Ein Schuß, gleichgültig, ob von dem Wächter oder einem seiner eigenen Leute, würde weitere Wachen auf den Plan rufen. Aus diesem Grund hatte Gregor den Auftrag eigentlich unbewaffnet durchführen wollen, aber das hätte bedeutet, das Schicksal seines jungen Teams herauszufordern. Auch der beste Plan konnte schiefgehen, und eine Truppe verdiente die Chance, auch einen Fehlschlag zu überleben.

Er griff nach seinem Funkgerät, aber es war zu spät. Andrej hob die Pistole.

Gregor hatte keine andere Wahl. Ohne zu zögern, riß er sein Nahkampfmesser aus der Scheide, drehte es einmal in der Hand und warf es.

Er hätte auf den Wächter zielen können, aber das war zu riskant. Er kannte Andrej. Wenn der Junge den Wächter fallen sähe, würde er nur davon ausgehen, daß sich der Mann duckte, und erst recht schießen. Also tat Gregor das einzige, was ihm übrigblieb. Er warf sein Messer auf Andrej.

Die massive Klinge durchbohrte die Kehle des Jungen, aber Gregor sah bereits nicht mehr hin. Sofort nachdem er das Messer geworfen hatte, war er vorwärtsgestürzt, auf den Wächter zu.

Andrej stieß einen gurgelnden Laut aus, während er schon an seinem eigenen Blut zu ersticken begann. Als der Wächter das Geräusch wahrnahm, drehte er sich um. Da legten sich Gregors Hände bereits um seinen Hals. Ein kurzer Ruck, ein Drehen, und der Wächter war tot – wenige Augenblicke, bevor auch Andrej starb.

»Verdammt«, fluchte Gregor leise. Er nahm eine Kiste von einem in der Nähe stehenden Stapel und legte sie gegen den Hals des Wächters. Die Täuschung war nicht perfekt, aber das beste, was er in der Kürze der Zeit tun konnte. Außerdem war es nicht nötig, daß die Behörden davon ausgingen, es handelte sich um einen Unfall.

Seine Aufgabe war es, das Feuer zu legen, ohne offensichtliche Spuren von Brandstiftung zu hinterlassen. Mit ein wenig Glück und bei der üblichen russischen Inkompetenz würde das Feuer immer noch als absichtslos ausgelöster Brand durchgehen. Und wenn nicht, wäre es auch egal. Die Menschen hungerten und hatten Angst. Selbst für den unwahrscheinlichen Fall, daß die Regierung das Puzzle zusammensetzte, würde niemand wagen zuzugeben, daß es sich um ein vorsätzlich gelegtes Feuer handelte. Nicht, solange die Panik, die man so eifrig zu verhindern suchte, im Zaum gehalten werden sollte.

Gregor wandte sich Andrej zu, zog sein Messer aus dessen Hals, reinigte es und steckte es in die Scheide zurück. Dann legte er ihn sich über die Schulter. Die anderen hatten ihre Pakete deponiert, es war an der Zeit zu gehen.

Er rückte Andrejs Körper in eine bequemere Position und gab das Signal zum Rückzug. Das Team erwartete ihn an der Türe, die am weitesten von dem ersten geplanten Brandherd entfernt lag. Niemand sagte ein Wort, aber an der Art, wie sie die Leiche auf seiner Schulter anstarrten, erkannte Gregor, daß sie in dieser Nacht alle eine wertvolle Lektion gelernt hatten. Keiner bot sich an, den Toten zu tragen.

Im Schatten neben der Tür griff Gregor, während er nach den Wachen Ausschau hielt, in die Tasche und betätigte den Auslöser. Sekunden später rochen sie Rauch.

Die Wächter reagierten schnell – viel schneller, als er erwartet hatte –, aber das war gut so. Das Feuer war bereits zu weit fortgeschritten, als daß sie es noch hätten löschen können. Doch ihre hektischen Aktivitäten würden es Gregor und seinem Team mit etwas Glück schon jetzt ermöglichen, unbemerkt ins Freie zu gelangen. Das erhöhte ihre Chancen. Gregor kannte sich mit Korn gut aus und wußte, wie es brannte. Er wollte so weit wie möglich von diesem Ort entfernt sein, wenn das Feuer ganz ausbrach.

Noch einmal gab er das Zeichen zum Rückzug. Ihre Aufgabe in dieser Nacht war erfüllt, und Gregor hatte einen telefonischen Bericht abzuliefern. Seine Vorgesetzten würden mit seiner Arbeit sehr zufrieden sein. Genau wie mit der Arbeit, die er und sein Team während der nächsten Tage ausführen würden.

Als er in die Dunkelheit hinausglitt, versuchte Gregor, nicht an die Fehler zu denken, die sie begangen hatten. Hinter ihnen stiegen jetzt orangefarbene Flammen in den Nachthimmel. Die ersten Getreidesilos explodierten.

6.

Bei Chabarowsk, nahe der russisch-chinesischen Grenze 27. Oktober 1999

Entlang der Ufer des Flusses, den die Russen Amur und die Chinesen Heilongjiang oder Fluß des schwarzen Drachens nennen, lag eine Handvoll Siedlungen, die zusammen die Ortschaft Sikachi-Alian ergaben. Die eingeborene Bevölkerung der Nanai war zu klein, um je bei einer Volkszählung erfaßt worden zu sein. Niemand hier war unglücklich darüber, unbehelligt zu bleiben. Ohne ein einziges Hotel oder Restaurant, befand sich der Ort weitab der großen Schiffahrtsrouten, und nur wenige Außenstehende kannten ihn, abgesehen von den Gelehrten, die hin und wieder vorbeikamen, um die jahrtausendealten Felsenzeichnungen entlang der schlammigen Ufer zu untersuchen.

Diese Isolation – und die Nähe zur Grenze – hatten den Ort zum idealen geheimen Treffpunkt für die Gruppe gemacht.

Das gemietete hölzerne Fischerboot hatte Chabarowsk bei Sonnenuntergang verlassen und war, angetrieben von einer fünfzig Jahre alten, hämmernden und ächzenden Kermath-Maschine, etwa vierzig Kilometer durch die hereinbrechende Dunkelheit flußabwärts gefahren. Dabei hatten die Positionslichter am Bug wie kleine rote Augen im Nebel und Nieselregen geleuchtet. Bis auf die Reling war der Kutter von sämtlicher Ausstattung befreit worden. An Bord befand sich keine Crew. Das Steuerhäuschen bot gerade Raum für eine Person, den Nanai-Steuermann, der wenig Russisch sprach und dem für seine Bezahlung die strikte Bedingung auferlegt worden war, ständig an Deck zu bleiben.

Jetzt, da das Boot an einer Boje im schwarzen Wasser lag, das die Landungsstege der kleinen Siedlungen umspülte, war der Motor still. Hinter der verschlossenen Tür des Frachtraums saßen die Passagiere auf Holzbänken entlang der Schotten. Unbehaglich stemmten sie sich gegen das Schaukeln und Schwanken des Bootes.

Mit einer Ausnahme waren alle Männer. Die Russen, Romual Possad und Juri Wostow, waren früher am selben Tag mit getrennten Linienflügen aus Moskau eingetroffen. Teng Chou hatte eine langsamere und anstrengendere Route gewählt. Er war von Peking nach Charbin geflogen und dann auf dem Rücksitz eines Militärjeeps durch die Nacht gefahren. Als er um sieben Uhr morgens Fujin erreicht hatte, war er sofort zur Flußstation gegangen, um das Tragflügelboot nach Chabarowsk auf der russischen Seite des Amur zu nehmen. Dort war er drei Stunden später von Angestellten des chinesischen Konsulats in Empfang genommen worden. Das bißchen Schlaf, das er in ihrem Gästequartier gefunden hatte, hatte ihn kaum erfrischt.

Gegenüber von ihm saß Gilea Nastik, die einzige Frau in der Gruppe, und verfluchte im stillen die Kälte und Feuchte. In diesem Teil der Welt, dachte sie angewidert, gab es keine Übergänge zwischen den Jahreszeiten. An einem Tag war es Sommer, am nächsten bereits Winter. Ihr drahtiger, von der Wüstensonne gebräunter Körper war nicht für ein solch erbärmliches Klima geschaffen.

»Es liegt an Ihnen«, sagte sie auf russisch, allmählich entnervt von Possads Unentschlossenheit. Seit fast zehn Minuten hatte er kein Wort gesagt. »Bekommen Sie nun die Zustimmung Ihrer Vorgesetzten im Ministerium, oder verschwenden wir unsere Zeit?«

Er nagte an seiner Unterlippe. »Kommt drauf an«, gab er dann zurück. »Verstehen Sie mich nicht falsch, ich weiß schon, wie es klappen könnte. Vorausgesetzt, wir haben das Geld und ein zuverlässiges Netzwerk aus Kontaktpersonen.«

Gilea starrte ihn an. Die Haut über ihren Wangenknochen spannte sich, so daß ihr Gesicht einen scharfen, beinahe raubvogelartigen Zug annahm. Dann sah sie auf ihre Hände hinunter und schüttelte den Kopf.

»Ich habe bereits uneingeschränkte finanzielle Unterstützung und die notwendigen Materialien zugesichert«, warf Teng Chou knapp ein. »Sie sollten wissen, daß man sich auf mein Wort verlassen kann.«

Possad sah über seine Schulter zu Wostow. »Ihre Leute in den Vereinigten Staaten … Sind Sie sicher, daß man ihnen trauen kann?«

Nur mühsam gelang es Wostow, seinen Zorn im Zaum zu halten. Possads kaum verhohlene Arroganz erfüllte ihn mit Abscheu, der an Haß grenzte. Von den untersten Kleinbürokraten bis zu den höchsten Offizieren waren alle Regierungsangestellten heuchlerische Bastarde, die nie in den Spiegel sahen, als wüßten sie nichts von Eigeninteressen, Gier und Betrug. »Wenn sich alle an die Abmachung halten, wird es keine Probleme geben«, antwortete er. »So einfach ist das.«

Possad bearbeitete weiter seine Lippe. Er schmeckte bereits sein Blut. Seit dem Moment, als er die drei getroffen hatte, hatte er den Eindruck, er würde von einer

Brücke in einen bodenlosen Abgrund gestoßen. Aber er hatte seine Anweisungen. Welche andere Wahl blieb ihm, als sie zu befolgen?

Die Kommuniqués der Delegation in Washington besagten, daß Starinow eine rasche Übereinkunft mit dem amerikanischen Präsidenten getroffen hatte, die von der Mehrheit der Kongreßabgeordneten unterstützt zu werden schien. Sehr bald würde eine Hilfsaktion unter der Führung Amerikas anlaufen. Die Presse in Moskau umjubelte Starinow schon jetzt als politischen Retter. Er hatte die wertvolle Lebensmittelhilfe dazu benutzt, sein Image aufzupolieren und seine Kritiker in den Hintergrund zu drängen. Lange würde es nicht mehr dauern, bis er das russische Volk durch weitere Konzessionen an den Westen verkauft hatte.

Nur eine drastische Aktion würde die Richtung, die der Verlauf der Ereignisse genommen hatte, ändern, dachte Possad. Aber mit diesen Verbündeten? Einem Gangster, der sein Vermögen mit Drogen, Diebstahl und Prostitution erworben hatte, einem indonesischen Waffenhändler, der auf der Seite Pekings stand, und einer gefühllosen Frau, deren Geschäft Blut und Mord waren? Nun, wenn man aus Not in die Hölle getrieben wurde, welche andere Wahl blieb einem dann, als sich mit teuflischen Dämonen zu verbünden?

»Also gut«, sagte er schließlich. »Der Plan ist erfolgversprechend, und ich bin bereit, dem Minister zu raten, ihn auszuführen. Aber da ist noch etwas …«

»Ich weiß, wie man so etwas durchführt«, unterbrach ihn Gilea. »Das hat die Aktion meines Teams letzte Nacht in Kaliningrad wohl bewiesen.« Sie starrte ihn an, die Augen dunkel und funkelnd wie polierter Onyx. »Sie können beruhigt sein, die Schuld wird der richtigen Seite zugewiesen werden. Chou und ich haben uns schon ein paar Gedanken darüber gemacht, wie das zu bewerkstelligen ist.«

Zustimmend neigte Chou leicht den Kopf, sagte jedoch nichts.

Für eine Weile saßen sie still in dem engen, ungeheizten Verschlag. Das Boot schaukelte, und das Wasser klatschte rhythmisch gegen den Rumpf. Die rostigen Befestigungen knarrten und quietschten.

»Schade, daß es auf diesem Klapperkahn keinerlei Komfort gibt«, sagte Wostow. »Eigentlich sollten wir jetzt eine Flasche Champagner öffnen und auf unsere gemeinsame Zukunft trinken.«

»Auf das bevorstehende neue Jahr«, ergänzte Gilea.

Über Wostows fleischige Lippen huschte ein Lächeln. »Ja, das wäre sehr passend.«

Possad sah die beiden kurz an und fühlte, wie sich sein Magen zusammenzog. Offensichtlich gab es für ihn noch viel zu lernen, was menschliche Grausamkeit betraf.

Nach einem Moment wandte er seinen Blick dem verschmierten runden Glas des einzigen Bullauges in der engen Kajüte zu. Er wollte hinaussehen, um sich daran zu erinnern, daß die Welt, die er kannte, immer noch da draußen war, daß er sie nicht gänzlich hinter sich gelassen hatte …

Aber vor dem Fenster sah er nichts als Schwärze.

7.

Kaliningrad, Russland
2. November 1999

»Hör zu, Vince. Ich will dir nicht auf die Nerven gehen, aber du mußt mir noch mal erklären, warum wir den weiten Weg in die Stadt machen.«

»Mein Job ist die Risikoeinschätzung, nicht wahr?«

»Schon …«

»Das ist der erste Teil der Antwort auf deine Frage. Ich bin hier, um Risiken einzuschätzen. Dies ist mein Zuständigkeitsbereich, und schließlich bezahlt mir Roger Gordian eine ganze Menge dafür. Willst du auch den zweiten Teil der Antwort hören?«

»Da ich schon mal gefragt habe ...«

»Genau, und ich sage ihn dir gern.« Mit beiden Händen das Lenkrad umfassend, sah Vince Scull den Mann an, der neben ihm im Range Rover saß. »Der zweite Grund ist, daß auch du für Gordian arbeitest. Als Mitglied des herausragenden *Sword*-Teams bist du für die Sicherheit zuständig. Also paß gefälligst auf, daß mir nichts passiert.«

»Verstehe.« Neil Perry deutete aus seinem Fenster. »Ich glaube, da ist ein Parkplatz ...«

»Vergiß es, weiter vorn sind noch genug.« Scull winkte ab. »Aber um deine Frage vollständig zu beantw...«

Mitten im Satz brach er ab und trat auf die Bremse. Mit kreischenden Reifen kam der Rover hinter einem Wolga-Taxi zum Stehen. Der Fahrer hatte mitten auf der Straße angehalten, um seine Passagiere aussteigen zu lassen.

In Gedanken zählte Scull bis zehn und starrte dabei grimmig auf das Taxi. Aus dessen Auspuff drangen Abgaswolken, die sich über seine Windschutzscheibe wälzten. Er ließ sein Seitenfenster hinunter und streckte den Kopf hinaus.

»Mach schon, *Towarischtsch.* Beweg deinen stinkenden Schrotthaufen aus dem Weg!« Er preßte die Handfläche auf die Hupe. »*Skorje!*«

»Vince, bleib cool. Wir sind hier in einem fremden Land.«

»Daran brauchst du mich nicht zu erinnern. Mir steckt die Zeitverschiebung jetzt noch in den Knochen. Zuerst sind wir zwölf Stunden aus den Staaten nach St. Petersburg geflogen und dann noch mal drei bis in diesen gottverlassenen *Oblast*. Wenn mein Biorhythmus so durcheinander ist, bin ich besonders leicht reizbar.«

»Du hast ja recht, und ich verstehe dich. Aber deine Brieftasche hat doch dank der Straßenräuber von der GAI auf der Schnellstraße schon genug Gewicht verloren …«

»Erinnere mich bloß nicht daran.«

Ohne die Hand von der Hupe zu nehmen, dachte Scull stirnrunzelnd daran zurück, wie sie kurz vor der Stadtgrenze von einer Streife der Verkehrspolizei, der *Gosawtoinspektia*, angehalten worden waren. Angeblich hatten sie die zulässige Geschwindigkeit von sechzig um vierzig Stundenkilometer überschritten. In einem Ford-Escort-Streifenwagen waren die Kerle mit Blaulicht und heulender Sirene von hinten herangeschossen und hatten ihm signalisiert, auf dem Seitenstreifen anzuhalten. Natürlich war er der Aufforderung sofort nachgekommen und hatte dem Beamten, der in gebrochenem Englisch danach gefragt hatte, Führerschein, Paß, Visum und Arbeitsgenehmigung ausgehändigt. Dann saß er wutschnaubend da, während ein Polizist seine Dokumente überprüfte und die beiden anderen Kalaschnikows auf seinen Kopf richteten. Bei russischen Verkehrskontrollen war so etwas durchaus üblich. Nach zwanzig Minuten hatte man Scull über sein angebliches Vergehen in Kenntnis gesetzt, ihm ein exorbitantes, sofort zu begleichendes Bußgeld abknöpft – auch das typisch für russische Verkehrspolizisten – und ihn mit der Warnung auf den Weg geschickt, daß er bei einer weiteren Übertretung der Geschwindigkeitsbegrenzung mit dem Widerruf seiner Arbeitserlaubnis zu rechnen habe oder sogar zwecks Anklageerhebung mit auf die Wache genommen werden könne.

Als sich das Taxi jetzt wieder dem zähfließenden Verkehr anschloß, ließ er zu Perrys Erleichterung endlich die Hupe ruhen.

»Jedenfalls, Neil, um auf meine Antwort zurückzukommen …« Scull trat aufs Gaspedal. »Der dritte und vorletzte Grund, warum wir hergekommen sind, ist der, daß ich hier vielleicht ein bißchen geräucherten Hering kaufen kann. Die Läden lagern ihn hauptsächlich für Touristen, und er ist eine der wenigen Speisen dieses Landes, die mir schmecken. Draußen in der Wildnis, wo unsere Bodenstation errichtet wird, bekommt man ihn nämlich nicht.«

Perry murmelte etwas Unverständliches und dachte, daß er es jetzt auch ganz hinter sich bringen konnte. »Und der letzte Grund?«

»Zwei oder drei Blocks weiter vorn gibt's ein nettes kleines Wasserloch. Da hängen oft ein paar Amerikaner rum, die für Xerox arbeiten. Ich dachte, daß wir uns vielleicht einen genehmigen könnten.«

Perry grinste und ließ sich in den Sitz zurückfallen.

Das war ein Grund, für den sich das Warten gelohnt hatte.

Nach Sculls Auffassung waren die mit seinem Job verbundenen Aufgaben einfach und klar. Er war angestellt worden, um seinem Arbeitgeber dabei zu helfen, für die Zukunft zu planen, und dazu hatte er plausible Vermutungen darüber anzustellen, wie diese Zukunft aussehen würde. Weniger einfach war es, exakt jene Faktoren zu isolieren, die für eine Analyse von entscheidender Bedeutung waren. Wollte Gordian beispielsweise seine Voraussagen darüber, wie sich eine landwirtschaftliche Krise in Rußland entwickeln würde, welche Effekte sich daraus für das soziopolitische Klima der Nation ergäben und welche Auswirkungen das alles auf die Fertigstellung der europäischen Schnittstelle von UpLink haben würde, dem Kommunikationsnetz über Satelliten in niedriger Erdumlaufbahn, dann bestand das normale Vorgehen darin, Nachrichten zusammenzufassen, historische Vorfälle zu untersuchen und trockene statistische Daten aufzuarbeiten. Scull betrachtete das als Aufgabe eines faulen Drückebergers. Der Schadensbegrenzung vom Schreibtisch aus waren Grenzen gesetzt, denn unweigerlich würden Kräfte ins Spiel kommen, die nicht auf dem Papier quantifiziert werden konnten, und die Ereignisse dadurch in die eine oder andere Richtung beeinflußt. Um diese Kräfte aufzuspüren, mußte man sein persönliches Radar einsetzen. Es galt, die geringsten Veränderungen der Windrichtung mitzubekommen und Augen und Ohren für alles, was möglicherweise wichtig werden konnte, offenzuhalten. Je mehr man herumkam, desto besser.

Das hatte er gemeint, als er Perry erzählt hatte, sie seien in Kaliningrad, um ›Risiken‹ einzuschätzen. Vor zwölf Wochen war er in die Staaten zurückgeflogen, und allen Informationen zufolge, die er während seines Aufenthalts zu Hause erhalten hatte, verschlimmerte sich die Nahrungsmittelknappheit in Rußland rasch. Alarmiert von den Berichten, und weil er mit eigenen Augen sehen wollte, wie schlimm es tatsächlich war, hatte er sofort nach seiner Rückkehr beschlossen, einen Abstecher in die nächste dichtbesiedelte Stadt der Region zu unternehmen. Von seinem jetzigen Standpunkt aus betrachtet, ähnelte die Situation der Scheidungsvereinbahrung, die ihm vor ein paar Wochen ein Richter überreicht und die seine dritte Ehe aufgelöst hatte: Er war zur Zahlung von Alimenten verdonnert worden und fand das verdammt hart.

Der Lebensmittelladen vor ihm war verriegelt, das Regal im Fenster leer; es fehlten jegliche Waren. Über das Schaufenster zogen sich sternförmige Risse der Art, wie Steine oder dumpfe Knüppel sie hinterließen. Auf einem Pappschild im Eingang stand in handschriftlichen kyrillischen Buchstaben: ›*Njetu Pischa*‹ – ›Keine Lebensmittel‹. Das Schild ähnelte dem, das er ein Stück die

Straße hinunter in der Bäckerei gesehen hatte. ›Kein Brot‹ war darauf geschrieben worden. Auf einem anderen über einem leeren Marktstand hatte er gelesen: ›Kein Obst und Gemüse‹.

Scull fand es interessant, daß auf keinem der Schilder einfach nur ›Geschlossen‹ stand. Offensichtlich hatten die abwesenden Ladenbesitzer die Menschen davon abhalten wollen einzubrechen. Sie machten unmißverständlich deutlich, daß potentielle Plünderer nichts vorfinden würden.

Er trat an die Ladenfront, schirmte mit einer Hand die Augen ab und sah zu den leeren Regalen hinein. »Verdammt«, sagte er wehmütig. »Aus meinem geräucherten Hering wird wohl nichts.«

»Hoffentlich findet man hier leichter was zu trinken als was zu essen.« Perry stand mit dem Rücken zu Scull und ließ seinen Blick die Straße hinauf- und hinuntergleiten. Irgendwie kam es ihm angemessen vor, daß Kaliningrad seinen Namen von einem der weniger berühmten Busenfreunde Lenins erhalten hatte; an den besten Tagen war es ein grauer, trostloser Ort. Die Autos waren alt, die Menschen schäbig gekleidet. Die Straßen bildeten ein Netz um Fabriken, Lagerhäuser und halbfertige Wohnsilos aus Beton. Die Region in der Nähe Polens und der baltischen Staaten hatte bis zum Ende des Ersten Weltkriegs zu Deutschland gehört. Vom Rest Rußlands war sie durch mehrere Grenzen getrennt. Ihre größten Werte bildeten die strategische Lage als Pufferzone und der Hafen. Sogar die Anziehungskraft der Stadt auf deutsche Touristen beruhte nicht auf romantischer Verklärtheit, kulturellem Interesse oder anderen Freizeitmöglichkeiten, sondern lediglich auf ihrem Status als zollfreie Ein- und Ausfuhrzone.

»Ja, laß uns in die Bar gehen.« Scull wandte sich von dem Schaufenster ab.

»Einen Moment, vielleicht haben wir doch noch

Glück.« Perry nickte in Richtung einer Kreuzung, wo ein Ladenbesitzer begonnen hatte, Kisten aus einem Lieferwagen zu entladen. Um ihn herum standen bereits fünfzehn oder zwanzig Personen und blockierten den Bürgersteig. Die meisten von ihnen waren Frauen in formlosen grauen Kleidern, die Leinensäcke über den Armen trugen.

Scull legte die Stirn in Falten und glättete eine Strähne seines dünner werdenden Haars, doch sie bewegte sich wieder in die vorherige Position zurück. Die Furchen auf seiner Stirn wurden tiefer. »Vergiß es, ich werde mich nicht in eine gottverdammte Schlange stellen«, sagte er mürrisch. »Hauen wir ab.«

Perry zögerte immer noch. Zwei junge Männer in speckigen Lederjacken – er schätzte sie auf Mitte Zwanzig – hatten eine alte Frau zwischen sich genommen, die aus dem Laden gekommen war. Der eine von beiden war sehr groß, der andere von durchschnittlicher Statur. Der Kleinere trank aus einer Flasche, die in einer braunen Papiertüte steckte. Er ging leicht schwankend.

Die Frau war in einen dunklen, abgetragenen Schal gehüllt und trug eine schwere Tasche mit Lebensmitteln. Sie versuchte sich an den beiden Männern vorbeizuschieben, aber sie blieben neben ihr.

Perry fühlte einen kleinen Stich in der Magengrube, ein Gefühl, das er in seiner Zeit bei der New Yorker Polizei oft verspürt hatte. Mit seinen hellblauen Augen fixierte er die beiden Russen. Dann tippte er Scull auf die Schulter und deutete in ihre Richtung. »Was stimmt an dem Bild nicht, Vince?«

Mit ausdruckslosem Gesicht stand Scull neben ihm. Er dachte jetzt nur noch daran, daß er etwas trinken wollte. »Für mich sieht es aus, als machten ein paar Schwarzhändler einen Deal«, brummte er. »Vielleicht haben sie Heringe.«

Perry schüttelte den Kopf. »Schwarzhändler sind hinter dem Geld der Touristen her. Hast du sie jemals so an einer Babuschka kleben sehen?«

Scull schwieg. Die alte Frau war mitten auf dem Gehweg stehengeblieben und zog ihre Tasche näher an ihren Körper. Immer noch umringten sie die beiden Kerle in billigem Leder. Der größere hielt die rechte Hand in der Jackentasche verborgen und deutete mit der anderen auf die Tasche.

»Die Typen wollen der Alten ihre Sachen abnehmen«, sagte Perry.

»Das geht dich nichts an. Sollen sich die Einheimischen drum kümmern.«

»Siehst du irgend jemanden, der dazu Anstalten macht?« Mit ausgebreiteten Armen deutete Perry in beide Richtungen der Straße. Einzelne Fußgänger, die an der alten Frau vorbeigingen, schienen nicht zu verstehen, was vorging. Vielleicht wollten sie auch in nichts verwickelt werden.

Worauf zum Teufel warte ich? dachte Perry und rannte den Gehweg entlang.

»Verdammt noch mal, Neil.« Scull trottete hinter ihm her. »Wir sind in einem fremden Land!«

Perry ignorierte ihn. Als er die beiden Männer erreichte, legte er dem größeren eine Hand auf die linke Schulter. »Okay, das genügt, laß sie in Ruhe«, sagte er und griff fester zu.

Der junge Mann richtete sich zu voller Größe auf und blieb stehen. Der Kleinere starrte Perry an und nahm einen hastigen Schluck aus der Flasche. Scull kam heran und wartete. In der Mitte der Gruppe hatte die alte Frau eine Hand zum Mund gehoben und sah ängstlich von einem zum anderen.

»Ich sagte, du sollst verschwinden, *Pakah!*« Perry bemerkte, daß der Russe immer noch die rechte Hand in der Tasche hielt.

Der junge Mann sah ihn von der Seite aus an und bewegte die Schulter, um ihn abzuschütteln. Er hatte kleine, dicht beieinanderliegende Augen und war unrasiert. Perry ließ nicht los.

Einen Moment lang sah ihn der Russe noch an, dann wirbelte er plötzlich herum und spuckte ihm ins Gesicht. Seine Hand schoß aus der Tasche hervor. Darin blitzte etwas metallisch auf – ein Messer.

Die Klinge fuhr nach oben, aber Perry wich dem Stoß aus und packte mit der Linken das Handgelenk des anderen mitten in dessen Bewegung und zwang den Arm nach unten. Als der Rowdy versuchte das Messer wieder hochzubringen, schlug ihm Perry die rechte Handkante auf den Unterarm. Der Knochen brach, der Messerstecher stöhnte auf. Die Hand wurde schlaff und blieb in unnatürlichem Winkel zu seinem Arm hängen. Klappernd fiel das Messer auf den Bürgersteig.

Das Handgelenk des Russen immer noch umschlingend, rammte Perry ihm das Knie in den Unterleib. Der Kerl klappte nach vorne und hielt sich den Bauch. Dann sackte er zu Boden.

Perry beugte sich vor, um das Messer aufzuheben. Im selben Moment hörte er das Splittern von Glas.

Aus den Augenwinkeln nahm er wahr, daß der kleinere Mann die Flasche am Hals aus der Tüte gezogen und gegen die Hauswand geschlagen hatte. Mit der abgebrochenen Flasche ging er auf Scull los. An der Wand rannen Bier und Schaum hinunter.

Scull grinste leicht. Der Russe schwang den Flaschenrest in seine Richtung. Tropfen spritzten. Scull zog den Kopf zurück und spürte einen Luftzug. Um ein Haar wäre das Glas in seine Wange gefahren. Er griff in seine Jackentasche, brachte einen kleinen Metallbehälter zum Vorschein und betätigte mit dem Daumen den Sprühknopf. Ein kegelförmiger Nebel entlud sich aus dem Behälter in das Gesicht des Angreifers. Mit einem Aufschrei ließ der junge Mann die zerbrochene Flasche fallen und torkelte blind herum. Er griff sich ins Gesicht, während das scharfe Spray die Kapillargefäße seiner Augen erweiterte und die Schleimhäute in seiner Nase und Kehle anschwollen. Scull schob den Behälter in die Tasche zurück, drehte den Russen an der Schulter herum und versetzte ihm einen Schwinger in den Bauch. Der Mann ging neben seinem Kumpan in die Knie und rang nach Luft, während ihm dicke Speichelfäden über das Kinn rannen.

Regungslos sah Scull zu ihm hinunter. Obwohl der kleinere Russe orientierungslos war und seine geröteten Augen stark tränten, hatte er noch nicht aufgegeben. Er versuchte sich aufzurichten, und fast gelang es ihm auch, aber Scull holte mit einem Fuß aus und trat ihm mitten ins Gesicht. Der Mann fiel zurück und griff sich mit beiden Händen an die Nase. Durch seine Finger spritzte Blut.

»Du hättest unten bleiben sollen«, murmelte Scull.

Perry bemerkte, daß er immer noch das Messer des anderen Russen in der Hand hielt. Er klappte die Klinge in den Griff zurück und schob es in die Gesäßtasche seiner Hose.

Da fühlte er, wie ihn jemand am Ärmel zupfte. Die alte Frau war vorgetreten. Auf ihrem derben, nach oben gewandten Gesicht stand ein Lächeln.

»*Spasiba*«, sagte sie, sich auf russisch bedankend. Sie nahm zwei Orangen aus ihrer Leinentasche und hielt sie ihm hin. »*Bolschwia spasiba.*«

Perry legte ihr eine Hand auf den Arm. »Vielen Dank, gute Frau. Aber die sollten Sie für sich selbst behalten.« Er bedeutete ihr, die Früchte in die Tasche zurückzustecken.

»Gehen Sie jetzt nach Hause. *Bischir jetso.*«

»Wir machen besser auch, daß wir wegkommen«, meinte Scull.

Perry sah in beide Richtungen. Um sie herum hatte

sich ein Menschenauflauf gebildet. Autos und Busse schoben sich langsam die Straße entlang, doch einige Gaffer waren am Bordstein stehengeblieben, um den Tumult zu beobachten. »Ja, okay. Willst du immer noch was trinken?«

»Ich habe mehr Durst als vorher.«

»Dann zeig mir, wo's langgeht.«

Rasch gingen sie die Straße hinunter.

8.

Washington, D. C.
5. November 1999

Gordian kam es vor, als hätte Dan Parker ihm den Rükken freigehalten, seit sie sich kannten – das waren jetzt ungefähr fünfunddreißig Jahre. In Vietnam, als beide im 355. taktischen Jagdgeschwader gedient hatten, war er als sein Flügelmann geflogen. Bei Tiefflügen gegen Vietcongstützpunkte in den F-4-Phantom hatten sie gesehen, wie schwer es war, getarnte und bewehrte Ziele mit ihren Bomben zu treffen, wenn sie sich ihnen mit Geschwindigkeiten von annähernd Mach 2 näherten. Dabei war ihnen auch klargeworden, wie wichtig es war, Lenkwaffensysteme zu entwickeln, mit deren Hilfe Piloten ihre Bestückung exakt abwerfen konnten, ohne mehrmals über ihr Ziel fliegen und dabei den Finger in den Wind halten zu müssen, um zu bestimmen, woher er blies.

Gordians letzter Tag in einem Kriegsflugzeug – und damit auch im Krieg – war der 20. Januar 1968 gewesen. Damals war er während einer Unterstützungsmission ungefähr sieben Kilometer östlich von Keh Sanh abgeschossen worden. Nachdem er über einem vom Feind gehaltenen Hügel aus seinem brennenden Cockpit ausgestiegen war, hatte er eben noch seinen Fallschirm zusammenraffen können, bevor er sich von einer Gruppe zorniger Nordvietnamesen mit Maschinenpistolen umringt fand. Als Pilot war er ein wertvoller Gefangener, weil er wichtige Informationen über Taktiken und Technologien der Luftstreitkräfte besaß. Deshalb war er nach seiner Gefangennahme auch nur in einen Käfig gesperrt worden, statt daß man seinen Kopf als Trophäe neben andere an eine Wand gehängt hatte. Aber er behielt während der fünfjährigen Einkerkerung sein Wissen für sich und widerstand allen Taktiken seiner Gegner, die ihm nach dem Motto ›Zuckerbrot und Peitsche‹ an einem Tag eine rasche Freilassung versprachen, um ihn am nächsten in Einzelhaft zu bringen und zu foltern.

Unterdessen hatte Dan in den siebziger Jahren seinen zweiten Einsatzbefehl erfüllt und war hochdekoriert in die Vereinigten Staaten zurückgekehrt. Als Sohn eines prominenten kalifornischen Kongreßabgeordneten hatte er mit Erfolg seine sozialen und politischen Kontakte eingesetzt, um Gordian über das Rote Kreuz ausfindig zu machen. Die humanitären Einsatzteams hatten zumindest seine grundlegende medizinische Versorgung gewährleistet, Briefe und Lebensmittelpakete abgeliefert und seiner Familie über sein Befinden berichtet – trotz einer wenig kooperativen nordvietnamesischen Regierung, die sich um die Genfer Konvention keinen Deut scherte.

Aber damit hatten Dans Bemühungen noch nicht geendet. Nachdem es in den Pariser Friedensgesprächen zu einem Waffenstillstand gekommen war, machte er erneut seinen ganzen Einfluß geltend, um sicherzustellen, daß Gordian zu den ersten freigelassenen Kriegsgefangenen zählte. Zwar kehrte Gordian geschwächt und untergewichtig aus der Gefangenschaft zurück, aber er war in einem wesentlich besseren Zustand, als er ohne Dans zuverlässige Hilfe gewesen wäre.

Im Verlauf der folgenden Jahrzehnte dehnte sich diese Hilfe auch auf den beruflichen Bereich aus. Daneben wuchsen ihre Freundschaft und ihre Achtung voreinander. Ihre Erfahrungen in Vietnam hatten beide Männer von der Notwendigkeit einer Technologie überzeugt, die fortschrittliche Navigation und Aufklärung mit einem präzisen Raketenabwurfsystem verband. Gemeinsam waren sie häufig dazu gezwungen gewesen, sich bei ihren Angriffen auf Zufälle zu verlassen, was ihr Leben in Gefahr gebracht und unnötige Verluste unter der Zivilbevölkerung zur Folge gehabt hatte. Darüber hinaus hatte Gordian niemals vergessen, daß er seine Jahre in dem Kriegsgefangenenlager einer russischen Bodenluftrakete verdankte, die er nicht hatte kommen sehen. Zweifellos war mit der Entwicklung intelligenter Waffen seit damals einiges besser geworden, aber es fehlte immer noch an der Integration von Infrarotzielerfassung und Radarüberwachungssystemen. In diesem Bereich klaffte eindeutig eine Lücke.

Gegen Ende der achtziger Jahre hatte Gordian erkannt, wie diese Lücke zumindest theoretisch mittels moderner Satellitenkommunikation geschlossen werden konnte. Dan war in einer Position gewesen, die es ihm ermöglichte, einem Freund die notwendigen Mittel zur Umsetzung seiner Ideen zu verschaffen. In den Fußstapfen seines Vaters hatte er eine politische Karriere eingeschlagen und befand sich bereits in seiner dritten Amtszeit als Kongreßabgeordneter für Kalifornien. Er saß auch in mehreren Bewilligungsausschüssen. Sein Vertrauen in Gordian bewirkte Subventionen, die zusammen mit Gordians eigenen hohen Investitionen aus Firmengewinnen in Forschung und Entwicklung den Weg für GAPSFREE frei machten, das wertvollste Juwel in UpLinks Krone aus Draht und Silikon.

Was die Anpassungsfähigkeit von GAPSFREE an bestehende Luft- und Raumfahrtelektronik sowie an Kommunikationsanlagen betraf, war das System fast zu perfekt, um wahr zu sein. Im Zusammenspiel mit erdumkreisenden GPS-Satelliten ermöglichte es dem Piloten oder Waffensystem-Offizier in einem Kampfflugzeug, exakt zu bestimmen, wo er sich im Verhältnis zu seinem Ziel befand und wer oder was ihn anvisierte. Dazu wurden Daten in Echtzeit direkt von den Satelliten an die Navigationscomputer an Bord übertragen und Radar mit künstlicher Blende benutzt, um durch Nebel und Schlachtenrauch zu sehen. Außerdem war das System leicht und kompakt genug, um in eine Waffenhülse eingebaut zu werden, die sich sogar an Maschinen von relativ niedrigem technischem Standard wie etwa der A-10 befestigen ließ. In Kombination mit einigen Modifikationen im Cockpit wurden so auch diese Flugzeuge zu tödlichen Kampfbombern, die modernste Waffen abfeuern konnten. Diese Vielseitigkeit machte GAPSFREE zum billigsten und effektivsten Lenksystem für Raketen und präzisionsgesteuerte Munition, das je entworfen worden war.

Gordians Firma wurde, was nicht weiter überraschen konnte, damit zum weltweiten Marktführer für Aufklärungstechnik, Gordian selbst zu einem sehr, sehr reichen Mann.

Nachdem sie einen solchen beruflichen Meilenstein gesetzt hatten, hätten sich wahrscheinlich viele Unternehmer zur Ruhe gesetzt oder zumindest auf ihren Lorbeeren ausgeruht. Doch Gordian hatte seine Ideen bereits ins nächste logische Stadium weiterentwickelt. Mit dem Kapital aus seinem überwältigenden Erfolg erweiterte er sein Unternehmen in zahlreiche Richtungen. Er eröffnete Niederlassungen in Dutzenden von Ländern, erschloß neue Märkte und übernahm chemische, informationstechnische und industrielle Holdings auf allen vier übrigen Kontinenten. Er hatte es sich in den Kopf gesetzt, ein weltumspannendes satellitengestütztes Kommunikationsnetzwerk aufzubauen, das preiswerte Anrufe von einem Mobilfunkgerät, Fax oder Modem an jeden beliebigen Punkt auf dem Globus ermöglichte.

Gordian trieben weder der Drang nach größerer persönlicher Bestätigung noch der Wunsch nach mehr Reichtum. Statt dessen glaubte er daran, daß ein solches System tatsächlich das Leben von Millionen, vielleicht Milliarden Menschen verändern würde, weil endlich Kommunikationsdienste und moderne Technologien in jeden Winkel der Erde vordrängen. In seinen Augen stellte der rasche Zugang zu Informationen eine Waffe dar. Er war mit dem festen Vorsatz aus Vietnam zurückgekehrt, alles in seinen Kräften Stehende zu tun, um gegen totalitäre Regierungen und Diktatorenregimes vorzugehen. Aus eigener Erfahrung wußte er, daß keine solche Regierung die Kommunikationsfreiheit überlebte.

Um sein Ziel zu erreichen, benötigte er jedoch die Unterstützung der Regierungen von mindestens einem Dutzend anderer Länder. Seine Firma brauchte Funkfrequenzen. Sie mußten ihm Zugang zu ihren Raumfahrtprogrammen gewähren, so daß er die erforderliche große Anzahl von Satelliten, die die Möglichkeiten der NASA weit überstieg, in niedrige Erdumlaufbahnen schicken konnte. Und er benötigte Genehmigungen, um Bodenstationen in möglichst vielen Ländern der Erde aufzubauen, von denen aus Verbindung zu seinem Satellitennetzwerk und bestehenden Landnetzen aufgenommen werden konnte.

Außerdem brauchte er Dan Parker. Wieder einmal, natürlich. Seit 1997 führte Dan ihn durch den Dschungel der gesetzlichen Regelungen für die Entwicklung privater Satellitentelefone. Inzwischen beobachtete er sogar Geschehnisse im Kongreß für ihn, die den Plan beeinflussen könnten, die russische Bodenstation bis zum Ende des Jahres betriebsbereit zu haben.

Während er Dan jetzt in dem Restaurant ›Washington Palm‹ in der 19. Straße gegenübersaß, nahm Gordian einen Schluck Bier und sah zu den Karikaturen von Sportlern und Politikern auf, mit denen die Wände bedeckt waren. Dan rührte in seinem Martini, um die Eiswürfel aufzulösen, und schien ungeduldig auf das Essen zu warten. Gordian konnte sich nicht daran erinnern, daß er jemals *nicht* ungeduldig gewesen war, wenn er aufs Essen wartete.

Sie saßen an ihrem gewohnten Ecktisch unter einer liebevollen Karikatur von Tiger Woods. Vor zehn Jahren, als sie ihre monatlichen Mittagessen in diesem Restaurant aufgenommen hatten, hatte hier eine Zeichnung von O. J. Simpson gehangen. Den hatte man durch Marv Albert ersetzt, Albert schließlich hatte dem Bild von Woods weichen müssen.

»Tiger«, meinte Gordian schmunzelnd. »Eine amerikanische Legende.«

»Laß uns hoffen, daß wenigstens er länger da hängt«, erwiderte Parker.

»Wenn er weg muß, wer bleibt dann noch übrig?«

Dan schüttelte den Kopf. »Seine Sekretärin vielleicht.«

»Vielleicht.«

Sie warteten weiter. Die Menschen um sie herum waren größtenteils Angestellte von Politikern, Reporter und Lobbyisten. Vereinzelt drückten sich Touristen herum in der Hoffnung, einen Blick auf eine bekannte Persönlichkeit zu erhaschen. Bis jetzt hatte Gordian noch keine Gaffer ausgemacht, die ihn anstarrten. Insgeheim fragte er sich, ob sein Haar heute schlecht frisiert war.

»Also«, fuhr er fort, »dann erzähl mir was über Delacroix' neuestes Gerede.«

Dan beobachtete einen Gast, der am Nebentisch ein Sandwich mit Corned Beef aß. »Ich will mein Essen«, sagte er.

»Ich weiß. Ich hoffte, dich auf andere Gedanken zu bringen.«

Dan hob die Schultern. »Nach allem, was ich von meinen Kollegen im Senat hörte, spricht Delacroix die Themen an, die man von ihm erwartet. Er redet von den Kosten, die eine Hilfe für Rußland mit sich bringt, und erinnert daran – zu Recht, wie ich meine –, daß die Rechnung für unsere Friedensmission in Bosnien am Ende fünfmal so hoch war wie erwartet. Außerdem würden das russische Parlament und das Bankensystem auf breiter Front durch das organisierte Verbrechen kontrolliert, was bedeuten könne, daß möglicherweise ein großer Prozentsatz unserer Hilfe von korrupten Beamten abgeschöpft wird.«

Gordian trank einen weiteren Schluck Bier. »Was sonst noch?«

»Er behauptet, daß das Angebot des Präsidenten nichts als Beschwichtigungspolitik sei. Seine Argumentation lautet, man wolle damit Zugeständnisse für die nächste Runde der Startverhandlungen und die Gespräche über einen Atomwaffenteststop erkaufen, statt durch Unnachgiebigkeit zu punkten.«

Gordian sah, daß der Kellner sich ihnen mit einem Tablett auf dem Arm näherte. »Unsere Steaks kommen.«

»Gott sei Dank.« Dan legte sich seine Serviette auf den Schoß. »Wie lange hat das gedauert?«

Gordian sah auf seine Armbanduhr. »Vierzehn Minuten.«

Schweigend warteten sie, bis der Kellner die Teller vor ihnen abgestellt hatte und wieder gegangen war.

Dan griff nach seinem Besteck und machte sich über das Steak her. »Guuuut«, brummte er, Boris Karloff in *Frankensteins Braut* imitierend.

Gordian begann ebenfalls zu essen und gab Dan Gelegenheit, sich zu stärken, bevor er das Gespräch wieder aufnahm. »Du hast mir Delacroix' offizielle Vorbehalte gegen den Vorschlag genannt. Doch was denkt er wirklich?«

Dan sah ihn an. Er kaute auf einem Stück Fleisch. »Gut zu wissen, daß du so schlecht von deinen gewählten Vertretern denkst«, sagte er.

»Anwesende ausgeschlossen.«

»Erinnerst du dich an den Vorstoß zur Einschränkung der Sozialleistungen, den Delacroix vor ein paar Jahren anführte?«

»Den kann man kaum vergessen«, antwortete Gordian. »Hat er nicht vor dem Senat ein riesiges gefülltes Schwein oder so etwas aufgespießt?«

»Nein, das war bei einer anderen Sitzung, und es handelte sich um eine Ananas.« Dan bearbeitete sein Steak mit Messer und Gabel. »Bei der Debatte über die Einschränkung der Sozialleistungen war sein Aufhänger ein riesiger mechanischer Mund.«

»Wenigstens denkt er in großen Dimensionen.«

Dan grinste. »Der Punkt ist, daß keiner seine Stellungnahme vergessen hat. Sie wurde sogar von Konservativen als starrköpfig und hartherzig erachtet. Deshalb hat er jetzt Angst, es könnte schlecht aussehen, wenn er zu Millionen Dollar, die als Nahrungsmittel und finanzielle Hilfe an Ausländer – noch dazu an Russen – vergeben werden, einfach schweigt.«

Gordian schüttelte den Kopf. »Die beiden Themen haben nichts miteinander zu tun. Selbst wenn wir die heikle Natur dieses Notfalls außer acht lassen ...«

»Genau die wird in Frage gestellt.«

»... geht es immer noch um eine Angelegenheit von strategischer Bedeutung für unser Land.«

Dan trank seinen Martini aus und gab dem Kellner ein Zeichen, einen neuen zu bringen. »Sieh mal, mir liegt nichts daran, den Bullterrier von Louisiana zu verteidigen. Aber stell dir nur mal vor, was Delacroix' politische Gegner daraus machen, wenn er dem Hilfsprogramm zustimmt. Sogar die, die dafür sind, würden ihn der Heuchelei beschuldigen und die amerikanische Öffentlichkeit daran erinnern, daß er unseren Schulkindern das kostenlose Mittagessen wegnehmen wollte.«

Wieder schwieg Gordian. Er sah auf seinen Teller hinab. Seit Ashley ihren persönlichen Koch angewiesen hatte, rohes Fleisch vom ihrem Ernährungsplan zu streichen – er konnte sich nicht erinnern, ob sie sich an den gesättigten Fettsäuren, den krebserregenden Antibiotika oder den steroiden Wachstumszusätzen gestört hatte –, hatten die Steakessen im ›Washington Palm‹ einen Hauch von Rebellion angenommen. Sie waren zu einer Galgenfrist, wenn nicht sogar einer Flucht vor der gesunden Eintönigkeit gedünsteter Gemüse und Meeresfrüchte oder gegrillter Hühnchenbrust geworden. Um die verbotene Freude noch zu erhöhen und sie in all ihrer cholesteringetränkten Fülle zu genießen, war er sogar dazu übergegangen, seine Steaks nicht mehr halb durch, sondern tropfend blutig und beinahe roh zu sich zu nehmen. Einmal im Monat durchbrach er seine diätischen Fesseln, um zu einem Wolf, einem fleischfressenden Urmenschen, zu werden, der seine Fänge nach erfolgreicher Jagd in blutiges Fleisch versenkte.

Heute jedoch verspürte er kaum Appetit. Sein Steak wirkte so vernachlässigt, daß er sich ihm gegenüber beinahe schuldig fühlte. »Zwei Leute aus meinem russischen Team waren neulich in Kaliningrad«, sagte er. »Erinnerst du dich an Vince Scull? Ich habe ihn dir vor einiger Zeit mal vorgestellt.«

Parker nickte. »Der Planungsexperte für Szenarien. Ein schneidiger Kerl, schien mir jedoch ein wenig launisch zu sein.«

»Ich bezahle ihn nicht dafür, daß er freundlich ist. Wenn es darum geht, Probleme vorauszusehen, gibt es keinen Besseren als Vince. Nachdem er sich die Stadt angesehen hat, ist er der Überzeugung, daß es in weniger als einem Monat in ganz Rußland zu Straßenkämpfen um Lebensmittel kommen wird.« Gordian hielt einen Moment lang inne, fand den Blick des Kellners und deutete auf sein leeres Bierglas. »Als er vor zwanzig Jahren für eine kanadische Investmentgruppe im Iran arbeitete, wies er seine Arbeitgeber an, ihre Angestellten aus dem Land zu bringen. Die Firmenbosse hielten seine Einschätzung des politischen Klimas für überzogen. Sechs Tage später kam der Ajatollah an die Macht, und die Angestellten der US-Botschaft wurden als Geiseln genommen. Scull blieb noch eine Weile da und schmuggelte einige der amerikanischen Arbeiter des Unternehmens heraus. Als die Gefahr für sie vorüber war, kündigte er, und ich nahm ihn bei mir auf.«

»Was macht ihn diesmal so sicher, daß es zu einer Katastrophe kommt?«

»Eine ganze Reihe von Anzeichen. Ich kann dir eine Kopie seines Berichts faxen, wenn du willst. Er kommt zu dem Schluß, daß Kaliningrad weniger abhängig von der inländischen Lebensmittelversorgung ist als andere Städte, vermutlich, weil viel importiertes Zeug durch den Freihandelshafen hereinkommt. Trotzdem sind die Läden und Märkte dort leergefegt. Wenn es den Leuten in Kaliningrad schon so schlecht geht, dann dürfte die Lage in Städten wie St. Petersburg oder Moskau noch schlimmer sein.« Gordians frisches Bier kam, und er nahm einen Schluck davon. »Es mag nicht von Bedeutung sein, aber Vince geriet sogar in eine Auseinandersetzung mit ein paar Jugendlichen, die versuchten, einer alten Frau eine Tasche mit Lebensmitteln abzunehmen. Das war eine halbe Stunde, nachdem er in die Stadt gekommen war.«

»Wie es Kaliningrad ergeht, so ergeht es der Russischen Föderation. Willst du das damit sagen?«

»So ungefähr, ja.«

Dan seufzte. »Vielleicht hat der Vorfall, den du erwähnst, Scülls Kristallkugel getrübt. Möglicherweise liegt er einfach nur falsch. Das passiert auch den Besten.«

»Dann ist Starinow also hierhergekommen, um zu betteln, obwohl er es eigentlich gar nicht nötig hat? Glaubst du das wirklich?«

»Bob Delacroix würde sagen, daß Starinow die Krise aufbauscht, weil er ein heißes Thema braucht, mit dem er die Aufmerksamkeit von Pedaschenko ablenken kann. Er möchte sich als Staatsmann präsentieren, der sich unter anderen Politikern auf der Weltbühne bewegt.«

Gordian sah ihn an. Seine grauen Augen blickten durchdringend. »Delacroix ist mir egal, Dan. Ich habe momentan über hundert feste Mitarbeiter im westlichen Rußland. Dazu kommen achtzig oder neunzig Arbeiter, die einen Vertrag bis zur Fertigstellung der Bodenstation haben. Vergessen wir für einen Moment meine Investitionen. Vergessen wir auch das wichtigere nationale Interesse. Aber diese Menschen befinden sich in einer äußerst unsicheren Lage, und ich fühle mich für ihre Sicherheit verantwortlich. Falls das Gesuch um Nahrungsmittelhilfe abgelehnt wird, ziehe ich sie ab. Also, sag mir: Wie, denkst du, wird es ausgehen?«

Dan hatte Gordian schweigend zugehört und dabei seinen Martini zwischen den Handflächen gedreht. Als er ihn jetzt an den Mund hob und trank, waren auf dem eisgekühlten Glas die Abdrücke seiner Finger zu sehen.

»Möglicherweise gelingt es dem Präsidenten, eine Übereinkunft zu treffen, durch die zumindest ein Teil der Hilfe auf den Weg gebracht wird«, sagte er schließlich. »Mit etwas Glück dürfte das genügen.«

»Das sind drei Einschränkungen in zwei Sätzen.«

Dan sah ihn an und hob die Schultern. »Das Schwierigste, das ich in meinem ersten Jahr im Kongreß zu lernen hatte, war, meine Erwartungen zu zügeln. Außerdem ist es mir nur dadurch gelungen, drin zu bleiben.«

»Willst du damit sagen, ich soll stillsitzen und das Beste hoffen?«

»Genau.«

Gordian lehnte sich in seinem Stuhl zurück und seufzte schwer.

Dan blickte auf den Teller seines Freundes. »Ißt du dein Steak noch?«

Gordian schüttelte den Kopf.

»Warum schiebst du's dann nicht rüber?«

9.

REGION KALININGRAD
16. NOVEMBER 1999

Gregor Sadow stand im Schatten und beobachtete das Feuer. Während der vergangenen vier Tage hatten sein Team und er sieben Lagerhäuser in Brand gesteckt. Die gute Nachricht war, daß sie seit Andrej niemanden mehr verloren hatten. Die schlechte, daß die Brandstiftungen nicht ausreichten.

Aber das war nie der Fall.

Mit der linken Hand preßte er ein Stück Stoff auf die kleine Wunde, die er sich zugezogen hatte. Er war nicht sicher, ob er einen Splitter abbekommen hatte, als der Kornsilo im letzten Lagerhaus in die Luft gegangen war, oder ob einer der Wächter ihn mit einem Zufallstreffer an der Seite erwischt hatte. Aber was es auch war, es spielte keine Rolle. Die Wunde war zwar schmerzhaft, aber nicht tief, und von ein paar Schmerzen würde sich Gregor nicht stoppen lassen.

Nein, die Wunde machte ihm keine Sorgen – Kummer bereitete ihm die Nachricht, die er am Morgen erhalten hatte. Kurz und präzise wie immer hatte sie schlicht gelautet: ›Lagerhausbrände effektiv, aber mehr erforderlich. Bereite Team darauf vor, US-Ziele in der Region anzugreifen.‹

Das war alles. Keine Informationen darüber, *welche* US-Ziele anzugreifen waren oder wann zugeschlagen werden sollte. Er wußte, daß er die Informationen dann erhalten würde, wenn die Leute, für die er arbeitete, entschieden, daß die richtige Zeit gekommen war. Für ihn war das in Ordnung. Sie kannten seine Arbeitsweise und wußten, daß er nur dann angreifen würde, wenn sein Team und er wirklich bereit waren.

Immer noch im Schatten stehend und die Hand gegen seine Seite pressend, betrachtete Gregor die Zerstörung, die er angerichtet hatte. Er lächelte leise.

Elaine Steiner verschloß den Werkzeugkasten zu ihren Füßen. Dann rieb sie sich den Staub von den Händen und stand langsam auf. Sie streckte sich, um den Schmerz vom langen Knien zu vertreiben. Eine Strähne ihres leicht ergrauten Haars war aus dem Kopftuch gerutscht, das sie bei der Arbeit trug, und geistesabwesend griff sie nach oben um sie zurückzustecken. Neben ihr schloß Arthur, ihr Mann, die Tür des Wartungskastens und bewegte dann den Kopf nach links und nach rechts, um die Steifheit wegzubekommen.

Sie befanden sich in einem der kleineren Gebäude am Rand des Lagers, das Roger Gordian in einer dünnbesiedelten Gegend in der Region Kaliningrad errichten ließ. Die nächste Stadt war über neunzig Kilometer entfernt, und das Lager, das sie aufbauten, würde größtenteils autark sein müssen. Sie brauchten einen Wohnkomplex für die Beschäftigten und verschiedene Einrichtungen zur Unterhaltung. Und natürlich Sicherheit. Jede Menge Sicherheit. Aber das galt immer, wohin sie auch gingen.

Elaine und Arthur arbeiteten seit fast zwanzig Jahren für Gordian. Er suchte die Orte für seine Bodenstationen aus, und die Steiners reisten dorthin, errichteten sie und brachten sie zum Laufen. Eine gute Partnerschaft und darüber hinaus ein angenehmes Leben – insbesondere, wenn sie wie jetzt dicht davor standen, eine Bodenstation zum ersten Mal online zu bringen.

»Nicht schlecht«, sagte Arthur und sah Elaine an.

Sie lächelte sanft. Arthur nahm immer die positive Seite zur Kenntnis. Das bewunderte sie am meisten an ihm, vielleicht weil sie selbst in der Regel pessimistisch war. »Nicht wie in der Türkei«, sagte sie und drehte Arthur sanft herum, um seinen Nacken zu massieren. »Erinnerst du dich? Wir brachten das System nie für länger als zehn Minuten zum Laufen.«

»Ja.« Er ließ den Kopf nach vorne sinken, um die Massage besser genießen zu können. »Die verdammten alten Transistoren, die uns die Afghaner verkauft hatten, überhitzten ständig. Hat ewig gedauert, bis wir endlich rausfanden, woran's lag.«

»Diesmal war's nur ein gebrochenes Kabel. Ich habe den russischen Wartungstechnikern gesagt, daß ich kein Kabel jemals so lange ohne Wartung lassen würde. Aber wann haben die Einheimischen je auf uns gehört?«

»Werden sie schon noch. Sie werden es lernen.«

Elaine seufzte und schüttelte den Kopf. Aber auf ihrem Gesicht lag ein nachsichtiges Lächeln, während sie weiter Arthurs Nackenmuskeln rieb. Es war gut zu wissen, daß sich manches im Leben nicht änderte. »Laß uns gehen«, sagte sie dann. »Es ist noch eine Flasche Wein von der letzten Lieferung übrig. Ich finde, wir sollten sie heute zum Abendessen trinken.«

Arthur wandte sich um und umarmte seine Frau. Dann wischte er einen Ölfleck von ihrer Wange und küßte sie sanft. »Siehst du?« sagte er. »Schon wieder ein Lichtblick.«

10.

Brooklyn, New York
28. November 1999

Auf dem Spiegel, der eine ganze Wand von Nick Romas Büro einnahm, befand sich kein Staubkorn. Kein Fleck, der die glänzende silbrige Oberfläche getrübt hätte. Zwei- bis dreimal täglich wies Nick einen der Jungs – er mochte den Ausdruck ›die Jungs‹ – an, den Spiegel zu putzen. Manchmal auch öfter, wenn sein Spiegelbild auch nur durch den geringsten Makel beeinträchtigt wurde. Einmal hatte sich ein kleiner Kratzer auf dem Glas befunden. Noch am selben Morgen hatte Nick die ganze Wandverkleidung austauschen lassen.

Nick Roma hielt sich nicht für zwanghaft. Er achtete nur auf sein Aussehen, und daher war der Spiegel sehr wichtig für ihn. Mit Sicherheit war er das wichtigste Utensil in seinem Büro im Platinum Club, wichtiger als die Multimediastation, das Telefon und das elektronisches Notizbuch. Er war mindestens genauso wichtig wie seine MP5K-Pistole.

Jetzt stand Nicky vor dem Spiegel und brachte seine Kleidung sorgfältig in Ordnung. Er zog den Kragen seines schwarzen Rollkragenpullis hoch, glättete den Stoff über seiner Brust und überprüfte, daß er überall richtig in der schwarzen Designerjeans steckte. Jedes Detail hatte perfekt zu sein.

Draußen vor dem Fenster, zwei Stockwerke tiefer auf

der Fifteenth Avenue, setzte ein Lastwagen rumpelnd rückwärts an die Laderampe.

Nick warf einen Blick auf seine Rolex.

Elf Uhr vormittags.

Die Lieferung war exakt zum verabredeten Zeitpunkt eingetroffen. Er war sicher, daß auch die Abholer pünktlich waren. Menschen, mit denen er Geschäfte machte, achteten auf solche Dinge.

Er sah auf seine Stiefel hinab, um sich zu vergewissern, daß sie genauso makellos glänzten wie der Spiegel. Es waren schwarze Justins, aus einer Art Eidechsenhaut gefertigt, die besondere Aufmerksamkeit verlangten – jedenfalls mehr als gewöhnliches Leder. Einer der Jungs putzte und polierte sie jeden Tag, genau wie den Spiegel. Aber er mußte aufpassen, daß sie wirklich farbloses Wachs statt schwarze Politur verwendeten. Politur ruinierte die Haut, und am Ende hätte er ausgesehen wie ein Einwanderer aus Little Odessa. Der bloße Gedanke daran erfüllte ihn mit Zorn und Ekel.

Vor sechs Monaten war er vor einem Bezirksgericht wegen Benzinschmuggels angeklagt worden. Die genaue Beschuldigung hatte gelautet, daß er durch geschickte Manipulation von Papieren Einfuhrzölle in Höhe von drei Millionen Dollar hinterzogen habe. In ihren abschließenden Plädoyers hatten die Staatsanwälte den Geschworenen mitgeteilt, er sei Vori V. Zakone, ein Pate der osteuropäischen Unterwelt. Um ihn zu beschreiben, hatten sie Worte benutzt wie *Boschia* – das russische Wort für »Boß«. Er war beschuldigt worden, den amerikanischen Arm eines Verbrechersyndikats zu führen, das sie abwechselnd *Organisatsija* und *Mafia* genannt hatten. Einmal hatten sie behauptet, diese Organisation werde in Zukunft vermutlich ähnlich einflußreich und mächtig sein wie die Cosa-Nostra-Familien und die asiatischen Banden.

In Zukunft, dachte er ärgerlich, während er seinen

Kamm aus der hinteren Jeanstasche zog und sich damit durch seinen welligen Haarschopf fuhr.

Der Prozeß hatte zwei Monate gedauert, aber er hatte die Anklage in allen Punkten widerlegt und war freigesprochen worden. Es war nicht leicht gewesen, weil man die Identität der Geschworenen strikt gehütet hatte. Sie waren in unbeschrifteten Kleintransportern zum Gericht und wieder von dort fortgebracht worden, ständig von einem Pulk Polizisten der Abteilung Organisiertes Verbrechen umgeben. Im Gerichtssaal hatte man sie nur mit Nummern bezeichnet. Die Blondine mit den sexy Beinen, der Nick während des Prozesses mehrmals zugelächelt und zugezwinkert hatte, war Geschworene Nummer eins gewesen. Der fette Mann, der immer die Arme über dem Bauch verschränkt gehalten hatte, Geschworener Nummer neun. Alles hatte höchster Geheimhaltung unterlegen. Aber das hatte Nick nicht weiter gekümmert. Er hatte nachforschen lassen, denn seine Leute kannten Angestellte im Büro der Staatsanwaltschaft, die Zugang zu den Datenbanken hatten. Auch wenn sie lächerlicherweise die Bezeichnung »höchste Sicherheitsstufe« trugen – er hatte sich die Informationen, die er brauchte, um an zwei Mitglieder der Geschworenen heranzukommen, beschafft.

50 000 Dollar und die Zusicherung, daß den Familien der Geschworenen keine plötzlichen Unfälle zustoßen würden, hatten Nick Roma den Freispruch eingebracht. Seiner Meinung nach war das ein fairer Tausch gewesen. Tatsächlich verstand er sich selbst in erster Linie als Geschäftsmann. Mit seinen fünfunddreißig Jahren war es ihm bereits gelungen, gegenseitige Abkommen mit den Italienern, den chinesischen Triaden, den kolumbianischen Kartellen und sogar den Yakuza zu schließen. Kreativ und ausdauernd hatte er seine Straßenunternehmungen, zu denen unter anderem Prostitution und Drogenhandel zählten, ausgebaut und dabei einen Fuß in die

Tür des Bankwesens bekommen. Durch ausgeklügelte finanzielle Transaktionen war er überall dort in neue Märkte eingedrungen, wo sich ihm ein Dollar bot. Er hatte Kontakte zu seriösen Geschäftsleuten und auf politischer Ebene geknüpft und Waschanlagen für die Gelder aus seinen Aktivitäten in über einem Dutzend Bundesstaaten eingerichtet. Deshalb hatte ihn die Beschreibung des Staatsanwalts, er sei ein »Nachwuchsgangster« und »Anführer einer Gang von Möchtegerns« tief getroffen.

Seiner Ansicht nach lag nichts weiter von der Wahrheit entfernt.

Im Alter von sechs Jahren war er zusammen mit seinen Eltern aus Rußland emigriert und hatte die USA, sogar New York City nicht mehr verlassen. Als er zwölf gewesen war, hatte seine Mutter erfolgreich die Prozedur des Einbürgerungsverfahrens hinter sich gebracht und damit auch für ihn die Staatsbürgerschaft erlangt. Er hatte an seiner Aussprache gearbeitet, bis er ohne Akzent sprach. Mit einundzwanzig hatte er die Schreibweise seines Vornamens geändert, die letzte Silbe seines Familiennamens wegfallen lassen. So war aus Nikita Romanow der Amerikaner Nick Roma geworden.

Er war so amerikanisch wie jeder andere in dem verdammten Gerichtssaal, in dem er gestanden hatte. Immer, wenn er an die Staatsanwälte zurückdachte, schwor er sich, daß sie für ihre Beleidigungen würden bezahlen müssen – einschließlich Zinsen. Niemand machte sich ungestraft über ihn lustig. Er …

Nicky hörte ein Klopfen an der Tür, verpaßte seiner Frisur den letzten Schliff und steckte den Kamm in die Gesäßtasche zurück. »Was gibt's?« Er drehte sich um und sah aus dem Fenster. Der Lastwagen unten war jetzt leer, die kleine Fracht auf einem Handkarren in den Nachtklub gerollt worden. Er beobachtete, wie der Fahrer die Ladeklappe schloß, in sein Führerhaus zurückkletterte und auf die Straße hinausfuhr.

Die Tür öffnete sich einen Spalt. Einer von Nicks Jungs, ein muskulöser junger Mann namens Bakach, steckte den Kopf herein.

»Die Araberin ist hier«, sagte er mit starkem Akzent auf englisch. »Mit ihrem Freund.«

Nick wandte sich dem Spiegel zu, um sich ein letztes Mal zu mustern. Sie kam sogar früher, als er erwartet hatte. Welche Pläne sie auch mit der Ware verfolgen mochte, offensichtlich verschwendete sie keine Zeit. »Schick sie rein.« Er war mit seiner Erscheinung zufrieden. »Und sag Janos und Kos, daß ich die Kisten brauche.«

Bakach nickte, verschwand und kehrte eine Minute später mit Nicks beiden Besuchern zurück.

Nick wandte sich der Frau zu. »Hallo, Gilea.« Er musterte sie. Sie sah gut aus, war in der Tat sehr attraktiv. Ihr schulterlanges schwarzes Haar trug sie zu einer hübschen Frisur geschnitten. Die großen schrägstehenden Augen erinnerten ihn an eine exotische Katze. Der Tweedmantel stand offen und enthüllte schlanke lange Beine unter einem kurzen Lederrock.

Flüchtig fragte er sich, ob sie vielleicht an mehr als einer beruflichen Beziehung interessiert war.

»Nick«, grüßte sie ihn. Die hohen Absätze ihrer Stiefel klackten auf dem Fußboden, als sie in den Raum trat. Der große Mann, der bei ihr war, hatte eine dünne Narbe auf der Wange. Sie wurde halbwegs von einem ungepflegten Bart verborgen. Er folgte ihr in einem Meter Abstand und blieb im selben Moment stehen wie sie. Nick bemerkte die leichte Ausbuchtung einer Pistole unter seinem Sakko.

»Ich habe den Lastwagen draußen gesehen«, sagte Gilea. »Darf ich annehmen, daß meine Lieferung eingetroffen ist?«

»Meine Männer bringen sie soeben herauf.« Er deutete auf einen Stuhl neben seinem Schreibtisch. »Warum entspannen Sie sich nicht, während Sie warten?«

Kalt starrte sie ihm ins Gesicht. »Ich stehe lieber.«

Wenige Minuten später klopfte es erneut an der Tür. Nick öffnete, und zwei seiner Männer kamen herein, die eine mittelgroße hölzerne Frachtkiste trugen. Im Flur vor der Tür standen zwei weitere Kisten. Vorsichtig stellten die Männer die erste Kiste auf den Boden und brachten dann die beiden anderen herein. Sie stellten sie neben die erste. Auf dem Deckel der dritten Kiste lag ein Brecheisen.

Gilea wartete schweigend. Ihre dunkelbraunen Augen fixierten die Kisten. »Ich will reinsehen«, sagte sie knapp.

Nick nickte Kos zu.

Kos nahm das Brecheisen, schob das flache Ende zwischen Deckel und oberen Rand der letzten Kiste und hebelte sie auf. Unterdessen sah Nick zu Gilea hinüber. Ihre Augen hatten sich zu kaum noch geöffneten Schlitzen verengt, und die Zungenspitze glitt auf der Unterlippe hin und her.

Schließlich löste sich der Deckel. Gilea beugte sich über die Kiste und griff hinein. Ihre Hand tastete durch eine Schicht von Verpackungsmaterial aus Styropor. Darunter lagen mehrere verspiegelte Kugeln, wie sie für Lichteffekte in Theatern und Diskotheken eingesetzt wurden. Jede Kugel hatte in etwa die Größe einer Grapefruit. Auch in Nicks Nachtclub hing eine solche Kugel an der Decke, die jedoch wesentlich größer war. Er nannte sie »Discoball«.

»Gib mir das Brecheisen.« Gilea streckte ihre Hand in Kos' Richtung aus, ohne den Blick von der Holzkiste abzuwenden.

Wortlos reichte er ihr das Werkzeug.

Einen Moment lang betrachtete sie die verspiegelten Kugeln. Dann nahm sie eine davon heraus und schlug mit dem Brecheisen dagegen. Ein Riß zeigte sich in der Ummantelung. Sie schlug erneut zu, und der Ball zerbrach in mehrere Stücke. In einem glitzernden Regen fielen die Bruchstücke zu Boden. Zurück blieb nur der Inhalt der Kugel. Auf einer Seite des flachen, rechteckigen Päckchens in ihrer Hand befanden sich chinesische Schriftzeichen. Unter der durchsichtigen Verpackung war ein weißes wachsartiges Material zu erkennen, einem Stück Knetmasse ähnlich.

»Das Plastik.« Gilea schloß die Augen und legte den Kopf in den Nacken. Ihre Lippen bebten leicht, während ihre Finger das Päckchen fest umschlossen.

Eine Frau in Ekstase, dachte Nick, der sie immer noch aufmerksam beobachtete.

»Sie arbeiten sehr zuverlässig«, sagte sie, während sie sich ihm nach einem langen Moment zuwandte. Ihre Augen glühten.

Er lächelte, und ihre Blicke trafen sich.

»Immer«, sagte er.

Nick Roma sah aus dem Fenster seines Büros und wartete. Nach einer Weile streckte Kos den Kopf zur Tür herein und bestätigte, was Nick bereits wußte. Gilea und ihr Handlanger waren gegangen. Er nickte Kos zu, der sich daraufhin zurückzog und die Tür schloß.

Es war an der Zeit, seine Versicherung zu überprüfen.

Nick trat vor die verspiegelte Wand, zog seinen Kamm aus der Gesäßtasche und kämmte sich. Er hatte sein Haar in Unordnung gebracht, als er sich zum Abschied über die wunderschöne Hand dieser gefährlichen Frau geneigt hatte. Jetzt hielt er den Kamm in die Höhe und betätigte damit einen kleinen Knopf am oberen Rand des Spiegels. Der Knopf war so unauffällig, daß ihn nur jemand sah, der wußte, daß er sich dort befand.

Langsam öffnete sich die Spiegelwand vor seinen Augen. Dahinter stand eine Reihe von Videorecordern, die jeweils einen bestimmten Bereich des Gebäudes überwachten. In den Maschinen befanden sich Endlosbänder, die vierundzwanzig Stunden lang ununterbrochen aufzeichneten, um dann das zuvor aufgenommene Material wieder zu überspielen. Nick mußte sie nur herausnehmen, wenn etwas darauf war, das sich zu behalten lohnte.

Wie eine Versicherung.

Er griff in die Vertiefung hinter dem Spiegel und zog das Band heraus, das die Geschehnisse in seinem Büro aufzeichnete. Diese Kassette, auf der zu sehen war, wie Gilea den Discoball öffnete und das darin enthaltende C-4 rieb, als handelte es sich um ein erotisches Spielzeug, würde er behalten. Nicht, daß er jemals erwischt worden wäre. Aber sollte es einmal dazu kommen, würde ihm dieses Band genau wie eine ganze Bibliothek von ähnlichen, die er an einem geheimen Ort aufbewahrte, eine hübsche ›Du-kommst-aus-dem-Gefängnis-frei‹-Karte erkaufen.

Nachdem er ein leeres Band in den Recorder eingelegt hatte, drückte er auf einen Knopf am inneren Rahmen des Spiegels. Aus der Decke vor der gegenüberliegenden Wand klappte ein flacher Bildschirm. Gleichzeitig erschienen acht Lautsprecher an strategischen Punkten im Raum. Nur das Beste für Nick Roma. Einen Moment lang dachte er an die anderen Verwendungen, die sein Spiegel für eine so schöne Frau bergen konnte. Vor seinen Augen entstand ein aufreizendes Bild.

Auch wenn die Szene, die er sich vorstellte, kaum Wirklichkeit werden würde – ein Mann brauchte Phantasien. Sie hielten ihn jung.

Er schob die Aufnahme in ein Abspielgerät, das hinter einer Verkleidung in einer anderen Bürowand stand. Dann lehnte er sich in seinem Schreibtischstuhl zurück, um das Schauspiel zu genießen.

Auf der anderen Seite der Stadt, in einem verlassenen Lagerhaus, dessen Eigentümer sich hinter so vielen Scheinfirmen verbarg, daß nicht einmal die motiviertesten Spürnasen der Polizei ihn ermitteln konnten, startete ein ferngesteuerter Computer, um den Film, den sich Nick eben ansah, in digitalem Format auf seiner Festplatte zu speichern. Elektronisch mit Datum und Ort der Aufnahme versehen, existierte die Information still, heimlich und beinahe unsichtbar weiter. Nicks System arbeitete perfekt.

Auf ihre Art war diese Aufnahme – genau wie all die anderen Bänder – so explosiv wie das C-4, das Nick an Gilea verkauft hatte.

Wie Plastiksprengstoff konnten auch Informationen töten.

Bald würden sie es tun.

11.

NEW YORK CITY
23. DEZEMBER 1999

Polizeichef Bill Harrison konnte es kaum erwarten, daß die *Titanic* sank. Er wollte endlich nach Hause zu seinem Bericht zurückkehren.

Er haßte Musicals, konnte einfach nichts mit ihnen anfangen. Und dieses hier mußte das verwirrendste sein, das er jemals ausgesessen hatte. Zum Teufel noch mal, irgend jemand hatte tatsächlich das schlimmste Seeunglück der Geschichte, bei dem ungefähr 1500 Menschen ertrunken und von den Fischen gefressen worden waren, zu einem Broadway-Spektakel gemacht. Es gelang ihm einfach nicht, den Unterhaltungswert einer derart schrecklichen menschlichen Tragödie zu erkennen. Was sangen all die Tänzer und Schauspieler, die da über die Bühne hüpften? Sie gingen doch mit dem Schiff unter!

Er sah zu seiner Frau hinüber, die neben ihm saß und

gebannt auf die Bühne starrte. Ihr schien es zu gefallen. Nein, es *schien* ihr nicht nur zu gefallen, es gefiel ihr tatsächlich. Das erkannte er an ihrem vorgereckten Kinn und den sanften Grübchen in ihren Mundwinkeln. Wenn zwei Menschen so lange miteinander verheiratet waren wie sie, dann wußten sie auf einen Blick, was in dem anderen vorging. Später, bei Kaffee und Kuchen, würde sie anerkennend von der Ausstattung, der Musik, der Choreografie und der Inszenierung sprechen. Dann würde er sie mit einer ähnlichen Regung wie jener liebevollen Ehrfurcht betrachten, die er vor dreißig Jahren bei ihrem ersten Flirt an der High-School empfunden hatte. Er würde ihre lebensfrohen, intelligenten Züge, ihre glatte kaffeebraune Haut, die Art, wie sie ihre Kleidung zurechtzupfte, und die anmutigen Bewegungen ihrer Hände, mit denen sie die verschiedenen Aspekte der Vorstellung kommentierte, bewundern. Er würde *alles* an ihr bewundern und sich fragen, womit er ihre unablässige Unterstützung, ihr Vertrauen und ihre Beständigkeit verdiente, die dazu beigetragen hatten, ihn aus den Straßen Harlems bis an die Spitze der New Yorker Polizei zu bringen.

Aber später war später. Jetzt lief immer noch der erste Akt einer zum Verrücktwerden unverständlichen Songorgie über ein Wrack, dessen Passagiere einen kalten, atemlosen Tod erlitten hatten. Harrison sah auf seine Armbanduhr und fragte sich, wie lange diese Folter noch dauern würde. 21 Uhr. Noch eine Stunde, vielleicht länger. Dauerten manche dieser Musicals nicht bis halb elf oder sogar bis elf?

Plötzlich regte sich ein schlechtes Gewissen in ihm. Diese Frage sollte der oberste Polizist der Stadt eigentlich beantworten können, nicht wahr? Er hoffte, daß er nicht den Bezug zur Realität verlor. Man konnte den Times Square aufpolieren, wie man wollte, sogar die Sexshops aus der Gegend verdrängen, um Platz für die wunderbare Welt der Walt-Disney-Figuren zu schaffen. Trotzdem würden die Hände unter den weißen Handschuhen von Micky Maus für immer schmutzige Fingernägel haben. Die Gegend würde für immer ein Ort bleiben, an dem das Verbrechen und die Gewalt aus dem Schatten treten konnten, um Menschen ins Dunkel hinunterzuzerren, wie diese tanzenden Clowns auf der Bühne in die Tiefe gezogen wurden. In den letzten Jahren war so viel Aufhebens um die Renaissance des Viertels gemacht worden, daß man manchmal Offensichtliches vergaß: Ein Rückgang in der Verbrechensrate bedeutete nicht notwendigerweise, daß die Kriminellen ihre sieben Sachen gepackt und nach Süden abgewandert waren. In Wahrheit hielt nur die verstärkte Polizeipräsenz die Taschendiebe, Handtaschenräuber, Junkies, Nutten und den anderen Abschaum in Schach. Immer noch gab es dunkle Nischen inmitten der lichtüberfluteten Straßen, die man im Auge behalten mußte – insbesondere der Polizeichef.

Harrison versuchte sich auf das Stück zu konzentrieren, wollte der Story folgen, damit er später mit Rosetta darüber sprechen konnte. Wer war der Kerl mit dem Bart? Der Kapitän? Ein verrückter Wissenschaftler? Gott, es hatte keinen Sinn. Er kam nicht mehr mit. Ein üppiger, melodramatischer Akkord drang aus dem Orchestergraben, und einer der Schauspieler begann zu singen. In den Worten klang etwas von einem Schiff der Träume an. Harrison hörte für eine Minute zu, fiel aber dann in seine eigenen Träumereien zurück. Die Musik wurde leiser, als entfernte er sich allmählich immer mehr von ihr.

Ohne etwas zu erkennen, starrte er auf die Bühne. Er dachte an den Plan, den er noch einmal überarbeiten wollte, bevor er zu Bett ging. ›Operation 2000‹ hatte er ihn genannt. Das war genau die Art hübscher, offiziell klingender Titel, die im Rathaus Vertrauen weckte.

Zusammen mit seinen Abteilungschefs hatte er während des vergangenen Monats fast täglich mit den Leitern der Transitbehörde, der städtischen Notdienste und der Antiterrortruppe von NYPD und FBI konferiert. Sie hatten die zahlreichen Probleme diskutiert, denen sie sich gegenübersahen, wenn sie die riesigen Menschenmassen schützen wollten, die am Silvesterabend auf dem Times Square den Jahreswechsel feiern würden. Das war auch sonst eine grauenvolle Aufgabe, doch nun bereiteten sie sich auf den 31. Dezember 1999 vor, den Jahrtausendwechsel – ein einzigartiges Ereignis im Leben eines jeden Menschen.

Und was hatte der Bürgermeister getan, während Harrison und sein Planungsteam hart arbeiteten, um einen durchdachten logistischen Entwurf für eine Situation zusammenzustellen, die sich fraglos jeder Logistik widersetzen würde? Natürlich hatte er auf der Jagd nach den vielen Dollars der etlichen Besucher die Medien in bisher ungekannter Form eingespannt! Auf jedem Lokalsender war er zu sehen gewesen und hatte sich über die famosen Pläne der Stadt für den großen Countdown ausgelassen. Er hatte in den Talkshows von David Letterman und Conan O'Brien gesessen, in Radiosendungen wie ›Imus in the Morning‹ und ›Howard Stern‹ das Dreieck zwischen Seventh Avenue, Broadway und 42. Straße als ›Zentrum der Welt‹ bezeichnet und alles getan, um die Hörer einzuladen, an der Jahrtausendfeier teilzunehmen.

Harrison empfand eine seltsame Mischung aus Sorge und Resignation. Alle Anzeichen deuteten darauf hin, daß die Menschen dem Ruf des Bürgermeisters in Scharen folgen würden. Laut statistischen Erhebungen aus Touristenanfragen, Umfragen unter Einheimischen und den Rekordbuchungen bei Hotels und Restaurants im Stadtzentrum schätzte man, daß ungefähr zwei Millionen Feiernde den Times Square während der riesigen Party bevölkern würden. Wenn man dazu weitere drei oder vier Millionen Zuschauer rechnete, die den Battery Park, South Street Seaport und das gesamte Ufer Brooklyns belegen würden, um das Feuerwerk über dem New Yorker Hafen mitzuverfolgen, war die Kapazität der Polizei bei weitem überfordert. Nicht einmal annähernd würden die vorhandenen Beamten ausreichen. Und wozu das alles? Während einige glaubten, daß ein neues Zeitalter der technischen Wunder hereinbrach, sahen andere das Ende der Welt auf sich zukommen. Harrison dagegen ging davon aus, daß die Welt am 1. Januar 2000 noch dasselbe, sich drehende Irrenhaus sein würde, das sie stets gewesen war – abzüglich einer ungewöhnlich hohen Anzahl von Todesfällen unter Urlaubern in New York.

Er seufzte, ohne sich dessen bewußt zu sein. In Momenten, in denen er absolut entnervt gewesen war, hatte er schon daran gedacht aufzugeben. Eine kleine Reise unternehmen, dem ganzen verdammten Mist entfliehen, so daß der genau dorthin fallen konnte, wohin er gehörte: in den Schoß des Bürgermeisters. Vielleicht bekam er einen Job bei einem Sicherheitsdienst in Stonehenge oder auf dem Fuji-Berg, wo sich weniger Milleniums-Verrückte herumtreiben dürften. Oder vielleicht in Ägypten? Er hatte gehört, daß einem zehn Riesen Zutritt zu einer Gala verschafften, die ein Reiseveranstalter bei den großen Pyramiden von Gizeh veranstaltete. Sicher würde ein erfahrener Polizeichef aus einer Großstadt dabei helfen können, die Ordnung zu wahren. Falls Bürgermeister Hizzoner Unternehmer sein wollte oder Ringansager der größten Show der Welt – na schön, sollte er doch. Aber mit welchem Recht trieb er auch alle anderen an den Rand des Wahnsinns?

Harrison vernahm donnernden Applaus und sah zur Bühne. Der Vorhang war gefallen. Allmählich gingen die Lichter im Saal an. Was war los? Ein Blick auf seine Uhr zeigte ihm, daß es erst halb zehn war, zu früh für das Ende der Vorstellung. Außerdem hatte er die *Titanic* noch gar nicht sinken sehen.

Pause. Das mußte die Pause sein.

Rosetta stieß ihn mit dem Ellbogen an. »Nun, was hältst du von dem Stück?« Sie klang gelöst.

Es ist abgedroschen und ermüdend, und ich kann es kaum erwarten, nach Hause zu gehen, dachte er. »Prima«, sagte er. »Besonders das Lied über das Schiff der Träume.«

Rosetta nickte zustimmend und lächelte. »Ich bin gespannt, wie es zwischen Ida und Isidor ausgeht. Gehen wir an die Bar und trinken was?«

Er nahm ihre Hand.

Während sie aufstanden, sich an einem Paar, das am Ende ihrer Reihe saß, vorbeizwängten und langsam den Gang zum Vestibül hinaufgingen, überlegte Harrison, daß Ida und Isidor, wer immer sie sein mochten, wahrscheinlich keine allzugroße Wahl hatten. Entweder würden sie sich in eines der Rettungsboote quetschen und von der *Karpatia* befreit werden, oder sie kamen mit dem Kapitän und der Besatzung ums Leben, wenn die *Titanic* sank. Aber das sagte er Rosetta nicht.

Ganz gleich, wie es ausging – er wollte ihr nicht den Spaß verderben.

12.

NEW YORK CITY
28. DEZEMBER 1999

Wenige Minuten vor seinem Tod rollte Julius Agosten seinen Verkaufsstand aus dem Parkhaus in der 23. Straße, während er davon träumte, was er tun würde, wenn er den Jackpot im Lotto knackte.

Als erstes, dachte er, würde er seinen Stand an seinen Schwager übergeben, einschließlich Verkaufslizenz, Garagenplatz und allem. Stefan war noch jung genug, um die langen Stunden auf der Straße zu ertragen. Ihm bereitete es keine Probleme, das Haus um vier Uhr früh zu verlassen und erst nach acht Uhr abends, an Wochenenden sogar manchmal nach Mitternacht, heimzukehren – sommers wie winters, bei Regen oder Sonnenschein. Nachdem Renée und Stefan kürzlich das Baby bekommen hatten, würde ihnen der Stand die Möglichkeit eröffnen, etwas Geld zu verdienen, vielleicht sogar ein paar Dollar für die Zukunft des kleinen Mädchens auf die Seite zu legen.

Es gab nur eine begrenzte Zahl von Verkaufslizenzen für die Innenstadt und noch weniger für so gute Lagen wie die, die Julius sich erobert hatte: 42. Straße, Ecke Broadway, im Herzen von Midtown. Unter der Woche kamen die Berufstätigen; Männer mit Aktenkoffern und Frauen in topmodischer Kleidung, die zu Tausenden aus den U-Bahn-Stationen auf die Bürgersteige strömten, um über den Times Square weiterzueilen. Sie blieben auf einen Kaffe und etwas zu essen – ein Stück Gebäck, ein belegtes Brötchen, was auch immer – bei ihm stehen, bevor sie zu ihrer Arbeit hasteten. Außerdem gab es die Taxifahrer, die Polizisten, die Büroangestellten – eigentlich alle. Wer hatte heutzutage schon Zeit, um zu Hause zu frühstücken?

Julius schob seinen Stand den Block entlang auf seinen wartenden Lieferwagen zu. Laut ratterten die metallenen Laufrollen in der Stille vor der Dämmerung über den Bürgersteig. In drei Stunden würde die Stadt erwachen. Doch jetzt waren die Sicherheitsgitter vor den Ladenfronten noch heruntergelassen, niemand drängte durch die Drehtüren der Bürogebäude, und auf den Straßen brausten nur ein gelegentlicher Zeitungslaster oder ein Taxi im schwachen Schein der Straßenlampen vorbei. Gott sei Dank! dachte er. Wenn sich die Straßen belebten, kamen die Verkehrspolizisten in Scharen. Dann hätte er einen Strafzettel für falsches Parken bekommen, während er den Stand aus der Tiefgarage geholt hatte. Aber was sollte er machen? Ihn den ganzen Weg stadtaufwärts zu Fuß schieben? Zwanzig Blocks, was schon bei normalem Wetter weit war und im Dezember noch weiter erschien?

Vierzig Millionen Dollar, dachte er, als er wieder an den Lottoschein in seiner Tasche dachte. Falls er gewann, würde er sich zur Ruhe setzen und irgendwo hinziehen, wo es warm war. Und ein großes Haus kaufen, eine Villa mit großen Rasenflächen und einem gewundenen Kiesweg hinter hohen Eisentoren. Vielleicht wäre von einer Seite aus das Meer zu sehen. Gerty – ihre Seele ruhe in Frieden – hatte das Meer geliebt. Er müßte den Wagen nicht mehr über Nacht im Parkhaus stehenlassen, keine zweihundert Dollar mehr für das Privileg zahlen, ihn vor Vandalen und Dieben zu schützen. Kein Aufstehen mehr um drei Uhr morgens, um zu dem Großhändler in Queens zu fahren, von dem er seine Brötchen und Teigwaren bezog. Nie mehr anschließend den Wagen aus dem Parkhaus holen und sich beeilen, um zu Beginn der Rush-hour an seiner Straßenecke zu stehen.

Seit über zehn Jahren war dies sein Tagesablauf, Woche für Woche, jahraus, jahrein. Obwohl Julius sich selten beklagte, konnte er nicht leugnen, daß es ihm zugesetzt hatte. Von Tag zu Tag fiel es ihm schwerer, frühmorgens aufzustehen. Seine Arbeitszeiten ließen ihm keine Zeit für seine Enkelkinder; die Blutzirkulation in seinem rechten Bein bereitete ihm allmählich Probleme; oft schmerzte seine linke Schulter. Am meisten aber hingen ihm die brutalen Winter zum Hals heraus.

Heute trug er einen gefütterten Parka und hatte die Kapuze über seinen Kopf gezogen. Der scharfe Wind, der vom Hudson heraufwehte, biß in seine ungeschützten Wangen. Seine Knochen fühlten sich mürbe an von der Eiseskälte. In letzter Zeit trug Julius immer mehr zusätzliche Kleidungsstücke, aber irgendwie genügten sie nie, um ihn warmzuhalten. Das gehörte, so vermutete er, zum Älterwerden eben dazu. Doch warum hatte er nicht bemerkt, wie die Jahre verrannen, bevor es zu spät war, sich darauf einzustellen?

Als er den Lieferwagen erreichte, zog er den Verkaufsstand von hinten heran und kniete nieder, um ihn mit der Anhängerkupplung zu verbinden. Vierzig Millionen, vierzig Millionen, vierzig Millionen. Bei einem solchen Jackpot hätte er in dieser Woche vielleicht mehr als einen Schein ausfüllen sollen, dachte er. Zwar hatte er gehört, daß es nach der mathematischen Wahrscheinlichkeit keinen Unterschied machte, ob man einen oder hundert Scheine besaß, aber immerhin ...

Julius hatte den Stand fast an die Kupplung gehängt, als er rasche Schritte hinter sich hörte. Erschrocken warf er den Kopf herum. Sie schienen aus einer Seitenstraße, der Fifth Avenue, zu kommen.

Einen Augenblick später bog eine Frau um die Ecke.

Zuerst vermutete Julius, daß sie eine Nutte war. Was hatte eine anständige Frau um diese Zeit auf der Straße zu suchen, noch dazu an einem so kalten Morgen? Trotz der städtischen ›Säuberungskampagne‹ blühte in der Gegend immer noch das Geschäft mit der käuflichen Liebe. Zum Beispiel gab es gegenüber auf der 28. den Straßenstrich. Dort sah man Freitag abends die Autos in Doppel- und Dreifachreihen parken, während unter den Armaturenbrettern Köpfe auf- und niederschnellten.

Doch als die Frau näher kam, dachte Julius, daß sie eigentlich nicht wie eine Straßenprostituierte aussah. Zumindest nicht wie eines der Mädchen aus diesem Stadtteil, die meistens fingerdick Make-up aufgelegt hatten und eine Kleidung trugen, die ihre ›Waren‹ auffällig anpries – auch wenn sie sich deshalb den Hintern abfroren. Tatsächlich sah die Herankommende eher wie eine jener Geschäftsfrauen aus, die in ein paar Stunden bei ihm stehenbleiben würden, um ein Croissant zu kaufen.

Sie trug einen Tweedmantel, eine dunkle Hose und eine Baskenmütze, die sie fast bis an die Ohren heruntergezogen hatte. Ihr Gesicht war auffallend schön, mit exotischen hohen Wangenknochen. Das glatte schwarze Haar flatterte im Wind um ihre Schultern.

Rasch schritt sie durch die Dunkelheit auf ihn zu. Aus ihrem Mund traten kleine Dampfwölkchen.

»Helfen Sie mir«, bat sie aufgeregt. »Bitte!«

Verwirrt starrte Julius sie an. »W-was?« stammelte er. »Fehlt Ihnen etwas?«

Sie hielt wenige Zentimeter von ihm entfernt an. Ihre großen schwarzen Augen starrten direkt in seine. »Bringen Sie mich fort von hier, schnell.«

Er runzelte die Stirn. »Ich verstehe nicht …«

»Hier, ich zeige es Ihnen.« Sie griff in ihre Umhängetasche.

Mit wachsender Verwirrung folgte Julius ihren Bewegungen. Weshalb sollte sie sich an einen Wildfremden wenden und um Hilfe …?

Bevor er den Gedanken beenden konnte, hörte er ein raschelndes Geräusch hinter sich. Dann fühlte er plötzlich, wie etwas Hartes und Kaltes gegen seinen Hinterkopf gedrückt wurde.

Die Frau nickte leicht.

Doch ihre Kopfbewegung galt nicht ihm, wie er bemerkte, sondern jemandem, der sich aus den Schatten hinter ihm herangeschlichen hatte.

Sein Herz hämmerte in seiner Brust. Er war hereingelegt worden, abgelenkt …

Julius hörte nicht, wie sich die schallgedämpfte

Glock entlud. Er fühlte nichts als den Stoß der Mündung gegen seinen Kopf, als der Abzug gezogen wurde und die Kugel seinen Schädel durchschlug. Sie riß ihm das rechte Auge und ein großes Stück der Stirn heraus.

Das verbleibende Auge im Schock weit aufgerissen, fiel Julius in den Rinnstein. Dabei drehte er sich, um seinen Mörder anzustarren, aber die Pistole senkte sich und spuckte drei weitere gedämpfte Ladungen in sein Gesicht.

Gilea sah sich nach beiden Seiten um, um sich zu vergewissern, daß die Straße leer war. Dann beugte sie sich über den Erschossenen, die Pfütze aus Blut vermeidend, die sich auf dem Bürgersteig ausbreitete. Sie entfernte die Verkaufslizenz von der Vorderseite des Parkas und schob sie in ihre Tasche. Hastig durchsuchte sie den Mantel und die Hosentaschen des Toten, fand einen Geldbeutel und einen Schlüsselbund. Dann sah sie zu dem bärtigen Mann mit der Pistole auf.

»Nichts wie weg hier, Akhad!« Sie warf ihm die Schlüssel zu.

Der Mann schob die Glock unter seine Jacke, öffnete die Seitentür des Lieferwagens und zog die Leiche hinter den Vordersitz.

Draußen hängte Gilea den Verkaufsstand vollständig an den Lieferwagen an und ging anschließend über den Bürgersteig um den Wagen herum. Sie steckte den Kopf zum Fahrerfenster hinein und bemerkte eine Dekke, die im Laderaum auf dem Boden lag. Nachdem sie die Leiche damit bedeckt hatte, stieg sie auf den Beifahrersitz.

Neben ihr fand der bärtige Mann die Zündschlüssel an dem Schlüsselbund in seiner Hand und startete den Motor.

Den schaukelnden Verkaufsstand im Schlepptau, fuhren sie in westlicher Richtung auf der 28. Straße davon.

Um zehn Minuten nach fünf rollte der Lieferwagen auf einen Parkplatz an der Ecke Eleventh Avenue und 52. Straße. Obwohl die Werkstatt, zu der er gehörte, erst um acht Uhr dreißig öffnete, stand das Garagentor offen. Akhad fuhr hindurch. Drinnen warteten drei Männer in grauen Mechanikermonturen in der Nähe der Tür zum Büro.

Gilea stieß die Beifahrertür auf und sprang aus dem Wagen. »Wo ist Nick?« fragte sie.

»Auf dem Weg«, antwortete einer der Männer auf russisch.

Ärgerlich sah sie ihn an. »Er sollte hier sein.« Der Mann antwortete nicht. Gilea schwieg einen Moment lang. »Die Leiche ist im Wagen«, sagte sie schließlich. »Ihr müßt sie loswerden.«

»Geht in Ordnung.«

Sie griff in ihre Tasche, zog den in Plastik eingeschweißten Verkaufsausweis heraus und gab ihn dem Mann. »Ändert ihn. Der Stand muß heute abend fertig sein.«

»Wird gemacht.«

»Das will ich hoffen. Wir haben weniger als drei Tage.«

»Mach dir keine Sorgen, es wird keine Probleme geben.«

Fröstelnd schlang Gilea die Arme um ihren Oberkörper. »Hier drinnen ist es erbärmlich kalt. Wie haltet ihr das aus?«

Der Mann nickte in Richtung des Lieferwagens und grinste. »Das hält uns auf Trab.«

13.

An verschiedenen Orten
31. Dezember 1999

Noch wenige Augenblicke, bevor er auf Sendung ging, konnte sich Arkadij Pedaschenko nicht entscheiden, wie er seine wöchentliche Fernsehsendung beginnen sollte. Natürlich hatte das nichts mit Änderungen am Konzept oder mangelnder Vorbereitung zu tun. Die Sendungen begannen stets mit einem zehn- bis fünfzehnminütigen Abschnitt, in dem er allein vor der Kamera saß und verschiedene Themen kommentierte. Danach folgte eine Phase mit Zuschaueranrufen, bei der Pedaschenko Gelegenheit hatte, mit seinem Publikum zu plaudern. Angeblich wurden die Anrufer dabei zufällig ausgewählt, aber in Wirklichkeit waren die Fragen und Kommentare abgesprochen. In der zweiten halben Stunde der Sendung gab es Interviews oder Diskussionen mit Politikern und anderen Personen des öffentlichen Lebens.

Nein, sein Problem war nicht das Konzept. Pedaschenko schwor auf eingefahrene Strukturen und lehnte jede Abweichung vom erfolgreich Erprobten ab. Auch der Inhalt der Sendung stand nicht zur Debatte, denn seine eröffnenden Worte waren bereits auf dem Teleprompter abzulesen. Sein Gast, General Pawel Illjitsch Broden von der russischen Luftwaffe, war zeitig im Studio angekommen und befand sich momentan im ›Grünraum‹, wie ihn die Produzenten nannten, um sich auf seinen Auftritt vorzubereiten.

Was Pedaschenko beschäftigte, war die Frage des Stils, des anzuschlagenden Tons. Sollte er seinen Kommentar mit der gewohnten Entschiedenheit abgeben oder eine nachgiebigere, lockerere Haltung einnehmen? Seine Medienberater hatten letzteres empfohlen. Er solle alles vermeiden, was als Pessimismus ausgelegt werden könne, hatten sie gesagt. In einer Zeit, in der sich die Zuschauer auf das Feiern einstellten und ihre Not vergessen wollten, benötigten sie dringend den Zuspruch ihrer politischen Führung. Andererseits – welche bessere Gelegenheit als den Vorabend des neuen Jahrtausends gab es, um ihre Emotionen in Wallung zu bringen? Um sie an die Übel des Internationalismus zu erinnern und an das Versagen der Regierungspolitik, die von Jelzin an Starinow weitergegeben worden war? Um sich selbst als den einzigen Mann zu präsentieren, der das Land an einem wichtigen Scheideweg der Geschichte in die Zukunft führen konnte?

Pedaschenko dachte darüber nach. Er gehörte nicht zu denen, die eine Gelegenheit ausließen. Doch ein wenig oberflächliche Zurückhaltung konnte nützlich sein. Er würde seinem Publikum klarmachen, daß es keinerlei Hoffnung und Grund zu Optimismus gebe, nun, da das 21. Jahrhundert beginne – es sei denn, sie folgten dem Weg, den er ihnen vorzeichne.

»Sechzig Sekunden!« kündigte der Regisseur an.

Pedaschenko blickte kurz auf den Monitor, wo er zu sehen war. Als gutaussehender Fünfzigjähriger mit kurzem blondem Bürstenhaar, einem sorgfältig gestutzten Schnurrbart über einem Mund voller weißer Zähne und einem Körper, der durch häufiges hartes Training gestählt war, betrachtete er sein gutes Äußeres hauptsächlich als Werkzeug. Er nutzte es eher dafür, einen Vorsprung gegenüber seinen Konkurrenten zu erzielen, denn zur Befriedigung der eigenen Eitelkeit. Schon als Junge hatte er gelernt, daß ihm ein rasches, sorgloses Lächeln die Nachsicht seiner Eltern und Lehrer einbrachte. Später hatte er herausgefunden, wie er auf dieselbe freundliche Weise attraktive Frauen ins Bett locken und sich bei einflußreichen Menschen einschmeicheln konnte. Er wußte, daß er seine Anerkennung als Medienpersönlichkeit gleichermaßen seinem telegenen Aussehen wie seinen politischen Ansichten verdankte, aber das störte ihn nicht im geringsten. Entscheidend war, daß er auf jede mögliche Art und Weise öffentliche Unterstützung gewann. Entscheidend war, daß er erreichte, was er wollte.

Er deutete auf eine glänzende Stelle auf seiner Stirn. Sofort huschte eine Maskenbildnerin hinter der Kamera hervor, trug mit einer Bürste etwas Puder auf und hastete wieder davon.

Der Regisseur hob die Hand und zählte mit den Fingern die Sekunden bis zum Sendebeginn ab. »Vier, drei, zwei, eins ...«

Pedaschenko blickte in die Kamera.

»Guten Abend, Freunde und Mitbürger Rußlands«, sagte er. »Während wir uns auf ein neues Jahrtausend vorbereiten, sollten wir einen Blick zurückwerfen, um uns ein paar wichtige Ereignisse unserer Geschichte in Erinnerung zu rufen. Denn während wir uns in eine bessere Zukunft aufmachen, dürfen wir uns die rechtmäßige Wut über die Nachlässigkeit der Obrigkeit, die unseren nationalen Willen ignoriert und uns so viele Probleme bereitet, nicht verkneifen. Das gilt für jeden von uns. Vor zwei Jahrhunderten, im Ersten Vaterländischen Krieg, kämpften unsere Soldaten gegen die große Armee Napoleons und trieben sie geschlagen aus unserer Hauptstadt. Um die Mitte dieses Jahrhunderts nahmen wir erneut unseren Mut und unsere Entschlossenheit als Volk zusammen, um unseren Boden vor den deutschen Faschisten zu schützen. Wir besiegten sie in einem Krieg, der heute als der Große Vaterländische Krieg bezeichnet wird. Rüsten wir uns heute abend für den *Letzten* Vaterländischen Krieg. Es ist ein heiliger Krieg, der nicht mit Waffen, sondern auf einem moralischen Schlachtfeld gekämpft werden wird; ein Krieg, in dem uns nicht Gewehre und Bomben bedrohen, sondern kulturelle Stagnation und Dekadenz. Es ist ein Krieg, meine lieben Mitbürgerinnen und Mitbürger, der erfordert, daß wir tief in unsere Seelen blicken, an unseren geliebten Traditionen festhalten und der Herausforderung mit eiserner Disziplin begegnen ...«

»Ein Krieg, der nicht gewonnen werden kann, indem wir amerikanischen Dollars hinterherhetzen oder wie hoffnungslose Bettler unsere Hände nach amerikanischen Brotkrumen ausstrecken.« Pedaschenko hob seine Stimme. »Wir dürfen nicht zulassen, daß unsere junge Generation von amerikanischer Mode und Musik korrumpiert wird. Ich kann zwar nicht leugnen, daß die Lage ernst ist, aber wir müssen Verantwortung für uns selbst übernehmen ...«

Während Starinow auf den Bildschirm in seinem Büro starrte, mußte er Pedaschenko Anerkennung zollen. Auch wenn er immer die gleichen Themen ansprach, traf er sensible Punkte in der nationalen Psyche, die in jüngster Zeit niemand so effektiv angesprochen hatte. Phrasen wie ›heiliger Krieg‹ und ›rechtmäßige Wut‹ – beides Anspielungen auf die berühmte militärische Hymne des Zweiten Weltkriegs – waren schlichtweg brillant. Und sein bekanntes politisches Programm als neuen Vaterländischen Krieg zu verkleiden war eine geschickte Manipulation gärender Leidenschaften, durch die er den russischen Stolz an seiner Wurzel packte. Er verglich einfach die momentanen Probleme des Landes mit den Nöten der Vergangenheit und setzte den Kampf, sie zu überwinden, in denselben Kontext wie legendäre Schlachten gegen ausländische Eindringlinge – Schlachten, die nur gewonnen worden waren, nachdem sich das Land auf seine eigenen Kräfte besonnen und seine Bürger und Soldaten in einer einzigartigen Aktion der Solidarisierung mobilisiert hatte.

Starinow atmete ein, dann wieder aus. Nie würde er die Feier des 1. Mai von 1985 vergessen, den vierzigsten

Jahrestag des Sieges gegen die Nazis. Eine riesige Menschenmenge hatte sich am Grab des unbekannten Soldaten im Alexanderpark eingefunden. Eine donnernde Parade aus Soldaten, Panzern und Militärkapellen marschierte an ihnen vorüber, und über dem roten Platz wurde ein gigantisches Feuerwerk abgebrannt. Unter wehenden sowjetischen Fahnen wurden patriotische Lieder gesungen, während Gruppen von Veteranen aus dem Zweiten Weltkrieg im militärischem Gleichschritt vorbeizogen – aufrecht, würdig und glorreich trotz ihrer Gebrechlichkeit …

Zusammen mit Generalsekretär Michail Gorbatschow und anderen hochrangigen Parteifunktionären hatte Starinow an jenem Tag auf dem Balkon des Leninmuseums gestanden und die Parade verfolgt. In seine Augen traten jetzt Tränen des Stolzes, und er war davon überzeugt, daß die Sowjetunion trotz des Zusammenbruchs des Kommunismus, trotz aller sozialen und wirtschaftlichen Probleme als starke, vereinte Nation in die Zukunft schreiten würde.

Er verstand Pedaschenkos feurige Rhetorik nur allzugut, fühlte sich sogar auf einer Ebene im Herzen, die er nicht kontrollieren konnte, davon bewegt – und genau das machte sie so gefährlich. Jetzt, am Vorabend des neuen Jahrtausends, fürchtete er, Zeuge einer nationalistischen Wiedergeburt zu werden, die sein Land unwiderruflich in die Isolation und den Konflikt mit dem Westen treiben würde. Deshalb waren seine Nächte zu einem solch endlosen Martyrium geworden, seine kurzen Pausen des Schlafs eingewoben in Alpträume, aus denen er, in kalten Schweiß gebadet, mit dem Geschmack von Staub und Asche im Mund erwachte.

Unterdessen hatte Pedaschenko seine Ansprache im Fernsehen beendet. Er faltete die Hände vor sich auf dem Schreibtisch und beugte sich lächelnd vor. Seine durchdringenden blauen Augen schienen den Zuschauer anzusehen. »Jetzt, meine Freunde, lade ich Sie ein, im Studio anzurufen und Ihre Fragen zu stellen ...«

»Nein, danke, *Freund*«, erwiderte Starinow. Mit dem Daumen betätigte er die Fernbedienung. Pedaschenko verschwand. Damit war seine aufdringliche Präsenz beendet – oder doch nicht?

Unglücklicherweise ist das nicht so einfach, dachte Starinow. Denn außerhalb der Wände seines Büros war Pedaschenko von einem Ende der Russischen Föderation bis ans andere überall.

»Sie sind auf Sendung.«

»Guten Abend, Herr Pedaschenko. Ich hätte gern Ihre Meinung zu dem kürzlichen Besuch von Minister Baschkir in China gehört und zu seinen Versprechungen bezüglich einer verstärkten Zusammenarbeit zwischen unseren beiden Ländern.«

»Vielen Dank, daß Sie anrufen. Ich denke, wir müssen die Absichten des Ministers und spezielle Übereinkünfte mit China separat betrachten. Im Licht der NATO-Erweiterung und anderer Anstrengungen der Vereinigten Staaten von Amerika, das Weltgeschehen zu monopolisieren, stimme ich mit ihm überein, daß wir mit unseren asiatischen Nachbarn viele gemeinsame Interessen teilen. Amerikas Macht stellt eine Bedrohung dar, der es zu begegnen gilt, und dazu bleibt uns keine andere Wahl, als uns nach Osten zu wenden. Doch Minister Baschkir verletzte seine Pflichten aufs gröbste, als er ankündigte, daß chinesische Technologie und militärische Produkte importiert werden sollen. Unsere Munitionsfabriken sind die besten in der Welt und leiden zur Zeit unter einem Rückgang der Aufträge. Darüber hinaus war China stets einer unserer besten Kunden. Warum sollten wir also jetzt eine Umkehr des Handels einleiten? Es erscheint mir dumm und absolut falsch ...«

In seiner *Datscha* nordöstlich von Moskau war Leonid

Todschiwalin bei laufendem Fernseher eingenickt, als ihn das Geräusch von splitterndem Glas mit einemmal wieder hellwach werden ließ. Er wirbelte in seinem Lehnstuhl herum und sah, daß eines der hinteren Fenster zerbrochen war. Durch die gezackten Reste der Scheibe drang kalter Wind in das Wohnzimmer. Der Vorleger unter dem Fensterbrett war mit Scherben übersät. Dazwischen lag ein großer Stein, an dem mit einem Gummiband ein Stück Papier befestigt war.

Todschiwalin zog seinen Bademantel enger um sich, sprang aus dem Stuhl und eilte zum Fenster. Er ging in die Knie, um den Stein aufzuheben, darauf bedacht, nicht in das Glas zu treten. Rasch warf er einen Blick aus dem Fenster in den schneebedeckten Hof. Er sah niemanden. Aber er glaubte zu wissen, warum der Stein geworfen worden war.

Er zog das Gummiband ab und entfaltete das Stück Papier. In großen Blockbuchstaben stand darauf:

VERDAMMTER BLUTSAUGER

Zorn stieg in ihm auf. Seit zwei Monaten transportierte seine Eisenbahnlinie amerikanische Getreidelieferungen, die aus den zentralen Lagerhäusern in Moskau kamen, in die nahegelegenen westlichen Provinzen. Die für jede Region bestimmte Menge wurde anhand der Bevölkerungszahl errechnet. Hätte er nicht stets eine kleine Portion als Reserve abgezweigt, wäre die Zuteilung für seine Stadt lächerlich gewesen. Er war das Risiko eingegangen. Warum sollte er also nicht auch einen kleinen Profit dadurch machen, daß er ein wenig auf den Preis des Getreides, das er verteilte, aufschlug?

»Undankbare Mistkerle!« rief er und warf den Stein wieder nach draußen, in Richtung seiner unsichtbaren Angreifer. »Ihr seid besoffen! Verschwindet!«

Er erhielt keine Antwort. Fluchend stand er auf und

dachte daran, daß er aufräumen mußte. Irgendwer würde dafür bezahlen. Er wollte den Silvesterabend in Ruhe und Frieden verbringen. Irgendwer würde dafür bezahlen.

Todschiwalin war auf dem Weg zum Abstellraum, um den Besen zu holen, als er einen lauten Knall an der Tür hörte. Abrupt blieb er stehen, wandte sich um und sah erneut in den Hof hinaus. Im Schnee befanden sich Abdrücke von mehreren Schuhen. Waren sie vorhin schon dagewesen? Er wußte es nicht, hielt es aber auch nicht für wichtig. Wichtig war, daß sie am Haus entlang zur Vorderseite führten.

Wieder donnerte etwas gegen die Tür. Dann noch einmal. Er sah, wie die Türangeln nachgaben.

»Macht, daß ihr wegkommt!« schrie er. »Haut ab, sonst rufe ich die Polizei!«

Die Tür ächzte und wackelte. Der Riegel ratterte im Schloß. Plötzlich splitterte ein Stück Holz aus dem Rahmen.

Todschiwalin hörte das trockene Rasseln seines Atems. Auf seiner Nase und Stirn hatten sich Schweißperlen gebildet. Er fühlte, wie sich seine Haare am Ansatz aufrichteten.

Wieder Schläge und Stöße gegen die Tür.

Für einige atemlose Sekunden stand er im Eingangsflur. Dann beschloß er, sein Gewehr aus dem Schlafzimmerschrank zu holen. Er mußte es schnell tun, bevor die Tür nachgab.

Er lief in Richtung Schlafzimmer und erreichte den Eingang im selben Moment, als die Tür splitternd und krachend nachgab. Über die Schulter sah er, wie drei Männer in Strumpfmasken hereinbrachen. Zwei hielten Eisenstangen in den Händen, der dritte trug einen Kanister.

»Ihr seid verrückt!« kreischte Todschiwalin. »Das könnt ihr nicht machen! Ihr ...«

Einer der Männer stürzte sich auf ihn und schlug ihm die Eisenstange in die Rippen. Todschiwalin sackte zusammen. Zischend wie bei einem zerrissenen Akkordeon entwich die Luft aus seinen Lungen. Jetzt standen die beiden Männer mit den Eisenstangen über ihm und schlugen auf ihn ein. Er hob die Hände, um sein Gesicht zu schützen, und eine Stange brach ihm die Finger. Vor Schmerz stöhnend, rollte er sich auf die Seite. Wimmernd schob er die Hände zwischen die Oberschenkel.

Unbarmherzig schlugen die Männer weiter mit den Eisenstangen auf seinen Hals und sein Gesicht ein. Sie trafen seinen Mund und trieben ihm die Schneidezähne die Kehle hinunter. Aus seiner Nase und einem offenen Schnitt auf der Wange spritze Blut.

Unter Tränen nahm er wahr, daß der dritte Mann den Kanister umdrehte. Eine Flüssigkeit ergoß sich auf den Boden. Sofort war der Raum von dem Gestank nach Benzin erfüllt. Der Mann mit dem Kanister bewegte sich rasch durch das Zimmer und tränkte die Vorhänge und Möbel. Dann kam er zu Todschiwalin herüber und überschüttete auch dessen Bademantel mit Benzin.

»Bitte nicht«, flehte Todschiwalin schwach und drehte den Kopf. Sein Mund war mit Blut gefüllt. »Ich … ich kann euch … Geld … oder Lebensmittel … geben.«

»Halt's Maul!«

Eine Eisenstange traf ihn unterhalb des Unterkiefers, und er gab einen hohen, erstickten Laut von sich. Dann traten die Männer von ihm zurück. Wie durch einen Schleier sah er, wie einer von ihnen ein Feuerzeug und ein Stück Stoff aus der Tasche zog. Das Feuerzeug wurde an den Stoff geführt und setzte ihn in Brand.

»*Schiliukka!*« stieß der Mann durch seine Maske hervor.

Dann warf er den brennenden Stoffetzen auf Todschiwalins benzingetränkten Bademantel.

Schreiend wand er sich auf dem Boden, während die

Flammen seinen Rücken hinaufrasten und schließlich seinen ganzen Körper umfingen.

Er hörte Fußgetrappel, das sich rasch entfernte. Dann war er allein im Haus. In seinen Ohren prasselte das Feuer, schwarzer Rauch stieg überall im Raum auf. Er brannte! Todschiwalin hörte eine Stimme und schrie um Hilfe. Dann erkannte er, daß es nur der Fernseher war. Während er bei lebendigem Leib verbrannte, schwadronierte Pedaschenko im Hintergrund weiter. Todschiwalin versuchte auf die Knie zu kommen, erhob sich etwa fünf Zentimeter vom Boden, dann brach er wieder zusammen. Orangefarbene Flammen versengten sein Fleisch. Im Todeskampf dachte er, daß ihn die Bastarde umgebracht hatten. *Die Bastar…*

»Sie sind auf Sendung.«

»Minister Pedaschenko, ich würde Sie gerne zu Ihrer Meinung befragen, warum das amerikanische Getreide nur so langsam verteilt wird. Einige Städte im Osten haben erst eine Wagenladung für mehrere hundert Familien erhalten. Wo ich lebe, außerhalb von Stary-Oskol, haben wir noch gar nichts davon gesehen.«

»Eine gute Frage, mein Freund. Wie Sie wissen, behaupten manche Mitglieder unserer Regierung, daß politische Streitereien in den Vereinigten Staaten für die unregelmäßige Verteilung verantwortlich seien. Es könnte aber auch eine andere Erklärung dafür geben. Möglicherweise lassen die Amerikaner die Hilfsgüter bewußt nur tröpfchenweise bei uns eintreffen, um wirtschaftliche Sabotage zu fördern. Glauben Sie nicht, daß sie es darauf anlegen könnten, uns durch eine andauernde Abhängigkeit zu dominieren? Früher oder später müssen wir uns fragen, ob …«

Vince Scull sah auf die Uhr an der Wand über sich und schaltete den Fernseher aus. Genug war genug. Für heute abend konnte er Pedaschenkos gespielte Wut nicht mehr ertragen. Sogar in Rußland durfte man sich am Silvesterabend vergnügen. Zumindest stand es einem frei, unerwünschten Schwachsinn von sich fernzuhalten.

Noch einmal sah er auf das runde Zifferblatt der Uhr. Acht. Das hieß, daß es in Kalifornien noch nicht ganz Mittag war. Seine Frau Anna – nein, falsch – seine *Ex*frau Anna und ihre beiden Töchter würden sich jetzt darauf vorbereiten, das große Ereignis zu feiern. Wenn er sich richtig erinnerte, wollten sie zu Annas Mutter nach Mill Valley fahren. Er überlegte, ob er die Kinder dort anrufen sollte. Vielleicht würden sie bis Mitternacht aufbleiben, um das neue Jahr, Jahrhundert und Jahrtausend und vielleicht noch einen oder zwei kosmische Wendepunkte, die Scull nicht kannte, einzuläuten.

Mitternacht in Kalifornien. Das war hier – sieben Uhr morgen früh? Dann wäre es drei Uhr morgens in New York, wo Sculls zweiundachtzigjährige, immer noch rüstige Mutter lebte. Wahrscheinlich würde sie auf ihre ureigene Weise feiern: ein Glas Wein auf der einen Seite des Sessels, eine Schale mit Erdnüssen auf der anderen, während im Fernsehen das gigantische Feuerwerk auf einem Dach über dem Times Square zu sehen war.

Scull stand auf, um seinen Mantel zu holen. Seine Wohnung hier in der Basis in der Nähe von Kaliningrad – drei Zimmer in einem Plattenbaukomplex mit über einhundert Parteien – kam ihm plötzlich viel zu klein vor. Er brauchte frische Luft.

Er zog den Reißverschluß seines Parkas hoch und ging zur Tür. Die Hand bereits auf dem Griff, zögerte er, wandte sich wieder um und kehrte in die Küche zurück. Mit einem Fuß betätigte er das Pedal, das seinen kleinen Kühlschrank öffnete. Er ging davor in die Knie und betrachtete die Flasche Cristal im oberen Regal. Eigentlich hatte er sie um Mitternacht köpfen wollen, aber warum zum Teufel warten? Sicherlich war es irgendwo anders in der Welt schon jetzt Mitternacht.

Er zog die Flache heraus und griff in dem schuhkartongroßen Eisfach nach einer Glastulpe, die er dort kaltgestellt hatte. Es war seltsam, wenn man sich über die Zeit Gedanken machte. Wenn man einen Stern am Himmel betrachtete, sah man in Wirklichkeit, wie er vor ein paar Millionen Jahren ausgeschaut hatte. Drehte man die Perspektive um, dann wurde es sogar noch seltsamer. Irgendein außerirdischer Sternengucker in einem weit entfernten Sonnensystem, der die Erde durch ein futuristisches Megateleskop betrachtete, würde Dinosaurier durch den prähistorischen Dschungel wandern sehen. Alle menschlichen Anstrengungen, mit denen man versucht hatte, einen Teil der Vergangenheit zu rekonstruieren, erschienen dagegen lächerlich. Die fossilen Ausgrabungen, die wissenschaftliche Debatte darüber, wie die Dinosaurier gelebt hatten, ob der T-Rex schnell oder langsam, intelligent oder dumm gewesen war – was auch immer. Der fremde Astronom im Weltraum erkannte die Wahrheit auf einen Blick. Für ihn war heute abend Silvester vor einer Million Jahren.

Es wird sogar noch seltsamer, dachte Scull. In einer Million Jahren von jetzt an, wenn nichts als Staub – wenn überhaupt – von mir übrig sein wird, könnte mich ein Eierkopf auf demselben Planeten sehen, wie ich das Haus mit meiner Flasche Champagner verlasse und den Weg gehe, den ich jetzt gehen werde. Eine Million minus zehn, und er sähe Anna und mich bei unserem ersten gemeinsamen Urlaub, einer romantischen Bootsfahrt zu den Cayman-Inseln, während der wir meistens in der Kabine damit beschäftigt waren, an unserem ersten Baby zu basteln. Eine Million minus eins, dann würde der Außerirdische Zeuge der traurigen Episode, als mich Anna mit einer anderen Frau erwischte … mich verantwortungslosen, blöden, herumhurenden Trottel, der ich war.

Scull seufzte. Diese Gedanken verursachten ihm

nicht nur leichten Schwindel, sondern machten ihn unendlich traurig.

Er entkorkte die Flasche, stülpte das Champagnerglas über den Flaschenhals und nahm beides mit zur Tür.

Seine Wohnung lag im Parterre des Gebäudes. Als er durch die Tür nach draußen trat, sah er über ein großes, ebenes Feld auf die drei kugelförmigen Satellitenempfänger des Komplexes. Sie standen etwa dreihundert Meter entfernt auf Betonplattformen. Die eckigen Metallkacheln verliehen ihnen das Aussehen von riesigen, facettenreichen Halbedelsteinen.

Aus keinem speziellen Grund begann er in ihre Richtung zu gehen. Die Luft war trocken und bitterkalt, der Boden unter einer dünnen Kruste aus hartem Schnee gefroren. Dichter Wald säumte das Feld auf drei Seiten, nur eine einzelne geteerte Straße führte im Osten aus dem Wald heraus. Die kahlen, mit Eis überzogenen Äste der Bäume glänzten in der klaren Winternacht wie mundgeblasenes Glas.

Auf halbem Weg zwischen der Wohnanlage und den Antennen blieb Scull stehen und lauschte der Stille. In vielen Fenstern hinter ihm brannte Licht, so daß der weiße Boden mit Schatten gesprenkelt war. Die meisten Mitglieder des Teams befanden sich auf einer Party, die ein Technikerehepaar, Arthur und Elaine Steiner, in einem der Freizeiträume gab. Der Rest feierte wahrscheinlich privat im kleinen Kreis. Und Anna und die Kinder waren Tausende Kilometer entfernt.

Er nahm das Glas von der Flasche, schenkte es halb voll und stellte die Champagnerflasche auf den Boden. Während der Wind an seinen Wangen zerrte, sann er auf einen Trinkspruch.

Es dauerte eine Weile, bis ihm etwas Passendes einfiel.

»Auf daß meine Stellvertreter vor mir sterben«, sagte er schließlich und hob das Glas an die Lippen.

14.

San José, Kalifornien
31. Dezember 1999

Gordian nahm den Fuß von der Bremse. Die Räder schafften fast eine ganze Umdrehung, bevor er wieder anhalten mußte. Ungeduldig runzelte er die Stirn. Es wäre übertrieben gewesen zu behaupten, daß er in der endlosen Blechlawine fünfzehn Stundenkilometer schaffte. Je einen großen Sattelzug auf beiden Seiten, fühlte er sich auf der Mittelspur der I-280 wie ein zwischen zwei Walen eingeklemmter Hering.

Er sah auf die Uhr im Armaturenbrett. Fast zwanzig Uhr.

Verdammt!

Er zog sein Funktelefon aus der Jacke und wählte die Nummer von zu Hause.

»Ja?« Seine Frau war nach dem ersten Klingeln am Apparat.

»Hallo, Ashley, ich bin's.«

»Roger? Wo bist du? Was ist das für ein Radau im Hintergrund?«

»Ich bin auf dem Nachhauseweg. Der Lärm kommt vom Autobahnverkehr.«

Stille am anderen Ende. Wie Gordian erwartet hatte. Er unternahm keinen Versuch, das Schweigen zu durchbrechen.

»Schön, daß du dich nicht abhetzt«, sagte Ashley schließlich mit vor Sarkasmus triefender Stimme.

Das hatte er wohl verdient. Durch die Windschutzscheibe warf er einen Blick auf das Heck eines Cherokee-Jeeps und sah einen kleinen weißen Hund mit einer schwarzen Zeichnung um die Augen, der ihn durch das hintere Fenster anstarrte. »Hör zu, Ashley, ich nehme immer diese Straße. Hätte ich gewußt, daß ausgerechnet heute abend soviel Verkehr ...«

»Wenn nicht Silvester, wann dann?« unterbrach sie ihn. »Muß ich dich wirklich daran erinnern, daß wir für neun einen Tisch bestellt haben?«

»Ich rufe im Restaurant an und frage, ob sie die Reservierung auf zehn Uhr verschieben können«, schlug er vor. Bevor er ausgesprochen hatte, begriff er, wie dumm sein Vorschlag war. Heute war Silvester, wie seine Frau gerade eben ganz richtig bemerkt hatte. Trader Vic's war mit Sicherheit komplett ausgebucht.

Gordian wartete auf ihre Antwort. Auf der verstopften Straße bewegte sich nichts. Der Hund im Cherokee schnüffelte am Fenster herum, ohne ihn aus den Augen zu lassen.

»Bemüh dich nicht.« Ihr Sarkasmus hatte sich in Ärger verwandelt. »Ich stehe hier fix und fertig angezogen und bin ausgehbereit. Verdammt noch mal, du hast mir versprochen, diesmal pünktlich zu sein.«

Gordian fühlte, wie sich sein Magen verkrampfte. Ihm fiel ein, daß er ihr sein Wort nicht nur gegeben, sondern auch fest vorgehabt hatte, es zu halten. Da die meisten seiner Mitarbeiter wegen des bevorstehenden Feiertags früh gegangen waren, hatte er beschlossen, die seltene Gelegenheit zu nutzen, um ungestört Papierkram aufzuarbeiten. Um halb sieben hatte er Schluß gemacht und sich ausgerechnet, innerhalb einer Stunde zu Hause zu sein. Warum hatte er die Möglichkeit, daß er im Stau steckenblieb, nicht einkalkuliert?

»Liebling, es tut mir leid. Ich wollte ein paar unerledigte Akten ...«

»Sicher, wie immer. Unter Ausschluß von allem, was im entferntesten mit deinem Privatleben zu tun haben könnte.« Sie atmete hörbar. »Ich werde nicht am Telefon mit dir darüber diskutieren, Roger. Auf die Rolle der nörgelnden Ehefrau möchte ich mich nicht beschränkt sehen. Außerdem haben wir das schon x-mal durchgekaut.«

Gordian wußte nicht, was er antworten sollte. Die Stille im Hörer nahm einen sterilen, hohlen Klang an. Während der letzten Monate hatte Ashley wiederholt von Trennung gesprochen. Auch dazu wußte er nichts zu sagen. Nur daß er sie liebte, nicht wollte, daß sie ging, und erstaunt war, daß sie alles als so schlimm empfand, daß sie auf den Gedanken kam, ihn zu verlassen.

In die Blechlawine kam etwas Bewegung. Es begann in der linken Spur, wo einer der Sattelzüge zischte und vorwärts rumpelte, als der Fahrer die hydraulische Bremse löste. Danach setzte sich der Jeep in Gang. Gordian stellte den Fuß aufs Gaspedal.

Etwa eine Autolänge hatte er dem Asphalt abgerungen, als die Bremslichter des Jeeps aufleuchteten und ihn erneut zum Halten zwangen.

»Ich glaube, es wäre nicht gut, wenn ich zu Hause bin, wenn du kommst«, sagte Ashley.

»Liebling ...«

»Nein, Roger, sag nichts. Nicht jetzt.«

Gordians Magen verkrampfte sich noch mehr. Ihrer tonlosen Stimme nach zu urteilen würde es keine weitere Diskussion geben. Sie hatte komplett zugemacht.

»Ich brauche etwas Freiraum«, erklärte sie. »Es würde alles nur schlimmer machen, wenn wir uns heute abend sähen.«

»Wohin gehst du?«

»Das weiß ich noch nicht. Ich rufe dich später an und sage Bescheid.«

Sie legte auf.

Klick.

Nachdem die Verbindung unterbrochen war, hielt Gordian das Funktelefon noch eine volle Minute lang ans Ohr, bevor er es schließlich in die Tasche zurückgleiten ließ.

Er lehnte sich in den Sitz zurück, rieb sich die Stirn und stieß einen müden, resignierten Seufzer aus.

Kein Grund, mich jetzt noch zu beeilen, dachte er.

Vor ihm hatte der Hund zu bellen und mit dem Schwanz zu wedeln begonnen. Jedenfalls sah es aus, als bellte er, denn Gordian konnte durch die doppelt verglasten Scheiben und das Dröhnen einiger hundert Motoren nichts davon hören.

Er hob die Hand und winkte, worauf der Schwanz des Hundes schneller hin- und herschlug. »Frohes neues Jahr«, sagte er in den Innenraum seines Wagens hinein.

15.

NEW YORK CITY
31. DEZEMBER 1999

23.40 Uhr

Im obersten Stockwerk eines eleganten Bürohochhauses aus Stahl und Glas an der Ecke 24. Straße und Broadway hatten sich deutsche Führungskräfte des internationalen Verlagsimperiums Fuchs Inc. hinter den wandhohen Fenstern versammelt, um die Ereignisse auf der Straße zu beobachten. Lange vor ihrem Neujahrsbesuch waren die Büroräume ihres amerikanischen Redaktionspersonals in einen Aussichts- und Empfangsbereich umfunktioniert worden, mit eleganten Salonstühlen, starken Teleskopen, einer gut bestückten Bar und meisterlich zubereiteten Hors d'oeuvres, die von weiß behandschuhten Bediensteten gereicht wurden. Ebenfalls im Vorfeld der Ankunft der deutschen Besucher hatte eine Aktennotiz der Unternehmensspitze den Weg der Hierarchie nach unten genommen. Darin wurden die Angestellten aufgefordert, das Gebäude am Silvestertag früh zu verlassen; es war ausdrücklicher Wunsch der deutschen Chefs, daß kein Amerikaner, unabhängig von seiner Stellung innerhalb des Unternehmens, Zugang zur Aussichtsetage hatte. Die ausländischen Manager wollten das Spektakel auf dem Times Square in seiner Farbenpracht in sicherer, ungestörter Atmosphäre verfolgen – und kommentieren.

Mochte die allgemeine Hektik der Silvesterfeier eine amerikanische Tradition sein, so waren die deutschen Geschäftsleute, die Millionen Dollar in den neuen Glanz des Viertels investiert hatten, der Ansicht, daß nur sie das Recht hatten, sie von ganz oben zu betrachten.

23.43 Uhr

Auf der Betoninsel in der Mitte des Platzes zwischen 42. und 43. Straße hatte man für die Parade eine große Tribüne aufgebaut. Das militärische Rekrutierungsbüro und die Bänke, die sonst dort standen, waren vom Organisationskomitee ›Silvester 2000‹ im Vorfeld der Festivitäten demontiert worden. Jetzt hatten sich hier der Bürgermeister und andere offizielle Vertreter der Stadt mit ihren Familien, Freunden, politischen Gönnern und einer Menge Unterhaltungskünstler eingefunden, hielten Reden, winkten in die Menge und stimmten Rufe an wie: »Ich liebe New York!« Dabei lächelten sie in die Kameras und forderten die Menschen auf, sich zu amüsieren und bitte ein wenig Nachsicht mit dem Mann neben ihnen zu haben, der ihnen den Ellenbogen in die Seite stoße und seine Hand auf den Allerwertesten ihrer Freundin gelegt habe. Weithin sichtbar, schossen großformatige Bilder über den riesigen Panasonic-Astrovision-Bildschirm über dem Times Square, der 1996 den Sony Jumbotron ersetzt hatte. Die zweiundachtzig Quadratmeter große Pixelwand bildete jeden auf dem Podium Stehenden überlebensgroß ab, so daß die Menge in der charismatischen Nähe ihrer Idole baden konnte.

Polizeipräsident Bill Harrison saß neben seiner Frau und seiner Tochter auf der Tribüne, wo ein berühmter New Yorker Komiker soeben begonnen hatte, Witzeleien in das Mikrofon zu sprechen. Er fühlte sich wie ein Stück kaltes Fleisch auf einem improvisierten Sandwich. Jeden Moment würde jemand das verdammte Ding zur Seite kippen, und die hungrige Meute würde sich bedienen.

Skeptisch ließ Harrison den Blick schweifen. Er wünschte, er besäße mehr Vertrauen in die Sicherheitsmaßnahmen, die zum Schutz der Prominenten, die sich wie auf dem Präsentierteller befanden, ergriffen worden waren. Warum hatten seine Frau und seine Tochter nur begeistert (und gegen seine Proteste) darauf bestanden, ihn in dieses Chaos zu begleiten? Das halbe Rathaus und genug Fernsehstars, um ›Entertainment Tonight‹ eine Woche lang ununterbrochen auszustrahlen, waren anwesend. Trotz der transparenten, schußsicheren Schutzschilde vor den Rednern, der rund um die Tribüne postierten uniformierten Polizisten, der Detectives in Zivil und der privaten Bodyguards, der berittenen Polizisten, Bombenspürhunde und Einsatztrupps auf den Dächern, die den Schauplatz überwachten, und trotz der endlosen Arbeit an sämtlichen Details von ›Operation 2000‹ durch die Planer bestand immer noch die Möglichkeit, daß das Böse durch die Maschen schlüpfte. Wie sollte es anders sein? Ein Dutzend Straßen kreuzten sich an diesem Punkt der Stadt, und alle größeren U-Bahn-Linien trafen hier zusammen.

Während seine Augen die unmittelbare Umgebung absuchten, fiel sein Blick kurz auf den bulligen Einsatzwagen der *Emergency Service Unit*, der in unmittelbarer Nähe der Ehrentribüne in der 42. Straße geparkt stand. Das Fahrzeug war mit Notfallgeräten und taktischer

Ausrüstung vollgeladen. Die Waffen an Bord reichten von Ruger Mini-14 über 12mm-Ithaca-Schrotgewehre bis hin zu patronengurtgespeisten Automatikwaffen und mit Granatwerfern und Mehrzweckmunition bestückten M16. Dahinter standen zwei kleinere Lastwagen der Radarpatrouille in Bereitschaft, ein Überwachungstransporter, ein vorübergehend als mobiles Hauptquartier dienendes Fahrzeug und ein Lastwagen des Bombenräumkommandos.

Tröstlich war für Harrison nur der Gedanke, daß die Elitetruppe der ESU darauf geschult war, praktisch auf jede Art von Krise zu reagieren. Wenn etwas Unheilbringendes über sie hereinbräche, wäre sie in der Lage, der Gefahr auf der Stelle zu begegnen und damit fertig zu werden. Aber reagieren hieß nicht vorbeugen. Unvermittelt dachte er an das Bombenattentat von Oklahoma City. Es erinnerte ihn daran, daß innerhalb von einer Sekunde Hunderte von Unschuldigen ihr Leben verlieren konnten.

»Ist das Dick Clark?« fragte Rosetta, auf einen plötzlichen Wirbel von Aktivität in der Nähe der Tribüne deutend. »Bei den Fernsehkameras da hinten?«

Er beugte sich vor, reckte den Hals. »Glaub' ich nicht«, antwortete er. »Der Typ scheint mir zu alt.«

»Man kann nie wissen, Bill. Mittlerweile müßte er um die siebzig sein.«

»Dick Clark hat mit dreißig aufgehört zu altern«, entgegnete er. »Ganz im Gegensatz zu deinem armen, geplagten Ehemann. Dessen Kräfte schwinden mit jedem Moment, und er wird wie ein Stein schlafen, sobald sein Kopf heute nacht das Kissen berührt.«

»Ach, wirklich?«

»Meine Tage als Partylöwe, der bis zum Morgengrauen wach bleibt, habe ich hinter mir, Liebes.«

Sie legte ihre Hand auf seinen Oberschenkel und ließ sie dort ruhen. Ein kleines, verschmitztes Lächeln umspielte ihren Mund, während ihre Augen auf eine Art und Weise funkelten, daß ihm die Kehle eng wurde und sein Herz stolperte. Heute abend war es nicht anders als sonst.

Erstaunt und nach Luft ringend, sah er sie an.

»Wie gesagt, alter Mann, man kann nie wissen«, sagte sie.

23.45 Uhr

»He, Mann, haben Sie Blaubeerdonuts?«

Der bärtige Straßenhändler sah von seiner Armbanduhr auf und schüttelte den Kopf.

»Vanilledonuts?«

»Nichts mehr da.«

Des Sanford blickte seinen Freund Jamal an. Der erwiderte den Blick schulterzuckend. Die beiden Teenager trugen Sweatshirts mit Kapuzen und Cappies darunter. Beide fanden das Verhalten des Weißen ziemlich verwirrend. Man hätte annehmen sollen, daß es in seinem Interesse läge, heute abend ein paar Dollar zu verdienen, doch anscheinend hatte er keinen Krümel zu verkaufen. Nachdem sie etwas Gras geraucht hatten, waren sie – ein bißchen high – geradewegs auf den Verkaufsstand zugesteuert, weil sie gedacht hatten, etwas Süßes käme jetzt gut. Vielleicht auch ein Kaffee, um die Kälte aus den Knochen zu vertreiben.

Des rieb sich die Hände, um sie zu wärmen. Warum zum Teufel konnte Silvester nicht im Juli sein? »Erzählen Sie uns bloß nicht, Sie haben keine Schokoladenstreusel«, sagte er. »Ich meine, Sie müssen doch *irgendwas* haben.«

»Ausverkauft«, entgegnete der Straßenhändler und warf wieder einen Blick auf die Uhr.

Einen Finger unter seine Kapuze schiebend, kratzte sich Des die Stirn. Auch wenn er hundert Jahre alt werden sollte, würde er diese weißen Typen nicht verstehen, egal, ob sie aus der Bronx stammten oder mit irgendeinem ausländischen Akzent sprachen wie der hier. Der Kerl mußte erstklassige Verbindungen haben – ein Stand an der südöstlichen Ecke der 24. Straße, direkt unter dem Gebäude mit dem riesigen Bildschirm, auf dessen Dach jeden Moment das Feuerwerk losgehen würde. Und was tat er? Stand herum und sah ständig auf die Uhr, als müßte er noch wohin, und erzählte den Leuten, alles wäre ausverkauft.

Des beugte sich vor, um den Namen auf dem Schild des Straßenhändlers zu lesen. »Julius, Mann, dann sagen Sie uns einfach, was Sie noch haben.«

Mit dem Kinn deutete der Straßenhändler auf ein paar kümmerliche, nur mit Puderzucker überzogene Donuts auf dem oberen Regal seines Verkaufsstandes.

Des stieß zwischen zusammengepreßten Lippen die Luft aus und ließ ein verächtliches Schnauben hören. Die Donuts sahen nicht nur alt aus, sondern eindeutig nach Fabrikware. »Fressalien wie die können wir im Supermarkt kaufen«, sagte er. »Auf Ihrem Schild steht *frische* Donuts. Ich meine, wie kann es sein, daß Sie schon vor Mitternacht ausverkauft sind?«

Jetzt richtete der Straßenhändler seinen Blick auf Des. Seine blauen Augen fixierten ihn, als sähen sie geradewegs durch ihn hindurch. Dann langte er mit einer Hand unter die Verkaufstheke.

Wieder schaute Des Jamal an. Verwirrt fragte er sich, ob er zu weit gegangen war und sein Gegenüber provoziert hatte. Vielleicht handelte es sich um einen Verrückten, der ein Problem mit Farbigen hatte. Womöglich hatte er eine Knarre unter der Schürze, nur für den Fall, daß jemand aufmüpfig wurde. Jamal, der sich dasselbe fragte, wollte gerade vorschlagen abzuhauen, als die Hand des Straßenhändlers wieder zum Vorschein kam. Mit zwei Fingern hielt er eine offene braune Papiertüte.

»Hier«, sagte er, während er die paar Donuts aus der Auslage in die Tüte stopfte und sie Des hinhielt. »Kostet nichts.«

Zögernd sah Des ihn an.

»Echt, Mann?«

Der Straßenhändler nickte, streckte seinen Arm weit über die Verkaufstheke und preßte Des die Tüte gegen die Brust. »Nimm schon«, forderte er ihn auf. »Letzte Gelegenheit.«

Des packte die Donuts. Hätte er es nicht getan, dann hätte der Kerl sie wahrscheinlich einfach auf den Bürgersteig fallen gelassen. »Äh, danke, Mann«, sagte er und blickte auf den Astrovision-Bildschirm, auf dem der Bürgermeister in Nahaufnahme zu sehen war. Der oberste Stadtpolitiker stand auf der Tribüne mitten auf dem Platz, ließ Platitüden ab und bereitete sich auf den Countdown vor. Er erzählte allen möglichen Blödsinn, daß New York City ein Vorbild für die Welt sei, weil sich Millionen Menschen auf dem Times Square zusammen amüsierten und friedlich miteinander auskamen, dann sprach er von Zusammengehörigkeit und Verbrüderung – doch bitte keinen Alkohol am Steuer. Kein Wort seiner Rede betraf Donutverkäufer ohne Donuts, aber verdammt, das hier war doch eine Fete. Unter dem Gesicht des Bürgermeisters wurde in grellen roten Zahlen die Zeit angezeigt: 23.47 Uhr. Nur noch dreizehn Minuten bis zur Jahrtausendwende.

Des mußte zugeben, daß auch er ein wenig aufgeregt war. »Los komm, gehen wir ein Stück zurück«, sagte er zu Jamal. »Ich will einen guten Blick auf das Feuerwerk haben, wenn's losgeht.«

Jamal nickte. Er sah den Straßenhändler an und dankte ihm mit einem angedeuteten Nicken für die Gratisgabe. Dann ging er mit seinem Freund davon.

Der Straßenhändler beobachtete, wie sie eine Frau in schwarzem Ledermantel und Lederkappe, die sich dem

Verkaufsstand näherte, anrempelten und stehenblieben. Sie entschuldigten sich, musterten ihr Gegenüber von oben bis unten, dann verschwanden sie in der Menge.

»Viel Vergnügen«, murmelte er.

23.47 Uhr

Gilea drängte sich an den beiden farbigen Teenagern vorbei und kämpfte sich zu dem Donutstand vor. Über den Verkaustresen hinweg sah sie Akhad an.

»Sind Sie ausverkauft?« fragte sie.

Er nickte. »Ich mache gerade zu.«

»Schade.«

»Es gibt bestimmt noch andere Straßenhändler«, tröstete er sie. »Die verkaufen auch Donuts.«

»Ich habe welche in der Nähe gesehen.«

»Gut, dann sollten Sie keine Probleme haben.«

»Nein, keine Probleme.«

Sie schob die Hände in die Manteltaschen. In der rechten Tasche befand sich ein Funksender etwa von der Größe und Form eines Lippenstiftes – genau der gleiche, wie ihn Akhad für alle Fälle bei sich trug. Eine Drehung im Uhrzeigersinn würde ein kodiertes Signal an einen Empfänger/Auslöser im Inneren des Donutstands senden und die C-4-Sprengstoffplatten, die zwischen dünnen Aluminiumblechen vorne, hinten und an den Seiten angebracht waren, zünden. Insgesamt waren Plastiksprengstoffpakete mit einem Gewicht von über fünfzig Kilogramm hinter den Türen der Ablagefächer verstaut worden. Neben dem C-4 enthielten die Fächer Tausende kleiner Nägel und Kugellagerkugeln. Durch die Wucht der Explosion würde das Schrapnell mehrere hundert Meter in alle Richtungen davonfliegen und das Zerstörungspotential der Explosion um ein Vielfaches verstärken. Wie Schrotkugeln würden sich die Eisenteile durch menschliches Fleisch bohren, als wäre es Seidenpapier. Jedes Fach war mit einer unabhängigen elektronischen Zündkappe versehen, aber alle Drähte liefen in einem gemeinsamen Zündsystem zusammen. Dadurch würden die tödlichen Geschosse alle gleichzeitig freigesetzt werden.

Und das wäre erst der Anfang.

Gilea warf einen Blick auf die Uhr an ihrem rechten Handgelenk. Mit der Linken umschloß sie den Sender in der Tasche.

»Es ist fast Mitternacht, ich muß mich auf den Weg machen.« Ihr Blick und der von Akhad trafen sich. »Vielen Dank für Ihre Hilfe.«

»Gern geschehen. Gute Nacht«.

Lächelnd drehte sie sich um und ging mit schnellen Schritten auf die Südseite des Blocks zu.

Akhad holte tief Luft und sah ebenfalls auf die Uhr. Er selbst würde den Stand in genau zwei Minuten verlassen – keine Minute zu früh.

Er wollte so weit wie möglich entfernt sein, wenn sich der Times Square in ein Inferno aus Flammen verwandelte.

23.48 Uhr

»... schalten wir live zum Times Square, wo unser Reporter Taylor Sands den Abend mitten im Gewühl verbringt. Taylor, wie ist die Stimmung bei Ihnen?«

»Hallo, Jessica, die Temperatur mag zwar schnell sinken, aber das hält die Menschen nicht davon ab, weiter auf den Platz zu strömen – um einen Song von Buster Poindexter zu zitieren: Es ist *›hot, hot, hot‹*. Vor wenigen Minuten hat mir ein Vertreter der New Yorker Polizei mitgeteilt, daß die Anzahl der Menschen hier weit über allen Prognosen liegt und die Drei-Millionen-Grenze überschreitet ... Ich kann Ihnen sagen, von hier, wo ich stehe, ist es praktisch unmöglich, einen freien Zentimeter Bürgersteig auszumachen. Trotzdem amüsieren sich anscheinend alle, und bis jetzt gab es nur wenige kleinere Zwischenfälle, bei denen die Polizei eingreifen mußte.«

»Taylor, der Bürgermeister scheint ...«

»Entschuldigung, Jessica, könnten Sie das wiederholen? Wie Sie vermutlich hören, haben die Leute schon ihre Kracher herausgeholt, und ich verstehe Sie kaum noch ...«

»Ich sagte, der Bürgermeister scheint seine Rolle als Zeremonienmeister voll und ganz auszukosten.«

»Das stimmt. In diesem Augenblick richtet er ein paar Worte an die Menge, bevor er den letzten Silvester-Countdown dieses Jahrhunderts anzählen wird. Vor ein paar Minuten hat er sich einen mit rotgoldener Folie und Kreppapierbändern umwickelten Zylinder aufgesetzt. Zu ihm auf die Bühne soll übrigens der legendäre Musiker und Songschreiber Rob Zyman kommen, dessen Lied ›The World's A' Gonna Change‹ zur Hymne einer ganzen Generation wurde. Wie Sie sicher wissen, ist Zyman im Greenwich Village zur Berühmtheit geworden. Außerdem wird ein Wiedersehen von Zyman mit seiner gelegentlichen Gesangspartnerin Joleen Reese erwartet. Wir dürfen also gespannt sein!«

»Großartig, Taylor! Vielen Dank für Ihren Bericht. Wir unterbrechen kurz für die Werbung, aber in nur sechzig Sekunden sind wir mit unserer Live-Reportage vom Silvesterabend 2000 wieder da ...«

23.50 Uhr

Sadow erreichte das Ende des gekachelten Ganges der U-Bahn-Station an der 15. Straße, Ecke Rockefeller Center. In aller Ruhe stieg er die Treppe zum Bürgersteig hinauf. Er hatte keine Eile, sein Ziel zu erreichen. Vor fünfzehn Minuten war er mit einer Bahn in die Innenstadt gekommen und hatte eine Weile auf einer Bank in der Station gewartet, als wollte er einen Anschlußzug nehmen. Schließlich war es Zeit gewesen, sich in Bewegung zu setzen. Wäre es nach ihm gegangen, hätte er eine der Linien genommen, die näher an den Times Square heranführten. Aber Gilea hatte ihn gewarnt, daß die Sicherheitsmaßnahmen in und um diese Stationen herum strenger waren und er damit ein unnötiges Risiko einginge.

Jenseits des Ausgangs sah er zwischen den zackigen Umrissen der Dächer einen Streifen des Nachthimmels, dann umfing ihn kalte Luft. Er trat auf die Straße.

Sogar hier, zwei Blocks westlich des Times Square, konnte er ausgelassene Rufe und Gelächter hören. Die Laute hoben sich von den gedämpften Tönen der unmittelbaren Umgebung ab und kamen als dichter Strom menschlicher Stimmen zwischen den hohen Bürotürmen hindurch.

Er bog nach Norden in die Sixth Avenue ein und ging gemächlichen Schrittes weiter. Als er den Schulterriemen seiner Sporttasche zurechtrückte, quietsche seine Lederjacke ein wenig. Die Tasche aus dunkelblauem Nylon wirkte völlig unverdächtig. Doch weil die Polizei an den Kreuzungen Absperrungen errichtet hatte, war damit zu rechnen, daß sie stichprobenartige Kontrollen in Umhängetaschen und Paketen durchführen würde. Deshalb sollte Sadow laut Plan außerhalb des Kontrollpostens nordöstlich von Seventh Avenue Ecke 53. Straße warten, bis alle von der ersten Explosion abgelenkt waren. Erst dann sollte er kurz in die wogende Menge aus aneinandergedrängten Körpern eindringen und seine Tasche fallen lassen. Zur gleichen Zeit würden Gileas Mitarbeiter Korut und zwei von Nick Romas Soldaten dasselbe an den anderen drei Ecken des Platzes tun. Jede der Taschen enthielt einen Sprengsatz, der mit einem auf zehn Minuten eingestellten Zeitzünder versehen war. Auf dem Höhepunkt der allgemeinen Verwirrung würden sie detonieren.

Wer sich innerhalb des Vernichtungsradius befand, würde in Stücke gerissen werden. Weitere Hunderte, vielleicht Tausende würden im ausbrechenden Chaos verletzt werden, niedergetrampelt von der panisch fliehenden Menschenmenge. Schreie von Verletzten und Sterbenden würden in den Straßen widerhallen, in denen das Blut in Strömen fließen würde.

Sadow bog nach Westen in die 53. Straße ein, wo in einiger Entfernung eine blauweiße Polizeibarrikade den Weg versperrte. Um sie herum stand eine Gruppe uniformierter Polizisten, die lachten und miteinander sprachen. Sie hatten die Arme vor der Brust verschränkt und offenbar nicht viel mehr zu tun, als die Bezahlung für die Überstunden auszurechnen.

Im langen Schatten eines Bürogebäudes verlangsamte Sadow seine Schritte und warf einen Blick auf die Uhr. In wenigen Minuten, dachte er, würden die Polizisten alle Hände voll zu tun haben. Wie viele Opfer das Bombenattentat letztendlich auch fordern mochte – dieser Nacht würde man noch in zehn Jahrhunderten gedenken, wenn die Welt vor einer weiteren Jahrtausendwende stand. Gewöhnliche Geister würden sich vor dem, was auf sie zukommen mochte, fürchten, während die Anführer heute noch ungeborener Nationen sich fragen würden, welche Sünden eine derart ehrfurchtgebietende Wut heraufbeschworen hatten.

23.51 Uhr

Auf persönliche Anforderung des Polizeipräsidenten hatte das Bombenräumkommando der FAA zwei seiner besten Spürhunde mitgebracht. Fay – offensichtlich eine Huldigung an die sie betreuende Organisation – war eine fünf Jahre alte Labrador-Hündin, die innerhalb der letzten Jahre viermal Bomben in Koffern am Kennedy International Airport aufgespürt hatte. Die überaus empfindliche Nase von Hershey, einem Dobermann, hatte beim Parteitag der Republikaner im vorigen Sommer eine Warnung ausgelöst, wodurch eine verheerende Explosion verhindert werden konnte. Das Sicherheitspersonal war auf ein Stück A-3-Plastiksprengstoff aufmerksam geworden, das jemand in einer Blumenvase auf dem Rednerpult versteckt hatte. Obwohl er im allgemeinen als schlauester Hund der Staffel angesehen wurde, hatte Hershey eine große Schwäche: Der Geruch von Schokolade lenkte ihn von einer Spur ab. Deswegen war er nach dem Schokoladenhersteller benannt worden.

Agent Mark Gilmore arbeitete seit etwa zwölf Jahren bei der Zivilschutzabteilung der FAA. Davon war er etwa die Hälfte der Zeit als Hundeführer tätig gewesen. Als Hundeliebhaber schätzte er die außergewöhnlichen Fähigkeiten der Tiere, war sich ihrer Grenzen allerdings durchaus bewußt. Er hatte von Anfang an daran gezweifelt, daß dieser Auftrag durchführbar war.

Die Spürhunde eigneten sich vor allem für die Suche in relativ überschaubaren Räumen oder Bereichen, in denen die Ablenkung möglichst gering gehalten werden konnte. Dazu zählten Flugzeuge, Fluggepäckstationen, Hotelzimmer und – wie im Falle des Parteitags der Republikaner – leere Vortragssäle. Je mehr Sinneswahrnehmungen auf die Tiere einstürmten, desto größer war das Risiko, daß sie abgelenkt wurden und die Spur verloren. Große Areale mit offenem Zugang und viel Getöse beeinträchtigten ihre Fähigkeit, sich auf die kaum wahrnehmbaren, olfaktorischen Spuren von explosiven Chemikalien zu konzentrieren. Der Times Square war schon in einer normalen Nacht problematisch. Heute abend, da man sich hier vorkam wie im schlimmsten Faschingstrubel, war der Platz ein einziges hektisches, grelles Durcheinander aus visuellen Eindrücken, Geräuschen und Gerüchen.

Allein das Vorwärtskommen war schwierig. Am frühen Abend, als die Menge noch nicht so dicht gedrängt gewesen war, hatten die Hunde noch ein wenig Bewegungsfreiheit gehabt. Doch jetzt kam man kaum noch durch das Gedränge hindurch, und die Hunde wurden immer nervöser. Das bedeutete, daß sie an der kurzen Leine gehalten und die Suchbereiche auf die eng abgeschirmten Gebiete wie zum Beispiel die Sperrzone um die Ehrentribüne herum beschränkt werden mußten.

Ein anderes Problem, mit dem sich Gilmore konfrontiert sah, war, daß er dafür sorgen mußte, daß die aufgeregten Tiere nicht austrockneten. Das hätte einen Schockzustand hervorrufen können, der schlimmstenfalls sogar ihren Tod zur Folge hätte. Wegen ihres relativ hohen Gewichts brauchten sie viel Flüssigkeit, um ihren auf Hochtouren arbeitenden Stoffwechsel vor Überhitzung zu schützen. Vorsorglich hatte Gilmore mehrere Wasserkanister in dem außerhalb des Times Square geparkten Transporter des Bombenräumkommandos deponiert. Dorthin hatten ihn die hechelnden Hunde bereits zweimal innerhalb der letzten Stunde gezogen.

Von seinem Platz neben der Bühne aus hatte er zugesehen, wie Rob Zyman und Joleen Reese zum Bürgermeister auf die Bühne geklettert waren, als Fay wieder an der Leine gezogen hatte. In diesen letzten Minuten vor dem Countdown wäre er gern in der Nähe der alternden, aber nicht ausgebrannten Stars geblieben – aus einem Grund, der zugegebenermaßen nicht rein beruflicher Natur war. An dem Tag, als sein Bruder in den sechziger Jahren mit dem ersten Album Zymans, ›Big City Ramble‹, nach Hause gekommen war, war Gilmore zum Zyman-Fan geworden. Da der Sänger nur noch selten öffentlich auftrat, hielt er den heutigen Abend für seine möglicherweise letzte Chance, Zyman live zu erleben, bevor der Star seine ramponierte Gibson-Gitarre schultern und auf dem einsamen Highway in den Sonnenuntergang hinein wandern würde. Selbst wenn er nur eine oder zwei Strophen von ›Auld Lang Syne‹ in seinem berühmten, oft nachgeahmten Sandpapierkrächzen zum Besten gäbe, wollte er sich das nicht entgehen lassen.

Aber dann hatte Fay angefangen, zu hecheln und an der Leine zu zerren. Das war ein unmißverständliches Zeichen, daß sie ihren Wasserbedarf decken mußte.

Auf dem Weg zum Transporter ließ er die Hunde frustriert an der etwa fünfzehn Zentimeter kurzen Leine schräg vor sich laufen und blieb innerhalb des Bereichs vor der Bühne. Fays Zunge hing schon fast auf dem Asphalt. Hershey ging noch seiner Aufgabe nach. Mit tief gebeugtem Kopf schnüffelte er mal hierhin, mal dorthin, tat dabei aber so, als hätte er sich seiner Partnerin aus reiner Ritterlichkeit angeschlossen.

Plötzlich, etwa zehn Meter von der Stelle entfernt, an der der Transporter stand, blieb Hershey wie angewurzelt stehen. Jaulend und bellend wandte er sich nach links, der Menschenmenge zu, und legte die dreieckigen Ohren nach hinten an den Kopf. Gilmore sah auf ihn herab und stutzte, weil Hershey sich wirklich seltsam benahm. Noch merkwürdiger war, daß jetzt auch Fay in die gleiche Richtung zu kläffen begann. Ihr Durst schien vergessen.

Während er den Hunden mehr Leine ließ, überkam ihn ein ungutes Gefühl. Die Tiere zerrten nach links und sprangen los, so daß er fast gegen die Querstange einer Polizeibarrikade gestolpert wäre. Mit einem scharfen Kommando hieß er sie bei Fuß gehen und lenkte sie durch eine Lücke zwischen zwei Absperrungsgittern hindurch, während er mit seinem Blick die Menge absuchte.

Er sah nur Menschen. Tausende und Abertausende von Menschen, die so dicht aneinandergedrängt standen, daß sie einen einzigen amorphen Organismus zu bilden schienen. Sie warteten auf den Countdown, der in weniger als zehn Minuten beginnen würde. Die meisten sahen auf die Bühne oder auf den Panasonic-Bildschirm.

Da erblickte er den Karren des Straßenhändlers, der etwa drei Meter von der Ecke zur 42. Straße entfernt stand. Schräg auf der Frontseite prangten in Großbuchstaben die Worte »FRISCHE DONUTS«. Wahrscheinlich hätte er den Stand übersehen, wenn da nicht ein paar Auffälligkeiten gewesen wären: Die Glasvitrinen waren leer, und der Verkäufer wollte den Stand offensichtlich in ziemlicher Eile verlassen.

Gilmore sah wieder auf Fay und Hershey hinab. Mit gesträubtem Fell fixierten sie den Donutstand. In seinem Kopf schrillten Alarmglocken. Nicht allzu laut anfangs – denn bis jetzt hielt er es noch für möglich, daß Hershey die Witterung eines harmlosen, übriggebliebenen Schokoladendonut aufgenommen und Fay nur in die Futtergier eingestimmt hatte –, aber das Schrillen war hartnäckig genug, um ihn der Sache nachgehen zu lassen.

Er ließ sich von Fay und Hershey weiterziehen. Die beiden steuerten auf den Stand zu wie Zielflugkörper. Sie knurrten, und das Weiß in ihren Augen trat deutlich hervor. Verängstigt von der Größe und dem Gebaren der Hunde, bildeten die Feiernden eine Gasse, um sie durchzulassen.

Als sie bis auf einen Meter an den Straßenverkäufer herangekommen waren, blieb der Händler zwischen den zähnefletschenden Hunden und dem Stand stehen. Zuerst warf er einen ängstlichen Blick auf die Tiere, dann sah er Gilmore an.

»Entschuldigen Sie, Sir.« Der Polizist fixierte sein Gegenüber skeptisch. Die Hunde zerrten jetzt so heftig an der Leine, daß er befürchtete, sie könnten ihm jeden Moment die Schulter auskugeln. »Würden Sie bitte einen Moment zur Seite treten. Ich möchte einen Blick auf Ihren Donutstand werfen.«

Der Verkäufer starrte ihn an. »Warum?«

»Nur Routine.«

Der Mann rührte sich nicht von der Stelle. Sein Blick wanderte zwischen Gilmore und den Hunden hin und her. Auf seinen Wangen oberhalb des Barts bildete sich glänzender Schweiß. »Ich packe gerade ein.« Er fuhr sich mit der Zunge über die Lippen. »Ich weiß nicht, was Sie von mir wollen.«

»Sir.« Gilmores innere Alarmglocken schrillten inzwischen mit voller Lautstärke. »Es tut mir leid, aber Sie müssen zur Seite treten.«

Der Mann rührte sich nicht. Er schluckte zweimal. Dann schob er die linke Hand in die Manteltasche. »Fahr zur Hölle, Amerikaner«, sagte er.

Im gleichen Moment zog er einen kleinen, zylindrischen Gegenstand aus der Tasche und drehte mit zwei Fingern an dessen Ende.

Gilmore wollte nach seiner Dienstwaffe greifen, aber er kam nicht mehr dazu, sie aus dem Halfter zu ziehen.

Angesichts dessen, was geschah, hätte es ohnehin keinen Sinn mehr gehabt.

23.55 Uhr

Der Polizist im ESU-Funküberwachungswagen registrierte ein kurzes Aufblinken an einem seiner Geräte, ein Signal auf niedriger Frequenz im Bereich zwischen dreißig und fünfzig Megahertz – weniger, als man von einem Rufmelder oder einem Funktelefon auffangen konnte, aber wesentlich mehr, als von einer Fernbedienung der Zentralverriegelung eines Autos zu empfangen war.

Er wandte sich an seinen Partner auf dem Stuhl neben sich, weil er es für ungewöhnlich genug hielt, um es zu erwähnen.

»Gene, was hältst du da…?«

Die Druckwelle der Explosion riß ihm das Wort ab. In einem gewaltigen Feuerball flogen der Transporter, die Mannschaft und der gesamte Wageninhalt in die Luft.

23.55 Uhr

Mit dem Zünder in der Hand wartete Gilea an der Ecke von Sixth Avenue und 42. Straße darauf, daß es Mitternacht wurde, als die Explosion einen unvorstellbar grellen Blitz in den Himmel schickte. Der anschließende Knall überrollte sie mit einer Wucht, die ihr fast das Trommelfell zerriß. Sie wurde am ganzen Körper durchgerüttelt, und der Boden bebte unter ihren Füßen. Überall um sie herum gingen die Alarmanlagen von Autos und Geschäften los. In den Bürogebäuden zu beiden Seiten der Straße barsten die Fensterscheiben.

Akhad, dachte sie. Ihr Herz raste, in ihren Mund trat der metallische Geschmack von Adrenalin.

Keuchend vor Erregung stützte sie sich mit einer Hand an einer Hauswand ab. Sie sah nach Westen zum Times Square. In ihren Augen spiegelten sich die Lichter eines rotgoldenen Flammenberges, der sich dort erhob.

»Atemberaubend«, murmelte sie. »Mein Gott, das ist atemberaubend.«

16.

SAN JOSÉ, KALIFORNIEN
31. DEZEMBER 1999

In New York war es fünf Minuten nach Mitternacht.

Die Fernsehkameras, die eben noch in schneller Folge Szenen der ausgelassenen Feier auf dem Times Square eingefangen hatten, zeigten nun einen orangefarbenen Feuerball, der, mit grellen Flammen durchsetzt, wie eine Gischt aufwärts stieg. Aus großer Höhe sah er aus wie eine entzündete Streichholzschachtel auf einer schwarzen Tischplatte.

Streichhölzer, dachte Roger Gordian. Wenn es doch nur so wäre.

Aschfahl griff er mit einer Hand, die nicht aufhören wollte zu zittern, nach der Armlehne des Sofas, um sich abzustützen. Entsetzen und Fassungslosigkeit jagten durch sein Gehirn. Das Glas Courvoisier, das ihm aus der Hand geglitten war, lag umgekippt auf dem Boden, und ein nasser dunkelroter Fleck breitete sich auf dem Teppich aus. Er nahm ihn nicht wahr. Ebensowenig war ihm bewußt, daß er das Glas hatte fallen lassen. Er konnte nichts anderes registrieren als die Tragödie, die sich auf dem Bildschirm abspielte.

Fünf Minuten nach Mitternacht.

Noch vor zehn Minuten hatten die Menschen in der ganzen Welt das neue Jahrtausend begrüßen wollen, als wären sie auf einem Bahnhof versammelt und wollten den Zirkus in die Stadt einfahren sehen. Statt dessen donnerte jetzt der Zug der Apokalypse an ihnen vorbei. Verzweifelt versuchte Gordian in diesen ersten Minuten der Benommenheit nach der Explosion die Realität zu leugnen. Er widersetzte sich ihr, indem er sich einzureden versuchte, daß alles nur ein Mißverständnis sei. Daß irgendein Techniker beim Fernsehsender den falschen

Knopf gedrückt habe und statt der Übertragung vom Times Square plötzlich ein scheußlicher Katastrophenfilm laufe.

Aber er hatte noch nie zu denjenigen gehört, die der Wahrheit lange aus dem Weg gingen. Insbesondere dann nicht, wenn sie ihn mit einer vollen Breitseite traf.

Verstört stand er reglos da, auf die Couch gestützt, als hätte der Boden unter seinen Füßen mit einemmal eine starke Neigung. Doch während er, mehr oder weniger vom Schock überwältigt, auf den Fernseher starrte, funktionierte ein kleiner Teil seines Gehirns auf der analytischen Ebene weiter. Er interpretierte die vor ihm ablaufenden Bilder, um den Explosionsumfang zu berechnen und das Ausmaß der Zerstörung zu ermessen. Es war eine Fähigkeit – andere mochten sie als Fluch bezeichnen – die er aus Vietnam mitgebracht hatte. Ähnlich wie bei einem Flugschreiber in einem Flugzeug funktionierte der eingebaute Beobachtungsmechanismus weiter, selbst wenn alles andere in ihm emotional lahmgelegt war.

Das Feuer unten links sieht aus wie ein Gebäude, dachte er. Ein großes Gebäude. Der helle tränenförmige Fleck darüber ist eine extrem heiße Flamme, die viel Licht erzeugt. Vermutlich entzündetes Benzin und verglühendes Metall ... irgendein brennendes Fahrzeug. Kein Personenwagen, sondern vermutlich ein Lastwagen oder ein Transporter. Vielleicht sogar ein Bus.

Gordian atmete unsicher ein. Er glaubte immer noch keinen Schritt machen zu können, ohne über seine Füße zu fallen. Während er wie angewurzelt dastand, sendete das Fernsehen alptraumhafte Luftaufnahmen vom Times Square. Ein Nachrichtensprecher stammelte unzusammenhängende Worte. Gordian dachte an Vietnam, an die Bombenangriffe und die Flammen, die den Dschungel wie ekelhafte rote Furunkel übersät hatten. Ob beim Katz-und-Maus-Spiel mit einem russischen Boden-Luft-Flugkörper oder beim Blick auf einen Bunker des Vietcong, der soeben Ziel einer 250-Kilo-Bombe geworden war – er hatte immer gewußt, ob die feurigen Punkte und Striche des Luftkriegs als Zeichen von Erfolg, Mißerfolg oder Gefahr zu deuten gewesen waren. Nie hätte er erwartet, daß ihm diese Fähigkeit einmal im zivilen Leben von Nutzen sein würde. Doch er hatte sich geirrt.

Die verstreuten kleinen Punkte sind Teile verschiedener Trümmer. In dem schwarzrot gesprenkelten Bereich, dort wo die Rauchschwaden am dicksten sind, muß der Explosionsherd gewesen sein …

Gordian zwang sich dazu, sich auf den CNN-Bericht zu konzentrieren. Die Stimme der Nachrichtensprecherin wirkte dumpf und weit entfernt, obwohl er wußte, daß die Lautstärke seines Fernsehers so hoch aufgedreht war, daß er noch einige Räume weiter zu hören sein mußte. Er hatte sich einsam gefühlt und Ashley vermißt, deshalb hatte er sich einen Brandy eingegossen und von seinem Arbeitszimmer aus die Berichterstattung über Silvester 2000 verfolgt. Das wenige, das er gehört hatte, hatte er laut und deutlich vernommen.

Ashley, dachte er. Um zehn Uhr hatte sie kurz angerufen, um ihm zu sagen, daß sie bei ihrer Schwester in San Francisco sei. Jetzt dachte er einen Moment lang daran, sie dort anzurufen. Aber was sollte er sagen? Daß er in einem Augenblick wie diesem nicht allein sein wollte? Daß er sich nach der tröstenden Wärme eines Menschen, den er liebte, sehnte? Angesichts der Tatsache, daß er sie in letzter Zeit fast völlig ignoriert hatte, erschien ihm sein Bedürfnis egoistisch und unfair.

Konzentrier dich auf die Reporterin. Du willst nicht verpassen, was sie sagt.

»… möchte ich noch einmal daran erinnern, daß wir hier eine Liveübertragung vom Dach des Morgan Stanley Tower in der 45. Straße, Ecke Broadway, sehen. Wie ich soeben höre, gestattet der Fernsehsender ABC, der von hier aus überträgt, daß die Aufnahmen von allen anderen Nachrichtensendern mitbenutzt werden, bis die Übertragungsleitungen in dem betroffenen Gebiet wieder stehen. Es gibt momentan keine Bilder aus den Straßen am Times Square. Was immer dort passiert ist, hat die Ausrüstung der übertragenden Sender erheblich beschädigt. Derzeit noch unbestätigten Berichten zufolge soll die Explosion durch eine Bombe verursacht worden sein. Wir können Sie, verehrte Zuschauer, beruhigen, daß es keine, ich wiederhole, absolut *keine* Anzeichen dafür gibt, daß es sich um eine Atombombe gehandelt hat, wie von einem Kommentator eines anderen Senders behauptet wurde. Aus dem Weißen Haus verlautet, daß noch in dieser Stunde eine Fernseherklärung des Präsidenten erwartet wird ...«

Gordian fühlte einen eiskalten Schauer über seinen Rücken laufen. Plötzlich erinnerte er sich an einen Satz, den er schon lange nicht benutzt und auch nicht aus dem Mund eines anderen gehört hatte: *Spooky ist aktiv*. Dies war ebenfalls eine Botschaft, die ihn aus dem dreißig Jahre zurückliegenden Vietnamkrieg erreichte. Spookies waren AC-47-Kampfflugzeuge. Die mit 7,62-mm-Maschinengewehren ausgestatteten Maschinen flogen im Dunkel der Nacht dicht an feindliche Stellungen heran und nahmen sie unter Dauerfeuer. Von den sechstausend Schuß pro Minute war jeder dritte oder vierte ein Leuchtspurgeschoß. Die undurchdringliche rote Wand, die sich von dem Flugzeug aus nach unten zog, vermittelte amerikanischen Bodentruppen in sicherer Entfernung ein beruhigendes Gefühl. Die Vietcong in ihren Schützengräben dagegen versetzten diese Luftangriffe in Angst und Schrecken. Sie mußten das Gefühl haben, daß der Zorn Gottes sie traf und sie nirgends in Sicherheit waren.

»Einen Moment, bitte«, rief die Nachrichtensprечеrin und hielt eine Hand an ihren Ohrhörer. »Ich höre soeben, daß der Gouverneur von New York eine allgemeine Nachrichtensperre über die Stadt verhängt hat. Sie wird von der Polizei und den Einheiten der Nationalgarde strikt überwacht. Ich wiederhole: Eine Nachrichtensperre wird über die fünf Bezirke von New York verhängt ...«

O Gott, dachte Gordian. O mein Gott!

Heute nacht war Spooky in Amerika aktiv.

17.

NEW YORK CITY
1. JANUAR 2000

Polizeipräsident Bill Harrison hörte die Explosion, die seine Frau tötete, nicht.

Allerdings sollten ihn sein Leben lang genügend andere Erinnerungen – viel zu viele Erinnerungen – an dieses furchtbare Ereignis verfolgen. Er würde sich genau daran erinnern, wie er neben Rosetta auf der Ehrentribüne gesessen und ihre Hand gehalten hatte. Aus den Augenwinkeln hatte er das singende Folkduo auf dem Podium beobachtet. Aber seine Aufmerksamkeit war von zwei FAA-Bombenspürhunden abgelenkt worden, die ein paar Meter weiter rechts für einige Aufregung sorgten. Er würde sich erinnern, dort einen Verkaufsstand gesehen zu haben und amüsiert gedacht zu haben, daß die Hunde vermutlich die Witterung von etwas weniger Tödlichem als Sprengstoff aufgenommen hatten – falls sie nicht gerade auf Diät waren und keine Vanilledonuts oder ähnliches fressen durften. Aber dann hatte er den ernsten Gesichtsausdruck des Hundestaffel-Offiziers und dessen Körperhaltung registriert, während er mit dem Mann in dem Verkaufskittel sprach. Das hatte ihn alarmiert. Harrison, der als Streifenpolizist in Upper Manhattan begonnen hatte, war seit fünfundzwanzig Jahren bei der Polizei. Das vorsichtige, wachsame Vorgehen, das Polizisten an den Tag legten, wenn sie sich verdächtigen Personen näherten, war ihm bestens vertraut.

Er steht etwa zweieinhalb bis drei Meter von dem Mann entfernt, so daß er seine Bewegungen beobachten kann, dachte Harrison. Er will seine Hände sehen und sichergehen, daß sie bleiben, wo sie sind. Die eigene Hand hat er an der Waffe.

Er würde sich immer an das entsetzliche Gefühl in seiner Magengegend erinnern, als er sah, daß der Straßenhändler in die Tasche griff und der Polizist seine Waffe ziehen wollte. An die plötzlich aufbrechende Angst und das Gefühl, die Zeit verginge rasend schnell – viel zu schnell, als würde in einem Film während der entscheidenden Szene rasch vorwärtsgespult. Dann war sein Blick auf den Panasonic-Bildschirm mit der eingeblendeten Uhrzeit gefallen: 23.56. Da war ihm ein Gedanke durch den Kopf geschossen: Noch vier Minuten. Sie schlagen genau um Mitternacht zu, es sei denn, es kommt etwas dazwischen, das sie zwingt, früher zu handeln.

Immer würde er sich daran erinnern, wie er sich zu Rosetta und ihrer Tochter Tasheya wandte. Er wollte sie von der Tribüne schaffen, sie von diesem Ort wegbringen. Mit kräftigem Druck die Hand seiner Frau umschießend, sprang er auf. Er zerrte an ihrem Arm, aber sie sah ihn nur erstaunt und fragend an, und ihr Mund formte die Worte »Was ist los?«. Doch bevor er ihr antworten konnte, ging alles in einem novahellen Blitz auf. Er spürte, wie ein Schwall heißer Luft seinen Körper überrollte, der Boden vibrierte und bebte. Er wurde von den Beinen gerissen und hilflos durch das grelle Licht geschleudert. Immer noch hielt er Rosies Hand fest umklammert, ließ sie nicht los …

Jetzt erlosch die alles umgebende gleißende Helligkeit, und die Hitze, obwohl weiterhin hoch, ließ ein wenig nach. Harrison wurde klar, daß er sich noch auf der Tribüne befand und ausgestreckt auf der Seite lag. Seine linke Wange war zerrissen und ein offener, faseriger Brei, und sein Gesicht fühlte sich naß und klebrig an. Die Welt war in die Schräglage gekippt. Seine Füße befanden sich über seinem Kopf.

Er war von Feuer und Rauch umgeben. Glassplitter regneten von oben herab. Sirenen heulten. Überall blutende Menschen. Viele bewegten sich nicht, andere rannten oder krochen herum. Hunderte schrien, stöhnten oder riefen Namen. Überall herrschte Panik.

Ein lautes Krachen war zu hören, und er vernahm das ächzende Geräusch von Metall, das sich bog. Schemenhaft erkannte er, daß die Tribüne in der Mitte fast durchgebrochen war. Die inneren Ränder ragten nach unten, was für seine seltsame Position verantwortlich war. Prasselnd schlugen Flammen durch die Tribünenbretter. Die vorher ordentlich aufgereihten Klappstühle waren umhergewirbelt worden und lagen jetzt verstreut wie die Teile eines Mikadospiels herum. Große Betonblöcke, so weit das Auge reichte. Die Explosion hatte eine Zerstörung angerichtet, die das Gebiet eher wie eine Mondlandschaft, denn wie den Times Square aussehen ließ.

Irgendwo rechts von ihm wirbelte ein gigantischer Feuerpilz in wilder Umdrehung. Harrison erkannte, daß er aus einem großen Krater quoll, tatsächlich, einem richtigen *Krater*. Instinktiv kam er zu dem Schluß, daß dort die Stelle gewesen sein mußte, an der die Bude des Straßenhändlers gestanden hatte. Dort war auch der Polizist mit seinen Hunden gewesen …

Irgendwie riß ihn dieser Gedanke aus der Benommenheit des Schocks, in die er in den ersten Sekunden nach der Detonation verfallen war. Wie ein Schmiedehammer traf ihn die ungeheuerliche Erkenntnis – er hatte noch nicht nach Rosie und Tasheya gesehen.

Vorher war er sich der Lage, in der er gelandet war, nur halb bewußt gewesen. Aber jetzt nahm Harrison wahr, daß seine linke Hand, die er nach hinten ausgestreckt hatte, immer noch die kleinere, sehr viel weichere Hand seiner Frau umfaßt hielt.

»Rosie?« Er stöhnte schwach.

Keine Antwort.

»*Rosie* ...?«

Immer noch keine Reaktion.

Harrison zwang sich dazu, sich zu bewegen. Das Quietschen von nachgebendem Metall über ihm wurde lauter und bedrohlicher. Angst und Bestürzung packten ihn. Mit steifen Gliedern kroch er zu seiner Frau und rief noch einmal ihren Namen. Er fürchtete sich davor zu fragen, warum sie nicht antwortete.

»Rosie, bist du in Ordn...«

Mitten im Wort brach er ab. Er sah sie auf dem Rükken liegen, ein Auge geschlossen, während das andere ihn aus dem mit Blut und Betonstaub überzogenen Gesicht anstarrte. Es sah aus wie eine grauenerregende Kabuki-Maske. Ihr Haar war durcheinander, unter ihrem Kopf glänzte eine dunkle, trübe Pfütze. Bis auf die Hand, die er umklammerte, war sie vom Hals bis zur Hüfte unter einem Berg aus Schutt begraben.

Er konnte keine Atmung feststellen.

»Liebling, bitte, wir müssen hier weg, Tasheya suchen. Du mußt aufstehen ...«

Sie bewegte sich nicht. Der Ausdruck auf ihrem Gesicht blieb unverändert.

Irgendwo tief in sich wußte er, daß sie nicht mehr am Leben sein konnte. Jedes menschliche Wesen, das unter einem solchen Trümmerhaufen lag, mußte zerquetscht worden sein. Trotzdem rappelte er sich in wilder Verzweiflung auf und zog, auf einem Bein kniend, an ihrem Arm. Er zerrte fast brutal daran, erst einmal, dann noch einmal. Schluchzend versuchte er es ein drittes Mal, während ihm die Tränen über die Wangen liefen.

Beim fünften Versuch gab der Arm nach und löste sich von ihrem Körper. Er war oberhalb des Ellenbogens abgetrennt worden. Er spitzer Knochen ragte aus den Trümmern heraus.

Harrison starrte auf sie hinunter. Seine Augen waren weit aufgerissenen und traten fiebrig aus ihren Höhlen.

Es dauerte einen Moment, bis sein widerstrebendes Bewußtsein begriff, was geschehen war.

Erst dann begann er zu schreien.

Bei jeder Explosion folgt auf eine gewaltige Druckwelle eine schnelle Verdichtung, wenn das gierige Vakuum die verdrängte Luft zurück in den Explosionsherd saugt. Nach diesem Prinzip verfahren Abbruchexperten beim Zünden von Sprengladungen aus Hexogen, TNT und Ammoniumnitrat, die Gebäude in sich zusammenstürzen lassen sollen. Je höher die Schlagenergie, mit der die Explosion ausgelöst wird, desto größer kann dieser Effekt sein. Nach der Explosion auf dem Times Square war der Sog so enorm, daß Fenster nach draußen und Türen aus den Angeln gerissen wurden. Stahlgerüste stürzten ein, Wände bebten, Fahrzeuge wirbelten durch die Luft, und Menschen wurden in den riesigen Schlund gezogen, als besäßen sie kein Eigengewicht. Augenzeugen der Katastrophe verglichen das Geräusch der zurückströmenden Luft später mit dem Donnern eines Zuges, der mit Höchstgeschwindigkeit auf sie zuraste.

Über der Ehrentribüne in der 42. Straße schwoll das qualvolle Ächzen von Metall mit jeder Sekunde an. Die Träger der Astrovision-Anzeige, die von der Wucht der Detonation schwer beschädigt und durch den nachfolgenden Unterdruck weiter in Mitleidenschaft gezogen worden waren, bogen sich, bis ihre Krümmung schließlich die Toleranzgrenze überschritt.

Innerhalb weniger Augenblicke nach dem Attentat kippte der gigantische Bildschirm von der Wand. Dann blieb er wie ein verbogener Bilderrahmen hängen, während mehrere hundert Kilo Glas und fluoreszierende Leuchtstoff aus dem zertrümmerten Inneren fielen. Eine tödliche Lawine ergoß sich auf die Straße. Glasscherben schnitten wie Skalpelle durch menschliches Fleisch, durchtrennnten Venen und Arterien, amputierten Gliedmaßen und schlitzten Menschen auf, die um ihr Leben rannten. Sie forderten Dutzende von Opfern, noch bevor das Echo der Explosion verhallt war. Innerhalb von Minuten war der Bürgersteig mit einem glitschigen Film aus Blut überzogen, der über den Bordstein lief und sich in Richtung Abwasserkanal schlängelte. Dort staute er sich an den mit Trümmern verstopften Gittern.

Der Scherbenhagel setzte sich in Wellen fort, während die Befestigungen des Bildschirms weiter nachgaben und schließlich ganz aufsprangen. Das Gerät kippte immer mehr zur Seite, bis es in einem Winkel von etwa neunzig Grad herunterhing.

Schließlich ergab es sich mit einem letzten protestierenden Kreischen dem Gesetz der Schwerkraft und stürzte zu Boden.

Im grellen Schein der Flammen in den Straßen breitete sich der Schatten des abknickenden Bildschirms wie ein riesiger dunkler Mantel aus. Die darunter in der Menge gefangenen Männer, Frauen und Kinder konnten nur schreien, als er auf ihre Köpfe herabsauste. Viele von ihnen wurden durch das bloße Gewicht des zehn Meter langen Stahlrahmens erschlagen oder von den zertrümmerten elektronischen Eingeweiden zerquetscht. Andere verstümmelte ein Schrapnellfeuer aus Stahl, Kabel und Glas.

Das Jahr 2000 war acht Minuten alt, als dies geschah.

Zwei Minuten später detonierte die erste der Sprengladungen, die in Taschen um den Platz herum deponiert worden waren.

»Hier ist 9-1-1, welcher Notfall liegt vor?«

»Dem Himmel sei Dank! Die ganze Zeit war die Leitung besetzt. Ich dachte, ich komme überhaupt nicht mehr durch. Ich bin hier in einer Telefonzelle …«

»Welcher Notfall liegt vor?«

»Meine Tochter, sie ist … ihre Augen, allmächtiger Gott, ihre *Augen* …«

»Geht es um ein Kind?«

»Ja, ja. Sie ist erst zwölf. Mein Mann und ich, wir wollten, daß sie heute abend dabei ist … Wir dachten … Oh, verflixt, darum geht es nicht. Bitte, Sie müssen ihr helfen …«

»Beruhigen Sie sich. Sind Sie in der 43. Straße, Ecke Seventh Avenue?«

»Ja, woher wissen Sie …?«

»Ihr Standort wird automatisch auf unserem Computer angezeigt …«

»Dann schicken Sie jemanden her, verdammt! *Sofort!*«

»Hören Sie, es ist sehr wichtig, daß Sie meine Anweisungen befolgen. Wir sind über die Lage am Times Square informiert. In diesem Moment treffen Rettungsmannschaften dort ein, aber es kann etwas dauern, bis jeder versorgt wird. Es müssen Prioritäten gesetzt werden. Bitte sagen Sie mir, in welchem Zustand sich Ihre Tochter befindet …«

»*Prioritäten*? Was meinen Sie damit?«

»Bitte versuchen Sie zu kooperieren. Viele Menschen brauchen Hilfe …«

»Glauben Sie, das weiß ich nicht? Und ob ich das verdammt noch mal weiß! Ich spreche von den Augen meiner kleinen Tochter, von ihren *Augen* …«

Schrille Sirenen peitschten durch die Luft. Sie breiteten ein Netz aus durchdringendem Heulen über der Stadt aus. Mit quietschenden Reifen und pulsierenden Blaulichtern rasten Kolonnen von Rettungsfahrzeugen über die Straßen und Highways in Richtung Times Square.

Die erste Rettungsmannschaft erreichte den Ort des Geschehens um 00.04 Uhr in Begleitung von zwei Polizeistreifen. In aller Eile wurde auf der 44. Straße, Ecke Broadway, eine Notfallstation eingerichtet. Man teilte die Opfer nach der Schwere ihrer Verletzungen und nach den benötigten Versorgungsutensilien ein, von denen die Rettungssanitäter nur einen begrenzten Vorrat mit sich führten. Patienten mit kleineren Schnitten oder Verbrennungen wurden zu einer improvisierten ambulanten Erste-Hilfe-Station in der Nähe des Rettungswagens geschickt. Lebensgefährlich Verletzte verfrachtete man auf Bahren, und als diese ausgingen, wurden sie auf den Bürgersteig gelegt. Unzählige Personen bekamen intravenöse Glukose/Kochsalz-Infusionen, anderen wurde Sauerstoff verabreicht. Man schiente Knochenbrüche, stillte stark blutende Wunden und verteilte Schmerzmittel an Verbrennungsopfer mit geschwärzter Haut und verkohlter Kleidung. In der unmittelbaren Umgebung hatte es neun Herzinfarkte gegeben, die kardiopulmonale Reanimation und elektronische Defibrillation erforderten. Zwei dieser Patienten starben, bevor die überforderten Rettungsmannschaften überhaupt zu ihnen gelangten.

Die Toten legte man, mit Namensschildern versehen, nebeneinander aufgereiht auf die Straße. Da die Leichensäcke bei weitem nicht ausreichten, mußte man viele Körper unbedeckt lassen.

Um die Ecke, auf dem Broadway, lag ein Teenager-Pärchen eingeklemmt unter einem schweren Stahlträger und anderen Trümmern, die mit der starken Druckwelle der Explosion von einer Baustelle herübergeschleudert worden waren. Als die Bombe explodiert war, hatte sich das junge Paar in einer innigen Umarmung befunden. Jetzt waren ihre Körper gemeinsam gefangen und teilweise ineinander verschlungen. Das Mädchen war tot, ihr Oberkörper grausam zerschmettert. Dagegen war der Junge verschont geblieben, weil der Träger diagonal auf seine Beine statt auf seinen Oberkörper gefallen war. Er war zwar halb bei Bewußtsein, stand aber unter Schock, da er aus der zerfetzten Schlagader seines Oberschenkels viel Blut verlor.

Einige Beamte des Katstrophenschutzes hatten ohne Rücksicht auf die Gefahr, der sie sich in den tobenden Flammen und den herunterfallenden, brennenden Trümmern aussetzten, daran gearbeitet, den Jungen zu bergen. Noch bevor die Rettungswagen kamen, schleppten sie zerbrochenes Mauerwerk fort und setzten fieberhaft hydraulische Winden und Mehrkammerrettungskissen aus ihrem Fahrzeug ein. Da die Neopren-Airbags in nicht aufgeblasenem Zustand nur fünf Zentimeter dick waren, hatten die Beamten sie problemlos zwischen Straße und Stahlträger schieben können. Anschließend wurden die Luftsäcke über einen Ansaugstutzen mit einem Drucklufttank verbunden und über ein joystickartiges Steuergerät befüllt. Der Mann, der den Joystick bediente, bließ den Airbag vorsichtig auf die maximale Ausdehnung von einem Meter zwanzig auf. Dabei behielt er den Druckmesser in der Mitte seines Steuerpults genau im Auge. Um den Jungen vor weiteren Verletzungen zu schützen, war es unbedingt erforderlich, beim Anheben langsam vorzugehen, nicht mehr als fünfunddreißig bis vierzig Zentimeter bei jedem Luftstoß.

Um 00.08 Uhr war der eingeklemmte Junge geborgen und unter Begeisterungsrufen der Helfer auf einer Bahre fortgerollt worden. Doch war weder ihnen noch ihrer lebensrettenden Ausrüstung eine Verschnaufpause vergönnt. Unter einem anderen Trümmerhaufen auf der gegenüberliegenden Straßenseite hatte man Hilferufe gehört.

Polizei, Sanitäter und Feuerwehrleute hatten in der 44. Straße alle Hände voll zu tun, um unter den gefährlichen, chaotischen Bedingungen ihrer Arbeit nachzukommen. Daher war es für Nick Romas Mitarbeiter Bakach ein leichtes, sich an ihnen vorbeizumogeln und seine Tasche mit der Sprengladung neben dem Rettungswagen auf den Boden fallen zu lassen. Anschließend bugsierte er sie mit dem Fuß darunter.

Kurz nachdem die behelfsmäßige Rettungsstation auf dem Bürgersteig vor ihrem Fenster eingerichtet worden war, begann die Bardame im Jason's Ring, einer Kneipe in der 44. Straße, mit der Ausgabe von Mineralwasserflaschen an dankbare Helfer und Opfer. Im Keller war ein großer Vorrat eingelagert, den ihr Chef eigenhändig kistenweise nach oben geschleppt hatte, ohne sich darum zu kümmern, welche Gewinneinbußen das bedeuten würde.

Soeben hatte sie sich in den rückwärtigen Teil der Kneipe begeben, um Nachschub zu holen, als sie hinter sich auf der Straße einen lauten Knall hörte. In Panik riß sie den Kopf herum und sah den Rettungswagen in einem gleißenden orangeblauen Feuerball bersten. Eine Zehntelsekunde danach schossen rauchende Trümmerteile durch das Fenster herein. Sie zerschmetterten die Scheibe in unzählige Splitter, schlugen in Wände ein und zerbrachen Flaschen und Gläser, deren Reste sich prasselnd auf die Bar ergossen wie ein bizarrer Meteoritenschauer. Der Hitzeschwall, der gleichzeitig durch das Fenster gerast kam, warf die Bardame nach hinten, so daß sie auf den Fersen stand. Unterdessen verbrannten der Rettungswagen und alle darum herum – Helfer, Polizisten, Patienten, einfach alle.

Ihr Chef, der hinter ihr stand, blickte starr aus dem zerschmetterten Fenster. In der Hand hielt er einen Flaschenöffner. Er weigerte sich, seinen Augen zu trauen, und redete sich ein, daß das, was er sah oder zu sehen glaubte, nur ein furchtbarer Alptraum sei.

Tragischerweise war das nicht der Fall. Obwohl es sehr, sehr lange dauern sollte, bis beide wieder schlafen konnten, ohne daß die Explosion in ihren schlimmsten Alpträumen wieder und wieder vor ihren Augen ablief.

Mit ruß- und tränenverschmiertem Gesicht grub sich Bill Harrison hastig durch die Überreste der Tribüne. Dabei rief er nach seiner Tochter, schrie in dem verzweifelten Versuch, sie zu finden, immer wieder ihren Namen. Er war halb wahnsinnig vor Trauer, Schock und Verzweiflung. Seine glasigen, unsteten Augen zeigten, daß er das Schlimmste durchgemacht hatte, was einem Menschen wie ihm geschehen konnte. Jetzt wurde er von der Angst geschüttelt, es könnte lediglich der Auftakt zu einem noch schlimmeren Grauen gewesen sein.

Auf Händen und Knien in den Trümmern wühlend, schob er Betonbrocken, scharfe Glasscherben und zersplittertes Holz zur Seite – alles, was einen Hinweis auf sein jüngstes Kind verbergen konnte. Seine Fingerkuppen waren wund und voller Brandblasen von den rotglühenden Balken und Metallteilen, die er bei seiner Suche einfach gepackt und zur Seite geworfen hatte.

Er war erschöpft und vollkommen außer Atem, wollte ihren Namen aber noch einmal rufen. Diesmal versagte ihm die Stimme. Neue Tränen verschleierten seinen Blick. Er fühlte, wie ein unkontrollierbarer Schmerz in seiner Brust aufstieg, und schmetterte das Trümmerteil, das er gerade in der Hand hielt, auf den Bretterboden. Noch einmal schlug er es hinunter, dann ein drittes Mal. In ohnmächtiger Wut und hoffnungsloser Trauer hieb er auf die Planken ein, bis er, als er gerade wieder ansetzte, spürte, daß sich eine Hand auf seine Schulter legte.

Er sah zu dem Gesicht über sich auf.

Blinzelte.

»Baby?« Seine Stimme klang, als wäre er aus der Trance gerissen worden. Er legte seine Hand auf ihre. Er mußte sie berühren, sie spüren, bevor er glauben konnte, daß sie wirklich vor ihm stand. »*Tasheya?* Mein Gott, ich dachte, du … Deine Mutter …«

Unfähig zu sprechen, nickte seine Tochter. Sie weinte hemmungslos und verstärkte jetzt den Druck ihrer Hand auf seiner Schulter. Über ihre Wange und Stirn zog sich eine klaffende Wunde, der Ärmel ihres zerfetzten Mantels war voller Blut. Aber sie war am Leben. Dem Himmel sei Dank, dachte er, sie lebt! Der Sänger Zyman war bei ihr und stützte sie mit einem Arm, obwohl er selbst auch blutete und ebenso unsicher auf den Beinen stand wie sie.

»Kommen Sie. Wir müssen runter von der Tribüne, solange wir noch können.« Er streckte Harrison die Hand hin. »Es wird nicht mehr lange dauern, bis sie ganz zusammenbricht.«

Harrison ergriff die Hand und ließ sich auf die Beine helfen. Dann zog er Tasheya an sich und fühlte, wie sich ihr Kinn in die Rundung seines Halses schmiegte. Er spürte die warme Flut ihrer Tränen an seinem Gesicht. Für einen kurzen Moment, inmitten all der Zerstörung, begriff er, daß das Leben für ihn niemals wieder wie früher sein würde – nein, nicht annähernd. Dennoch bestand die Hoffnung, daß es irgendwann wieder besser werden würde.

»Unser Freund hat recht«, sagte er schließlich und nickte in Zymans Richtung. »Wir sollten uns beeilen.«

18.

BROOKLYN, NEW YORK
1. JANUAR 2000

In seinem Büro im Platin Club saß Nick Roma in vollkommener Stille. Das Licht war aus, der Tanzsaal auf dem Stockwerk unter ihm beinahe leer. Es war zwei Uhr morgens. Die meisten Gäste, die den Abend mit wilder Tanzerei begonnen hatten, waren schon vor zwei Stunden gegangen. Ihr Feiern hatte ein jähes Ende gefunden, nachdem die Nachricht der Explosion auf dem Times Square den Saal wie ein Pestvirus infiziert hatte. Die wenigen, die geblieben waren, gehörten größtenteils zu seinem Mitarbeiterstab. Alles Männer, die sich für nichts anderes interessierten, als sich an der Bar zu betrinken.

Natürlich hatte er gewußt, was passieren würde. Er war sich darüber im klaren gewesen, daß die Silvesterfeier zu einem nationalen Todesritual werden würde, noch bevor sie vorbei wäre. Aber erst, nachdem er die Berichte im Fernsehen gesehen hatte, konnte er das Ausmaß der Zerstörung ermessen, deren Handlanger er gewesen war.

Ohne ein Geräusch zu verursachen, saß Nick nachdenklich in der Dunkelheit. Ihm war aufgefallen, daß auch von draußen wenig zu hören war. Nur die Scheinwerfer eines vorbeifahrenden Autos huschten ab und zu über die Fenster zur Straße und zeichneten ein wirres Schattenmuster auf seine Gesichtszüge. Die Menschen waren verschwunden. Als plötzlich Lichtblitze über den Himmel gezuckt waren, hatten sie sich wie verängstigte Tiere in ihren Löchern vergraben.

Konnten sie wirklich davonkommen? Wenn man ihn nun damit in Verbindung brachte? Mit dem schlimmsten Terroranschlag, der je auf amerikanischem Boden verübt worden war? Noch dazu in dieser besonderen Nacht, im Herzen der größten Stadt der Nation ... Das Land hatte noch nie einen Schlag wie diesen hinnehmen müssen. Der Druck auf die Exekutive und die anderen Behörden, die Drahtzieher zu finden, wäre enorm.

Einen Moment lang grübelte Roma darüber nach. Würden sie sich am Ende gegenseitig behindern? Durchaus möglich, dachte er. Im Rennen um die erste Verhaftung verwischten sie womöglich Spuren, weigerten sich, Informationen auszutauschen. Ähnliches war schon bei früheren Untersuchungen passiert, die auch Ärger für ihn bedeutet hätten. Bisher hatte er die Situation jedesmal zu seinem Vorteil nutzen können.

Schon immer hatte er aus der Not eine Tugend gemacht. Ihm ging es um geschäftliche Interessen, nicht um Politik. Er wußte nicht, warum Wostow in diese Geschichte verwickelt war, und es interessierte ihn auch nicht. Er hatte seinen Boten deutlich zu verstehen gegeben, daß er sich zwar nicht mit der *Organisatsija* überwerfen wollte, aber er würde sich auch nicht von Moskau kontrollieren lassen. Als Wostow ihn gebeten hatte, das C-4 in die Vereinigten Staaten zu schmuggeln, hatte er ihn für seine Dienste bezahlen müssen. Falls er Gilea und ihrer Gruppe noch mehr Unterstützung zukommen lassen sollte, würde das auch mehr kosten.

Mit einer Million Dollar hatten die Russen seine Bedenken so weit ausgeräumt, daß er bereit gewesen war mitzumachen. Jetzt fragte er sich, ob er zu tief drin steckte. Wahrscheinlich würde er sich weniger verwundbar fühlen, sobald die Terroristen das Land verlassen hatten.

Das Geräusch des Türknaufs, der langsam gedreht wurde, riß ihn abrupt aus seinen Gedanken. Er beugte sich nach vorn, griff in die Schublade seines Schreibtischs und umschloß den Griff seiner MP5K.

Seine Hand blieb an der Waffe, als sich die schlanke

Silhouette von Gilea in das Halbdunkel des Raumes schob.

»Sie hätten anklopfen können«, sagte er.

»Ja.« Als sie die Tür zudrückte, hörte er das Klicken des Riegels hinter ihr. »Hätte ich.«

Roma betrachtete sie in dem spärlichen Licht, das die Straßenlampen durch das Fenster ins Zimmer warfen. »An der Wand neben Ihnen ist ein Lichtschalter«, sagte er.

Sie nickte, machte aber keine Anstalten, den Schalter zu betätigen.

»Wir waren erfolgreich«, sagte sie, während sie in die Mitte des Raumes trat. »Aber ich nehme an, das wissen Sie schon.«

»Ich habe ferngesehen«, entgegnete er und nickte. Seine Hand lag immer noch auf der Waffe.

Sie kam einen weiteren Schritt heran, dann noch einen. Vor dem Schreibtisch blieb sie stehen. Ihre Finger wanderten zum Kragen ihres schwarzen Ledermantels, öffneten den obersten Knopf, dann einen darunter.

»Warum sind Sie gekommen?« fragte er. »Sie wissen, daß Zachary Ihre Papiere erst morgen früh fertig haben wird. Ich nehme nicht an, daß Sie mir nur gute Nacht sagen wollten.«

»Nein, allerdings nicht.« Sie legte beide Hände flach auf den Computerbildschirm auf seinem Schreibtisch, beugte sich vor und brachte ihr Gesicht nahe an seins. Unter ihrem Mantel trug sie einen dunklen Pullover.

Er wartete.

»Ich genieße diese Nacht viel zu sehr, um sie schon zu beenden, Nick.« Ihr Gesicht kam näher, ihre Stimme war fast ein Flüstern. »Die Waffe brauchen Sie nicht.«

Roma schluckte. Diese Nacht genießen? Was für eine Frau war sie? Nur zwei Stunden zuvor hatte sie ein noch nie dagewesenes Blutbad angerichtet, und jetzt, aus heiterem Himmel ...?

Er verspürte so etwas wie Grauen, und dennoch ...

Dennoch ...

Noch mehr entsetzte ihn seine körperliche Reaktion auf ihre Nähe.

Die Anziehungskraft, die sie auf ihn ausübte, war unglaublich.

Sie kam noch näher. Ihr Gesicht war jetzt neben seinem, ihre Lippen streiften sein Ohr.

»Du weißt, warum ich gekommen bin«, hauchte sie. »Du weißt, was ich will.«

Roma fühlte, wie seine Kehle trocken wurde. Sein Herz schlug schneller.

Er holte tief Luft. Dann noch einmal.

Schließlich nahm er die Hand von der Waffe, griff nach ihr und zog sie an sich. Als ihn ihr weiches Gesicht berührte und er ihre Wärme auf seiner Haut spürte, warf er einen Blick in den Spiegel. Auf seinen Lippen lag ein kleines, triumphierendes Lächeln.

19.

New York City und San José, Kalifornien
1. Januar 2000

6.30 Uhr

Die Stadt stand unter Schock.

Es gab keine andere Beschreibung für den Zustand, in dem sich New York befand. Nicht einmal das Bombenattentat auf das World Trade Center hatte die Menschen und die Ressourcen Manhattans und der umliegenden Stadtbezirke derart gefordert.

Aber es hatte der Stadt auch nicht das Herz herausgerissen.

Der Times Square war in diesem Augenblick fast ebenso mit Menschen überfüllt wie zum Zeitpunkt der Explosion. Allmählich verblaßten die Lichter der roten und blauen Stroboskope der Rettungsfahrzeuge und der Bogenlampen, die Helfer um den Explosionsort herum aufgestellt hatten, und wichen den schräg einfallenden Strahlen der Morgendämmerung.

Es versprach ein klarer und kalter Tag zu werden. Im ersten Morgenlicht zeichnete sich die Tragödie überdeutlich ab. Aus drei Meter hohen, provisorischen Schornsteinen, die Bauarbeiter der Stadt hastig über gebrochenen Rohrleitungen in den Straßen errichtet hatten, stiegen Dampfwolken auf. Die Schornsteine schützten die Helfer vor der austretenden Heißluft und führten sie nach oben ab. Deshalb hingen dichte Nebelschwaden über dem Schauplatz, hüllten ihn in Wolken aus reflektierenden Farbenspielen, die den Eindruck einer unwirklichen Welt vermittelten. Menschen mit Abkürzungen wie FBI, NYPD, ATF und anderen in silberner Schrift auf Bomberjacken aus Nylon krochen durch die Trümmer und suchten sie nach Bruchstücken ab, die einen Hinweis auf die Verantwortlichen für die Greueltat geben konnten. Mitglieder der Nationalgarde, die in aller Eile mobilisiert worden war, hielten Schaulustige fern, damit niemand außer den Rettungsmannschaften den Platz betrat – sofern dieses Wort überhaupt noch zutraf, denn der Times Square war im Grunde ein Bombenkrater. Alle arbeiteten konzentriert, machten Sanitätern und Hundesuchtrupps aber sofort Platz, die die Trümmer nach Überlebenden durchkämmten.

Die ganze Nacht war von dieser Suche gekennzeichnet gewesen: Hunde, die jaulend an den zerfetzten Überresten riesiger Neonschilder kratzten, an dem verkeilten Wirrwarr einer zusammengebrochenen Zuschauertribüne oder den Gesteinsbrocken, die aus den

Gebäuden herausgerissen worden waren und zu Hügeln aus Schutt aufgetürmt lagen. Um einen aufgeregten Hund herum brach sofort eine Aktivität aus, die an einen Ameisenhaufen erinnerte, da die Retter eilig ihre Gerätschaften herbeibrachten – Infrarotwärmesensoren, hochempfindliche Richtmikrofone, winzige Videokameras an biegsamen Sonden, Ultraschallgeräte, Metalldetektoren, Bewegungsmelder, Röntgengeräte.

Gab es auch nur das geringste Anzeichen dafür, daß die in den Trümmern eingeklemmte Person noch atmete, wurde nichts unversucht gelassen, um das Opfer zu bergen. Mit Kränen und Luftkissen, die in kleinste Ritzen geschoben und aufgeblasen werden konnten, wurden die Hindernisse langsam und vorsichtig gehoben. Dann setzte man Hebel, Streben und Muskelkraft ein, um zu den Verschütteten zu gelangen. Doch mit fortschreitender Zeit wurden immer weniger Überlebende geborgen, konnte man zumeist nur noch die Position menschlicher Überreste markieren. Leuchtende orangefarbene Wimpel an schmalen Drahtpfosten flatterten in einer leichten Brise; jeder kennzeichnete ein verlorenes Leben. Als schließlich klar war, daß es keine Überlebenden mehr gab, begann die grausige Aufgabe, die Leichen zu bergen.

Mittendrin setzten die Männer und Frauen in den Nylonjacken ihre Spurensuche fort.

Eine halbe Meile davon entfernt fiel das schräge Morgenlicht durch die bunten Glasfenster von St. Patrick. Die Luft in der Kirche war von Weihrauch und vom Duft Tausender Kerzen erfüllt, die entlang der Wände und um den Altar herum aufgestellt worden waren. Sie schimmerte in allen Regenbogenfarben. Aber die Menschen, die die Bänke der Kirche füllten, waren blind für diese Schönheit. Viele von ihnen waren auf dem Times Square gewesen, als das Unglück geschehen war. Noch mehr hatten es auf CNN oder in den Lokalnachrichten verfolgt. So mancher hatte Freunde und Familienangehörige verloren. In den Erinnerungen hallten die todbringende Explosion und die Schreie der Sterbenden wider. Nichts, auch nicht der Trost, den sie hier in einer die ganze Nacht währenden Messe suchten, würde sie je verstummen lassen.

Die Besprechung fand kurz nach Mittag in einem unterirdischen Konferenzraum der Zentrale von UpLink in der Rosita Avenue in San José statt. Mit den klaren Strukturen, der grellen Deckenbeleuchtung, dem beigen Teppich und der Kaffeemaschine sah der Raum fast genauso aus wie die Besprechungszimmer in den oberen Stockwerken. Nur hatte er keine Fenster. Die fehlende Aussicht auf die Ausläufer des Mount Hamilton war jedoch nur der augenfälligste Unterschied.

Nur wer zu Gordians engstem Mitarbeiterstab gehörte, hatte Zugang zu diesem Raum und wurde mit einer digitalen Codekarte ausgestattet, mit der sich die Türen öffnen ließen. Aufgrund der sechzig Zentimeter dicken Betonwände und der Verkleidungen war der Raum auch für die neugierigsten Ohren abhörsicher. In die Wände waren Stahlarmierungen mit Geräuschgeneratoren und andere hochmoderne Abschirmsysteme eingebaut worden, um zusätzlich die Überwachung von elektronischer Kommunikation zu vereiteln. Kontrolleure inspizierten die Räume regelmäßig, überprüften alle hereinkommenden und hinausgehenden Telefonleitungen, Computer und Videokonferenzgeräte mit Hilfe von Spektral- und Röntgenanalysen auf Wanzen.

Dennoch hielt Gordian den Begriff ›sicher‹ für relativ. Er war davon überzeugt, daß jemand, der versiert und entschlossen genug war und dem die entsprechenden hochentwickelten Geräte zur Verfügung standen, trotzdem eine Möglichkeit finden konnte, um die Gespräche hier zu belauschen. Aber er vertraute darauf, daß dieser Teil seiner Zentrale zumindest so abhörsicher war, wie es die größte Vorsicht ermöglichte – und wie es die Technologie der Gegenspionage erlaubte. Beim gegenseitigen Bespitzeln konnte man nur dafür sorgen, daß man den anderen immer einen Schritt voraus war. Vince Scull hatte sogar einen Begriff für die andere Seite kreiert: ›Droops‹ – eine Abkürzung für *dirty rotten snoops*, was soviel hieß wie »schmutzige räudige Schnüffler«.

Jetzt sah Gordian in die Runde der Gesichter am Konferenztisch. Er überlegte, wie er die Besprechung, die Lichtjahre von jeder Alltagsroutine entfernt war, am besten begann. Anwesend waren sein außenpolitischer Berater Alex Nordstrum, die stellvertretende Leiterin für Sonderprojekte Megan Breen und Sicherheitschef Peter Nimec. Aus dem Monitor einer Videokopplungsstation am anderen Ende des Tischs sahen ihn die verschwollenen Augen von Vince finster an. Er befand sich in Kaliningrad und war über einen Breitbandsatelliten mit ihnen verbunden.

Gordian holte tief Luft. Die Gesichtszüge der anderen spiegelten seine trostlose Stimmung wider.

»Ich danke Ihnen, daß Sie praktisch ohne vorherige Benachrichtigung gekommen sind«, sagte er. »Mir ist nicht bekannt, wie viele von Ihnen letzte Nacht Freunde oder nahestehende Menschen auf dem Times Square verloren haben. Denen, die einen Verlust hinnehmen mußten, möchte ich mein aufrichtiges Beileid aussprechen.« Er hielt inne und richtete seinen Blick auf Megan. »Haben Sie schon etwas von Ihrem Bruder und Ihrer Schwägerin gehört?«

Die gepflegte, brünette Enddreißigerin sah Gordian aus wachen saphirblauen Augen an.

»Bis jetzt noch nicht«, antwortete sie. »Aber das muß nicht bedeuten, daß ihnen etwas zugestoßen ist. Die

Leitungen für Ferngespräche nach und von New York sind überlastet.«

Gordian ließ sich von Megans unbesorgtem Tonfall nicht täuschen. Er hatte schon einmal – vor langer Zeit – den Fehler gemacht, sie für eine dieser geschniegelten, geklonten Führungskräfte zu halten, die an der Wirtschaftsfakultät von Harvard produziert wurden. In ihrem Fall kam ein Diplom in Psychologie von der Universität von Columbia dazu – also eine geklonte Führungskraft, die sich auf psychologische Spielchen verstand. Aber das war reine Voreingenommenheit gewesen, ein letzter dorniger Rest der proletarischen Vorurteile, die das Haupterbe seiner Familie bildeten. Er hatte Jahre gebraucht, um die ungerechten, engstirnigen Vorbehalte gegen Leute aus höheren Gesellschaftsschichten abzulegen. Dan Parker war der erste gewesen, der ihn dazu gebracht hatte, manches anders zu sehen. Durch Meg hatte er auch den Rest des Weges geschafft.

In gewisser Weise hatten sich seine stereotypen Vorstellungen zu Megs Vorteil ausgewirkt, als er sie zunächst als leitende Angestellte für die Personalabteilung, genauer gesagt als Personalberaterin für die Forschungs- und Entwicklungsabteilung eingestellt hatte. Er hatte jemanden gesucht, der distanziert und überlegt Entscheidungen bezüglich Einstellungen und Entlassungen treffen konnte. Das hatte sie getan. Darüber hinaus hatte ihm der Handel eine geniale Denkerin und enge Vertraute eingebracht – was er gar nicht erwartet hatte.

»Pete, Sie haben Mitarbeiter im Osten. Glauben Sie, daß sie Megan dabei helfen können, etwas über ihre Verwandten in Erfahrung zu bringen?«

Nimec neigte sein spitzes Kinn leicht nach unten – die Kurzfassung eines Nickens. »Ich bin sicher, daß sie das können.«

»Gut.« Eine Sekunde lang sagte Gordian nichts. Sein Blick wanderte erneut über die Anwesenden. »Ich denke, wir sollten besprechen, was letzte Nacht passiert ist. Uns fragen, was der Grund dafür sein kann, daß jemand so etwas tut. Und wer dazu in der Lage wäre.«

»Schalten Sie den Fernseher ein, dann hören Sie die TV-Quatschköpfe über nationalen Terrorismus sprechen«, sagte Nimec. »Bezieht sich nicht auf Anwesende, Alex.«

Nordstrum sah auf seine Brille und putzte die Gläser mit einem Reinigungstuch, das er aus einer Tasche seines Fischgrätsakkos gezogen hatte. »Ich bin nebenberuflicher Berater von CNN und einigen anderen Nachrichtenagenturen«, sagte er. »Sie zahlen gut und geben mir die Möglichkeit, meine Meinung einem breiten Publikum mitzuteilen. Nicht alle ... äh, Quatschköpfe verdienen uneingeschränkte Verachtung.«

Von der Videoanlage kam Scults Stimme. »Seien Sie vorsichtig, Nimec.«

Der Sicherheitschef zuckte die Schultern. »Ich wollte damit nur andeuten, daß ich die allgemeine Einschätzung ziemlich seltsam finde. Früher hätten wir einen Terroranschlag automatisch den Arabern in die Schuhe geschoben. Oklahoma City hat das alles verändert.«

»Sie stimmen der öffentlichen Meinung also nicht zu?« fragte Gordian.

»Trotz der wenigen Informationen, die wir haben, bezweifle ich sehr, daß er von halbdebilen Menschen aus Ephraim City verübt worden sein kann.«

»Gründe?«

»Verschiedene«, antwortete Nimec. »Zum einen entspringt deren Begründung für Gewalt gegen die eigenen Landsleute ihrem paranoiden Haß und Mißtrauen gegenüber den Bundesbehörden. Zum anderen halten sie sich für neuzeitliche Unabhängigkeitskämpfer, die für ihre verfassungsmäßigen Freiheiten eintreten. Ihre Angriffe richten sich immer irgendwie gegen Regierungsbehörden, egal, ob real oder symbolisch. Das Töten von Zivilisten sehen sie als unvermeidliche Begleiterscheinung ihres Kampfes.« Er hielt einen Moment inne, um einen Schluck Kaffee zu trinken. »Bedenken Sie, daß die eigentliche Absicht hinter dem Bombenanschlag auf das Alfred-P.-Murrah-Gebäude darin bestand, Mitarbeiter von FBI und ATF in den Büros in den oberen Stockwerken zu treffen. Die Zerstörung der unteren Etagen war nicht zu vermeiden, weil sich die mehr als zweitausend Kilo schweren Tonnen mit Dünger und Heizöl, die McVeigh dann zündete, nicht in das Gebäude schmuggeln ließen und deshalb davor abgestellt werden mußten. Ich will damit sagen, daß er sein Ziel nicht genau festlegen konnte und sich deshalb einredete, die Kinder in dem Hort wären notwendige Kriegsopfer. Akzeptierbare Verluste.«

»Was ist mit dem Bombenattentat im Olympic Park?« fragte Megan. »Das war ein öffentliches Gelände.«

»Wir wissen noch nicht, wer dahintersteckt«, antwortete Nimec. »Allerdings erkenne ich hier schon eine Botschaft, die vielleicht übermittelt werden sollte. Unter den eingefleischten Patrioten herrscht die feste Überzeugung, daß die staatlichen Bereiche von einer internationalen zionistischen Verschwörung infiltriert seien. Ein geheimes Komplott, sozusagen, das darauf abzielt, die Vereinigten Staaten in eine neue Weltordnung einzubinden. Die Olympischen Spiele waren seit jeher ein Symbol für Internationalität. Verstehen Sie, worauf ich hinaus will?«

»Nun ja«, meinte Gordian. »Wenn man dieser verdrehten Denkweise folgt, wird tatsächlich klar, inwiefern sie die Veranstaltung auf dem Times Square für vergleichbar gehalten haben könnten. Eine Art weltweites Jubiläum, das die Menschen aller Nationen zusammenbringt.«

Nimec wedelte mit der Hand. »Das ist ein wenig dünn. Bei den Anführern der Patriotenbewegung haben wir es bestenfalls mit durchschnittlichen Gehirnen zu tun. Aber wenn wir erst mal zu den Handlangern kommen, sind wir wirklich am unteren Ende der Intelligenzskala angelangt. Die sind schon überfordert, wenn Sie mehr von ihnen verlangen, als einen Strich zu ziehen, der zwei Punkte miteinander verbindet.«

»Wenn Sie nichts dagegen haben, Pete, möchte ich noch einmal auf das zurückkommen, was Sie vorhin sagten. Daß Sie nicht glauben, daß die patriotischen Gruppen den Anschlag verübt haben können ...«

»Nehmen wir noch einmal Oklahoma City als Beispiel.« Nimec nickte, während er sprach. »Die gezündete Bombe war groß und primitiv, weil die Attentäter nicht an hochentwickelte, streng kontrollierte Sprengstoffe gelangen konnten – zumindest nicht in ausreichender Menge, um ihr Ziel zu erreichen. Statt dessen halten sie sich an ein Rezept, das in gewöhnlichen Handbüchern über Amateurbomben in Umlauf gebracht wird, über schwarze Bretter im Internet und so weiter. Ein Szene aus *Turner Diaries* wird zum Plan ihrer Mission, der Rest ist bekannt. Die ganze Angelegenheit ist geprägt von mangelnder Fantasie und vom Einsatz von Materialien, die leicht und legal beschafft werden können.«

»Die Augenzeugenberichte, die ich bisher gehört habe, stimmen darin überein, daß die erste Explosion von einem Verkaufsstand in der 42. Straße ausging«, schaltete sich Nordstrum ein. »Außerdem soll es nur wenige Augenblicke zuvor eine Konfrontation zwischen einem K-9-Polizisten und dem betreffenden Straßenhändler gegeben haben.«

»Das bestätigen die Bildaufzeichnungen«, sagte Nimec. »Unsere Experten haben bereits Computervergrößerungen des ausgestrahlten Filmmaterials angefertigt. Außerdem versuchen wir, Amateurvideos aufzutreiben. Es müssen Tausende von Leuten mit Videokameras am Schauplatz gewesen sein. Aber selbst ohne weitere Beweise können wir, glaube ich, davon ausgehen, daß die Bombe in der Verkaufsbude hereingelangte. Ob der Donutverkäufer das nun wußte oder nicht, bleibt Spekulationen überlassen.«

»Eines ist sicher«, meldete sich Scull zu Wort. »Wer auch immer die Sprengladung deponiert hat, bekam einen ordentlichen Rumms für sein Geld.«

Konsterniert blickte Nimec in die Kameralinse über dem Monitor. »Die Sprengladung war im Verhältnis zu ihrer Wirkung sehr kompakt, das stimmt.« Mit einem Stirnrunzeln machte er deutlich, daß ihm Sculls Telegrammstil nicht gefiel. »Ich schätze, es war C-4 oder Hexogen.«

»Und die nachfolgenden Explosionen?« fragte Gordian.

Nimec zuckte mit den Schultern. »Zum gegenwärtigen Zeitpunkt schwer zu sagen.«

Im Raum war es einen Moment lang still. Gordian trank einen Schluck Kaffee. »Also gut, Pete«, sagte er. »Angenommen, wir folgen zunächst einmal Ihrer Einschätzung und klammern einheimische Terroristen als Täter aus. Wie steht es mit militanten islamischen Fundamentalisten?«

»Alle, meinen Sie?«

Gordian sah ihn an. »Ich wollte nicht witzig sein.«

»Ich auch nicht. Es ist nur so, daß nicht immer alles derart einfach ist, wenn es um unsere Feinde in der arabischen Welt geht. Einerseits sind sie an der massenhaften Zerstörung als solcher interessiert und unterscheiden in ihrem Haß auf Amerika nicht zwischen der Regierung und den Bürgern. Auf der anderen Seite müssen wir, die wir hier sitzen, unbedingt differenzieren zwischen staatlich gestütztem Terrorismus und Attentaten, die von extremistischen Randgruppen verübt werden oder von einsamen Wölfen mit Verbindungen zu beidem. Die Grenze dazwischen ist nicht immer eindeutig, aber sie ist da. In diesem Fall könnte sie von entscheidender Bedeutung sein.«

»Was Sie uns sicher erklären werden.« Gordian hielt den Blick fest auf ihn gerichtet.

»Meiner Ansicht nach paßt der Bombenanschlag auf das World Trade Center mehr oder weniger in die dritte Kategorie. Es hat nie einen schlüssigen Beweis gegeben, der die Verschwörer mit einer ausländischen Regierung in Verbindung gebracht hätte. Ramsi Jousef, der sogenannte führende Kopf der Bande, war ein unglaublicher Stümper. Durch seine Bombe sollte der größere der Twin Towers auseinanderbrechen und in den anderen Turm stürzen, aber das klappte nicht. Außerdem sollte eine Giftwolke mit Zyanidgas freigesetzt werden, was offensichtlich auch nicht gelang, weil das Natriumzyanid, mit dem er die Bombe getränkt hatte, in der Hitze der Explosion verdampfte. Jeder durchschnittliche Chemiestudent im ersten Semester hätte das vorhergesehen. Zwei Jahre später entfacht unser Jousef bei dem Versuch, Flüssigsprengstoff herzustellen, ein Feuer in seinem Hotelzimmer in Manila. Dann setzt er sich nach Pakistan ab, um sich der Verhaftung zu entziehen. Dabei läßt er einen Computer zurück, dessen Festplatte voller Dateien mit belastenden Daten ist. Wenn dieser Tölpel ein Agent eines feindlichen Landes im Nahen Osten war, müssen seine Vorgesetzten unglaublich dringend einen Spießgesellen gesucht haben.«

»Okay, er war also ein ganz normaler Einzelkämpfer«, sagte Scull. »Ich akzeptiere, was Sie sagen. Aber wenn wir uns schon mit dem Terrorismus im einzelnen befassen, dann sollten wir die Kerle nicht vergessen, die die PanAm 103 runtergeholt haben.«

»Scull hat recht«, bestätigte Nimec. »Schon zum gegenwärtigen Zeitpunkt können meiner Meinung nach oberflächliche Vergleiche gezogen werden. Beide Attentate waren wirkungsvolle, gut finanzierte und äußerst blutige Unternehmen. Und – Gott steh uns bei! – die Männer, die diese Arbeit gemacht haben, waren ausgekochte Profis.«

»Wir wissen, daß diese Katastrophe die Handschrift Libyens trug«, sagte Gordian. »Wollen Sie damit sagen, daß das Attentat von letzter Nacht auch die Züge eines staatlich unterstützten Terrorakts aufweist?«

»So weit würde ich noch nicht gehen.« Nimec fuhr sich mit der Hand über seine streichholzkurzen Haare. »Sicher ist, daß einige Kriterien zutreffen. Die Frage ist: Wer wollte eine solche Tat begehen?«

»Ich glaube, ich weiß, was Pete meint«, sagte Nordstrum. »Die üblichen Verdächtigen sind seit einiger Zeit ziemlich ruhig gewesen, wenn auch aus verschiedenen Gründen. Die Regierung Khatami im Iran versucht die Europäische Union durch eine moderatere Haltung als ihre Vorgänger zu beeindrucken. Dasselbe gilt für den Irak, wo Saddam gehofft hat, Lockerungen der Sanktionen zu erreichen, indem er den netten Onkel von nebenan spielt. Wir wissen, daß die Syrer hintenrum Friedensgespräche mit Israel führen … Auf den ersten Blick ist nicht einzusehen, warum irgendeine moslemische Regierung ausgerechnet jetzt alles wieder ins Wanken bringen sollte.«

»Sie haben Gaddafi auf Ihrer Liste der wieder zum Leben Erweckten vergessen«, sagte Scull.

Nimec schüttelte den Kopf. »Er wird zwar immer die Zähne fletschen, aber es nützt ihm nichts, Ärger anzuzetteln, wenn alle seine arabischen Brüder die Hand über den großen Teich ausstrecken. Er wird es nicht riskieren, sich zu isolieren.«

Einen Moment lang waren alle fünf still. Gordian stand auf und ging zur Kaffeemaschine. Nachdem er seine Tasse gefüllt hatte, setzte er sich wieder. Ohne einen Schluck zu trinken, starrte er für einige Sekunden in die Tasse, dann richtete er den Blick wieder auf die anderen.

»Ich kann ebensogut als erster aussprechen, was jeder denkt«, sagte er schließlich. »Es ist vorstellbar, daß Rußland oder zumindest irgendeine Splittergruppe in der russischen Regierung dahinter steckt. Starinow hat jede Menge politische Gegner, denen es gefallen würde, wenn er sich blamierte. Die haben Zugang zu Geld, Material und sehr fähigen Agenten.«

Er bemerkte, daß Megans Augen sich verengten, ein Zeichen dafür, daß sie angestrengt nachdachte. »Meg?«

»Mir kommt das alles nicht ganz schlüssig vor. Niemand bekennt sich zu dem Bombenattentat ...«

»Könnte durchaus sein, daß niemand das je tun wird – wenn ich euch unterbrechen darf«, sagte Nimec. »In den letzten zehn Jahren vermieden es viele terroristische Gruppierungen, Aufmerksamkeit auf sich zu lenken. Sie wollten ihre Feinde mit Rätselraten beschäftigen und sie im dunkeln tappen lassen.«

»Das ist mir bekannt«, entgegnete Megan. »Aber in diesem Fall wäre der Terrorakt mit sehr spezifischen Zielen verübt worden, nämlich um die Beziehungen zwischen den beiden Ländern abkühlen zu lassen und Starinows Ansehen und Autorität innerhalb seiner Regierung zu schwächen. Für mich ergibt es keinen Sinn, solange kein konkreter Verdacht vorliegt. Soll Starinow das Attentat selbst inszeniert haben, um sich zu stürzen? Wie gesagt, es paßt nicht. Es ist verdammt noch mal nicht logisch.«

»Zumindest nicht auf den ersten Blick und nicht zum

gegenwärtigen Zeitpunkt«, gab Nimec zu. »Aber die Akteure könnten eine gezielte Strategie verfolgen, die für uns an diesem Punkt einfach noch nicht erkennbar ist.«

»Der Ansicht bin ich auch«, schaltete sich Nordstrum wieder ein. »Es mag einem zwar so vorkommen, als läge das Attentat schon weiter zurück, aber tatsächlich ist es erst knapp zwölf Stunden her. Wir müssen warten, bis weitere Informationen vorliegen, und sehen, wie sich alles entwickelt ...«

»Und was sollen wir in der Zwischenzeit tun? Die Hände in den Schoß legen?« fragte Scull. »Gord, können Sie sich die negativen Auswirkungen auf unsere Pläne für die Bodenstation vorstellen, wenn die Tat tatsächlich Starinow angehängt wird? Ich bin derjenige, der in Rußland sitzt, und bekomme aus erster Hand mit, was hier politisch vor sich geht. Und ich kann Ihnen versichern, daß es eine Menge Leute in hohen Ämtern gibt, die uns Amerikaner am liebsten in den Hintern treten würden.«

»Mein Gott, Scull.« Das war Megan. »Letzte Nacht wurden Hunderte von Unschuldigen getötet. Wir sprechen über eine Situation, die eine ganze Region destabilisieren könnte, und Sie ...«

»Und ich? Ich frage mich, warum ich um Mitternacht nach Kaliningrader Zeit an meinem Bildtelefon hänge und mich bemühe, das Puzzle zusammenzufügen. Wenn wir nicht selbst versuchen unsere Interessen in Rußland zu wahren, wer dann? Wozu hat Gord diesen Kaffeeklatsch denn überhaupt zusammengerufen?«

Nordstrum seufzte und rieb sich die Augenlider. »Wir wissen alle, warum wir hier sind, Scull. Aber ich glaube, Megan wollte eine Perspektive hinzufügen ...«

»Einen Augenblick.« Gordian hob die Hand. »Ich bin sicher, daß keiner von uns viel Schlaf hatte und jeder völlig fertig ist. Aber es wurden einige äußerst wichtige

Punkte angesprochen, und ich bin froh, daß wir diese Diskussion nicht verschoben haben. Irgend jemand, ich glaube Julius Cäsar, hat einmal gesagt, die Kunst des Lebens sei mehr die Kunst eines Ringers als die eines Tänzers. Das habe ich immer so verstanden, daß man sich dem Unerwarteten unerschrocken stellen und damit ringen muß, statt zu versuchen, darum herumzutänzeln. Aus diesem Grund haben wir das Projekt *Sword* entwickelt.« Er hielt inne, um auf Kommentare zu warten. Als keine kamen, wandte er sich an Nimec. »Pete, veranlassen Sie, daß Max Blackburn ein Team zusammenstellt, das Informationen über die möglichen Drahtzieher des Bombenanschlags sammelt. Er soll keine Kosten scheuen.«

Nimec nickte. In Gordians Augen lag ein für ihn typischer Ausdruck, ein konzentriertes, unerbittliches Fixieren, das an einen Menschen erinnerte, der ein Vergrößerungsglas ins Sonnenlicht hält, um ein Blatt Papier zu entzünden. Ein Blick, der einem das Gefühl gab, in Wasserdampf zu baden.

»Ich halte es für das beste, wenn Max so schnell wie möglich nach Rußland fliegt«, fuhr Gordian fort. »Von dort aus kann er den Einsatz koordinieren und die Bodenstation als Operationsbasis nutzen. Gleichzeitig werden Sie, Pete, alle Spuren hier in den Vereinigten Staaten verfolgen. Ich hoffe auf schnelle Ergebnisse.«

Wieder nickte Nimec.

»Wir halten uns bedeckt, klar?« fragte Gordian in die Runde. »Wenn der Geheimdienst spitzkriegt, daß wir eine unabhängige Untersuchung durchführen, macht er uns den Laden dicht.«

Gordian ließ den Blick über seine Gesprächspartner wandern.

»Irgendwelche Kommentare?«

»Nur einen«, sagte Nordstrum.

Wartend sah ihn Gordian an.

»Das Zitat vom Ringer und Tänzer.«

»Ja?«

»Es stammt von Mark Aurel, nicht von Julius Cäsar.«

Gordian sah ihn noch einen Moment lang an. Dann hob er langsam den Kaffee an die Lippen, trank die Tasse in einem Zug leer und nickte. »Vielen Dank, mein Freund«, sagte er.

Das blaue Zimmer im New Yorker Rathaus, in dem Pressekonferenzen normalerweise abgehalten wurden, war zu klein für die Scharen von Zeitungsreportern und Fernsehjournalisten, die an der ersten offiziellen Pressekonferenz nach der Explosion teilnehmen wollten. Zu überlegen, wo diese Konferenz stattfinden sollte, war nur eine von vielen Entscheidungen, die vom Büro des Bürgermeisters getroffen werden mußten.

Aber der Bürgermeister war nicht mehr da. Er war tot. Umgekommen in der Explosion wie Hunderte andere mit ihm.

Der stellvertretende Bürgermeister lag mit inneren Verletzungen im Krankenhaus, wo er noch mindestens eine Woche bleiben würde. Ein Holzteil der Tribünenbänke hatte sich in seinen Bauch gebohrt, und er konnte sich glücklich schätzen, noch am Leben zu sein. Niemand wußte, wann er seine Arbeit wieder aufnehmen konnte.

Die Hälfte der Stadträte war zu angeschlagen, um anwesend zu sein, und der Polizeipräsident zum einen aufgrund seines tragischen Verlustes zu mitgenommen, zum anderen zu sehr auf die eigentliche Untersuchung konzentriert, als daß er seine Zeit mit dem, wie er sich ausdrückte, »Pressequatsch« hätte verschwenden können.

Aber die Nachrichtenagenturen hungerten nach Informationen. Nach Brotkrumen. Deshalb hatte die Pressesprecherin, Andrea DeLillo, während der letzten fünfzehn Stunden ihre Fähigkeiten in Problembewältigung auf Weltklasseniveau gebracht. Dabei hatte sie Politiker abgewehrt, die entschlossen waren, sich im grellen, auf den Times Square gerichteten Rampenlicht politisch zu profilieren. Sie hatte von den Einsatztrupps vor Ort, von allen Krankenhäusern und von den Rettungsstationen, die unversehrt geblieben waren, Zahlen über Opfer besorgt. Und sie hatte den Schmerz über ihre eigenen Verluste verdrängt, ganz zu schweigen von der Angst, daß sie ihren Job verlieren könnte, wenn ein neuer Bürgermeister ins Amt kam. Wenn sie dazu beitragen konnte, die Mörder, die den Engel des Todes über ihre Stadt gebracht hatten, aufzuspüren, würde sie es tun. Sie würde die Medien mit allen ihr bekannten Fakten füttern und sie auf die Schuldigen loslassen. Mehr stand zum gegenwärtigen Zeitpunkt nicht in ihrer Macht. Sie betete, daß es genügte.

An einem Rednerpult auf der Treppe vor dem Rathaus wurden Mikrofone aufgebaut. Zahlreiche Reporter strömten, wegen der Kälte warm in dicke Mäntel gehüllt, die Stufen hinunter bis auf die Straße, die von der Polizei abgeriegelt worden war. Neben sich Vertreter von Polizei, Feuerwehr, Stadtrat und FBI, musterte Andrea die Menge.

Schließlich trat sie vor die Mikrofone und begann mit ihrer Erklärung. Während die grausigen statistischen Daten über ihre Lippen kamen, schwor sie sich im stillen: Irgend jemand würde dafür bezahlen, und wenn sie persönlich dafür sorgen mußte.

20.

WASHINGTON, D. C.
2. JANUAR 2000

Aus der *Washington Post*:

VERTRETER DES FBI LÄSST FRAGEN NACH DER FÜNFTEN BOMBE UNBEANTWORTET

Neue Spekulationen über Erklärungen zu Beweisen in FBI-Sprengstofflabor

Washington – Während einer Pressekonferenz im J.-Edgar-Hoover-Gebäude in der Pennsylvania Avenue äußerte sich der stellvertretende Direktor des FBI, Robert Lang, nur vage darüber, ob der Behörde konkrete Hinweise über die Identität des oder der für den blutigen Silvesteranschlag verantwortlichen Bombenattentäter vorliegen. Bei dem Anschlag kamen über tausend Menschen ums Leben, mehrere tausend wurden auf dem Times Square verletzt.

In einer vorbereiteten Presseerklärung bestätigte Lang zum ersten Mal offiziell, daß auf die gewaltige Explosion von 23.56 Uhr drei weitere kleinere Detonationen ›vorsätzlicher Natur‹ gefolgt waren. Dabei schloß er die Möglichkeit aus, daß diese durch massive Beschädigungen an unterirdischen Gasleitungen infolge des Anschlags ausgelöst wurden, wie von einigen Nachrichtenagenturen berichtet worden war. Weiter erklärte er, Berichte von Augenzeugen wären ›für die Untersuchung außerordentlich hilfreich‹. Er brachte seine Zuversicht zum Ausdruck, daß Fotos und Videoaufnahmen, die am Ort des Geschehens gemacht wurden, den Beamten ein klares Bild der ›wichtigen Einzelheiten, die vor und nach der Tat zu beobachten waren‹, vermitteln würden.

Wesentlich zurückhaltender äußerte sich Lang, als er nach einem von den Untersuchungsbeamten gefundenen Objekt gefragt wurde, das Gerüchten zufolge eine fünfte Bombe sein soll, die nicht detonierte. »Ich kann Ihnen nur sagen, daß uns hinreichende Beweise vorliegen, von denen wir annehmen, daß sie von dem oder den Attentätern zurückgelassen wurden. Gegenwärtig befinden sie sich zur Analyse im Labor der Abteilung für Explosivstoffe in unserem Bombendatenzentrum«, erklärte er in einer kurzen Fragestunde nach seiner offiziellen Erklärung. »Zum gegenwärtigen Zeitpunkt können wir aus untersuchungstechnischen Gründen keine genaueren Angaben machen. Wir möchten der Öffentlichkeit und insbesondere den Angehörigen der wahllos Getöteten oder Verletzten aber versichern, daß wir von den Geschehnissen genauso betroffen sind wie alle anderen, und werden unsere gesamten Ressourcen einsetzen, um den Fall aufzuklären.«

Neben Spekulationen darüber, ob Mitarbeiter des Krisenstabs der New Yorker Polizei innerhalb weniger Minuten nach den tödlichen Explosionen eine weitere Bombe fanden, löste Langs Kommentar noch andere Vermutungen aus. Das mysteriöse Beweismaterial wird in der Abteilung für Explosivstoffe des Bombendatenzentrums untersucht, kurz EU-BDC, dem Hauptlabor des FBI für die Untersuchung von Sprengsätzen. Lang wies darauf hin, daß Analysen von Explosionsrückständen und anderen Spuren zu den Routinearbeiten des EU-BDC gehörten, und weigerte sich bei der anschließenden Befragung, ›die Einstufung des Beweismaterials auf eine bestimmte Kategorie zu beschränken‹.

Laut Spurensicherungsexperten könnte dies von entscheidender Bedeutung sein. Selbst kleinste Überreste einer Sprengladung weisen oft charakteristische Züge einer ›Unterschrift‹ auf, die mit denen anderer Bomben verglichen werden können. Möglicherweise läßt sich dadurch eine für andere Bombenanschläge verantwortliche oder verdächtige Organisation oder Terrorgruppe mit dem Attentat in Verbindung bringen …

Die Berichte über die mysteriöse fünfte Bombe trafen fast exakt zu.

Die Tasche mit dem Blindgänger wurde vor einer Ladenpassage an der Kreuzung 52. Straße und Seventh Avenue gefunden, aber nicht von der Polizei, sondern von der Feuerwehr. Nachdem die New Yorker Polizei Unterstützung angefordert hatte, hatte die New Yorker Niederlassung des FBI Experten in Bombenschutzanzügen entsandt, um Spuren zu sichern. Sie stellten fest, daß das Zündsystem der Sprengladung nicht intakt war, so daß sie ohne Sicherheitsrisiko abtransportiert werden konnte. Daraufhin hatte die Spezialeinheit – mit Genehmigung des örtlichen stellvertretenden Büroleiters – veranlaßt, daß die Tasche mit der Bombe in die Zentrale des FBI nach Washington, D. C., gebracht wurde. Dort war sie dem EU-BDC zur wissenschaftlichen Analyse übergeben worden. Eine weitere Entdeckung, die mit ultraviolettem Licht ausgerüstete Agenten am Explosionsort gemacht hatten, hatte das Labor lange vor der Ankunft der Bombe in helle Aufregung versetzt. Sowohl in dem Blindgänger als auch in Trümmerteilen, die in der Nähe des ersten Explosionsortes eingesammelt worden waren, hatte man Fluoreszenz festgestellt. Das galt als sicheres Anzeichen dafür, daß die Sprengstoffe von den Herstellern mit chemischen Markierungen versehen worden waren. Eine durchaus gängige Praxis, die von der Schweizer Regierung seit Jahren verlangt und von einer zunehmenden Anzahl internationaler Sprengstofflieferanten freiwillig eingeführt worden war, obwohl sie in den Vereinigten Staaten noch nicht vom Gesetz vorgeschrieben wurde. Falls tatsächlich Markierungen vorhanden waren, erhoffte man sich, den

Sprengstoff bis zum Verkäufer zurückverfolgen zu können und damit wertvolle Informationen über den Käufer der für die Herstellung der Bomben notwendigen Materialien zu erhalten.

Kurz nachdem die Tasche mit der C-4-Bombe im Labor angekommen war, wurde ein mikroskopisch dünner Splitter entnommen, der auf einen Objektträger aufgebracht und einem Tesla-Spulmagneten ausgesetzt wurde. Auf diese Weise sollte das eventuell enthaltene Identifizierungskennzeichen – chemisch träge Partikel von Blütenpollengröße und mit Farbstreifen versehen – für Melamin-Plastik geortet werden. In der Regel wurden Identifizierungsstoffe in einer Konzentration von zweihundertfünfzig Teilen pro Million mit den Explosivstoffen gemischt – ein Verhältnis, bei dem die volle Stabilität und Leistung der Explosivstoffe erhalten blieb, aber unter dem Mikroskop leicht nachweisbar. In diesem Fall setzte der Spurensicherungsexperte ein Binokular-Lichtmikroskop von Olympus ein, das mit einem 35mm-Polaroid-Video ausgestattet war. Er bestätigte sofort das Vorhandensein von Markierungen und entzifferte unter einiger Anstrengung die Identifizierungskennzeichen. Anschließend fotografierte er die farbcodierten Daten über Hersteller, Herstellungsdatum und Chargennummer des Plastiksprengstoffs.

Nun begann eine routinemäßige Suche per Computer. Die Daten wurden mit der Identifizierungsdatenbank für gewerbliche Sprengstoffe verglichen, die kürzlich zum Referenz- und Suchsystem für Sprengstoffe – EXPRESS abgekürzt – hinzugefügt worden war. Schon beim ersten Versuch landete man einen Treffer.

Als Hersteller wurde Lian International ermittelt, eine Chemiefirma, die zu einem größeren Konglomerat in Malaysia mit Sitz in Kuala Lumpur gehörte und von einem indonesisch-chinesischen Geschäftsmann namens Teng Chou geführt wurde. Obwohl dies eine wichtige Spur war, verblaßte sie im Vergleich zu dem, was man als nächstes entdeckte: Nachdem die Chargennummer des Plastiksprengstoffs in das Suchsystem eingegeben worden war, stellte sich heraus, daß sie zu einer Lieferung gehörte, die vor kurzem an einen russischen Waffenhändler mit Verbindungen zur Regierung verkauft worden war.

Diese Information sagte den Untersuchungsbeamten im EU-BDC, daß sie auf etwas Großes gestoßen waren.

Von Anfang bis Ende war die Spurenermittlung ein perfektes Beispiel dafür, wie durch die sorgfältige und gründliche Analyse von Beweismaterial phänomenal erfolgreiche Ergebnisse erzielt werden konnten.

Außerdem war es für den gesamten amerikanischen Nachrichtendienst der erste Schritt in die falsche Richtung.

21.

NEW YORK CITY
3. JANUAR 2000
CALVARY-FRIEDHOF, QUEENS

Lautlos fiel auf die Bäume und Grabmäler um Bill Harrison herum Schnee. Unter anderen Umständen hätte er den Anblick als schön empfunden. Auch Rosetta hätte er gefallen, wenn sie ihn von einem geheizten Raum aus hätte genießen können. Sie hatte sich immer zu leicht erkältet, um sich unter anderen Bedingungen an Winterlandschaften zu erfreuen. Deshalb hatte er dafür gesorgt, daß man ihr Decken mit in den Sarg gelegt hatte. Den Gedanken, daß sie es nie wieder warm haben sollte, konnte er nicht ertragen.

Der Polizeipräsident stand am Rand eines offenen

Grabes. Er wußte, daß er nicht der einzige war. Die Szene würde sich viele hundert Mal abspielen, wenn New York seine Toten begrub. Aber das war kein Trost. Es machte es irgendwie nur noch schlimmer.

Wie sollte er weiterleben – ohne Rosetta? Sie war sein Herz gewesen, das Zentrum seines Daseins, hatte seinem Leben einen Sinn gegeben. Wenn ihm die Arbeit zuviel wurde, wenn ihn das, was er jeden Tag zu sehen bekam, überforderte, ging er nach Hause zu ihr, und alles war wieder gut. Zwar konnte sie nicht ändern, was er gesehen hatte, aber jede Minute, die er mit ihr verbringen durfte, machte ihm deutlich, wofür es sich zu kämpfen lohnte.

Jetzt legte er sie in ein Loch in die Erde. Jeden Moment würden sie den Sarg bringen.

Der Schmerz überwältigte ihn.

Zum hundertsten Mal fragte er sich, warum er sie zum Times Square mitgenommen hatte. Er hätte nein sagen können mit der Begründung, daß sonst nicht genügend Sitzplätze für die wirklich arbeitenden Menschen vorhanden wären, nachdem die Politiker ihren Teil belegt hätten. Aber dann hatte er entschieden, daß die Risiken durch das Vergnügen, das Rosie bestimmt hätte, aufgewogen würden.

Und das konnte er sich nur schwer verzeihen.

Neben ihm stand seine Tochter. Die Tränen brannten wie Säure in seinen Wunden. Auch sie hätte sterben können, nur weil er es nicht hatte kommen sehen, es nicht verhindert hatte, bevor es geschah. Jetzt wurde sie von den Alpträumen dieses Augenblicks verfolgt wie er auch. Sie, das Kind, für das er liebevoll sorgte, hatte Narben davongetragen. Unter seiner Aufsicht, an seiner Seite, wo er es doch hätte verhindern müssen.

Warum hatte er es nicht getan?

Es hatte keinen Zweck, den Bürgermeister dafür verantwortlich zu machen. Er war tot, hatte einen endgültigen Preis bezahlt. Seine unablässigen politischen Aktivitäten hatten am Ende eine Zielscheibe ergeben, die man sich nicht hatte entgehen lassen.

Seinen Leuten konnte er die Schuld ebenfalls nicht in die Schuhe schieben. Auch seinen Verdacht hatte der Verkaufswagen nicht gleich geweckt, als sein Blick für den Bruchteil einer Sekunde darauf gefallen war. Wie hätten sie etwas finden sollen? Aus den ersten Berichten vom Explosionsort ging hervor, daß es sich um ausgeklügelte, professionelle Arbeit gehandelt hatte, unsichtbar für das Auge auch bei noch so sorgfältiger Prüfung.

Nun brachten die Sargträger, in der Mehrzahl Polizisten in Galauniform, den Sarg und setzten ihn langsam auf die Bänder. Rosie wurde in die Erde heruntergelassen, ging von ihm, bis auch seine Zeit vorbei war.

Sein Herz zerriß fast vor Schmerz.

Er griff nach der Hand seiner Tochter und drückte sie.

Die Kameras der Nachrichtendienste summten und klickten.

Sogar ihr Schmerz war eine öffentliche Angelegenheit.

Langsam wurde der Sarg herabgelassen. Der dumpfe Aufprall, mit dem das Holz auf der Erde aufkam, als der Sarg seine letzte Ruhestätte erreichte, war das einsamste und endgültigste Geräusch, das er je gehört hatte. Es würde ihn verfolgen wie der Knall der Explosion.

Der Pfarrer sprach Worte des Trostes. Ihr Klang spülte über ihn hinweg, noch ohne Wirkung. Vielleicht würde er später, wenn er diesen Tag allein im Geiste noch einmal Revue passieren ließ, ein wenig von dem Frieden finden, den sie vermitteln sollten.

Er warf den Rosenstrauß, den er mitgebracht hatte, auf den Sarg. Grelle rote Farbtupfer auf poliertem Holz, die langsam, ganz langsam von weißen Schneeflocken bedeckt wurden. Wie sein Herz wurden die Blüten von Eis umfangen.

Tasheyas Vergißmeinnicht kamen dazu. Während sich die Trauerfeier dem Ende zuneigte, sah er auch sie unter dem Weiß verblassen.

Er hatte seine Rosie verloren. Die Leere in seinem Inneren war so groß, daß er nicht sicher war, ob sein Körper sie umfangen konnte. Er mußte etwas zu tun bekommen, um den Schmerz, der ihn zu übermannen drohte, in Schach zu halten.

Er war Polizeipräsident der Stadt New York. Seine Aufgabe war es herauszufinden, wer das getan hatte. An dem Tag, an dem er die Täter vor Gericht brachte, würde seine Heilung beginnen.

22.

Moskau
6. Januar 2000

Das Badehaus in der Julitsa Petrowka war ein beliebter Erholungsort für Kriminelle, Regierungsangestellte und Menschen, die man sowohl den einen als auch den anderen zuordnen konnte. Juri Wostow kam zwei- oder dreimal in der Woche her, um sich im Dampfbad oder auf der Sonnenbank zu entspannen, immer um Punkt zwölf Uhr mittags und niemals ohne mindestens zwei Frauen an seiner Seite.

Für Wostow waren die Besuche ebenso Therapie wie Quelle tiefen körperlichen Vergnügens – eines Vergnügens, das er nicht mehr für selbstverständlich hielt. Der Grund dafür war die Panik, in die er vor einigen Jahren gefallen war – weil er auf seinen fünfzigsten Geburtstag zusteuerte. Etwa zu dem Zeitpunkt hatte er bemerkt, daß seine sexuelle Energie nachließ, was nach einigen furchtbaren und demütigenden Blamagen im Bett in ihm die Angst schürte, impotent zu werden. Obwohl ihm eine große Anzahl junger hübscher Frauen als Bettgefährtinnen zur Verfügung stand, und obwohl jede von ihnen talentiert und auf ihre Art fantasievoll war, schien nichts von dem, was sie taten, ihn noch zu erregen. Seine Treffen mit diesen Gespielinnen setzten sich in einer ziemlich langweiligen, fast mechanischen Art und Weise fort, bis er sich eines Nachts, auf Anraten eines Freundes in der Regierung, auf einen ›flotten Dreier‹ einließ, was er aus irgendwelchen Gründen noch nie zuvor getan hatte. Zwischen den schwitzenden Leibern zweier Schwestern, die für ihre Bereitschaft, als Team zu lieben, bekannt waren, fand er sein Heil.

Das Geheimnis, so dachte er, bestand darin, daß ihm Quantität über Qualität ging. Auch mit Essen, Trinken und Geld verhielt es sich so: Der Schlüssel zu seiner Erfüllung war, alles, was er begehrte, auf einmal zu bekommen.

Heute waren Nadja und Swjeta seine Gefährtinnen in der Sauna. Sie waren nicht die beiden Schwestern, die ihm als erste den Weg zur fleischlichen Lust im mittleren Alter gezeigt hatten – auch nicht miteinander verwandt, soviel er wußte –, aber auf ihre eigene Art ein willfähriges und eifriges Paar. Nadja, eine rostrote Brünette, trug nicht mehr als zwei goldene Ohrringe. Der zimtfarbene Rotkopf Swjeta hatte seine Nacktheit durch ein goldenes Fußkettchen betont. Beide knieten vor Wostow, der sich seines Handtuchs entledigt hatte, auf einer Holzbank saß und ihnen von oben zusah, wie ihre Köpfe unter seinem fülligen Bauch auf und nieder glitten. Ihre Brüste baumelten frei in einer Dampfwolke aus Schweiß.

Plötzlich riß ein Klopfen an der Tür Wostow und seine Gespielinnen aus der Konzentration. Nadjas goldener Ohrring schlug nicht mehr gegen die Innenseite seines Oberschenkels, und Swjetas roter Haarschopf tauchte aus seinem Schoß auf. Beide sahen mit leicht verwirrtem Ausdruck zu ihm auf, als wüßten sie nicht, ob sie weitermachen sollten.

Stirnrunzelnd verfluchte er den Störenfried, der ihn um diesen Moment gebracht hatte.

»Was ist?« bellte er.

»*Prasteji*, Herr Wostow«, rief der Bademeister im Flur. »Da ist ein Anruf für Sie auf dem Funktelefon ...«

»Ein Anruf? Ich hab' Ihnen doch gesagt, daß wir nicht gestört werden wollen.«

»Ich weiß, aber es klingelt ununterbrochen ...«

»Mist!« Wostow stand auf, riß sein Handtuch vom Haken und wickelte es sich um die Hüften. Dann öffnete er die Tür einen Spalt und streckte den Arm hinaus. Um seine fleischigen Ellenbogen kringelte sich Dampf. »Geben Sie her.«

Der Bademeister reichte ihm das Telefon und wich zurück. Wostow schlug die Tür zu und drückte die Taste, um das eingehende Gespräch anzunehmen.

»Ja?« Er hielt den Apparat an sein Ohr.

»Juri, ich hoffe aufrichtig, Sie nicht zu stören.«

Wostow erkannte die Stimme von Teng Chou und runzelte erneut die Stirn. »Doch, allerdings stören Sie«, sagte er.

»Dann entschuldigen Sie, bitte. Aber ich habe eine ganze Weile versucht, Sie im Büro zu erreichen.«

Wostow warf einen Blick auf Nadja und Swjeta, die es sich auf der Bank bequem gemacht hatten und miteinander flüsterten. Hin und wieder kicherten sie leise. War ihm etwas Lustiges entgangen? »Schon gut«, sagte er, während seine Verärgerung wuchs. »Was gibt's?«

»Ich hatte Schwierigkeiten, mit Anrufen zu einer gewissen Stelle durchzukommen, die uns beiden bekannt ist. Wahrscheinlich habe ich ein wenig von meiner Ungeduld mit ihm auf Sie übertragen.«

»Ich sagte doch, vergessen Sie's. Was habe ich damit zu tun?«

»Mein Freund.« Teng sprach in sanftem Ton auf russisch, seine Worte sorgfältig artikulierend. »Sie haben bereits eine ganze Menge damit zu tun.«

Wostow wurde bleich. »Sie wissen, was ich meine. Ich bin kein ständiger Mittelsmann zwischen Ihnen beiden.«

»Natürlich nicht. Aber Sie haben das Geschäft vermittelt.« Teng legte eine Pause ein. »Wahrscheinlich hat die gestörte Kommunikation – drücken wir es einmal so aus – keine Bedeutung. Es sind hektische Tage für uns alle. Aber meine Geldgeber brauchen die Bestätigung, daß alles zu ihrer Zufriedenheit ausgeführt wird und so weiterläuft wie besprochen.«

Wostow wandte sich von den beiden Frauen ab und senkte die Stimme. »Hören Sie, die kümmern mich einen feuchten Dreck. Ganz egal, was Sie anzudeuten versuchen, ich habe meinen Teil der Abmachung eingehalten. Wenn Sie wollen, daß ich unseren Freund anrufe, um zu hören, wie es bei ihm läuft, dann tue ich es. Aber als Gefallen, nicht als Verpflichtung, haben Sie verstanden?«

Teng schwieg. »Ja«, sagte er schließlich. Seine Stimme klang immer noch sanft. »Obwohl Sie daran denken sollten, daß die Suche nach der Wahrheit ebenso leicht wieder auf die richtige Spur gebracht werden kann, wie sie davon abgelenkt wurde.«

Wostows Magen zog sich zusammen. Diese Asiaten mit ihrer blumigen Ausdrucksweise machten ihn nervös. »Das bedeutet *was?*«

»Sie müssen Ihre Interessen neu überdenken, mein Freund. Es wäre bedauerlich, wenn sie plötzlich mit meinen in Konflikt gerieten. Die Geldgeber, die Sie so verächtlich abtun, haben einen langen Arm und ein noch längeres Gedächtnis für alte Rechnungen.«

Wostow fühlte, wie sich sein Magen immer mehr verkrampfte. In der Mitte spürte er ein scharfes Brennen.

Verdammt, dachte er. Seine Magengeschwüre hatten ihm schon seit Ewigkeiten nicht mehr so zu schaffen gemacht.

Er warf einen Blick über die Schulter zu Swjeta und Nadja hinüber. Immer noch flüsternd und kichernd, schienen sie ihn nicht zu beachten.

Sexuelles Verlangen war etwas Unsicheres und Unbeständiges, dachte er. Es konnte einen Mann aus der Gosse bis an die Spitze der Welt bringen, um ihn dann sofort wieder in den Abgrund zu stoßen. »Ich rufe unseren Freund an«, sagte er und drückte die Trenntaste auf dem Telefon.

Nadja rückte an ihn heran, um ihn von der Arbeit abzulenken und seine Aufmerksamkeit wieder auf das Vergnügen zu richten. »Gleich«, sagte er und stieß sie grob fort. »Sobald ich mich um dieses verdammte Durcheinander gekümmert habe.« Dann wandte er seine Konzentration wieder dem Telefon zu. Er wählte die Privatnummer des Ministers, so daß keine Sekretärin sich an den Anruf erinnern würde. Nach fünfmaligem Klingeln hörte er eine verärgerte Begrüßung. Er antwortete freundlich.

»Hallo, Herr Minister.«

»Wostow? Sind Sie verrückt, mich im Büro anzurufen?«

»Ich werde es kurz machen.«

»Darum geht's nicht. Diese Leitung ist nicht sicher …«

»Hören Sie, Herr Minister, ich mag keine Politik, und ich bedaure es allmählich, daß ich in diese Sache verwikkelt bin. Aber ein Mann muß nehmen, was er kriegen kann.«

»Können Sie mit diesem philosophischen Gequatsche aufhören und zur Sache kommen? Aber denken Sie daran, daß wir möglicherweise nicht allein sind.«

»Also gut, ich werde Ihnen jetzt einen Rat geben. Machen Sie damit, was Sie wollen, aber ich schlage vor, Sie hören ihn sich wenigstens an.«

»Schon gut, schon gut. Wie lautet er?«

»Unser Geschäftspartner im Ausland fühlt sich von Ihnen vernachlässigt. Er sagt ...«

»Der Mann ist nicht mein Geschäftspartner. Höchstens ein Transporteur von Waren, der von anderen gesteuert wird.«

»Wie auch immer. Sie sind seinen Anrufen aus dem Weg gegangen, zumindest behauptet er das. Ich halte es für wichtig, daß Sie mit ihm sprechen.«

»Wostow, können Sie nicht verstehen, daß es hier um Prinzipien geht? Ich muß nicht nach seiner Pfeife tanzen. Wenn er glaubt, er könne frei über meine Zeit verfügen, dann weiß ich schon, welche Forderungen er in Zukunft stellt – er und seine Bosse.«

»Reden Sie mit ihm, Minister. Beruhigen Sie ihn. Ich will den Mann nicht im Nacken haben.«

»Und mir gefällt die Vorstellung nicht, daß er uns gegeneinander ausspielt. Er muß warten, bis ich soweit bin, mit ihm zu sprechen. Bis dahin kann er mich mal.«

»Aber begreifen Sie doch. Er ist in der Lage, diese ganze verdammte Angelegenheit auf den Kopf zu stellen ...«

»Wir haben schon genug im Auge zu behalten, ohne uns um ihn zu kümmern. Ich habe geheime Informationen über dieses amerikanische Unternehmen in Kaliningrad. Da könnte etwas vorgehen, das Ärger bedeutet, auch wenn ich noch nicht genau weiß, was es ist. Wir müssen darauf vorbereitet sein, notfalls schnell zu handeln. Ich glaube, unter diesen Umständen wird es höchste Zeit, daß Sie sich nützlich machen.«

»Das ist nicht mein Problem. Ich habe getan, was ...«

»Sie werden noch mehr tun. Ich werde Lieferungen brauchen. Ausrüstung, vielleicht sogar Mitarbeiter. Machen Sie nicht den Fehler zu glauben, Sie könnten sich jetzt aus allem zurückziehen.«

»Verdammte Politik. Wie ich vorhin schon sagte, ich hätte mich nie darauf einlassen sollen.«

»Es läßt sich nicht vermeiden. Das Leben besteht aus Politik, und zwar ab dem Zeitpunkt, an dem wir als Kinder mit unseren Geschwistern um die Aufmerksamkeit unserer Eltern buhlen und versuchen uns gegenseitig das Wasser abzugraben, damit wir kriegen, was wir wollen. Ich bin davon überzeugt, daß damit der Verrat beginnt. Die Familie ist ein Judaskreis, der Bruder, den wir lieben, unser Feind, oder etwa nicht?«

»Keine Ahnung. Da komme ich nicht mehr mit.«

»Nein? Gut, aber vergessen Sie nicht, daß Sie damals auf dem Boot in Chabarowsk waren.«

»Ist das alles?« erkundigte sich Wostow sarkastisch.

»Nein. Ich möchte, daß Sie Ihre Kontakte nutzen, auch wenn ich sie verabscheue. Die Zeit ist gekommen, die Landschaft ein bißchen zu vernebeln. Da draußen könnte es Splittergruppen geben, die möglicherweise unser Ziel teilen. Ich halte es für geschickt, das grelle Licht der öffentlichen Untersuchung auf sie zu lenken.«

»Wen meinen Sie?« fragte Wostow.

»Die Nationalisten, Separatisten, Kommunisten und Reformanhänger haben alle ein Interesse daran, ausländische Hilfe zu blockieren. Ich glaube, es ist an der Zeit, daß sie jemand darauf aufmerksam macht, hm? Militär und KGB sind unfairerweise von der Verteilung der großzügigen Gaben unserer Feinde ausgeschlossen und deshalb nicht in der Lage, ihren Gewinnanteil abzuschöpfen. Halten Sie es nicht für angebracht, daß jemand sie fragt, wie sie das finden und was sie dagegen zu tun gedenken? Auch die Kirche und das organisierte Verbrechen könnte man dazu bringen, ein Wörtchen mitreden zu wollen. Mein lieber Wostow, je stärker Starinow und der Westen unter Druck geraten, desto eher erreichen wir unser endgültiges Ziel. Ihre Fühler reichen überallhin. Sie sollten Sie benutzen.«

»Was Sie da verlangen«, stieß Wostow zögernd hervor, »ist nicht so schnell zu bewerkstelligen.«

»Dann würde ich vorschlagen, daß Sie sofort damit anfangen. Denken Sie daran, Wostow: Ein Mann, der sich nicht nützlich macht, ist entbehrlich. Gibt es sonst noch etwas, das Sie mit mir besprechen wollen?«

»Sie haben mir keine Antwort in der Angelegenheit gegeben, weswegen ich Sie angerufen habe. Der Transporteur von Waren, wie Sie ihn nannten ...«

»Ich sagte doch: Er kann mir den Buckel runterrutschen. Von jetzt an werde ich nur noch mit seinen Vorgesetzten verhandeln, und auch das nur, wenn es mir paßt. Und falls Sie nichts für mich erreichen, Wostow, gilt für Sie dasselbe, sofern Sie dann überhaupt noch da sind. Auf Wiederhören, Wostow. Sorgen Sie dafür, daß Sie bereit sind, wenn ich Sie brauche.«

»Warten Sie, legen Sie nicht auf. Hallo? Sind Sie noch dran? Verdammt, sind Sie noch dran? Hallo, *hallo* ...?« Doch aus dem Apparat in Wostows Hand war nur ein Rufzeichen zu hören. Er schleuderte ihn quer durch den Raum.

»Verdammt!«

Ein leises Geräusch lenkte seine Aufmerksamkeit wieder auf die Frauen, die mit verängstigtem Gesichtsausdruck in der Ecke kauerten.

»Was gibt's da zu glotzen? Kommt her und macht euch nützlich.« Das war der Ausdruck, den der Mann am Telefon benutzt hatte. *Nützlich!* Er setzte sich und wartete. Als sie zögernd näherkamen, schloß er die Augen. Politik. Ein schmutziges Geschäft. Es gab andere Dinge, die ihm weitaus besser gefielen.

23.

WASHINGTON, D. C.
6. JANUAR 2000

In einem grauen Jogginganzug, einer Baseballkappe der Baltimore Orioles und Nikes joggte Alex Nordstrum in westlicher Richtung durch die Mall. Auf seinem Gesicht lag der Ausdruck stiller Konzentration, während ihn seine langen Beine in stetem Rhythmus vorwärtstrugen. Er hatte die Hälfte seiner gewohnten Strecke zurückgelegt. Sein Blut war mit Sauerstoff angereichert, und die Muskeln seiner Oberschenkel und Waden fühlten sich angenehm locker an.

Die Arme in sanftem Einklang mit seinen Beinen schwingend, lief er weiter in Richtung der Constitution Gardens und des auffälligen Marmorpfeilers des Washington Monument, wo er wie gewöhnlich in Richtung Osten abschwenken würde, um bald darauf seine übliche Rundstrecke von vier Kilometern zu beenden. Heute mußte er dort oben vielleicht ein wenig warten, je nachdem, ob Blake pünktlich kam. Nordstrum bezweifelte, daß er dieses Glück haben würde, weil die innere Uhr des stellvertretenden Staatssekretärs im Auswärtigen Amt schon hoffnungslos verstellt gewesen war, als er noch Alex' Topstudent der Politikwissenschaften in Georgetown gewesen war.

Nordstrum lief in gemächlichem Trott, ohne sich zu beeilen. Nördlich des Parks erstreckten sich die Bauten des Federal Triangle bis zur 15. Straße. Ihre roten Dächer waren durch die kahlen Baumwipfel zu sehen. Im Süden sah er die weißen Kolonnaden und Säulengänge des Landwirtschaftsministeriums. Mit jedem gemessenen Atemzug trat Dampf aus seinem Mund. Aber sein angeregter Stoffwechsel ließ ihn die kalten Windböen kaum spüren, die vom Potomac herüberkamen und die Feuchtigkeit von seinen Wangen und seiner Stirn wehten. Der Rücken seines Sweatshirts war zwischen den Schulterblättern vom Schweiß dunkel gefärbt – gesunder Schweiß jener Art, die stets die Anspannung aus seinen Poren zu waschen schien.

Rechts von ihm glitten gutgekleidete Frauen und Männer in teuren Autos vorbei. Die meisten bogen nach Norden oder Süden in die 17. Straße ab, in Richtung der Museen und Regierungsgebäude in der Innenstadt. Ein kleiner Prozentsatz des Verkehrs floß geradeaus weiter, am Reflecting Pool vorbei, wo die Constitution Avenue in die Route 66 überging, und setzte dann über die Brükke nach Arlington. Knapp zwei Kilometer hinter Nordstrum trat das morgendliche Sonnenlicht in einem Fächer aus goldenen Streifen über die Kuppel des Kapitols und spiegelte sich bereits in den roten Backsteintürmen des Smithsonian Castle. Auf dem breiten Stück, das er auf dem Weg den Hügel hinunter zurückgelegt hatte, befanden sich Jogger und Walker in verschiedenen Phasen ihres Trainings. Eichhörnchen und Tauben zankten sich um spärliche winterliche Futterreste, während Collegekinder in glattgebügelten Jackets und zwergenartig spitzen Kappen zu der runden Eisbahn neben dem Naturgeschichtlichen Museum herunterschlenderten, die Schlittschuhe an den Schnürbändern über die Schultern gehängt. Die Kinder wirkten von den Ereignissen am Times Square, die gerade eine Woche zurücklagen, ebenso traumatisiert wie die Eichhörnchen und Vögel – nämlich überhaupt nicht.

War das die Unverwüstlichkeit der Jugend? fragte sich Nordstrum. Oder die Abstumpfung einer Generation, die in ein Zeitalter geboren worden war, in dem der Terrorismus eine ständige Bedrohung auf derselben Stufe wie Umweltkatastrophen, wie Erdbeben und Hurricans darstellte? Er war sich nicht sicher, ob er es wirklich wissen wollte, und konnte nur hoffen, daß ersteres zutraf. Für ihn jedenfalls reichte die Erhabenheit des Kapitols jedesmal aus, um seinen Kopf mit Strophen von ›Stars and Stripes‹ zu erfüllen und in ihm ein enormes Gefühl der Verpflichtung gegenüber seinem als Wahlheimat angenommenen Land zu wecken.

Er erreichte die 14. Straße und lief auf der Stelle, während er auf eine Unterbrechung im Verkehrsfluß wartete. Dann überquerte er von der Mall aus das Gelände des Denkmals, wo der Rasen sanft bis zu dem alles überragenden Obelisken hin anstieg.

Nachdem er eben mit der Steigung begonnen hatte, hörte er hinter sich Fußtritte auf dem Weg. Als er zurücksah, erkannte er Neil Blake, der ihm in wenigen Metern Abstand folgte. Der gutaussehende, athletische Fünfunddreißigjährige mit dem – für Washington – langen braunen Haar trug einen schwarzen Speedo-Laufanzug, an dessen Seite ein leuchtend blauer Streifen verlief. Er sah exakt danach aus, was er war: ein Mitglied der smarten, begnadeten Machtelite.

»Neil.« Nordstrum verlangsamte das Tempo. »Seit wann folgen Sie mir schon?«

Blake nickte in Richtung der 14. Straße zurück. »Ich kam aus der Ellipse und sah Sie die Straße überqueren. Wäre da nicht eine nette junge Frau gewesen, die nach dem Weg fragte, so daß ich anhalten mußte, hätte ich Sie schon früher eingeholt. Außerdem dachte ich, daß Ihnen noch ein paar Minuten friedlicher sportlicher Aktivität guttäten.«

»Sie sind ein mitfühlender Mensch. Haben Sie wenigstens die Telefonnumer der jungen Dame aufgeschrieben, falls sie noch mehr Hilfe braucht, um sich zurechtzufinden?«

Blake klopfte auf seine Tasche. »Schon an sicherem Ort verstaut.«

Nordstrum lächelte. Sie liefen eine Zeitlang wortlos nebeneinander her, den Hügel hinauf, dann wieder hinunter auf den Reflecting Pool zu. Das Wasser glitzerte im Morgenlicht.

»Ich habe was für Sie«, sagte Blake. »Es war nicht leicht. Wenn jemand rausfindet, daß ich es habe durchsikkern lassen, muß ich wirklich in Chicago eine Imbißbude eröffnen, wie mein Vetter Steve mir immer nahelegt.«

Nordstrum nickte und schwieg.

»Sie kennen die Lian-Gruppe?« fragte Blake.

»Selbstverständlich.«

»Sie stellen gute Waren her.«

Wieder nickte Nordstrum. Sein Gesichtsausdruck war ernst und nachdenklich. »Was ist mit dem Endabnehmer?« wollte er wissen.

»Die Spur führt zu einem russischen Händler. Danach verliert sie sich.«

Eine lange Pause trat ein.

»Mist!« sagte Nordstrum schließlich und schüttelte den Kopf.

»Ich dachte mir, daß Sie nicht begeistert sein würden.«

Nordstrum schwieg erneut einen Moment lang. »Ist das alles?« fragte er dann.

»Bis jetzt ja. Ich melde mich, wenn ich noch was rauskriege.«

»Danke. Ich bin froh, daß ich Ihnen immer eine Eins gegeben habe.«

»Die hatte ich auch verdient.«

Nordstrum sah ihn an. »Unverschämter Schnösel.«

»Es hat mehr und mehr den Anschein, als hätten Sie neulich recht gehabt, Gord«, sagte Nordstrum ins Telefon.

Nachdem er geduscht und sich in einen Bademantel gehüllt hatte, saß er nun auf dem Wohnzimmersofa seiner Wohnung in der Pennsylvania Avenue. Soeben hatte er Gordian erzählt, was er von Blake erfahren hatte.

»Fast wünschte ich, ich hätte mich geirrt«, meinte Gordian. »Die Lian-Gruppe … von der habe ich schon früher gehört. Wurde der Name nicht vor ein paar Jahren in der Anhörung über die Wahlkampffinanzierung von Thompson erwähnt?«

»Wieder richtig. Die Beweise, daß sie daran beteiligt war, Gelder der chinesischen Regierung in unseren Wahlkampf zu schleusen, waren nicht so schlüssig wie im Fall Lippo und bei einigen anderen ausländischen Mitwirkenden. Trotzdem lagen ziemlich eindeutige Anhaltspunkte vor. In meinen Augen hat das Geld von Lian zumindest zwei Senatoren einen erheblichen Vorsprung gegenüber ihren Konkurrenten verschafft. Mit großer Wahrscheinlichkeit verdanken sie ihm sogar ihre Sitze.«

»Was die Verwirrung angeht, stimme ich mit Megan überein. Wo ist die Verbindung zwischen Lian und den Russen? Und vor allem: *welchen* Russen?«

Nordstrum beugte sich vor und spielte geistesabwesend mit dem Telefonkabel in seinen Fingern. »Ich kann allenfalls spekulieren«, sagte er. »Das heißt, ich müßte meine Daten durchsehen, bevor Sie sich hundertprozentig auf die Informationen verlassen könnten.«

»Ich verstehe. Trotzdem, nur zu.«

»Es gibt Umstände, die darauf hindeuten, daß der russische Innenminister Jeni Baschkir tief in die Angelegenheit verwickelt ist. Er und Lian unterhalten enge Beziehungen. Dasselbe gilt für die chinesische Regierung und Baschkir. Außerdem hatte Baschkirs Familie bis nach der bolschewistischen Revolution wirtschaftliche Interessen in ganz Asien.«

»Und sein Motiv?«

»Baschkir ist nicht unbedingt amerikanophil ... Ist das der richtige Ausdruck?«

»Ich bin nicht sicher«, gab Gordian zurück. »Aber die Bedeutung ist unmißverständlich.«

»Wie dem auch sei, er mißtraut Kapitalismus und Demokratie. Wie viele andere seiner Generation hätte er lieber das alte kommunistische System erhalten und es sich zunutze gemacht, statt seinen Zusammenbruch zu erleben. Auch wenn er kein extremer Nationalist vom Schlage Pedaschenkos ist, so ist er doch ohne Zweifel so etwas wie ein kultureller Chauvinist.«

»Sie meinen also, daß er Starinows proamerikanische Initiative unterminieren wollte, um ihn uneffektiv aussehen zu lassen?«

»Im wesentlichen, ja. Insofern stimme ich mit dem überein, was Sie bei unserem Treffen sagten.« Nordstrum bemerkte, daß er die Telefonschnur hoffnungslos verdreht hatte, und bemühte sich, seine Finger freizubekommen.

Am anderen Ende der Leitung seufzte Gordian. »Widerlegt die Tatsache, daß Baschkir bei der Aushandlung des Hilfspakets dabei war, unsere Hypothese nicht?« fragte er. »Auf jedem Foto von Starinows Besuch im Weißen Haus vom vergangenen Oktober ist der Minister an seiner Seite zu sehen.«

Nordstrum produzierte ein Geräusch in seiner Kehle, das gleichbedeutend mit einem Schulterzucken war. »Gord, ich weiß, daß Sie ein Glas eher als halbvoll denn als halbleer betrachten. Aber Sie sind sich ebenso wie ich darüber im klaren, daß sich die russische Politik seit den Zarenhöfen von Katharina der Großen oder Nikolaus II. nicht viel weiterentwickelt hat. Es gibt eine lange Tradition der Dolchstoßintrigen in der Hauptstadt, ob im modernen Moskau oder im St. Petersburg des 19. Jahrhunderts.«

Eine kurze Stille trat ein. Nordstrum kämpfte mit dem verdrehten Kabel und ließ seinen Gesprächspartner nachdenken.

»Okay«, sagte Gordian schließlich. »Können Sie die Informationen für Nimec zusammenstellen und sie ihm heute abend per E-mail zukommen lassen?«

»Die Einzelheiten könnten ein bißchen dünn werden ... Aber ich schicke sie ihm.«

»Senden Sie Kopien an Blackburn und Megan in Kaliningrad. An Vince Scull natürlich auch. Mal sehen, was unser gebündelter Scharfsinn herausfindet.«

»Okay.« Nordstrum freute sich allmählich auf das Frühstück. »Sonst noch was?«

»Nur ein kleiner Gefallen.«

»Was denn?«

»Sie sollten sich abgewöhnen, mit dem Telefonkabel zu spielen, während Sie reden, oder sich einen schnurlosen Apparat zulegen. Ich habe jede Menge Rauschen in meinem Hörer.«

Nordstrum legte die Stirn in Falten. »Für Sie, Boß, tue ich alles.«

24.

San José, Kalifornien
7. Januar 2000

Kurz nach 23 Uhr saß Pete Nimec in seinem Büro zu Hause vor seinem Laptop. Sein Gesicht war angespannt vor Konzentration, während er die E-mail las, die soeben auf dem Display erschienen war. Es ging um Gordians laufende Untersuchung der Ereignisse in Rußland, die den Codenamen ›Politika‹ trug.

Status: Antwort 1 von 1, 3 Anlagen (PEM zeichnet und codiert)
Betreff: ›Politika‹

Pete,
hier in Washington ist es zwei Uhr morgens, aber ich wollte die von Ihnen angeforderten Dokumente vervollständigen und abschicken, bevor ich mich in die Falle

begebe. Wie ich Sie kenne, sitzen Sie vermutlich vor dem Computer und suchen das Internet danach ab. Bevor die Informationen nicht in Ihrer Mailbox gelandet sind, kommen Sie von dem Kasten bestimmt nicht los. Also, hier sind sie. Die Dokumente sind nicht richtig ausgearbeitet, aber besser ging es in der Eile nicht. Schauen Sie sich das Material kurz an, und sehen Sie dann zu, daß Sie etwas Schlaf bekommen. Für mich ist es dafür schon zu spät, aber es bringt nicht viel, wenn wir uns beide die Nacht um die Ohren schlagen.

Gruß, Alex

Nimec bewegte den Cursor auf die Menüleiste und klickte auf die Download-Option. Dann lehnte er sich in seinem Stuhl zurück und wartete. Ein leichtes Lächeln lag auf seinem Gesicht. Alex hatte so oft recht, daß es schon unheimlich war. Bis jetzt hatte er ihn nie enttäuscht.

Als die Übertragung beendet war, loggte Nimec sich aus, öffnete die erste der drei Dateien und ließ sie über den Bildschirm laufen.

Profil: Baschkir, Jeni
Lebenslauf

Persönliches:
Geboren am 2.12.46 in Wladiwostok, Primorski Krai. Großvater väterlicherseits leitete vor der Machtübernahme durch die Bolschewiken eine Import-/Exportfirma mit Niederlassungen in China und Korea. Vater (verstorben) gehörte zur ersten Generation von Marineoffizieren der sowjetischen Pazifikflotte. Mutter (verstorben) mandschurisch-chinesischer Abstammung. Baschkir ist verheiratet und lebt gegenwärtig in Moskau. Der ältere seiner beiden erwachsenen Söhne ist Konzertgeiger, der Tourneen mit ...

Nimec ließ seine Augen zum nächsten Abschnitt wandern. Was Alex für nicht richtig ausgearbeitet hielt, hätte bei anderen als akademische Abhandlung gegolten.

Militärische/politische Laufbahn:
Folgte dem Beispiel seines Vaters und trat als Offizier in die Marine ein. Diente während des Kalten Krieges bei der sowjetischen Pazifikflotte, war Kommandant auf Atom-U-Booten der November- und Echo-II-Klasse mit Heimathafen auf der Halbinsel Kamtschatka. 1981 zum Konteradmiral befördert, schließlich Kommandeur der gesamten nuklearen U-Boot-Flotte. Früher Mitglied der Kommunistischen Partei, schloß sich etwa 1991 Jelzins Partei an. Enge Verbindungen zur Pekinger Regierung, besonders zu Beamten des Handelsministeriums, diese wurden während der Spannungen zwischen China und der Sowjetunion weiter ausgebaut. 1992 von Präsident Michail Gorbatschow persönlich zum Sonderkonsul für China ernannt, wichtige Rolle bei der Vertiefung der politischen und wirtschaftlichen Bindungen zwischen beiden Ländern. Maßgeblich an den Vereinbarungen zur Kooperation zwischen China und Rußland von 1996 und 1997 beteiligt …

Die nächsten Absätze enthielten eine Zusammenfassung dieser Vereinbarungen, bei denen es sich eher um Willenserklärungen als um formelle Verträge handelte. Weiter unten in diesem Abschnitt entdeckte Nimec jedoch eine Information, die sein Interesse wieder weckte.

Im August 1999 fungierte Baschkir beim Handelsgipfel von Peking als Hauptunterhändler bei der bilateralen Vereinbarung über den Austausch von Waffen und Technologie. In der Delegation russischer Waffenhändler war auch die Zawtra-Gruppe (siehe beigefügte Datei) vertreten, zu deren wichtigsten Aktionären Baschkir angeblich gehört. Unter den anwesenden Industriemanagern war Teng Chou, Vorstandsvorsitzender der malaiischen Lian Chemicals (siehe Datei), die angeblich von den Chinesen kontrolliert wird.

Nimec studierte diese Zeilen eingehend, bevor er weiterlas. Er konnte einen nachdenklichen Pfiff nicht unterdrücken, während er wie gebannt auf den Bildschirm starrte. Viele seiner Fragen schienen hier beantwortet zu werden, doch genau das beunruhigte ihn. Er mißtraute einfachen Lösungen.

Während er an dem lauwarmen Kaffee nippte, der auf seinem Schreibtisch stand, sah er den Rest des Dokuments durch.

1999 wurde Baschkir von Präsident Boris Jelzin zum Innenminister ernannt. Diesen Posten hat er bis heute inne. Freundschaft mit Wladimir Starinow nahm angeblich in der Zeit ihren Anfang, als Starinow kommandierender General der Elitefallschirmspringer-Division in der Region von Kamtschatka war. Obwohl er seine persönliche und politische Loyalität gegenüber Starinow erklärt hat, gilt er als vehementer Kritiker von dessen ökonomischen Liberalisierungsmaßnahmen und Reformen im Sinne westlicher Demokratien ...

Zehn Minuten später war das Ende des Dossiers erreicht. Nimec druckte es aus, schloß die Datei und öffnete die nächste, die er aus dem Internet heruntergeladen hatte. Es handelte sich um eine detaillierte Aufstellung der verschiedenen internationalen Holdings der Lian-Gruppe.

Es war bereits Mitternacht, als er mit Nordstrums Berichten durch war. Nachdem er sich die letzten drei angesehen hatte, war der Eindruck, den er erstmals während der Lektüre von Baschkirs Akte gehabt hatte, fast schon zur Überzeugung geworden. Die Lösung schien zu einfach. Er fühlte sich an einen Besuch in einem Freizeitpark in New Jersey vor vielen Jahren erinnert. Man fuhr mit dem Auto durch eine simulierte Wildnis, doch die wirklich gefährlichen Tiere wurden durch schlecht kaschierte Zäune ferngehalten. Dem Besucher sollte die Illusion einer Safari vermittelt werden, während er sich in Wirklichkeit auf einer sicheren, wohldurchdachten und überwachten Route bewegte.

Nimec rieb sich die Augen, während er auch diese Berichte ausdrucken ließ. Dann beendete er das Programm, schaltete den Computer aus und legte die Abdeckung darüber. Er schob seinen Stuhl zurück, erhob sich und ließ Hals und Schultern kreisen, um die angespannten Muskeln zu lockern. Erschöpfung und Anspannung hielten sich die Waage, und er kannte sich gut genug, um zu wissen, daß an Schlaf nicht zu denken war. Ihm entging etwas ... Ein Wissen lag in diesen Informationen verborgen, das zum Greifen nahe schien und sich ihm dennoch entzog.

Nimec schüttelte den Kopf. Er mußte sich unbedingt entspannen.

Aus seinem Büro gelangte man direkt in einen großen Raum ohne Zwischenwände, der Wohn-, Eßzimmer und Küche enthielt. Am anderen Ende befand sich ein privater Aufzug, den er jetzt mit einem Knopfdruck herbeirief, um in das obere Stockwerk seiner dreistöckigen Eigentumswohnung zu gelangen.

Die Tür öffnete sich auf eine Erholungs- und Fitneßanlage, die das gesamte Stockwerk einnahm. Dazu gehörten das sogenannte Dojo, in dem er sich täglich in verschiedenen Kampftechniken übte, ein voll ausgestatteter Boxraum, ein schallisolierter Schießstand und eine getreue Nachbildung der schmuddeligen Billardhalle in Philadelphia, in der er als Teenager Stammgast gewesen war. Dort hatte er das Spiel von den besten Spielern und heruntergekommensten Zockern gelernt, die jemals mit dem Queue gezaubert hatten. Sein Vater war der König unter ihnen gewesen.

Diesen Raum betrat er jetzt. Zwei Reihen alter Turniertische mit verkratzten Rahmen lagen vor ihm. Die grünen Spielflächen waren restauriert und geglättet worden, um optimale Spielbedingungen zu garantieren. Vor einer Bar mit Coca-Cola und Limonade standen an einem Formicatresen drehbare Plastikhocker. Die Wurlitzer-Jukebox mit ihren Neonröhren enthielt Schallplatten mit den größten Rock-'n'-Roll-Hits. In billigen Plastikfassungen staken Birnen, aus denen ein grünliches Licht auf die absichtlich schmuddelig gehaltene Einrichtung fiel. Die Ausstattung dieser Gedächtnisstätte stammte aus unzähligen Besuchen in Secondhandläden und auf Flohmärkten. Nicht einmal die Pin-up-Kalender mit Nacktfotos fehlten. An den Wänden prangten alte Preislisten und Schilder, die daran erinnerten, daß Wetten für Minderjährige verboten waren.

Nur der durchdringende Geruch nach Schweiß, Brillantine und Zigarettenrauch war nicht vorhanden. Nimec versuchte sich immer einzureden, daß er gut darauf verzichten konnte, spürte häufig aber ein geradezu perverses Verlangen danach.

Er schaltete das Licht ein, nahm eines seiner speziell angefertigten 21-Unzen-Queues von der Wand und ging zu einem Tisch, wo er einem eingebauten Regal sechs Kugeln entnahm, die er in einen Halbkreis um eines der Mittellöcher legte. Es war ihm wichtiger, seine Fähigkeiten zu verfeinern, als Punkte zu machen. Seit über einer Woche hatte er nicht mehr trainiert.

Er rieb die Spitze des Queues mit Kreide ein, beugte sich über den Tisch und legte es zwischen seine Finger; dann ließ er es vor- und zurückgleiten.

Aus Gewohnheit legte er die achte Kugel an die erste

Stelle – das brachte angeblich Glück. Seit seinen Tagen als Army Ranger hatte er zahlreiche, komplizierte Rituale entwickelt, die ihm Glück in der Schlacht bringen sollten. Manche hatten ihn abergläubisch genannt, aber er nahm die Angelegenheit sehr ernst. Wenn seine Bemühungen, das Schicksal zu versöhnen, im zivilen Leben auch andere Formen angenommen hatten, die Gewohnheit war geblieben.

Seine grauen Augen zeichneten den Weg des weißen Spielballes vor wie die eines Scharfschützen den der Kugel. Der Trick war, die Kugeln nacheinander von rechts nach links einzulochen, wobei der Spielball so auftreffen mußte, daß er in die neue Abschußposition zurückrollte.

Mit lockerem Handgelenk, den Arm dicht am Körper, holte er aus und versetzte dem Spielball mit einer flüssigen, exakten Bewegung einen Stoß unterhalb der Mitte, der ihm einen Rückwärtsdrall verleihen sollte. Die achte Kugel wurde eingelocht, und der Spielball rollte zu ihm zurück. Exakt hinter der nächsten Kugel kam er zum Stehen.

Genau wie geplant.

In schneller Folge lochte er drei weitere Kugeln ein, doch bei seinem fünften Stoß verkrampfte sich seine Hand, mit der er das Ende des Queue hielt, so daß er den Stock nach oben verriß. Verärgert beobachtete er, wie der Spielball mit der fünften Kugel im Loch verschwand.

Sein kantiges Gesicht verzerrte sich vor Wut. Er spielte wie ein blutiger Anfänger.

Dann holte er tief Atem. Heute abend ging mehr schief als nur dieses Spiel, sehr viel mehr. Nordstrums Berichte deuteten darauf hin, daß das FBI, wie die Presse seit Tagen behauptete, im Besitz eines nicht gezündeten Sprengstoffpaketes war. Ohne die wissenschaftliche Untersuchung von Markern oder anderen Hinweisen an diesem Instrument der Zerstörung, die sich zurückverfolgen ließen, hätte man die Lian-Zawtra-Verbindung kaum so leicht herstellen können. Selbstverständlich konnten auch chemische Rückstände von Markern aus einer gezündeten Ladung diese Information liefern, doch das Ergebnis war das gleiche. Überall Baschkirs Handschrift. Es gab gute Gründe dafür, anzunehmen, daß er eine zentrale Gestalt unter den Verschwörern war, die das Attentat geplant hatten, wenn nicht gar Urheber des Komplotts. Doch welches Motiv hatte er? Wollte er Isolierungsbestrebungen innerhalb der USA unterstützen, damit die Lebensmittellieferungen überprüft wurden, die Rußland enger an den Westen banden? Das war die einzige Erklärung, die überhaupt einen Sinn ergab, doch auch sie überzeugte ihn nicht. Baschkir hatte den höchsten Rang in der russischen Marine erreicht und die zweitgrößte mit Interkontinental-Atomraketen bestückte U-Boot-Flotte der Welt geführt. Er war es gewohnt zu verhandeln, seine Entscheidungen sorgfältig abzuwägen. Genügte ihm ein solch indirekter, ungewisser Vorteil, um einen Massenmord an Zivilisten zu rechtfertigen? Außerdem war er vor kurzem am Abschluß eines bedeutenden Waffengeschäfts zwischen seinem Land und China beteiligt gewesen und mußte daher wissen, wie leicht man den Weg des Sprengstoffs vom Hersteller zum Käufer verfolgen konnte. Wo lag der Sinn des Ganzen?

Stirnrunzelnd bückte Nimec sich und griff in das Innere des Billardtisches. Diesmal legte er die Kugeln an das eine Ende des Tisches, um seine Zielgenauigkeit zu trainieren. Je mehr er über eine mögliche Beteiligung Baschkirs nachdachte, desto unbehaglicher fühlte er sich. Das Rätsel war nicht nur unvollständig, er hatte das Gefühl, daß man ihm eine Schachtel mit Teilen gegeben hatte, die überhaupt nicht zueinander paßten, um ihn zu verwirren.

Ein Schritt nach dem anderen, etwas anderes blieb

ihm nicht übrig ... Der logische Weg war es, den Weg des Sprengstoffs von der Herstellung bis zum letzten Käufer zu verfolgen.

Er rieb die Spitze des Billardstockes erneut mit Kreide ein, beugte sich über den Tisch und fing an, Kugeln in die Ecklöcher auf der gegenüberliegenden Seite zu spielen. Morgen früh würde er als erstes Gordian anrufen. Als Exporteur amerikanischer Technologie hatte Roger ständig mit den Leuten vom Zoll zu tun. Vielleicht konnte man ihm dort einen Tip geben. Wenn Lian den Sprengstoff hergestellt und Zawtra als Vermittler agiert hatte, wer war dann der Empfänger in den Vereinigten Staaten gewesen? Wie war der Transport erfolgt?

Jemand mußte am Ende der Kette stehen, und Nimec hatte die Absicht herauszufinden, wer es war.

25.

San José, Kalifornien, und New York City
8. Januar 2000

Als Nimec aufgelegt hatte, rief Gordian sofort Lenny Reisenberg an, den Leiter der New Yorker Zweigstelle seines Transportunternehmens.

»Welchem Umstand verdanke ich diesen Anruf des *gantse knahker?*« wollte Lenny wissen, als seine Sekretärin durchgestellt hatte.

»Ich dachte, ich wäre der *groyss makher*.«

»Da gibt es einen feinen Unterschied«, erklärte Lenny. »Das eine ist ein hohes Tier, das zweite ein Macher, jemand, der Dinge bewegt. Im allgemeinen sind die Begriffe austauschbar, weil die meisten *makher* auch *knahker* sind und umgekehrt.« Er legte eine Pause ein. »Wenn ich Sie allerdings einen *ahlte kakhker* genannt hätte, hätten Sie Grund, beleidigt zu sein.«

Gordian lächelte nachsichtig und schüttelte den Kopf. Er hatte keine Ahnung, warum Lenny meinte, er müsse unbedingt Jiddisch lernen, und ihn seit einem Jahrzehnt regelmäßig mit seinen Lektionen erfreute. Waren die besten Männer immer so eigenartig, oder hatte er eine besondere Vorliebe für diesen Typ?

»Len, ich brauche Ihre Hilfe«, sagte er.

»Da es an Ihrem Ende der Welt erst neun Uhr morgens ist und Sie folglich noch bei Ihrer ersten Tasse Kaffee sind, nehme ich an, es ist dringend.«

»Sehr«, erklärte Gordian. »Es gibt da ein russisches Exportunternehmen, die Zawtra-Gruppe ...«

»Moment mal, lassen Sie mich mitschreiben.« Gordian hörte, wie Lenny auf seinem Schreibtisch herumwühlte. »Okay, schreibt man das Z-A-W-T-R-A?«

»Richtig.«

»Ich glaube nicht, daß wir jemals mit denen Geschäfte gemacht haben. Das müßte ich allerdings überprüfen.«

»Das ist nicht wichtig, Len. Ich brauche einen chronologischen Bericht über alles, was Zawtra in den letzten sechs bis acht Monaten in die New Yorker Gegend versandt hat. Vielleicht müssen wir weiter zurückgehen, aber lassen Sie uns mit diesem Zeitraum anfangen. Außerdem muß ich wissen, wer ihr Endabnehmer ist.«

»Darf ich fragen, warum ich diese Information besorgen soll?«

»Diesmal besser nicht.«

Reisenberg atmete deutlich hörbar aus. »Okay, mal sehen, was ich tun kann. Ich kenne jemanden im Zollbüro im World Trade Center. Wenn wir unser Gespräch in den nächsten zehn Sekunden beenden, erreiche ich ihn vielleicht noch und kann ihn zum Essen einladen. Wenn ich es recht bedenke, weiß ich, wie ich ihn uns wohlgesonnen stimmen kann.«

»Alles, was Sie wollen, aber bringen Sie sich selbst nicht in Schwierigkeiten.«

»Schon gut. Ich rufe Sie an, sobald ich etwas herausgefunden habe.«

»Danke, Len.«

»Kein Problem. Ich muß schließlich meinem Ruf gerecht werden.«

»Sie sind ein echter *uomo*«, ergänzte Gordian.

»Tut mir leid, ich spreche nicht Französisch«, gab Reisenberg zurück und hängte auf.

»Wenn Sie mich fragen, es ist eine Schande, daß diese faschistischen Nichtraucher das Rauchen überall in der Stadt verboten haben. Nicht einmal auf der eigenen Toilette ist es erlaubt«, sagte Steve Bailey, der Zollbeamte, von dem Lenny Reisenberg Gordian erzählt hatte und der ihm jetzt in einer mit Leder gepolsterten Nische im ›Quentin's‹ gegenüber saß. Das Lokal, das in unmittelbarer Nähe der Zwillingswolkenkratzer des World Trade Center lag, war wie ein britisches Pub eingerichtet. Die Wände waren mit dunklem Holz vertäfelt, und eine Theke von beeindruckender Länge zog sich wie ein Hufeisen durch den Raum. Die Kellner, alle mittleren Alters, waren lange genug hier, um die Speisekarte auswendig zu kennen.

Lenny zuckte die Achseln.

»Es gibt immer ein Pro und ein Contra.«

»Wollen Sie mir erklären, daß etwas falsch daran ist, daß es in Restaurants Raucherabteile gibt? So wie damals, bevor Puritaner und Waschlappen an die Macht kamen?«

»Ehrlich gesagt, tun mir die Kellner leid, die an Lungenkrebs erkranken, weil sie während der Arbeit passiv rauchen.«

»Klingt ja ganz so, als hätten Sie früher drei Schachteln am Tag geraucht und wären dann bekehrt worden«, schnaubte Bailey. »Wenn der Besitzer sich Sorgen um sein Personal macht, hätte er ja Raucher für die Raucherabteilung einstellen können.«

»Es war für das Gesundheitsamt so gut wie unmöglich, die Einhaltung der Vorschrift durchzusetzen, weil die Größe des Raucherteils von der Gesamtkapazität des Restaurants abhing. Die Inspekteure mußten die Gäste zählen, um sicherzugehen, daß es keine Verstöße gab. Sie wissen doch, wovon ich rede.« Lenny zuckte erneut die Achseln. »Daraufhin schoben die Besitzer die Tische so dicht zusammen, daß der Gast am nächsten Tisch einem praktisch auf dem Schoß saß ...«

»... oder das Mädchen am nächsten Tisch. Wir wollen doch die positiven Aspekte nicht vergessen.«

»Von mir aus«, erklärte Lenny. »Der Punkt ist ...«

»... daß ich soeben einen köstlichen Lammbraten gegessen habe und in meiner Tasche eine frische Macanudo steckt, die ich rauchen will, um das kulinarische Erlebnis abzurunden.« Bailey fuhr sich mit der Hand durch das wirre weiße Haar. »Wenn man wie ich mit fünfzig Jahren eine Prostata von der Größe eines Basketballs hat, dann bleiben einem nicht mehr viele Vergnügen. Ein bißchen Spaß muß sein, Lenny.«

Lenny sah ihn an. Eine bessere Eröffnung hätte er sich nicht wünschen können.

»Das erinnert mich an etwas.« Er griff in die Tasche seiner Jacke und holte einen dünnen Umschlag mit dem Logo des Madison Square Garden hervor, den er auf den Tisch gleiten ließ.

Bailey starrte darauf, behielt jedoch die Hände unter dem Tisch.

»Was, zum Teufel, ist das?«

»Ein kleines Geschenk, Steve. Von den New York Knickerbockers an mich und von mir an Sie.«

»Von den Knicks?«

»Genau.«

»Mein Gott.« Bailey schluckte. Eine seiner Hände tauchte auf und griff zögernd nach dem Umschlag, als wäre er ein heißes Eisen. Er spähte hinein, und seine Augen weiteten sich.

»Mein Gott«, wiederholte er, während er den Kopf hin- und herwiegte. »Das ist eine Dauerkarte für die ganze Spielzeit.«

»Nicht die ganze, wir haben schließlich schon Januar«, korrigierte Lenny. Er sah Bailey an. »Warum schütteln Sie den Kopf?«

»Tue ich doch gar nicht.«

»Aber ja. Wenn Ihnen mein Geschenk nicht zusagt ...«

»Natürlich gefällt es mir, das wissen Sie genau. Aber nachdem Weihnachten schon vorbei ist und Sie meinen Geburtstag nicht kennen, müssen Sie einen anderen Grund für Ihr Geschenk haben, und ich bin mir nicht sicher, ob ich den wissen will.«

»Sie verletzen meine Gefühle, Steve.« Lenny nahm einen Mundvoll von dem Blaubeerkäsekuchen, den er zum Dessert bestellt hatte. »Das Ticket gehört Ihnen, ohne Verpflichtung, nur weil wir Freunde sind.« Er grinste. »Allerdings, jetzt, wo Sie es erwähnen, es gibt tatsächlich etwas, was Sie ...«

»Ich wüßte nicht, daß ich das erwähnt hätte.«

»Was?«

»Daß ich mich revanchieren will.« Bailey starrte nachdenklich den Umschlag an, der auf seiner offenen Handfläche lag, als wollte er seine Bedeutung abschätzen. »Aber nachdem Sie damit angefangen haben, machen Sie Ihre Vorschläge ruhig. Vergessen Sie aber nicht, daß ich ein gesetzestreuer Bürger bin, wenn immer es möglich ist.«

Lenny nickte, aß sein Stück Käsekuchen und tupfte sich die Lippen mit einer Serviette ab. Dann beugte er sich vor und teilte Bailey mit, was er von ihm erwartete.

»Ich nehme alles, was Sie mir besorgen können«, schloß er mit gedämpfter Stimme. »Frachtbriefe, Lieferscheine, Freigabedokumente, das überlasse ich Ihnen. Je mehr, desto besser.«

Bailey sah ihn an. »Diese Zawtra-Firma in Rußland ... Ist das eine Reederei oder ein Luftfrachtunternehmen?«

»Möglicherweise beides. Ist das wichtig?«

»Es würde mir die Sache erleichtern. Neunzig Prozent aller Import- und Exportvorgänge werden heute elektronisch registriert, daher ist meine Information praktisch immer auf dem Stand der letzten Minuten. Aber es gibt je nach Transportmethode verschiedene Systeme.«

»Gibt es keine Schnittstellen?«

»Natürlich. Wie gesagt, es ist kein großes Problem, einen allgemeinen Suchlauf durchzuführen. Ich versuche nur, Zeit zu sparen.« Bailey kratzte sich hinter dem Ohr. »Übrigens, bis wann brauchen Sie dieses Zeug?«

»Vor fünf Minuten«, gab Lenny zurück. »Und das war schon spät.«

Bailey blies die Backen auf und ließ die Luft mit einem Pfeifen entweichen. »Haben die Geschenke für Ihre Frau und Ihre Kinder auch so entzückende Haken?«

Lenny schüttelte den Kopf. »Meine Liebe zu meiner Familie kennt kein Wenn und Aber«, erklärte er. »Mit Sportfans, deren Ausdrucksweise zu wünschen übrig läßt, treffe ich mich aus purer Notwendigkeit.«

Bailey grinste. »Dann lassen Sie sich mal die Rechnung bringen, Arschloch.«

»Michael Caine!«

»Nein, Tom Jones.«

»Tom Jones ist ein Sänger. Die Frage war, welcher britische Schauspieler Bergmann in einer Kohlemine war, bevor er berühmt wurde.«

»Ich habe ihn aber in *Mars attacks!* gesehen, Bocci ...«

»So etwas nennt man ›Gastrolle‹, das ist was anderes. Und außerdem war Tom Jones Totengräber ...«

»Nein, nein, ich sage dir, Rod Stewart war Totengräber. Tom Jones ...«

»Hör mal, du Knallkopf, ich will nichts mehr von Tom Jones hören, ist das klar? Wenn es nicht Michael Caine war, muß es Richard Harris gewesen sein ...«

»Wer zum Teufel ist Richard Harris?«

»Gott im Himmel, von welchem Planeten kommst du denn? Das ist der Bursche, der ...«

»He, Bocci, wie geht's?« Lenny Reisenberg stand in der Tür der Baracke.

Seit fünf Minuten fror er sich fast zu Tode, während Tommy Boccigualupo, der Vormann der Werft, mit seinem Kumpel eine Frage aus einer Quizsendung diskutierte, die auf Tommys kleinem Farbfernseher lief. Auf dem Kai an der Twelfth Avenue hinter ihm zischten die Winschen, während Gabelstapler lärmend die Ladung aus dem Bauch der Schiffe auf überbreite Sattelschlepper beförderten. Vor den Stapeln rechts von Lenny stritten sich Tauben mit einer schmutzigen Seemöwe um einen Pizzarand. Hinter ihnen verschmolzen Himmel und Fluß zu einem schmuddeligen Grau.

Aus dem Fernseher drang triumphierendes Geklingel, und Pfiffe und Rufe der Teilnehmer wurden laut. Die Wände der Wellblechbaracke schienen den Lärm noch zu verstärken. Offenbar hatte jemand etwas gewonnen.

»Mist, Len«, meinte Bocci. »Jetzt haben wir die Antwort verpaßt.«

»Tut mir leid.« Lenny warf dem Heizstrahler neben Tommys Stuhl einen sehnsüchtigen Blick zu. »Kann ich reinkommen?«

»Klar, mein Rattenloch steht Ihnen zur Verfügung«, erklärte Bocci, während er auf ein Sofa wies, das offenbar bessere Tage gesehen hatte. Exakt ein solches Modell hatte Lenny 1974 auf den Müll geworfen.

Unter protestierendem Quietschen und Stöhnen der Federn, die aus den Polstern hervorstachen, setzte er sich. Die Armlehne fühlte sich an, als hätte sie in ihrem langen Leben einen ganzen Kanister voll Altöl aufgesogen. Doch der Heizlüfter wärmte seine Knochen, und das wußte er nach der eisigen Kälte zu schätzen.

»Wie geht es Ihrem Sohn?« Bocci fuhr mit seinem Drehstuhl zu Lenny herum.

»Letzte Woche hat er sich von den lila Strähnen in seinem Haar verabschiedet und sich statt dessen für Dreadlocks entschieden, Sie wissen schon, wie die Typen aus Jamaika.« Resigniert breitete Lenny die Hände aus. »Aber in der Schule hat er nur tolle Noten, also kann ich nichts sagen.«

Bocci gab ein mitfühlendes Grunzen von sich, während er mit der Hand über das mit Brillantine geglättete Haar fuhr. »Meine älteste Tochter erwartet ihr zweites Kind. Ihr Ehemann ist ein Tagedieb, *capisce?* Ich weiß nicht, ob ich ihm gratulieren oder den Hals umdrehen soll.«

Lenny beugte sich vor und bewegte die Finger im warmen Luftstrom des Heizstrahlers. »Kinder«, meinte er kopfschüttelnd.

»Kinder«, wiederholte Bocci mit einem Seufzer. »Was kann ich für Sie tun, Len? Wenn es sich wieder um einen Eilauftrag für UpLink handelt, haben Sie Pech gehabt. Die Hafenbehörde hat mich seit dem Bombenattentat auf dem Kieker ...«

»Nichts in dieser Richtung.« Lenny warf ihm einen bedeutungsvollen Blick zu und wies mit dem Kopf auf den anderen Mann in der Hütte, der immer noch die Quizsendung verfolgte.

Bocci nickte.

»Joe.«

Mühsam riß sich der Mann von der Flimmerkiste los. »Ja?«

»Geh nach draußen und kümmere dich um die Lieferung aus Korea.« Bocci wies auf den Kai vor seinem Fenster. »Erinner die Jungs daran, daß sie erst Schluß machen dürfen, wenn alles unter Dach und Fach ist.«

»Klar.«

»Und Joe …«

»Ja?«

»Dann holst du Kaffee für uns.«

»Geht klar.«

Joe knöpfte seine Holzfällerjacke zu und verschwand.

Als er außer Hörweite war, wandte sich Bocci Lenny zu. »Also, reden Sie.«

»Ein Freund von mir, der beim Zoll arbeitet, hat mir erzählt, daß sich eine Firma namens Mercury Distribution jede Menge Ware in diesen Hafen liefern läßt. Vor etwa einem bis anderthalb Monaten ist hier eine Ladung aus Rußland für sie angekommen.«

Er hielt inne. Bocci gab ein undefinierbares Geräusch von sich, während er ihm mit der Hand bedeutete fortzufahren.

»Ich muß alles über Mercury wissen«, ergänzte Lenny. »Ist die Firma in Ordnung?«

Bocci sah ihn an. »Warum fragen Sie?«

»Weil mein Boß mich darum gebeten hat.«

Einen Augenblick lang herrschte Schweigen.

Bocci ließ ihn nicht aus den Augen. »In den Nachrichten heißt es, hinter der Sache am Times Square stehen vielleicht Russen«, meinte er.

»Ja.«

»Und jetzt wollen Sie etwas über Mercury wissen.«

»Ja.«

»Ich glaube nicht an den Zufall.«

»Ich auch nicht, aber ich schwöre Ihnen, daß ich nicht mehr weiß, als ich Ihnen sage«, erklärte Lenny. »Ich verlasse mich da auf meinen Boß, Bocci.«

Wieder herrschte Schweigen. Bocci verschränkte die

Finger im Schoß und ließ die Gelenke knacken. »Mercury läuft auf einen Ganoven namens Nick Roma«, sagte er schließlich. »Lassen Sie sich vom Etikett nicht täuschen, ein Maccaroni ist er nicht. Von mir aus kann er sich nennen, wie er will, für mich stinkt er immer noch nach Borschtsch.«

Lenny nickte. »Was importiert er?«

»Nicht mein Bier. Ich muß an meine Familie denken, klar?«

Lenny nickte wieder, erhob sich von der Couch und ging auf den Eingang zu. Dort wandte er sich erneut um. Obwohl er den Raum noch nicht verlassen hatte, fühlte er, wie die Kälte in seinen Körper drang, als er sich aus dem Bereich des Heizstrahlers entfernte. »Dafür bin ich Ihnen etwas schuldig«, erklärte er. »Falls es Sie interessiert, die Antwort auf die Frage in dem Quiz war ›Richard Burton‹.«

»Danke, das werde ich Joe unter die Nase reiben.« Bocci zog seine Oberlippe zwischen die Zähne. »Richten Sie Ihrem Boß aus, er soll vorsichtig sein, Len. Diese Leute sind gefährlich.«

Lenny tat einen weiteren Schritt und blieb dann in der Tür stehen. Auf dem Kai schwenkte die Seemöwe triumphierend den Pizzarand im Schnabel, den sie den Tauben abgenommen hatte. Der Himmel wirkte noch grauer als zuvor. »Ich werde es ihm ausrichten.«

Es war drei Uhr nachmittags, als Gordian Nimec in seinem Büro anrief.

»Gute Neuigkeiten«, sagte er. »Ich habe soeben Nachricht von Reisenberg erhalten.«

Nimecs Finger schlossen sich fester um den Hörer. »Hat er das Material?«

»Ganze Berge davon. Sagt er zumindest. Soll er es mit FedEx an uns schicken?«

Nimec überlegte einen Augenblick. FedEx war normalerweise zuverlässig, aber selbst dort war schon einmal ein Paket abhanden gekommen. Das konnten sie sich diesmal auf keinen Fall leisten. Nimec wußte nicht, woher Lenny seine Information hatte, aber ihm war klar, daß der oder die Betreffende in Schwierigkeiten geraten würde, wenn herauskam, woher das Material stammte. Außerdem konnte er genausogut seine Reisetasche pakken, wenn er sowieso nicht richtig schlief.

»Nein«, erwiderte er. »Ich glaube, ich fliege besser morgen früh nach New York.«

Ein Augenblick des Schweigens folgte, bevor Gordian antwortete. »Irgendwie habe ich das Gefühl, daß Ihr Teppich schon ganz abgetreten ist, Pete.«

Nimec blieb stehen. Er war tatsächlich auf und ab getigert wie ein gefangenes Raubtier. »Das zeigt, wie wenig Sie Ihre Angestellten kennen«, sagte er dann.

Gordian grinste, war aber schnell wieder ernst. »Ist Ihr Team einsatzbereit, Pete?«

»Immer. Wir sind im Handumdrehen soweit.«

»Das ist gut, denn viel mehr Zeit werden wir vielleicht nicht haben.«

Nimec nickte. »Ich versetze alle in Alarmbereitschaft, und dann packe ich meine Sachen.«

Er drückte einen Knopf an seinem Telefon, um die Verbindung zu Gordian zu unterbrechen, und gab die erste Nummer ein.

26.

NEW YORK CITY
16. JANUAR 2000

Der Legende nach durchschlug Alexander der Große den gordischen Knoten einfach mit dem Schwert, statt sich lange mit Feinheiten aufzuhalten. Für den Pragmatiker Alexander, der stets den direkten Weg bevorzugte, war das Rätsel damit gelöst.

Als Roger Gordian, Megan Breen und Peter Nimec die Idee gekommen war, innerhalb von UpLink ein spezielles Krisenteam zusammenzustellen, war Megan sofort der Name *Sword*, ›Schwert‹, eingefallen. Die Verbindung zu Rogers Nachnamen lag nahe, und tatsächlich besaß er eine realistische, energische Art, an Probleme heranzugehen, die an Alexander erinnerte.

Sword war seine Antwort auf moderne gordische Knoten: ein weltweites Geheimdienstnetz, das einerseits Risiken kontrollieren und andererseits Szenarien vorhersehen sollte, um auf diese Weise den meisten Krisen schon im Vorfeld den Zündstoff zu entziehen, bevor sie den Weltfrieden und die politische und wirtschaftliche Stabilität bedrohen konnten. Dies war natürlich auch im Interesse seines Landes und seiner Firma – was zumeist das gleiche hieß.

Das bedeutete aber keineswegs, daß *Sword* nicht über die notwendigen Mittel verfügte, wenn es hart auf hart ging. Die Organisation bestand aus Hunderten von Nimec persönlich ausgesuchten Männern und Frauen, die er Polizei und Geheimdiensten auf der ganzen Welt abgeworben hatte. Diese Sicherheitskräfte konnten in Risiko- oder gar Gewaltsituationen durchaus aggressiv vorgehen. Beim Aufbau seiner Organisation hatte Nimec darauf geachtet, daß Struktur und Abläufe klar und eindeutig blieben. Das System war von einer Einfachheit, die geradezu elegant wirkte. Um ein Maximum an Diskretion und Effizienz zu gewährleisten, sollten die Regionalbüros von den Firmenniederlassungen von UpLink getrennt bleiben. Die Angehörigen der Organisation hatten ihre Basis in Gebieten, mit denen sie aus persönlichen oder beruflichen Gründen vertraut waren. Die Teams vor Ort waren angewiesen, sich an die Gesetze der Nationen zu halten, auf deren Territorium sie eingesetzt waren, und tödliche Waffen waren soweit wie möglich zu vermeiden.

Nimec dachte daran, daß der Chef des örtlichen Teams, Tony Barnhart, diese Richtlinien stets buchstabengetreu befolgt hatte. Die Chancen standen daher gut, daß die Operation planmäßig verlief, obwohl ein eisiger Nordostwind über das Land fegte.

Eine um die Jahrhundertwende errichtete Fleischfabrik war zum Hauptquartier der New Yorker Abteilung von *Sword* geworden. Das unauffällige Gebäude lag zwischen Hudson und Dowar Street in Soho. Der Name dieses südlichen Teils von Manhattan erinnerte an seine Lage auf dem Stadtplan – *south of Houston Street* – und war gleichzeitig eine Anspielung der Bohème, die hier so zahlreich vertreten war, auf den Londoner Theaterbezirk. Früher hatte man aus den Glastüren im dritten Stock, die auf den Balkon des Gebäudes führten, durch die gewundenen Straßen von Greenwich Village bis zum Triumphbogen am Washington Square blicken können. Im Norden hatte man bis Gramercy Park sehen können, hinter dem sich schließlich das Empire State Building majestätisch über eine Ansammlung modernerer, weniger eleganter Wolkenkratzer aus Basalt und Glas erhob. Inzwischen waren die alten Wahrzeichen in einer Flut neuerer, höherer Gebäude untergegangen und von ihnen verdeckt worden.

Doch heute nacht schien der Sturm selbst sie verschlungen zu haben, und Nimec blickte auf einen undurchdringlichen Vorhang aus Schnee und Regen, aus dem immer wieder Blitze zuckten.

Er wandte sich ab und ließ seine Augen durch das Zimmer schweifen, in dem Barnhart und seine Teamkollegin Noriko Cousins, die schwarzen Tarnmützen in den Nacken geschoben, schweigend die letzten Vorbereitungen trafen. Der Raum war in Grau- und Weißtönen gehalten, die Kaminöffnung mit Marmorfliesen eingefaßt, wobei man auf einen Sims verzichtet hatte. Alles sprach von eleganter Einfachheit. Das prasselnde Feuer warf ein weiches, rötliches Licht auf den Teppich, das massige weiße Sofa und die Wandvertäfelung, die auf einen Knopfdruck den Schrank mit der Ausrüstung enthüllt hatte. Nimec hatte ihm jene Werkzeuge und Waffen entnommen, die sie bei ihrem Einsatz benötigten.

Auf Barnharts Schoß lag eine halbautomatische Benelli mit gummibeschichtetem Griff, nichtreflektierender schwarzer Lackierung und auf den Lauf montiertem Leuchtpunktzielgerät. Das Magazin, das er in den Schaft geschoben hatte, enthielt sechs Standardtreibladungen Kaliber 12, die beim Abschuß kleine, durch Flossen stabilisierte CS-Tränengasgranaten freigaben. In den Taschen seiner Spezialweste aus Nylon befand sich ein halbes Dutzend Ersatzmagazine mit Gummigeschossen, Schaumgummikugeln, Brandsätzen und anderen Projektilen, die den Gegner ablenken oder außer Gefecht setzen sollten. An Riemen hingen kugelschreibergroße Behälter mit einem Aerosol namens Dimethylsulfoxid oder DMSO, einem chemischen Beruhigungsmittel, das von der menschlichen Haut wie von einem Schwamm aufgenommen wurde, und in einer Halterung an seinem Gürtel steckte ein elektrischer Hochspannungsstab.

Unterdessen saß Noriko im Schneidersitz auf dem Boden und ordnete ihre Einbruchswerkzeuge. Ihr schwarzes Haar hatte sie zu einem straffen Pferdeschwanz zurückgebunden, die dunklen Mandelaugen verengten sich unter der Anspannung zu Schlitzen. An ihrer Hüfte hing eine Waffe von Foster-Miller, etwa von der Größe einer abgesägten Schrotflinte, die sie ›Spinnwebschleuder‹ nannte, weil sie an Spiderman erinnerte. Geladen war sie mit einem hauchdünnen Netz, das mit einem polymeren Superkleber beschichtet war. Auf dem Teppich rechts von ihr lag ein leichtes Spreizgerät, das einem Wagenheber ähnelte und an der Schulter befestigt wurde. Nur wenn Schnelligkeit mehr als Diskretion zählte, würde es zum Einsatz kommen.

Ganz in ihrer Nähe entdeckte Nimec die harte Plastikkapsel eines Saber-Laserblenders auf dem Boden. Bevor sie aufbrachen, würde sie sie in einen 40-mm-Granatpistole schieben, die unter den Lauf einer M16 montiert war. Das Steuergerät für die optische Waffe war an der Unterseite der Granatpistole befestigt. Den Magazinhalter der Waffe hatte Noriko mit 5,56-mm-Patronen in .50er-Plastikhülsen bestückt. Mit niedriger Mündungsgeschwindigkeit aus dem speziell angefertigten oberen VVRS-Magazin abgefeuert, würden die Treibladungen als stumpfe Polster an ihrem Platz bleiben und so tödliche Verletzungen verhindern. Bei höherer Geschwindigkeit würden sie reißen und die tödlichen Metallkugeln in ihrem Inneren freigeben.

Nimec lächelte kaum merklich. High-Tech, wohin man blickte. Die improvisierte Spezialausrüstung, die sie früher verwendet hatten, schien Lichtjahre entfernt. Aber alte Gewohnheiten legt man nicht so leicht ab, und er war im Grunde konservativ. Daher trug er Rauch- und Leuchtgranaten bei sich und hatte auch auf das OC-Spray nicht verzichtet. Seine 9-mm-Beretta war mit normaler Munition geladen, für den Fall, daß trotz allem tödliche Gewalt notwendig wurde.

Er überprüfte seine Uhr.

Es war 7.45 Uhr. Zeit zum Aufbruch.

»Glauben Sie, Roma hält sich auch bei diesem Chaos an seinen Zeitplan?« fragte er Barnhart und wies mit dem Kopf auf den eisigen Vorhang, der vor den Schiebetüren niederging.

Barnhart warf ihm einen flüchtigen Blick zu. »Wenn Nicky nicht bis über beide Ohren eingeschneit ist, hält ihn nichts davon ab.«

»Dann wollen wir hoffen, daß wir in seinem Büro etwas finden, das wir brauchen können«, erklärte Noriko, ohne den Blick von ihrem Werkzeug zu heben.

Nimec nickte. Er ließ die Hand in die Hosentasche gleiten und kreuzte heimlich die Finger. »Also los«, sagte er dann.

27.

Brooklyn, New York
16. Januar 2000

Der Himmel vor seinem Fenster schien nur noch aus Massen von niedergehendem Schnee zu bestehen, der vom Wind zu Kaskaden aufgepeitscht wurde, die das Licht der Lampe auf der anderen Seite der Straße in ein unheimliches Rot tauchte.

Nick Roma fluchte im stillen vor sich hin, während er das schnurlose Telefon auf die Basisstation zurücklegte. Draußen heulte der Wind, der die Flocken wie Sand gegen die Scheiben schleuderte. Obwohl der Schnee auf den Straßen, die noch vom Regen naß waren, nicht liegenblieb, wußte er, daß die Stadt bis zum Morgen unter dem Weiß verschwinden würde.

Nun, dachte er, er hatte wahrlich schon genug Sorgen, ohne daß er sich um das Wetter kümmerte. Besser, er konzentrierte sich auf angenehmere Aussichten. Marissa hatte ihm eben am Telefon erklärt, wie sehr sie ihn vermißt hatte. Warum hatte er sich nicht gemeldet?

Bei Frauen war es besser, sich undurchsichtig zu geben. Heute nacht würde sie mit ihrer Gunst großzügig sein, um sicherzugehen, daß er sie nicht satt hatte. Und wenn sie an Geld und nicht an Sex dachte, während sie sich an ihn preßte – was machte das schon? Allein die Wohnung an der Shore Road kostete ihn fast zweitausend Dollar im Monat. Außerdem gab sie ein kleines Vermögen für Kleidung und Schmuck aus. Geld war ihre Leidenschaft, aber ihre Gegenleistung war entsprechend. Jeder faire Handel verlief zur Befriedigung aller Beteiligten.

Er erhob sich und ging zur Garderobe, wo er seinen Armanimantel vom Bügel nahm und hineinschlüpfte. Vor dem Spiegel strich er ein paar Falten glatt und kämmte sich. Sollte es doch schneien, bis die Stadt erstickte. Er würde sich den morgigen Tag mit weichem, warmem Fleisch vergnügen.

Nachdem er sein Aussehen überprüft hatte, wandte er sich wieder seinem Schreibtisch zu. Daneben standen in einer Plastiktüte zwei Flaschen Pinot Noir. Französischer Wein, die Amerikaner konnten in dieser Klasse einfach nicht mithalten.

Er warf einen Blick auf das Zifferblatt seiner Uhr. Zehn Minuten vor elf. Es war Sonntag, der Nightclub unter ihm geschlossen. Wie immer am Sonntag abend hatte Nick seine Jungs in seinem Büro versammelt, sich informieren lassen, Instruktionen erteilt, Streit geschlichtet und so fort. Die meisten hatten über das Wetter gemurrt, durch das sie sich hatten kämpfen müssen, dabei wußten sie nicht, welche Last er zu tragen hatte. Kontrolle war wichtig, sonst riskierte man, daß das Chaos ausbrach.

Das war auch das Problem mit den Ereignissen vom Silvesterabend. Von Anfang an waren die Dinge außer Kontrolle geraten. Und dann die Sache mit der Sprengstoffladung in der Tasche, die nicht gezündet hatte. Schon bevor etwas davon in der Presse durchgesickert war, hatte er eine solche Panne befürchtet. Die ersten Nachrichten hatten von drei Explosionen nach dem ersten Knall berichtet, und er hatte gehofft, daß es sich um einen Irrtum handelte. Aber die Zweifel ließen sich nicht zum Schweigen bringen. Tag für Tag waren die Beweise erdrückender geworden, bis schließlich eindeutig feststand, daß es drei Explosionen gegeben hatte, nicht vier. Alle Augenzeugen, Fotos, jeder Zentimeter Filmmaterial bestätigte es. Als das Gerücht laut wurde, daß eine nicht gezündete Bombe entdeckt und dem FBI zur Prüfung übergeben worden sei, wußte er, daß es stimmte. Das gab ihm zu denken. Hatten Gilea und ihre Leute das beabsichtigt? Und wenn ja, warum? Er wußte, daß sie Sand ins Getriebe bestimmter politischer Entwicklungen in den Beziehungen zwischen den Vereinigten Staaten und Rußland streuen wollten ... Sein größter Fehler war gewesen, daß er sich die Einzelheiten ihres Plans nicht hatte erklären lassen und daher nur vermuten konnte, was ihr Ziel gewesen war. War er in eine Affäre verwickelt worden, die komplizierter war, als er vermutet hatte? Und wenn ja, gehörte es zum Plan, daß er geopfert wurde?

Das hörte sich nach wilden Hirngespinsten an ... aber vor dem Neujahrstag hätte man das auch von einem Bombenattentat dieses Ausmaßes am Times Square sagen können. Wenn man ihn nun in die Falle gelockt hatte? Er mußte sich das fragen, auch wenn er nicht vergessen konnte, wie Gilea sich in der Nacht des Anschlags ihm gegenüber verhalten hatte, was sie danach hier in seinem Büro getan hatten ... oder vielleicht gerade deswegen. In jener Nacht hatte sie ihn geradezu verschlungen, als hätte sie in Flammen gestanden. Als hätte das Feuer, das Hunderte von Menschen getötet hatte, eine unauslöschliche Glut ganz anderer Art in ihrem Körper entzündet. Anders ließ es sich nicht beschreiben. Gilea, Gilea. Eben noch bei ihm und im nächsten Augenblick verschwunden. Was sollte er davon halten? Eine Frau wie sie war zu allem fähig. Wirklich zu allem.

Und was, wenn er übertrieben mißtrauisch war? Natürlich war er während der letzten Wochen aufs äußerste angespannt gewesen. Einmal angenommen, man hatte ihn nicht in ein Spiel mit gezinkten Karten verwikkelt, und die Bombe war aus Zufall nicht detoniert. Verbesserte es seine Position auch nur im geringsten, wenn das nicht Teil von Gileas Plan gewesen war? Vielleicht hatte man ihn nicht hereingelegt. Manchmal gingen die Dinge schief, und jemand mußte dafür bezahlen. Ihn beunruhigte die Möglichkeit, daß man aufgrund der Analyse des Sprengstoffes eine Verbindung zwischen dem Vertreiber und seiner Importgesellschaft herstellen könnte. Auch wenn er kein Wissenschaftler war, wußte er, daß es Tests gab, die dies ermöglichten. Die Behörden brauchten dringend eine Verhaftung. Welche Beweise hatten sie gegen ihn in der Hand? Er war nicht sicher, konnte nicht sicher sein. Aber er hatte nicht die Absicht, Däumchen zu drehen und zu warten, bis die gewaltige Faust auf ihn herabfuhr.

Der Wind donnerte gegen das Fenster, und harte Kristalle schrammten über das Glas. Das Geräusch war so laut, daß Nick zusammenfuhr. Stirnrunzelnd schüttelte er mit einer Kopfbewegung die düsteren Gedanken ab und ging an seinen Schreibtisch zurück.

Er hatte getan, was ihm möglich gewesen war – zumindest für den Augenblick. Seine Männer waren unterwegs und versuchten herauszufinden, was das FBI wußte. Wo immer es ging, würden sie falsche Fährten legen. Und wenn das nicht reichte … seine Versicherung waren die Filme von Gilea mit dem Plastiksprengstoff. Wenn es sein mußte, konnte er sich immer noch auf einen Handel einlassen.

Er griff erneut zum Telefon und wies seine Männer an, den Wagen warmlaufen zu lassen. Für den Augenblick wollte er seine Sorgen vergessen, wollte sich ganz in Marissa vergraben, sich entspannen.

Denn wenn er daran dachte, was möglicherweise vor ihm lag, bestand die Gefahr, daß er verrückt wurde.

28.

Brooklyn, New York
16. Januar 2000

»Da kommt Nicky mit seinen Gorillas«, sagte Barnhart.

Nimec saß neben ihm auf dem Beifahrersitz des Kombis und starrte schweigend durch die Windschutzscheibe.

»Pünktlich wie die Maurer«, kommentierte Noriko aus dem Fond.

Nimec nickte kurz, sagte aber nichts. Der Wagen parkte einen halben Block vom Platinum Club entfernt. Motor und Scheinwerfer waren abgestellt, und aus den Düsen der Lüftung drang keinerlei Wärme. Eine dünne Schneeschicht hatte sich auf der Scheibe gebildet und behinderte die Sicht, doch während der letzten paar Minuten hatten sie darauf verzichtet, die Scheibenwischer einzuschalten.

Auf keinen Fall wollten sie Aufmerksamkeit erregen.

Angespannt beobachtete Nimec, wie Roma auf die Straße vor dem Platinum Club zuging. Ein weiter Mantel umspielte seine Knöchel, während zwei riesige Leibwächter seine Flanken deckten. Zwei weitere Männer warteten auf der Straße, bis Roma in die erste von zwei großen Limousinen eingestiegen war, die vor dem Eingang hielten. Daraufhin quetschten sich alle Bodyguards in das zweite Auto.

Nimec und sein Team warteten geduldig. Die Schneeflocken um sie herum ballten sich zu kleinen Klumpen, die zerbarsten, wenn sie auf der Motorhaube aufschlugen.

»Hat er immer so viele Leute um sich?« fragte Nimec und brach das Schweigen damit endlich.

Barnhart zuckte die Achseln. »Er läßt die Muskeln noch mehr spielen als sonst«, gab er zurück. »Könnte sein, daß Nicky im Moment ein wenig unter Verfolgungswahn leidet und auf alles gefaßt sein will.«

Nimec überlegte. Barnhart, der früher zur Abteilung für organisiertes Verbrechen des FBI gehört hatte, hatte eine umfassende Akte über Roma zusammengestellt, die Jahre zurückreichte. In der letzten Woche hatte Nimec jedes Wort davon gelesen. Inzwischen wußte er so gut wie alles über Roma und dessen kriminelle Organisation ... Besonders interessant war seine Rolle hinter den Kulissen von Mercury Distribution, einer Firma, über die er legale und illegale Frachttransporte im In- und Ausland abwickelte.

Am 28. November hatte Mercury eine Lieferung verschiedener Artikel erhalten, die pauschal als ›Theaterbedarf‹ bezeichnet worden waren. Endabnehmer war Partners Inc., ein weiteres Unternehmen in Romas verschachteltem Imperium, dem offiziell der Platinum Club gehörte.

Die Ware war an Bord eines Frachters der Zawtra-Gruppe gewesen, der die Red-Hook-Docks angelaufen hatte.

Es paßte alles zusammen.

»Ob es regnet, stürmt oder schneit, jeden Montag findet man Nick unfehlbar bei seiner Freundin«, sagte Barnhart, während er beobachtete, wie die Fahrzeuge mit Roma und seinen Leuten anfuhren, auf der Fifteenth Avenue eine Kehrtwendung machten und dann in die entgegengesetzte Richtung davonglitten.

»Entweder ist er ein Gewohnheitstier, oder sie ist wirklich umwerfend«, meinte Noriko.

»Wahrscheinlich beides«, vermutete Barnhart. Ein Lächeln spielte um seine Lippen. »Eifersüchtig, Nori?«

»Da gehe ich lieber mit einem Zitteraal ins Bett.«

Nimec hatte den Rücklichtern der beiden Limousinen nachgesehen, bis sie in der schneeverhangenen Nacht verschwunden waren. Anschließend wartete er weitere zehn Minuten, während der Schnee knirschend über das Dach des Wagens fegte. Dann sah er Barnhart an, suchte im Rückspiegel Norikos Blick und nickte so deutlich, daß seine beiden Begleiter es sahen.

Alle drei zogen ihre Kapuzen über den Kopf.

»Also los.« Er faßte nach dem Türgriff.

29.

Brooklyn, New York
16. Januar 2000

Nimec stand am Eingang der Gasse Wache, während Noriko und Barnhart durch die Dunkelheit zur Rückseite des Platinum Club schlichen. Barnhart hielt einen Kabelschneider in der einen und eine MagLite-Taschenlampe in der anderen Hand. Die Benelli hatte er sich über die Schulter gehängt. Es war unvermeidlich, daß sie Fußspuren hinterließen, aber wenn Nick sich treu blieb und erst am nächsten Tag zurückkam, hatte der Schnee sie inzwischen bedeckt.

Der Kasten mit den Telefonanschlüssen befand sich auf Augenhöhe an einer Außenwand des Gebäudes. Bei einem nächtlichen Erkundungsgang vor zwei Tagen hatte Noriko ihn entdeckt, indem sie den Kabeln von einem Telefonmasten in der nächsten Seitenstraße gefolgt war.

Jetzt blieb sie stehen und untersuchte den rechteckigen Metallkasten. Ihr Atem kam dampfend aus Mund und Nase, und der Schnee knirschte unter ihren Füßen. Einen Augenblick später streckte sie die Hand aus. Barnhart reichte ihr den Kabelschneider und richtete den Lichtstrahl auf den Kasten. Die Telefondrähte verliefen durch ein PVC-Rohr, das von unten in den Kasten führte. Über diese Leitung wurden auch Signale der Alarmanlage an die Kontrollstation übertragen. Es war zwar möglich, daß Roma eine spezielle Leitung oder gar eine Mobilfunkverbindung eingerichtet hatte, doch Noriko hielt das für unwahrscheinlich. Während ihrer Zeit als Undercover-Agentin in Barnharts FBI-Team war sie in zahlreiche Gebäude eingedrungen, die kriminellen Banden gehörten. Fast immer waren sie durch ein simples, leicht zu umgehendes System geschützt gewesen. Big Paul Castellanos Villa auf dem Hügel war eine Ausnahme gewesen, aber das Oberhaupt der Gambino-Familie hatte sich immer für etwas Besonderes gehalten. Roma dagegen war ein Gangster der alten Schule und verließ sich mit Sicherheit lieber auf seine Gorillas.

Noriko wischte etwas Schnee von dem PVC-Rohr und setzte den Kabelschneider an. Blitze zuckten über den Himmel, und eine Supermarkttüte von einem Müllhaufen weiter oben in der Gasse wurde vom Sturm gegen ihren Fuß getrieben. Die Lippen vor Anstrengung zusammengepreßt, schnitt sie das Rohr halb durch, drehte dann den Kabelschneider herum und durchtrennte die andere Hälfte, so daß die isolierten Kabel im Inneren sichtbar wurden. Mit einem einzigen schnellen Schnitt durchtrennte sie sie.

Wenn es kein Notsystem gab – was wahrscheinlich war –, waren Telefone und externe Alarmanlage jetzt lahmgelegt.

Sie reichte das Werkzeug Barnhart und deutete nach links. Ein paar Meter weiter befand sich eine Tür in der Wand zur Gasse. Er nickte, und beide rannten los, wobei Nori die Führung übernahm.

Sie kauerte sich vor die Tür, während Barnhart das Licht auf die Schloßplatte unter dem Türknopf richtete. Aus einer Tasche ihres Overalls holte sie ein flaches Lederetui mit Reißverschluß, dem sie zwei platte, nadelähnliche Stahlstifte entnahm. Einen davon klemmte sie sich zwischen die Zähne, während sie den anderen in das Schlüsselloch einführte. Geschickt strich sie damit über die unteren beiden Stifte des Zylinders, bis sie fühlte, wie einer nach dem anderen zurückglitt. Sekunden später zog sie das Werkzeug heraus und tauschte es gegen das in ihrem Mund aus, mit dem sie das Schloß ganz öffnete. Mit einem metallischen Klicken glitt der Riegel zurück.

Über die Schulter sah Noriko sich nach Barnhart um, der erneut nickte. Sie griff nach dem Türknopf. Wenn die Tür von innen zusätzlich gesichert war, mußten sie es von der Straßenseite aus versuchen, wo sie viel leichter gesehen werden konnten und daher ein größeres Risiko eingingen.

Sie drehte den Knopf und drückte mit der Schulter leicht gegen die Tür, die einen Spalt nach innen aufging.

»Abrakadabra«, murmelte Barnhart, während er ihr anerkennend auf die Schulter klopfte.

Noriko atmete erleichtert auf, die angespannten Muskeln lösten sich. Sorgfältig legte sie die Dietriche in ihr Etui zurück und steckte es in die Tasche. Barnhart richtete die Taschenlampe auf den Eingang der Gasse und ließ das Licht zweimal aufblinken. Nimec erwiderte das Signal, was bedeutete, daß die Luft rein war. Dann kam er mit einem Sportsack aus Nylon herangesprintet.

Plötzlich dröhnte ein Motor auf, das gelbe Licht von Scheinwerfern fiel auf den schneebedeckten Asphalt. Die drei erstarrten. Eine Sekunde verging, während sie bewegungslos vor der Tür verharrten. Noch eine. Dann polterte ein städtischer Schneepflug die Gasse hinunter, bog an der Ecke nach links ab und verschwand in der Avenue.

Nimec bedeutete ihnen, das Gebäude zu betreten.

Barnhart machte den Anfang. Die Werkzeuge waren in seinen Taschen verschwunden, beide Hände hielten die Benelli im Anschlag. Das unter dem Lauf befestigte

Licht warf einen engen Kegel in die Dunkelheit hinter der Tür. Vor ihnen lag ein Korridor, hinter dem eine schmale Treppe zu erkennen war, die nach links oben führte.

Barnhart warf den anderen einen Blick zu, wies mit dem Kinn auf die Treppe und stieg die Stufen hinauf.

Die anderen folgten ihm sofort.

Genau in dem Moment, als Nick Romas Wagen von der Shore Road abbog und auf die Ecke 86. Straße und Narrows Avenue zuhielt, schlug ein Blitz in die Straßenlaterne ein, die dort stand. Das grelle Licht der explodierenden Natriumbirne fiel auf sein überraschtes Gesicht, während rauchende Trümmer auf die Straße regneten. Die Stimme von Michael Bolton, die aus dem Radio des Lincoln drang, ging in Knattern und Knistern unter.

»Mist«, fluchte der Fahrer.

Roma, der im Fond saß, starrte aus dem Fenster auf die nackten Äste der mickrigen Bäume, die im Sturm bebten, der von der Gravesend Bay heranfegte.

Er warf einen Blick auf die Uhr im Armaturenbrett. »Fast halb zwölf«, bemerkte er gereizt. »Warum zum Teufel brauchen Sie so lang?«

»Das verdammte Wetter«, erklärte der Fahrer. »Wenn ich schneller fahre, zerlege ich den Wagen zu Kleinholz.«

Roma antwortete mit einem unbestimmten Grunzen, während er sich fragte, ob Marissa das kurze weiße Spitzennegligée trug, das er ihr letzte Woche geschenkt hatte. Wie lange es wohl noch dauern würde, bis er es ihr vom Leib gerissen hatte? Gott, er war so angespannt, sein Verlangen war so groß, daß sie es wohl kaum bis ins Bett schaffen würden. Vielleicht würden sie später gemeinsam ein Bad nehmen und dabei den Wein trinken, den er …

»Scheiße!« stieß er hervor und schlug sich wütend auf

die Schenkel. Was war nur mit ihm los? Der Wein. Er hatte tatsächlich den Wein im Club vergessen.

Ein Blick über die Schulter zeigte ihm, daß die Limousine mit den Leibwächtern direkt hinter ihm war. Nur gut, daß er sie angewiesen hatte, ihm bis zu Marissas Wohnung zu folgen. Jetzt konnten sie sich als nützlich erweisen.

»Val, hör mal.« Er beugte sich über die Lehne des Vordersitzes. »Ruf die anderen an. In meinem Büro steht neben meinem Schreibtisch eine Plastiktüte mit zwei Weinflaschen. Sag ihnen, sie sollen zurückfahren und sie holen. Ich brauche sie in der Wohnung des Mädchens. Wenn sie sie haben, sollen sie klingeln, ich komme dann an die Tür.«

Val nickte, nahm eine Hand vom Lenkrad und griff nach dem Telefon in seiner Tasche.

»Und Val ...«

Ihre Blicke trafen sich im Rückspiegel.

»Sag ihnen, sie sollen sich beeilen.«

»Unser kleiner Nick lebt nicht schlecht«, meinte Barnhart gelassen, als das Licht an seiner Waffe auf die Plastiktüte neben Romas Schreibtisch fiel. »Hier stehen zwei Flaschen Chambertin herum.«

»Sein Eau de Toilette ist auch nicht übel«, flüsterte Noriko, die damit beschäftigt war, die Schreibtischschubladen zu untersuchen. »Mehr scheint hier nicht zu holen zu sein. In den Schubladen herrscht gähnende Leere. Keine Papiere, keine Stifte, nicht einmal ein Kaugummi.«

Barnhart ging zu ihr, zog eine Schublade ganz heraus und stellte sie auf dem Boden ab. Dann griff er in die leere Öffnung, um nach Geheimfächern zu suchen.

Unterdessen tastete Nimec mit den durch Handschuhe geschützten Händen die Wände nach einem eingelassenen Safe oder Schrank ab. Bis jetzt hatte er nur Nicks riesigen Fernseher gefunden, dessen Soundsystem Kinoqualität besaß. Das Abspielgerät war für Video und DVD ausgelegt. Die digitale Videodisc, die darin lag, enthielt passenderweise den Film *Der Pate I.* Ansonsten waren weder Videokassetten noch -discs zu entdecken. Das Büro wirkte vollkommen harmlos. Fünf Minuten hielten sie sich hier bereits auf, zehn hatte Nimec ihnen insgesamt gegeben. Bis jetzt hatten sie Glück gehabt. Abgesehen von einem Lagerraum, war das Büro das einzige Zimmer, zu dem der kurze Gang führte, der vom Korridor am oberen Ende der Treppe abzweigte. Das Schloß war für Nori ein Kinderspiel gewesen. Dennoch war keine Zeit zu verlieren.

Da er auf Anhieb nichts entdecken konnte, hielt Nimec inne und sah sich um. Selbst in der Dunkelheit war zu erkennen, daß der Raum pedantisch sauber und aufgeräumt war. Wenn es hier ein Geheimversteck gab, hatte Roma es sorgfältig getarnt.

Sein Blick fiel auf die verspiegelte Wand gegenüber der Tür. Mit einer hastigen Bewegung klopfte er Barnhart auf den Arm. »Leuchte auf den Spiegel.« Er deutete auf die Mitte der Wand. »Fang dort an.«

Barnhart nickte und schwang die Benelli herum.

Das Licht wurde von der wandhohen Verkleidung zurückgeworfen, helle Flecken tanzten durch den Raum, als Nimec sich dem Spiegel näherte.

Er suchte die Fläche mit den Augen ob. Mit der Hand bedeutete er Barnhart, den Lichtkegel nach links zu richten. Er gab ihm ein Zeichen, die Lampe ein wenig zu senken, dann fuhr seine Hand durch die Luft. Barnhart hielt in der Bewegung inne.

»Seht ihr das?« flüsterte er aufgeregt. »Halt das Licht ruhig, genau so.«

Barnhart nickte erneut. Der Lichtstrahl fiel auf die Verkleidung direkt vor ihm, wo ein winziger Fleck von kaum einem Zentimeter Durchmesser sichtbar war. Die

Oberfläche schien hier durchsichtig zu sein, als wäre die reflektierende Schicht dahinter beschädigt. Dann wurde ihm klar, daß es sich um einen perfekten Kreis handelte – das konnte unmöglich Zufall sein.

Nimec stand flach gegen den Spiegel gedrückt und preßte die Handkante dagegen.

In dem Moment, als Barnhart klar wurde, daß der Spiegel an dieser Stelle von der anderen Seite her transparent war, schwang die Verkleidung in das Büro hinein wie die Tür eines Apothekerschrankes.

»Na so was.« Er richtete das Licht auf das Loch dahinter. »Was haben wir denn da?«

Nimec wußte, daß jede Antwort überflüssig war. Sie waren offensichtlich auf eine versteckte Videokamera gestoßen, die mit einem System ausgestattet war, das automatisch Sicherungskopien anfertigte. Das runde Auge der Kamera starrte genau auf das Loch in der Spiegelbeschichtung und zeigte mitten in den Raum. Vielleicht hält Roma seine Geschäfte nicht schriftlich fest, dachte Nimec, aber Aufzeichnungen besitzt er sehr wohl.

Prüfend betrachtete er den Hohlraum. Auf einem Regalbrett unter den Geräten lagen drei oder vier Videobänder und ein Blatt mit farbig gekennzeichneten Etiketten. Die Kassetten selbst waren nicht beschriftet.

»Sieht aus, als hätte er noch keine Zeit gehabt, seine letzten Werke zu katalogisieren«, flüsterte Nori, die mit dem Laserblendgerät hinter Nimec stand. »Es würde mich interessieren, was drauf ist.«

»Das werden wir wohl herausfinden müssen«, gab Barnhart zurück.

Nimec griff hastig nach den Kassetten und warf sie in seinen Sportsack. Dann holte er das Band aus der Kamera und ließ es den anderen folgen.

»Los.« Hastig schloß er die Verkleidung und wandte sich um. »Wir sollten zusehen, daß wir hier heraus…«

Das Motorengeräusch eines sich nähernden Fahrzeuges unterbrach ihn. Die drei wechselten besorgte Blicke. Reifen knirschten auf dem frisch gefallenen Schnee direkt vor dem Gebäude. Dann verstummte der Motorenlärm, Türen wurden zugeschlagen, und auf der Straße waren laute Männerstimmen zu vernehmen.

Nimec ging zum Fenster auf der anderen Seite des Raumes und spähte vorsichtig hinaus. Zwei Männer standen neben dem Haupteingang zum Club, auf den Vordersitzen des Wagens waren die dunklen Umrisse von zwei weiteren zu erkennen. Einer der beiden riesigen Kerle auf dem Gehsteig trug eine braune Bomberjacke mit Vlieskragen, der andere einen langen Tweedmantel. Er erkannte sie sofort. Auch bei dem Wagen war kein Irrtum möglich. Das waren Romas Ganoven, die an seiner Seite gewesen waren, als er das Gebäude eine halbe Stunde zuvor verlassen hatte.

Noch während er sie beobachtete, gingen sie auf den Eingang zu, wo sie unter dem Vordach verschwanden.

»Wir haben ein Problem«, informierte er Barnhart und Nori, über die Schulter gewandt.

»He, komm mal her«, sagte der Mann in der Bomberjakke.

»Was ist los, Wassili?«

»Halt die Klappe und komm her, ja?«

Der Mann in dem grauen Mantel schüttelte den Schnee von seinen Füßen und stapfte zu seinem Kumpan.

Wassili stand im Eingang und starrte auf die Anzeige des in die Wand eingelassenen Kontrollsystems der Alarmanlage. Diese arbeitete mit einer Verzögerung von dreißig Sekunden, so daß genug Zeit blieb, den Deaktivierungscode einzugeben und damit das System abzuschalten, wenn man die Tür passiert hatte. Genau das hatte Wassili tun wollen, als ihm die Anzeige auf dem Display aufgefallen war.

Der zweite Mann las die blaßblauen Zeichen der digitalen Anzeige:

Code 29: System ausgefallen

Wassili blickte ihn an. »Das versteh' ich nicht.«

»Vielleicht ist es der Sturm. Der Strom könnte ausgefallen sein oder das Telefonnetz.«

»Ich weiß nicht, Pawel.« Wassili schüttelte den Kopf. »Sollen wir die Hintertüre überprüfen?«

Pawel schwieg einen Augenblick. Seine breite Stirn in Falten gelegt, wog er ab, ob es sich lohnte, die Türe zu kontrollieren. Wenn wirklich etwas nicht stimmte und herauskam, daß er und Wassili die Sache nicht überprüft hatten, kämen sie in Teufels Küche. »Okay«, meinte er dann, während er die Pistole unter dem Mantel hervorholte. »Besser, wir gehen kein Risiko ein.«

In Romas Büro waren die aufgeregten Stimmen der Leibwächter zu vernehmen, die eben entdeckt hatten, daß jemand das Schloß der Hintertür geöffnet hatte. Sekunden später hörten die drei Eindringlinge die Männer die Treppe hinaufrennen. Im Gang leuchtete Licht auf, während ihre Schritte rasch näher kamen.

Vor der Tür zum Büro blieben sie stehen.

Dann herrschte Schweigen, ein Schweigen, das immer drückender wurde, während die Sekunden unendlich langsam verstrichen.

Schließlich drehte jemand geräuschvoll den Türknopf herum.

Nimec berührte Nori am Oberarm, woraufhin sie geräuschlos ihre Position einnahm, ein dunkler Schatten vor dem dunkleren Schwarz des Raumes.

Die Tür flog auf, und die beiden Killer erschienen, ihre Uzis im Anschlag.

Nori drückte den Knopf auf dem Steuergerät ihres

Lasers. Ein hochgradig gebündelter Strahl gleißenden Lichts fuhr aus der Mündung der M203 und traf Wassili voll ins Gesicht. Er stieß einen hohen, keuchenden Schrei aus, während die Maschinenpistole seinen Händen entfiel, die verzweifelt nach seinen Augen griffen. Nori hielt die Waffe weiter auf ihn gerichtet. Der Laserstrahl pulsierte in der Luft wie ein feuriger Streifen Sonnenglut. Taumelnd wich der Killer in den Gang zurück, wobei er Pawel rammte. Sein schwankender, sich krümmender Körper ließ wilde Schatten über die Wände des Korridors tanzen.

»Meine Augen!« brüllte er, während er auf die Knie sank und das Gesicht mit den Händen bedeckte. »Gott im Himmel, meine Augen!«

Pawel, der ihn vollkommen ignorierte, war hinter der Wand in Deckung gegangen und feuerte um den Türstock herum eine Salve aus seiner Uzi in den Raum. Eine Kugel nach der anderen prasselte aus dem kurzen Lauf. Der tödliche Hagel von 9-mm-Geschossen, der auf das Büro niederging, zwang Nori, sich mit einem Satz in Sicherheit zu bringen. Die Kugeln durchschlugen das Fenster, rissen Stücke aus den Wänden, durchlöcherten die Seitenwand von Romas Schreibtisch. Sein Bürosessel war umgekippt, während Fetzen der zerschossenen Polster noch in der Luft schwebten. Um die Uzi herum ergoß sich ein schimmernder Regen verbrauchter Patronenhülsen.

Barnhart stürzte aus dem Schatten, richtete die Benelli, die er bereits mit Signalmunition geladen hatte, auf die Tür und feuerte. Im Korridor war ein lauter Knall zu hören, dem ein greller Lichtblitz folgte. Dann stieg Rauch auf. Pawels Gewehr verstummte und verschwand aus dem Eingang. Fast gleichzeitig nahm Nori den Finger vom Kontrollknopf ihres Lasergerätes und griff nach dem Abzug der umgebauten M16. Ein Hagel von VVRS-Patronen brach los, der ihren Gefährten Dekkung bot.

»Jetzt!« brüllte Nimec.

Die drei stürzten auf den Gang, während Noris Waffe ohne Unterlaß die entschärften Patronen ausspuckte. Als sie den Korridor erreichten, wirbelte sie nach rechts herum, wo Pawel mit der Uzi in beiden Händen auf dem Boden kniete. Sie zielte auf seine Brust. Wie ein Sack fiel er nach hinten, die Hände um den Abzug des Karabiners gekrampft. Unkontrollierbar sprudelten die Kugeln wie aus einer Fontäne nach oben.

Gipsklumpen regneten von der Decke herab, während Querschläger wild durch den Korridor jagten.

»Ah, verdammt noch mal!« Hinter Noris Rücken knirschte Barnhart mit den Zähnen.

Sie warf den Kopf herum und sah, wie er mit schmerzverzerrtem Gesicht nach seiner Hüfte griff. Blut sickerte durch seine Finger, und ein dunkler, nasser Fleck breitete sich auf seinem Overall aus. Er wankte und drohte nach vorne zu fallen, als seine Beine unter ihm nachgaben, doch Nimec eilte ihm zu Hilfe und konnte gerade noch verhindern, daß er zu Boden stürzte.

Noch immer feuerte die Waffe des Killers mit unverminderter Heftigkeit. Nori wirbelte erneut herum, senkte ihre Waffe und gab eine Salve ab, die ihn direkt in die Brust traf. Ein Schrei entrang sich seiner Kehle, während er sich auf dem Boden wand, als stünde er unter Strom. Einen Augenblick später verlor er das Bewußtsein, und die Uzi fiel mit einem metallischen Klappern aus seinen Händen.

»Wie schlimm ist es?« fragte Nimec, während er Barnhart auf die Beine half. Mit dem Kinn wies er auf den Overall, der rund um die Taille blutgetränkt war.

»Weiß nicht genau«, stöhnte Barnhart. »Tut auf jeden Fall teuflisch weh.«

Nimec blickte ihn mit zusammengepreßten Lippen an.

»Laßt uns versuchen, den Weg zu nehmen, auf dem

wir hereingekommen sind«, meinte er dann. »Mit ein bißchen Glück sind die anderen Kerle noch an der Vordertür.«

Barnhart schüttelte heftig den Kopf. »Ich glaube nicht, daß ich die Treppe hinunterkomme. Laßt mich hier ... Ich kann mich selbst verteidigen, falls noch mehr von den Burschen auftauchen ... Ich schnappe mir die Uzi von diesem Mistkerl ...«

»Tu mir einen Gefallen, Toni.«

Barnhart blickte Nimec an.

»Halt den Mund und hilf uns.«

Barnhart schüttelte erneut den Kopf, protestierte aber nicht laut.

Noriko, die links neben Barnhart stand, hob seinen Arm und legte ihn sich um die Schulter, während Nimec ihn von rechts stützte. Seine Beretta hatte er mit der linken Hand aus dem Halfter genommen.

Ein rascher Blickwechsel mit Noriko, sie nickten einander zu. Dann machten sie sich mit Barnhart in der Mitte auf den Weg zum Treppenhaus.

Kaum hatten sie die Stufen erreicht, als ein dritter Bodyguard auf dem Absatz unter ihnen erschien. Mit beiden Händen hielt er eine Glock 9, die er sofort anlegte.

Nimecs Augen verengten sich zu Schlitzen, während er konzentriert zielte. Es gelang ihm, zwei Schüsse abzugeben, bevor der Leibwächter auch nur ein einziges Mal feuern konnte. Der erste traf das rechte Knie, der zweite zerschmetterte das linke. Der Mann brach am Fuß der Treppe zusammen, wo er sich vor Schmerz in Krämpfen wand. Dabei schrie er sich die Lunge aus dem Leib.

»Stopf ihm das Maul«, keuchte Barnhart. Er löste einen DMSO-Behälter von seiner Spezialweste und reichte ihn Noriko. Die Oberfläche des Zylinders war schlüpfrig von seinem Blut, doch sie enthielt sich jeden Kommentars.

Unter Barnharts Arm hindurch schlüpfte sie die Treppe hinunter, hielt den Behälter über das schmerzverzerrte Gesicht des schreienden Mannes und betätigte die Düse. Ein feiner, fast unsichtbarer Nebel entwich. Der Killer hob die Hände abwehrend vor das Gesicht, seine Augen waren so weit aufgerissen, daß das Weiße sichtbar wurde, und schienen aus dem Kopf treten zu wollen. Dann sanken seine Arme wie Ballons, die in sich zusammenfielen, zur Seite. Seine Züge wurden schlaff, und er versank in tiefe Bewußtlosigkeit.

Nori wandte sich erneut ihren Teamkollegen zu, die den unteren Treppenabsatz fast erreicht hatten. Nimec hielt sich mit der einen Hand am Geländer fest, mit der anderen stützte er Barnhart, aus dessen Gesicht jede Farbe gewichen war. Ein Schweißfilm stand auf seinen Wangen, und er biß sich auf die Unterlippe. Bei jedem Schritt abwärts stöhnte er leise auf.

Eilig lief sie zu ihm und schlang seinen Arm um ihren Nacken, um ihm den Rest des Weges hinunterzuhelfen. Nebeneinander wankten sie durch die Hintertür, die auf die Gasse hinausging.

Kaum waren sie im Freien, als ihnen auch schon eisige Luft und Schnee ins Gesicht schlugen. Immer noch erbebte der Himmel unter gewaltigen Donnerschlägen. Mühsam schleppten sie sich auf den Eingang der Gasse zu. Barnhart stolperte nur noch vorwärts. Sein Gesicht war zu einer gequälten Grimasse verzerrt, und von seiner Taille tropfte Blut in den Schnee.

Direkt vor ihnen, dort, wo die Gasse begann, erschien der vierte Bodyguard, einen Karabiner seitwärts schwenkend, als hielte er eine Wünschelrute in den Händen. Vor ihren Füßen wirbelte der Schnee auf, als er das Feuer auf sie eröffnete. Nimec zog Barnhart zur Seite, um ihn aus der Schußlinie zu bekommen, und lehnte ihn gegen den Maschendraht, der die Gasse von einem angrenzenden Grundstück trennte. Kugeln schlugen in die Ziegel an der Außenwand des Gebäudes. Von einer Feuerleiter irgendwo über ihnen ging ein Funkenregen nieder.

Nimec richtete seine Waffe auf den Angreifer und gab zwei Schüsse ab. Aber er stand unsicher und konnte nicht richtig zielen, so daß beide fehlgingen.

Der Killer nahm sie erneut ins Visier. Offenbar hatte er erkannt, daß einer seiner Gegner verwundet war. Langsam und siegesgewiß, als wollte er einem verkrüppelten Tier den Gnadenschuß versetzen, zielte er auf sie.

Nimec preßte sich gegen den Zaun, um Barnhart mit seinem Körper zu decken.

Einen Augenblick, bevor Romas Killer den Abzug betätigen konnte, feuerte Nori ihre Spinnwebschleuder ab. Mit einem dumpfen Geräusch warf die Waffe ein klebriges Netz hauchfeiner Fäden über den Gangster, das ihn einhüllte wie ein Kokon. Verwirrt versuchte er sich zu befreien, verfing sich dabei aber immer mehr in dem watteähnlichen Gebilde. Schließlich geriet er ins Rutschen und fiel zappelnd in den Schnee. Wenn die Situation nicht so ernst gewesen wäre, hätte sein Gebaren fast komisch gewirkt.

Nori lief zu ihm und sprühte ihm eine Ladung DMSO ins Gesicht. Einen Augenblick später bewegte er sich nicht mehr.

Die Waffe noch in der Hand, rannte Nori zur Mündung der Gasse und spähte auf die Straße hinaus. Der Gehweg war im Schneegestöber kaum noch zu erkennen. In den Wohnhäusern auf der anderen Seite der Straße gingen hie und da Lichter an. Offenbar hatte der Lärm der Schießerei Aufmerksamkeit erregt, doch noch war niemand zu sehen.

Sie wandte sich ab und stapfte durch den Schnee zu ihren Teamgefährten zurück.

»Alles in Ordnung?« fragte sie Nimec.

»Ja.«

Sie sah Barnhart an. Der Schweiß lief ihm in Strömen über das Gesicht. Angesichts seines glasigen, geistesabwesenden Blicks befürchtete sie, er könnte einen Schock haben.

»Soweit ich sehen kann, ist die Luft rein.« Mit diesen Worten griff sie nach Barnharts Arm. »Wir müssen zum Kombi zurück, bevor jemand die Polizei ruft. Schaffst du das?«

Einen Augenblick lang sah er sie an, bevor ein schwaches, aber entschlossenes Lächeln auf seinem Gesicht erschien. »Mal sehen, wer als erster dort ist«, sagte er dann.

30.

NEW YORK CITY
20. JANUAR 2000

Die Sexszene war kurz und tabulos, die Aufnahme des Gesprächs, das ihr vorangegangen war, verzerrt und kaum zu verstehen.

Das lag nicht am Aufnahmegerät. Nick Roma hatte leise gesprochen, nachdem die Frau in dem schwarzen Ledermantel sein Büro betreten hatte.

»Laß mich das noch mal sehen«, verlangte Barnhart.

»Welchen? Wo er es von hinten mit ihr treibt, oder wenn er auf ihr liegt?«

»Werd nicht frech.«

»Ich lasse es von da ab laufen, wo es noch jugendfrei ist. Dann kommt aber gleich der harte Porno«, erklärte der dünne, langhaarige Mann an der Audio-Video-Konsole gespielt beleidigt. Er drückte einen Knopf. Nur das leise Surren der sich drehenden CD-Rom durchbrach die Stille.

Sie befanden sich in einem Tonstudio im Untergeschoß des *Sword*-Hauptquartiers in Downtown-Manhattan. Schulter an Schulter saßen Barnhart und der Toningenieur vor der Workstation, während Pete Nimec und Noriko Cousins hinter ihnen standen.

Steif beugte Barnhart sich vor. Die Stiche unter dem Verband um seine Taille schmerzten immer noch. Seine Wunde war zwar unangenehm, hatte aber wegen der starken Blutung gefährlicher ausgesehen, als sie war. Die Kugel hatte einen langen schmalen Riß in seine rechte Seite geschlagen, war aber durch die straffe Muskulatur abgelenkt worden und wieder ausgetreten, ohne innere Organe zu verletzen. Der Notarzt hatte gemeint, seine hervorragende körperliche Verfassung habe ihm das Leben gerettet.

»Glauben Sie, Sie können das Gespräch besser hinkriegen?« wollte Nimec wissen.

»Wenn ich nicht ziemlich sicher wäre, daß ich eine Tonqualität erreichen kann, die euren verwöhnten Ansprüchen genügt, hätte ich mir nicht die Mühe gemacht, diese Erotikszene zu digitalisieren«, erwiderte der Mann an der Konsole. »Die Lustschreie waren laut genug, um meinen Motor ganz schön ins Laufen zu bringen.«

Nimec und Noriko wechselten einen gequälten Blick. Jeff Grolin war einer der führenden Kriminalspezialisten für Audio und Video in den USA – sonst hätte Megan ihn wohl kaum eingestellt –, aber er hatte eine lästige Neigung zu pubertären Scherzen. Nimec fragte sich, ob die mangelnde soziale Anpassung eine Art Berufskrankheit war, oder ob sie zum Charakter von Menschen mit einer herausragenden technischen Begabung gehörte.

»So, liebe Kinder, seid ihr alle da?« Grolin betätigte ein Instrument. »Hier kommt Nick Romas großes Abenteuer, auch *Die Lust des Schurken* genannt. Szene eins, Take zwei.«

Alle Augen richteten sich auf den 21-Zoll-Monitor der Workstation.

Auf dem Bildschirm beobachteten sie, wie sich die Tür von Romas Büro öffnete. Eine Frau kam herein und ging auf die Linse der eingebauten Überwachungskamera zu. Das dunkle Haar trug sie zurückgebunden, ihre Lippen waren leicht geöffnet. Offenbar war sie sich ihres Körper und der Wirkung, die er auf den Mann hatte, dem sie sich näherte, voll bewußt.

In der linken unteren Ecke des Bildes erschien eine Zeit- und Datumsangabe: »01.01.2000 1:00«.

Nimec studierte die Frau eingehend. Obwohl die Leuchtstoffröhren in dem Büro abgedunkelt waren, fiel genügend Licht durch die Fenster in den Raum, daß er ihre Gesichtszüge ohne die Hilfe des Computers erkennen konnte. Man hatte aufgrund des Videomaterials ein Bild erstellt, das nun mit der *Sword*-Akte über Personen verglichen wurde, von denen man wußte oder vermutete, daß es sich um internationale Terroristen handelte.

»Sie hätten anklopfen können«, klang Romas Stimme aus den kompakten Audix-Boxen. Von ihm war nur der Hinterkopf sichtbar.

»Ja. Hätte ich.« Die Frau schloß die Tür.

»An der Wand neben Ihnen ist ein Lichtschalter ...«

»Laß es vorlaufen bis zu der Stelle, wo die Probleme beginnen«, sagte Barnhart.

»Okay.« Jeff drückte einen Knopf, um die Disc vorlaufen zu lassen. »Obwohl ich persönlich den einleitenden Dialog sehr erregend finde – auch wenn er ein wenig klischeehaft ist.«

Die Bilder rasten über den Schirm, bis Grolin erneut die Play-Taste betätigte.

Die Frau stand jetzt mit halbaufgeknöpftem Mantel vor dem Schreibtisch. Das Verlangen in ihrem Gesicht war unverkennbar.

»Warum sind Sie gekommen?« fragte Roma und verstummte. Seine Stimme klang heiser und war kaum lauter als ein Flüstern.

»Richtig, spiel nur den Naiven«, kommentierte Grolin. »Dabei läuft dem Burschen schon das Wasser im Mund zusammen ...«

»Schsch, das ist die Stelle«, unterbrach Noriko.

»Issen ... zrry ... ppre .... rgen ...«

»Das ist doch nur Gebrabbel«, meinte Barnhart.

»Weil ich meinen elektronischen Zauberstab noch nicht habe spielen lassen.« Grolin hielt das Bild an und griff nach einer kleineren Konsole mit Drehknöpfen und Schiebereglern sowie ungefähr einem Dutzend Tasten, die etwa die Größe der Tabulatortaste auf einem Computerkeyboard besaßen.

Als seine Finger darauf klickten, erschien eine Menüleiste oben auf dem Bildschirm, und das Videobild schrumpfte zu einem Fenster zusammen. Rechts davon wurden graphische Meß- und Kontrollanzeigen sichtbar.

»So, versuchen wir es noch einmal. Ein paar mittlere Frequenzen mehr, dann wird die Sache schon klarer.«

Grolin drückte *Rewind, Pause* und wieder *Play*.

»Warum sind Sie gekommen?« drang Romas Stimme aus den Lautsprechern. Es folgte eine Pause.

Blitzschnell drehte Grolin einen Knopf, dann noch einen. Die Augen hinter dem absichtlich dümmlich wirkenden Horngestell seiner Brille hatten sich zu Schlitzen verengt.

Roma sagte: »Sie wissen ... *zarry* ... Ihre *papre* erst morgen ... *hben wird.*«

Grolin hielt das Bild an und ließ es zu der Stelle zurücklaufen, an der Romas Stimme leiser wurde. Dann startete er die Disc erneut.

Die Tasten auf der Konsole klickten unter seinen Fingern, und die Kurvenlinien und Statusanzeigen im Bearbeitungsfenster stiegen und fielen entsprechend.

»Warum sind Sie gekommen? Sie wissen, daß *zakry* Ihre Papiere erst morgen *frtg* haben wird. Ich nehme nicht an, daß Sie mir nur *gtencht sgn* wollten.«

»Habt ihr das gehört?« Barnhart, der sich zu Nimec umgewandt hatte, stöhnte unter dem Schmerz, den ihm die unbedachte Bewegung verursachte. »Er redet von Papieren, die er ihr besorgen will. Vermutlich Reisedokumente.«

»Ich wette, der Dreckskerl hat das Attentat von Anfang an mit vorbereitet.«

»Noch ein Durchgang«, unterbrach Grolin, »ich liefere euch jedes einzelne Wort auf diesem Band.«

Norikos Finger vollführten ein ungeduldiges Trommelfeuer auf der Lehne von Barnharts Stuhl. »Dann los«, sagte sie und fügte im stillen hinzu: du alte Nervensäge.

Grolin ließ die Disc zurücklaufen, hielt an, spielte sie erneut ab, während er ununterbrochen an den Midi-Reglern herumfuhrwerkte.

»Warum sind Sie gekommen?« fragte Nick Roma die Frau, die vor ihm ihren Mantel aufknöpfte. »Sie wissen, daß Zachary Ihre Papiere erst morgen fertig haben wird. Ich nehme nicht an, daß Sie mir nur gute Nacht sagen wollten.«

»Na, da haben wir es ja«, verkündete Grolin. »Wer ist Zachary?«

Nimec sah Barnhart an. »Glaubst du, das ist ein Vor- oder ein Nachname?«

Barnhart schüttelte den Kopf. »Könnte beides sein, aber ich werde mich umhören. Ich nehme an, es handelt sich um einen von Romas Fälschern oder jemanden, der für sie arbeitet. Romas schmutzigste Geldquelle ist der Menschenhandel. Er schmuggelt Frauen, die in unvorstellbarer Armut leben, aus Rußland in die Staaten, wo sie als Prostituierte und Sexsklavinnen enden. Dafür braucht er natürlich gefälschte Aufenthaltsgenehmigungen und Papiere. Auf diese Art bringt die *Organisatsija* übrigens auch ihre Söldner und Auftragskiller ins Land.«

»Die Gruppe, die für das Attentat vom Times Square verantwortlich ist, dürfte das Land so schnell wie möglich verlassen wollen«, stellte Noriko fest. »Wenn wir diesen Zachary aufspüren, könnte er uns zu ihnen führen.«

»Oder zumindest auf ihre Spur bringen«, ergänzte Barnhart. »Vorausgesetzt, daß wir ihn – oder sie – zum Reden bringen.«

»Das überlaßt nur mir.« Nimecs Augen ruhten immer noch auf Barnhart. »Wie lange brauchst du, um an die Information heranzukommen?«

»Nicht lange, wenn es sich wirklich um jemanden handelt, der Roma falsche Papiere liefert. Ich kenne Leute beim FBI und der New Yorker Polizei, ja, sogar im Büro des Bundesstaatsanwalts, die jeden, der eine Rolle in Romas Organisation spielt, überwachen und keine lästigen Fragen stellen.«

»Sei vorsichtig«, mahnte Nimec. »Es hat mich zwei Tage gekostet, dafür zu sorgen, daß dein Krankenbericht in der Notaufnahme gelöscht wurde. Ich will nicht, daß vorzeitig jemand auf unsere Nachforschungen aufmerksam wird.«

Barnhart nickte und begann, sich aus dem Stuhl emporzustemmen, sank jedoch mit schmerzverzerrtem Gesicht zurück. »Wenn mir jemand von euch hilft, gehe ich nach oben in mein Büro und mache ein paar Anrufe.«

»Willst du etwa den Höhepunkt verpassen? Ich wollte ihn euch noch einmal in allen Einzelheiten vorführen.«

Noriko warf dem Toningenieur einen entnervten Blick zu. »Glaub mir, Jeff, du wirst sehr viel mehr Spaß haben, wenn du ihn dir alleine ansiehst.«

Roger Gordian war allein mit seinem Funktelefon. Als wäre das Chaos in seiner Arbeit nicht genug, wo er ständig auf neue Notsituationen reagieren, planen, jonglieren, sich sorgen mußte, war zu Hause die Lage außer Kontrolle geraten.

Er liebte seine Frau, aber seine Frau hatte ihn verlassen.

Das war jetzt fast drei Wochen her, und sie war weder nach Hause gekommen, noch hatte sie ihn angerufen.

Manchmal hatte er den Eindruck, die Ehe war ein Spiel, in dem Frauen die Regeln bestimmten. Die armen Trottel, mit denen sie verheiratet waren, mußten sie mit verbundenen Augen erraten.

Er verstand immer noch nicht, was er verbrochen hatte.

Seine Gefühle für die Frau, die er geheiratet hatte, waren immer noch so stark wie an dem Tag, als er sie das erste Mal gesehen hatte, sogar noch tiefer und inniger.

Je besser er sie kennenlernte, desto stärker wurde seine Liebe zu ihr.

In all den Jahren mit ihr hatte er sich höchstens flüchtig für die schönen Frauen interessiert, die der Dunstkreis der Macht magisch anzog. Wie jeder Mann reagierte er instinktiv auf eine hübsche Frau, aber diesem Gefühl war nie die Tat gefolgt. Wie schön sie auch sein mochten, sie waren nicht Ashley.

Für ihn war Ashleys Persönlichkeit genauso attraktiv wie ihr Äußeres.

Sex hatte er genug gehabt in seinem Leben, besonders während seiner Zeit als Jagdflieger. Er kannte den Unterschied zwischen flüchtiger Leidenschaft und wahren Gefühlen, die Liebe, Verantwortung und Ehe bedeuteten. Diese Worte hatten ihn lange Zeit zu Tode erschreckt, genauso wie der Gedanke, den grandiosen Frauen dieser Welt eines Tages entsagen zu müssen – bis er Ashley begegnet war.

Ihre erste Berührung schon hatte ihn den Unterschied gelehrt.

Warum nur glaubte sie ihm nicht, daß er sie immer

noch liebte, sogar mehr liebte als damals, als sie geheiratet hatten? Warum begriff sie das nicht?

Aber das war nicht fair. Tief in seinem Inneren wußte er, wo das Problem lag.

Zeit.

Als sie jung verheiratet waren, hatte er genug Zeit für sie gehabt. Damals war sein Unternehmen kleiner, die Probleme waren überschaubarer gewesen.

Heute hatte er das Gefühl, als stünde bei jeder seiner Entscheidungen das Schicksal der freien Welt auf dem Spiel. Es fiel ihm schwer, einfach Feierabend zu machen und nach Hause zu gehen, obwohl er wußte, daß Kinder in Rußland hungerten, wenn er seine Arbeit nicht zu Ende brachte.

Aber hatte er sich je die Zeit genommen, ihr das zu erklären?

Der Moment dafür war gekommen.

Er griff nach seinem Funktelefon und wählte die Nummer von Ashleys Schwester in San Francisco.

Noch bevor ihre Schwester Ann ihr das Telefon reichte, wußte Ashley Gordian, daß es nur Roger sein konnte. Nur ihr Ehemann brachte es fertig, mit einem einfachen Gruß das Gesicht ihrer Schwester in ein Symbol der Mißbilligung zu verwandeln.

Von Anfang an war das so gewesen. Damals war Roger jung und ehrgeizig gewesen und nach Anns Maßstäben arm wie eine Kirchenmaus. Nicht im entferntesten gut genug für ihre kleine Schwester. Sie war schon gegen die Ehe gewesen, bevor sie ihn überhaupt kennenlernte. Respekt, Anerkennung, finanzieller Erfolg – nichts, was Roger sich erarbeitet hatte, hatte daran etwas geändert. In ihrer eleganten Welt war das alles zu neu, um zu zählen.

Doch Ashley hatte ein Blick in die vor Leidenschaft brennenden Augen Rogers genügt, um zu wissen, daß sie ihren Seelengefährten gefunden hatte. Sie hatte sich nicht getäuscht, als sie den Mann, nicht den Stammbaum geheiratet hatte, und sie hatte es nie bedauert. Sie liebte Roger, wie eine Frau einen Mann nur lieben konnte. Seit zwanzig Jahren hatte sie ihr Leben um ihn herum aufgebaut. Das war kein Opfer gewesen, ganz gleich, was ihre Schwester davon hielt. Er war ein guter Mensch, der sich um die Welt sorgte und entschlossen dafür kämpfte, daß das Leben auf dieser Erde ein wenig besser wurde. Doch genau das hatte ihn ihr Stück für Stück, Sekunde für Sekunde entfremdet.

In den letzten Jahren hatte sie ihren Friseur öfter gesehen als Roger. Dabei verbrachte sie wesentlich weniger Zeit dort als viele andere Damen der Gesellschaft. Ihre eigene Karriere hatte sie aufgegeben, um sich zeitlich nach ihrem Mann richten zu können. Sie war intelligent und aktiv, aber wenn Roger frei hatte, wollte sie nicht, daß ihre eigenen Unternehmungen sie daran hinderten, diese Zeit mit ihm zu verbringen. Dann wollte sie mit ihm reden, seine Gegenwart genießen. Wenn er es wünschte, wollte sie alles liegen und stehen lassen können, um ihn auf einer seiner zahlreichen Geschäftsreisen zu begleiten.

Doch in letzter Zeit war er so beschäftigt gewesen, daß sie ihn kaum noch sah, so flexibel sie auch sein mochte. Sie hatte versucht, die Leere mit freiwilliger Arbeit für Wohltätigkeitsorganisationen zu füllen und von den Augenblicken zu leben, die sie zusammen verbrachten. Doch leider bestanden diese häufig nur noch darin, daß sie ihm mitten in der Nacht beim Schlafen zusah, nachdem er wieder einmal so erschöpft hereingewankt gekommen war, daß er kaum noch in der Lage gewesen war, sie zu begrüßen, bevor er aufs Bett gefallen war. Ihr Leben schien ihr hohl, leer, ohne Sinn.

Roger hatte seine Arbeit.

Sie hatte nichts, nicht einmal Roger.

Es war unerträglich. Die Wochen, die sie bei ihrer Schwester verbracht hatte, hatte sie zum Nachdenken genutzt. Wenn sie nicht untergehen wollte, mußte sie etwas ändern. Einer von ihnen mußte nachgeben. Wenn Roger sich nicht mehr Zeit für sie und ihre Ehe nahm, mußte sie sich ein eigenes Leben aufbauen.

Während sie ihrer Schwester das Telefon abnahm, holte sie tief Atem. »Roger?«

»Wie geht es dir, Ashley? Ich habe dich vermißt.«

Die Worte mochten abgedroschen klingen, doch Ashley wußte, daß er sie ernst meinte. Es war wunderbar, seine Stimme zu hören. Wie lange es wohl her war, daß er so mit ihr gesprochen hatte, ihr wirklich zugehört hatte? Zu lange. Es tat weh, wenn sie daran dachte, wie lange. »Es überrascht mich, daß dir überhaupt aufgefallen ist, daß ich weg bin«, sagte sie.

»Glaub mir, das ist es«, erwiderte er. »Jeder Tag beginnt damit, daß du mir nicht am Frühstückstisch gegenüber sitzt und ich dich vermisse. Dann wird es nur noch schlimmer.« Roger klang völlig erschöpft.

»Seit wann frühstückst du zu Hause?« fragte Ashley leise. »Normalerweise gehst du doch schon vor sieben aus dem Haus und kaufst dir unterwegs etwas.«

Am anderen Ende der Leitung herrschte Schweigen. An diesem Brocken hatte Roger offenbar zu kauen. Sie wußte, daß er das abstreiten wollte, aber da er fair war, überlegte er, ob sie nicht recht hatte. Rogers fotografisches Gedächtnis war legendär. Im Augenblick zählte er wahrscheinlich gerade die Muffins, die er an seinem Schreibtisch verzehrt hatte, und war dabei, zu Obst und Sandwiches überzugehen. Ein angespanntes Schweigen breitete sich aus.

»Du hast recht.« Das Eingeständnis mußte ihn schmerzen.

»Ich weiß.«

»Aber nicht, weil ich dich nicht lieben würde.« Roger

schluckte deutlich vernehmbar. »Egal, was ich tue, am liebsten würde ich diese Zeit mit dir verbringen.«

»Warum tust du es dann nicht? Wie viele Mahlzeiten haben wir in den letzten sechs Monaten gemeinsam eingenommen?«

Erneutes Schweigen. Schließlich kam die Antwort. »Achtunddreißig?«

»Abzüglich der Bankette, politischen Veranstaltungen, Arbeitsessen und Partys bleiben meiner Rechnung nach achtzehn übrig.« Ashley wußte, daß sie sich nicht fair verhielt, aber sie kämpfte um Zeit für das Leben mit dem Mann, den sie liebte. »Das sind drei pro Monat.«

»Ich weiß, daß es für dich schwierig ist, aber für mich ist es auch nicht einfach.« Roger hielt inne. Offensichtlich wählte er seine Worte sorgsam. »Manchmal besitze ich nicht die Freiheit, meine eigenen Entscheidungen zu treffen.«

»Warum nicht? Die Firma gehört dir.«

»Durch die Errichtung der Bodenstationen bin ich so stark in die internationale Politik involviert, daß ich nicht Herr meiner Zeit bin. Wenn diese Phase vorüber ist, müßte sich die Lage bessern.«

»Wie oft hast du mir – und dir selbst – das schon erzählt? Glaubst du wirklich, alles wird besser? Sobald du wieder etwas mehr Luft hast, wirst du dich vermutlich in das nächste große Projekt stürzen.« Ashley hätte am liebsten geweint, und sie wußte, daß man es ihrer Stimme anhörte. Hoffentlich war Roger zu sehr mit seinem eigenen Schmerz beschäftigt, um es zu bemerken.

»Ich weiß, daß ich das schon oft gesagt habe, aber diesmal meine ich es ernst.«

»Roger, du meinst es jedesmal ernst. Wahrscheinlich sage ich es dir nicht oft genug, aber ich bin stolz auf dich – auf dich als Mensch und auf das, was du erreicht hast. Ich weiß, daß deine Handlungen das Leben von Menschen auf der ganzen Welt verändert haben. Es ist deine

Berufung, du mußt es tun. Aber ob ich stark genug bin zu warten, bis du damit fertig bist, das weiß ich nicht.«

»Ashley, wenn du nicht an meiner Seite bist, um den Erfolg mit mir zu teilen, ist er mir gleichgültig.«

»Meinst du das ernst?« Ashley fühlte, wie eine schwache, gefährliche Hoffnung in ihr aufstieg. Vielleicht schafften sie es diesmal wirklich. »Kannst du herkommen und dir Zeit für mich nehmen? Mit mir eine Eheberatung aufsuchen, bis wir eine gemeinsame Basis gefunden haben?«

Eine lange Pause folgte. Roger schluckte, holte tief Atem. »Schatz, ich stecke im Moment bis über beide Ohren in Arbeit. Wenn ich mich jetzt zurückziehe, wird das Folgen für die ganze Welt haben. Vielleicht in ein bis zwei Wochen ...«

»Und in ein bis zwei Wochen gibt es eine neue Krise, die du lösen mußt, weil du der beste Mann dafür bist.« Die Tränen, die sie während des gesamten Gespräches unterdrückt hatte, ließen sich nicht länger zurückhalten. »Das bist du wirklich, du bist der beste. Ich kann es nicht ändern«, schluchzte sie. »Ich liebe dich. Leb wohl.« Bevor sie ihre Meinung ändern konnte, unterbrach sie die Verbindung. Dann stützte sie den Kopf in die Hände und weinte, als stünde der Weltuntergang bevor. Und für sie war es so, denn ihre Ehe mit Roger war mit großer Wahrscheinlichkeit am Ende.

31.

BROOKLYN, NEW YORK
26. JANUAR 2000

Für Anton Zachary war Routine alles. Ohne Regeln und Struktur hatte er das Gefühl, die Minuten und Stunden entglitten ihm. Handlungen verloren ihre Bedeutung, nichts schien mehr wichtig, die Welt um ihn herum zerfiel. Ohne Grenzen war das Leben für ihn eine wertlose Aneinanderreihung verschwommener Ereignisse.

Nicht immer hatte er diese Einstellung gehabt, sie hatte sich im Laufe der Jahre parallel zu seiner beruflichen Verantwortung entwickelt. Zachary war ein vielbeschäftigter Mann, an den Nick Roma sich häufig wandte, wenn es galt, unerfüllbare Aufgaben innerhalb einer unmöglichen Frist zu erledigen. Das war keine bewußte Schikane. Roma fehlte es wie vielen Bossen am Verständnis für harte Arbeit, eiserne Disziplin und die minutiöse Genauigkeit, die erforderlich waren, um überzeugende falsche Papiere herzustellen. Es bedurfte schon eines Meisters, um Pässe, Visa, Heirats- und Geburtsurkunden so zu fälschen, daß sie der sorgfältigen Untersuchung durch ein geschultes Auge standhielten. Für Roma war Zachary ein lebender Stempel, ein Fotokopierer, der zufällig aus Fleisch und Blut bestand. Seine Arbeit hätte Romas Ansicht nach von jedem erledigt werden können, der sich ein wenig Zeit nahm. Zacharys Meisterschaft wußte er nur zu schätzen, wenn sie sich in sofortigen Ergebnissen niederschlug. Wurden seine Anforderungen nicht erfüllt, war man sofort als inkompetenter, unfähiger Trottel abgestempelt, der nicht einmal eine Arbeit erledigen konnte, die für jeden dahergelaufenen, besoffenen Anfänger ein Kinderspiel gewesen wäre.

Zachary wußte das. Es war das Schicksal aller Künstler. Welchen Druck hatten wohl die Menschen ausgeübt, die Michelangelo und Shakespeare Aufträge erteilt hatten? Jetzt malen Sie aber sofort diese Decke! Bis heute abend muß dieses Theaterstück fertig sein, und sorgen Sie dafür, daß es gut ist! Wir wollen lachen, weinen, gespannt und entsetzt sein, aber dalli! Doch was wäre aus den Künstlern ohne ihre Mäzene geworden? Die Spannung zwischen Kunst und Kommerz war eine wesentliche, wenn auch aufreibende Konstante, die den Prozeß der Produktivität erst ermöglichte. Hier standen einander das Yin und Yang der Kreativität gegenüber.

Wenn er deswegen nur nicht unter Schlaflosigkeit, Herzrasen, Magengeschwüren und vorzeitigem Haarausfall gelitten hätte.

Zachary wanderte die hölzerne Uferpromenade entlang der 12. Straße von Brighton hinunter. Die vom Meer heranjagenden Böen hatten den Schnee von den verwitterten Planken gefegt. Über seinem Kopf zogen Möwen ihre Kreise, stießen von Zeit zu Zeit herab. Hinter ihm lag das Apartmenthaus, das er bewohnte, zu seiner Rechten die Brighton Beach Avenue, während sich zu seiner Linken die grauen Wogen des Ozeans erstreckten. Zwei Blocks weiter gab es einen Kiosk, wo er eine Zeitung in russischer Sprache erstehen wollte, und in der Bäckerei noch einmal zwei Straßen weiter würde er Brötchen für das Frühstück einkaufen. Nur einen Häuserblock davon entfernt, jenseits der Schienen der Hochbahn, befand sich sein Reisebüro ... Jeden Morgen Punkt sechs Uhr ging er diesen Weg. Niemals hatte er auch nur eine Sekunde Verspätung. Zachary rief sich selbst zur Ordnung. Es war an der Zeit, diese sinnlosen, egozentrischen, hartnäckigen Momente der Unzufriedenheit zu verdrängen und mit der wichtigen Arbeit, die vor ihm lag, zu beginnen.

Roma hatte ein halbes Dutzend Studentenvisa für Frauen in Auftrag gegeben, die ein örtlicher Zuhälter und Stripteaseklubbesitzer aus Moskau nach New York bringen wollte. Aus irgendeinem Grund wollte Roma, daß die Fälschungen bis ein Uhr mittags an den Menschenhändler ausgeliefert wurden. Roma hatte den Auftrag erst spät gestern nacht erteilt und war nicht bereit gewesen, über den Termin zu verhandeln. Seit Wochen war er merkwürdig leicht erregbar gewesen, aber in den letzten Tagen hatte er sich geradezu unerträglich gereizt gezeigt. Es gab Gerüchte, vor einigen Tagen habe es in seinem Club einen Vorfall gegeben, der ihn sehr getroffen habe. Um was es sich handelte, dazu wollte sich allerdings niemand aus seiner näheren Umgebung äußern. Man hatte Zachary noch nicht einmal bestätigt, daß sich überhaupt etwas ereignet hatte.

Nun ja, dachte er, während er den hölzernen Weg verließ, Roma hatte seine Sorgen und Probleme und er auch. Wie Romas Organisation funktionierte, war ihm im Grunde gleichgültig. Zum Denken blieb ihm auch keine Zeit. Er mußte seinen Auftrag erfüllen. Sechs Einreisevisa und nur sechs Stunden Zeit. Mehr stand ihm nicht zur …

»Entschuldigung.«

Zachary blieb wie angewurzelt stehen. Vor ihm war, scheinbar aus dem Nichts, ein Mann aufgetaucht. Wo kam der nur her?

»Ja?« fragte er erstaunt. Der dünne, sehnige Mann vor ihm trug sein Haar so kurz, daß die Kopfhaut sichtbar war. Seine rechte Hand steckte in der Tasche seines langen Trenchcoats.

»Ich möchte mit Ihnen reden, Mr. Zachary.« Sein Kopf wies mit einer leichten Bewegung nach links. »Da drin.«

Zachary folgte der Geste mit den Augen. Am Straßenrand stand ein Wagen, dessen rechte Hintertür offenstand. Hinter dem Lenkrad kauerte eine weitere Person.

»Ich verstehe nicht …« sagte er.

Sein Blick wanderte zu dem Mann zurück, dessen rechte Hand gegen das Innenfutter der Manteltasche drückte. Hielt er eine Waffe auf ihn gerichtet?

»Was wollen Sie von …«

»Steigen Sie ein.« Dem Mann war sein Blick aufgefallen. Er preßte den Inhalt der Tasche gegen seinen Bauch. Der Gegenstand fühlte sich hart an. »Es wird nicht lange dauern. Niemand tut Ihnen etwas, wenn Sie mit uns zusammenarbeiten und ein paar Fragen beantworten.«

»Aber mein Zeitplan ...«

»Ab ins Auto, sofort!« zischte der Mann, während er ihm den harten Gegenstand erneut in den Bauch drückte. »Sie zuerst.«

Ein plötzliches Zittern packte Zachary. Er nickte und ging auf die hintere Tür des Wagens zu. Der Mann im Trenchcoat folgte ihm, den harten Gegenstand in seinen Rücken pressend.

Nimec folgte Zachary auf den Fondsitz und nickte Noriko zu. Sie fuhr los.

Seine Hand hielt immer noch die zusammengerollten Papiere in seiner Tasche umklammert, mit denen er Zachary bedrohte. »Nicht-tödliche Waffe« hatte eine ganz neue Bedeutung gewonnen.

Kaum hatte Sadow die Sicherheitskontrollen hinter sich, als er auch schon die Polizeibeamten entdeckte. Vermutlich FBI, obwohl sie genauso gut zu einer anderen verdeckten Organisation gehören konnten. Gewohnheitsmäßig hielt er immer die Augen offen, daher hatte er seine Verfolger sofort identifiziert.

Zuerst waren ihm die Positionen aufgefallen, die sie eingenommen hatten. Einer stand vor dem Zeitungskiosk im Korridor, der andere neben dem Zugang zum Wartebereich, ein dritter hatte sich in der Nähe des Gate postiert. Ihre Haltung war unverkennbar: erhobenes Kinn, gerader Rücken, Augen, die unauffällig alles registrierten, ohne daß sie sich merklich bewegten. Sie verrieten sich durch ihre dunklen Anzüge und Mäntel, die pastellfarbenen Krawatten, den oberhalb des Saumes leicht eingezogenen Stoff ihrer Hosenbeine, der auf die Knöchelholster darunter hindeutete. Sadow war dieses korrekte, gepflegte, effizient wirkende Äußere wohlvertraut.

Er ließ sich auf einem Plastikstuhl nieder und studierte die Monitore, auf denen ankommende und startende Flüge angezeigt wurden. Seine Maschine nach Stockholm sollte in einer halben Stunde starten. Jeden Augenblick mußte die Aufforderung zum Boarding kommen.

Normalerweise hätte ihn die Überwachung nicht weiter beunruhigt. Jahrelang war es ihm gelungen, in Dutzenden von Ländern seine Spur zu verwischen. Er wußte, wie man seine Verfolger in die Irre führte. Auch wenn das Netz inzwischen einen weiteren Bereich umspannte, die Maschen, durch die man schlüpfen konnte, waren so locker wie eh und je. Früher waren sie häufig sogar wesentlich enger gewesen als in diesem Fall. Schließlich war die Nationalität der Bombenleger unbekannt. Es war noch nicht einmal gelungen herauszufinden, wer sie unterstützt hatte. Niemand wußte mit Sicherheit, ob überhaupt eine Verbindung nach Rußland bestand. Er hätte sich sicher fühlen sollen. Inmitten all dieser Menschen war er nur ein weiteres gesichtsloses Wesen, das in der Menge unterging.

Wenn da nur nicht dieses Foto gewesen wäre.

Am Tag nach Explosion hatte die *New York Daily News* ein grobkörniges Bild veröffentlicht, das von einem Amateurvideo stammte und den Weg in alle Medien gefunden hatte. Offenbar war es von einer Person aufgenommen worden, die sich hoch über dem Times Square an der Ecke Seventh Avenue und 53. Straße aufgehalten hatte. Um den Kopf des Mannes, der der Schlagzeile zufolge eine der Sprengstoffladungen deponiert hatte, die nach der ersten Explosion zündeten, war ein Kreis gezogen. Das Foto zeigte ihn, wie er die Tasche neben einer unbemannten Polizeibarrikade abstellte. Es war eindeutig zu erkennen, daß er dunkles Haar hatte und eine Lederjacke trug, doch seine Gesichtszüge blieben schemenhaft und verschwommen.

Dennoch hatte Sadow sich selbst wiedererkannt. Er fürchtete, es könnte den Leuten, die nach ihm suchten, gelingen, die Bildschärfe mit Hilfe des Computers zu verbessern, und wagte es daher nicht, einen belebten Flughafen zu betreten, während sein Foto an jedem Zeitungskiosk hing. Deshalb hielt er sich nahezu eine Woche länger als Gilea und die anderen in New York auf, während der er sich in einem von Romas als sicher geltenden Häusern versteckte. Er nutzte die Zeit, um sein Haar aufhellen und schneiden zu lassen. Außerdem erstand er eine dunkle Sonnenbrille und vertauschte seine Kleidung mit einem teuren Geschäftsanzug. So fühlte er sich gut genug getarnt, um den Flughafen auch im Zustand erhöhter Alarmbereitschaft zu passieren. Dennoch würde er froh sein, wenn er endlich an Bord gehen konnte.

Ja, an Bord des Flugzeugs könnte er sich entspannen. Die Überwachung der Verkehrsknotenpunkte durch Beamte in Zivil war von Romas Leuten erwartet und bei der Planung seiner Rückkehr nach Rußland berücksichtigt worden. Die Route, die sie für ihn vorgesehen hatten, führte per Eisenbahn von Schweden nach Finnland und dann über den Grenzübergang von Nuijaama in die Außenbezirke von St. Petersburg. Der Weg war umständlich und erforderte zusätzliche Dokumente, aber man hielt ihn für den sichersten. Die Kontrollen an der finnisch-russischen Grenze waren für ihre Nachlässigkeit bekannt. Fahrzeuge wurden hier nur oberflächlich inspiziert, dann folgte eine kurze Zollkontrolle. Das Gepäck lief durch ein Röntgengerät, er passierte einen Metalldetektor, das war alles. Schon befand er sich wieder auf vertrautem Boden.

Im Moment allerdings blätterte er noch auf einem amerikanischen Flughafen in einem Magazin, dessen Inhalt ihn herzlich wenig interessierte. Über die Seiten hinweg beobachtete er die Beamten, die den Abflugbereich überwachten. Hatte der Rothaarige am Gate ihn angesehen und den Blick erst gesenkt, als er, Sadow, aufgeschaut hatte? Sadow blätterte weiter. Wahrscheinlich gingen seine Nerven mit ihm durch. Das Foto war schuld. Und der unvorhergesehen lange Aufenthalt in New York.

Er wartete weiter.

Zehn Minuten später kam der Aufruf über die Lautsprecher: Flug 206 nach Stockholm war zum Boarding bereit, Behinderte und Passagiere mit Sitzplätzen in den Reihen A bis L sollten zum Gate kommen und ihre Tikkets bereithalten.

Langsam klappte er die Illustrierte zu und verstaute sie in einem Seitenfach seiner Umhängetasche. Um ihn herum erhoben sich weitere Fluggäste von ihren Stühlen und gingen auf den Ausgang zu. Mit einem flüchtigen Blick streifte er den rothaarigen Beamten. Der Mann hielt die Arme vor der Brust verschränkt und schien sich auf den Wartebereich zu konzentrieren. Als Sadow aufstand, um sich in die Schlange einzureihen, wippte der Rothaarige einmal auf den Zehen auf und ab. War er nur unruhig und gelangweilt, streckte er sich instinktiv ein wenig, oder bereitete er eine Bewegung vor? Einen kurzen Augenblick lang hatte Sadow das Gefühl, Augen auf seinem Gesicht zu spüren.

Er schlang den Riemen seiner Tasche über die Schulter und ging auf das Ende der Schlange zu. Der Agent, der am Eingang zum Wartebereich postiert gewesen war, näherte sich ihm. Mit dem streichholzkurzen Haar und dem spitzen, wachsamen Gesicht erinnerte er an einen Fuchs.

Sadow knirschte mit den Zähnen. In London war er nach einem Job vor etwas über einem Jahr nur um Haaresbreite entkommen. Zwei Bobbys hatten ihn erkannt und ihn um mehrere Blocks verfolgt. Beide hatten in einer Gasse durch einen Kopfschuß ihr Ende gefunden.

Aber heute war er unbewaffnet. Und in dieser Menschenmenge bestand keine Aussicht auf Flucht.

Die Schlange rückte vor, er folgte, das Flugticket in der Hand. Der Rothaarige stand nun fast direkt vor ihm rechts neben dem Gate, wo er die durchgehenden Passagiere prüfend musterte. Sadow fragte sich, welche Bildschärfe man bei seinem Foto wohl erreicht haben mochte. Die Behörden verfügten über ungeahnte technische Möglichkeiten. Und wenn man ihn verraten hatte? Immerhin war eine Belohnung ausgesetzt. Die Stadt New York allein hatte 50 000 Dollar geboten. Weder Roma noch dessen Männern vertraute er völlig. Vielleicht hatten sie der Versuchung nachgegeben. Was hatte er nicht schon alles für Geld getan …

Das Gate rückte näher. Nur noch drei Passagiere vor ihm: ein älteres Ehepaar und eine gutgekleidete Frau in den Vierzigern. Das Paar wechselte ein paar höfliche Worte mit der Stewardeß, die die Tickets kontrollierte, und verschwand im Gang. Nun die Frau. Der rothaarige Beamte warf ihr einen flüchtigen Blick zu, während er über sie hinweg die schrumpfende Schlange musterte.

Unter Aufbietung aller Energie schob Sadow seine Anspannung beiseite, verbarg sie in seinem tiefsten Inneren. Ihm blieb keine Wahl, er mußte weitergehen und hoffen, daß man ihn passieren ließ.

Er streckte der lächelnden Stewardeß sein Ticket entgegen. Nickend fletschte er die Zähne zu einer Grimasse der Höflichkeit. Der Rothaarige stand jetzt fast neben ihm.

»Entschuldigen Sie, Sir, würden Sie bitte einen Moment zur Seite treten?«

Ohne den lächelnden Mund der Stewardeß aus den Augen zu lassen, beobachtete Sadow aus dem Augenwinkel, wie der fuchsgesichtige Beamte sich dem Rothaarigen näherte. Den dritten Mann, den er am Zeitungsstand gesehen hatte, konnte er noch nicht entdekken, aber mit Sicherheit würde auch er zu ihnen stoßen.

»Haben Sie gehört, Sir? Wir möchten Ihnen ein paar Fragen stellen.«

In Sadows Ohren rauschte das Blut. Ihm blieb keine Wahl, er mußte der Aufforderung nachkommen.

Er hob den Blick und sah dem Rothaarigen ins Gesicht.

Erst jetzt wurde ihm klar, daß gar nicht er gemeint war. Der Mann sprach mit jemandem hinter ihm in der Schlange.

Tief aufatmend, warf er einen Blick über die Schulter.

Drei Personen hinter ihm stand ein Mann, der etwa so alt und so groß wie er war und Jeans und eine kurze Sportjacke trug. Sein Haar war dunkelbraun – wie seines, bevor er es getönt hatte. Die Beamten hatten ihn sanft am Ellenbogen genommen und zogen ihn beiseite, um ihn um seinen Ausweis zu bitten. Verwirrt, aufgeregt und verlegen griff der Fremde in seine Tasche.

Sadow wandte sich wieder der Stewardeß zu. Er spürte, wie Leben in sein Lächeln strömte, als wäre er zuvor zu Stein erstarrt gewesen.

Die Beamten waren nahe an ihm dran gewesen, aber sie hatten ihn um Haaresbreite verfehlt. Statt dessen hatten sie ein Schaf im Wolfspelz an Land gezogen, dachte er belustigt.

»Einen angenehmen Flug, Sir«, wünschte ihm die Stewardeß.

Sein Grinsen wurde breiter. »Ich danke Ihnen. Er wird sicher angenehm werden«, gab er zurück, während er das Gate passierte.

32.

WASHINGTON, D. C.
26. JANUAR 2000

»Mist«, verkündete der Präsident vor dem versammelten Nationalen Sicherheitsrat. »Wir stecken bis über beide Ohren in der Tinte.«

Seine Hand donnerte auf den geheimen CIA/FBI-Bericht hinab, was ihm erstaunte Blicke der Menschen eintrug, die sich im Konferenzraum versammelt hatten, der von dem Gang abging, an dem auch das Oval Office lag. In einer historisch beispiellosen Aktion hatten sich die beiden Organisationen zur Kooperation bei der Untersuchung des Bombenattentats vom Times Square entschlossen. Ihre gemeinsame Bewertung der Vorgänge drohte katastrophale Folgen für die Rußlandpolitik des Präsidenten zu haben – und noch verheerendere für sein Selbstbild. Wenn sie recht hatten, würde er seine Zusage, Starinow und die ihm nahestehenden Regierungsmitglieder zu unterstützen, überprüfen müssen, und das kam ihn hart an. Für die Strömungen der öffentlichen Meinung hatte er ein Gespür, das ihn stets vor dem Untergang bewahrt hatte. Wenn sein politisches Überleben auf dem Spiel stand, war er immer bereit gewesen, das Lager zu wechseln. Kritik perlte von ihm ab, wenn sie nicht durch Meinungsumfragen untermauert war. Durch seine dicke, häufig schlüpfrige Haut war bis dahin noch kein Stachel moralischer Bedenken gedrungen.

Doch genau das war geschehen, als er den Geheimdienstbericht gelesen hatte. Der Panzer des Präsidenten war von innen geschwächt, ja, gefährdet. Die Schlüsse, die dies auf sein Wesen zuließ, kamen für ihn unerwartet und schienen ihm äußerst unerfreulich zu sein.

Wenn die Berichte korrekt waren, dann konnte er nur empört, entsetzt, betroffen reagieren. Das Dilemma war, daß ihm klargeworden war, daß er diesen Gefühlen Raum geben, seine Handlungen von ihnen bestimmen lassen mußte, sonst würde er sich selbst nicht mehr ertragen. Das war für den bedeutendsten Politiker einer Nation verhängnisvoll. Ein Präsident, dessen wichtigste politische Entscheidungen von seinem Herz und seinem Gewissen getroffen wurden? Guter Gott, das war ein gefundenes Fressen für die Geier von Washington.

»Meiner Meinung nach bleibt uns noch Raum zum Manövrieren«, erklärte Vizepräsident Humes. »Die Verbindung zu Baschkir ist bis jetzt nur durch Schlußfolgerungen, Vermutungen und Indizien belegt. Soweit ich sehen kann, läßt sich seine Schuld nicht eindeutig beweisen ...«

Der Präsident stützte den rechten Ellenbogen auf den Tisch und preßte Daumen und Zeigefinger gegen die Nasenwurzel. Gleichzeitig reckte er Humes die Handfläche entgegen, als wäre er ein Verkehrspolizist, der einen Wagen anhielt.

»Steve, hören Sie mir gut zu. Es geht nicht um Beweise, sondern darum, was wir für die Wahrheit halten. Dieser Bericht liefert überzeugende Anhaltspunkte dafür, daß der russische Innenminister auf amerikanischem Boden den Tod Hunderter amerikanischer Bürger, unter denen sich auch der Oberbürgermeister der größten amerikanischen Stadt befindet, verschuldet hat.« Er hielt inne. Das in die Hand gestützte Haupt verlieh ihm das Aussehen eines Büßers. »Dieser Angriff kommt damit dem von Pearl Harbour nahe ... und er hat sich während meiner ›Wache‹ ereignet.«

»Ich bin Ihrer Meinung«, erklärte Kenneth Taylor, der Nationale Sicherheitsberater. »Man sollte auch nicht vergessen, daß die Japaner es auf ein militärisches Ziel abgesehen hatten, nicht auf Zivilisten.«

»Da gibt es noch einen Unterschied, der meiner Meinung nach wichtiger ist.« Verteidigungsminister Roger

Farrand strich sich über den sorgfältig gestutzten Bart. »Sollte Baschkir hinter dem Attentat stehen, dann hat er nicht als Vertreter der herrschenden Regierung, sondern als Mitglied einer Zelle von Rebellen gehandelt. Mehr noch, wenn er wirklich schuldig ist, handelt es sich um den bewußten Versuch, den Führer seines eigenen Landes zu stürzen.«

»Damit wäre er in Rußland ein Umstürzler und Verräter und zugleich ein internationaler Krimineller.« Außenminister Bowman nickte zustimmend. »Ich verstehe, was Sie meinen, Roger, und ich glaube, Sie haben recht.«

In Anbetracht des normalerweise gespannten Verhältnisses zwischen den beiden Männern trug diese Äußerung nicht eben dazu bei, den inneren Aufruhr des Präsidenten zu besänftigen. Was hatte er noch zu erwarten? Würde die Welt sich auf den Kopf stellen, die Sonne sich um die Mittagszeit verfinstern, der Himmel auf die Erde stürzen? Er navigierte in unerforschten Gewässern, und unter dem Kiel seines Schiffes lauerten Drachen.

»Ich wäre Ihnen sehr verbunden, wenn einer von Ihnen mir erklären würde, worauf Sie hinauswollen«, sagte er. »Vielleicht bin ich übermüdet, aber ich hätte gern eine einfache, verständliche Darstellung.«

Bowman nickte erneut. »Starinow könnte Baschkir in aller Öffentlichkeit bloßstellen. In Anbetracht von dessen illoyalem Verhalten spricht nichts dagegen. Sollte er ihn umgehend seines Ministeramtes entheben, ließen sich Starinows Ruf und unsere Beziehung zu ihm retten. Danach kann man über einen Prozeß reden. Unter Umständen könnte man ihn vor einem UN-Gerichtshof wegen Verbrechens gegen die Menschlichkeit anklagen.« Er hielt inne. »Das ist eine sehr vereinfachte Erläuterung, aber ich denke, wir müssen uns in diese Richtung orientieren.«

»Das hört sich alles gut an, aber mir scheint, Sie übersehen einige Aspekte der Situation«, erwiderte Präsident Ballard. »Unser Material ist keineswegs eindeutig. Es ist anzunehmen, daß Starinow ganz andere Schlüsse daraus zieht ... das heißt, wenn wir es ihm überhaupt vorlegen. Diese beiden Männer sind seit Jahrzehnten Freunde und Verbündete.«

»Man könnte Druck ausüben«, wandte der Vizepräsident ein. »Starinow braucht unsere Unterstützung, wenn er nicht von Korsikow und Pedaschenko ausgebootet werden will, und wahrscheinlich auch für einen Wahlsieg, wenn der Ausnahmezustand in Rußland aufgehoben wird. Wir könnten klarstellen, daß er nicht damit rechnen kann, wenn er Baschkir nicht fallen läßt.«

Präsident Ballard blickte ihn milde verwundert an. Noch vor wenigen Augenblicken hatte Humes von dem Raum gesprochen, der der Regierung für Manöver bliebe, davon, daß man Baschkir aus politischen Gründen von der Verantwortung für den Massenmord freisprechen könnte. Auf welch merkwürdigen Wegen war er von dort zu seinem letzten Vorschlag gelangt? War er schon immer ein solcher Zyniker gewesen? Ballard fühlte sich plötzlich wie ein Bekehrter oder wie ein militanter Nichtraucher, der früher Kettenraucher gewesen war. Doch welcher Spielraum blieb einem wiedergeborenen Idealisten in seinem Amt? Er mußte die Angelegenheit unter Kontrolle bringen.

»Ich habe nichts dagegen, Starinow zu manipulieren, wenn es notwendig ist. Aber ich kenne ihn, und ich glaube, man sollte seine persönliche Loyalität nicht unterschätzen.«

»*Et tu, Brute*«, meinte Taylor.

»Ganz recht.« Der Präsident richtete sich in seinem Sessel auf. »Im Augenblick frage ich mich, ob wir uns nicht weniger um die Reaktion in Moskau als um die in Washington sorgen sollten. Delacroix ist Mitglied im außenpolitischen und im Geheimdienstausschuß des Senats. Von Anfang an hat er sich gegen unser Hilfspaket für Rußland ausgesprochen. Diese Berichte werden ihm endlich die benötigten Argumente liefern.«

»Daß er die Situation nutzen wird, steht außer Frage«, stimmte Humes zu. »Interessant wird nur, wie er seinen Feldzug aufbaut.«

Präsident Ballard blickte ihn an. »Bis morgen nachmittag dürfte ihn dieser Bericht erreicht haben. Ihre Frage wird vermutlich nur allzu schnell beantwortet werden, das habe ich im Gefühl. Ich empfehle Ihnen, eine überzeugende Antwort vorzubereiten, bevor der gute Senator die Bühne erklimmt.«

Kurz vor Mitternacht trafen sie sich auf dem Platz vor der Basiliuskathedrale. Wie vereinbart, waren beide allein gekommen, wenn man von den üblichen Leibwächtern absah, die sich unauffällig hinter ihnen im Schatten hielten. Das Vertrauen zwischen ihnen beruhte einzig und allein auf Macht.

»Arkadij.« Starinow nickte grüßend.

Ohne die Hand aus der Tasche seines Trenchcoats zu nehmen, nickte Pedaschenko ihm mit einem aufgesetzt freundlichen Lächeln zu. »Schön, daß wir uns heute nacht hier treffen, Wladimir«, entgegnete er.

Starinow antwortete nicht. Es war bitterkalt. Ein schwerer Wollmantel, Schal und Pelzmütze schützten ihn vor der Kälte, während Pedaschenkos buschiges Haar im Wind wehte. Die obersten Knöpfe seines Mantels standen offen, als wolle er die Elemente tollkühn herausfordern.

Er strotzt nur so vor Arroganz, dachte Starinow.

Pedaschenko wandte sich um und legte den Kopf in den Nacken, um zu den Zwiebeltürmen über ihnen aufzusehen. Die Flutlichter, die die Kathedrale für die Touristen beleuchteten, waren um diese Uhrzeit abgeschaltet. In der Dunkelheit erinnerte das märchenhafte Bauwerk an eine merkwürdige Legende aus längst vergessener Zeit.

»Ich habe heute nacht ein wenig über den Heiligen Basilius nachgedacht«, meinte er. »Über den Narren Gottes, der alle menschlichen Genüsse von sich wies, nackt durch den Schnee lief und nur aß und trank, um zu überleben. Dafür sagte er immer die Wahrheit, er war das lebende Gewissen des russischen Volkes. Er war so heilig, daß selbst Iwan der Schreckliche seine Ermahnungen duldete.«

Starinow blickte ihn an. »Ich hoffe, daß Sie sich nicht dieser Selbstverleugnung befleißigen wollen.«

Pedaschenko kicherte. »Keineswegs. Ich habe nicht die Absicht, der Tugendhaftigkeit des heiligen Basilius nachzueifern.« Er richtete den Blick auf Starinow. »Wir sind Politiker, Wladimir. Damit ist unser Urteil gesprochen, oder nicht?«

Starinow zuckte die Achseln und sah dem anderen direkt in die blaßblauen Augen. Er hatte keine Lust mehr, um den heißen Brei herumzureden. »Wenn es um Staatsangelegenheiten geht, wie ich vermute, warum ist Korsikow dann nicht hier?«

»Seinetwegen habe ich diesen Treffpunkt einem behaglichen Raum im Regierungspalast vorgezogen, wo man mit einem Glas Branntwein vor einem prasselnden Kaminfeuer sitzen und seine Gedanken austauschen könnte.« Pedaschenkos Lächeln wirkte mit einemmal verächtlich, obwohl Starinow keine sichtbare Veränderung bemerkt hatte. »Verzeihen Sie mir den harten Ausdruck, aber Korsikow ist die Schwachstelle in unserer Troika. Außerdem ist er ein Schnüffler. Wir brauchen ihn nicht. Wenn wir heute nacht unsere Entscheidung treffen, wird er mitziehen.«

Starinow blickte ihn unverwandt an. »Unabhängig von Ihrer persönlichen Ansicht, sitzt Korsikow immer noch im Kreml.«

»Aber vielleicht nicht mehr lange«, gab Pedaschenko zurück.

Starinow schwieg einige Sekunden lang, während sein Atem kleine Dampfwolken unterhalb seiner Nase bildete. »Nur wenige Stunden nach Jelzins Tod haben wir drei die Interimsregierung gebildet, die nach unserer in gegenseitigem Einvernehmen getroffenen Entscheidung bestehen sollte, bis Wahlen abgehalten werden. Ich werde mich an keiner Verschwörung beteiligen, die zum Ziel hat, einem meiner Partner in den Rükken zu fallen ...«

Pedaschenko hob die Hand. »Mein lieber Wladimir, Sie mißverstehen mich. Meine Vorschläge sind über jeden Tadel erhaben. Hier wird niemand hinterrücks erdolcht, weder im übertragenen noch im konkreten Sinn.«

Starinow musterte ihn prüfend. »Dann sprechen Sie. Ich wäre gern vor dem Morgengrauen zu Hause.«

Pedaschenko nickte. »Was überzeugend wirkte, nachdem sich Jelzin im Wodka ertränkt hatte, hat sich als undurchführbar erwiesen. Haben Sie sich einmal das GUM-Warenhaus hier an diesem Platz angesehen?«

Ein bissiges Lächeln spielte um Starinows Lippen. »Ich hatte in letzter Zeit nicht viel Gelegenheit zum Einkaufen.«

»Schön, aber selbst von Ihrem erhabenen Standpunkt aus dürften Sie bemerkt haben, daß die Schlangen vor den Geschäften und Lebensmittelständen verschwunden sind. Der oberflächliche Wohlstand, den unser verstorbener Präsident so lautstark angepriesen hat, ist in sich zusammengebrochen.« Pedaschenko spreizte die Finger. »Unsere Nation gerät in immer stärkere Turbulenzen, Wladimir. Die internationale Lebensmittelhilfe ist unterbrochen, Gangsterbosse berauben die Leute an jeder Straßenecke, die moralische Degeneration ...«

»Mein Gott, Pedaschenko, sehen Sie sich um! Hier gibt es keine Fernsehkameras. Sparen Sie sich also diese

Predigt. Ich habe Sie bereits einmal gebeten, endlich zum Thema zu kommen.«

Auf Pedaschenkos Gesicht erschien erneut das starre, oberflächliche Lächeln, das Starinow das Gefühl gab, eine Pappmaske vor sich zu haben.

»Das Land braucht einen Führer, nicht drei«, erklärte er. »Die Zersplitterung der Troika hat die Abwärtsspirale, in der unser Volk gefangen ist, immer weiter beschleunigt.« Ohne mit der Wimper zu zucken, sah er Starinow ins Gesicht. »Ich bin gekommen, um Sie zum Rücktritt aufzufordern. Um Mütterchen Rußlands willen: Überlassen Sie mir die Macht.«

»Ich würde gerne sagen, daß ich überrascht bin, Arkadij«, entgegnete Starinow. »Aber etwas anderes habe ich von Ihnen gar nicht erwartet.«

»Und?«

»Welche Alternative haben Sie zu bieten? Denn dritten, ›Großen‹ Vaterländischen Krieg, von dem ich soviel gehört habe?« Starinow lachte. »Das ist doch nur ein Ablenkungsmanöver, wenn auch ein gelungenes. Ikonen, Fanfaren, ethnische Überlegenheit, das schweißt zusammen. Mir fallen die Aufmärsche im Dritten Reich ein, wenn ich so etwas höre.«

Pedaschenkos Lächeln schrumpfte, bis es schließlich völlig verschwunden war. »Hüten Sie Ihre Zunge.«

Starinow spielte den Überraschten. »Daran nehmen Sie Anstoß? Nun, ich fühle mich an den Balkan, an Miloševic erinnert.«

»Mit dem Sie den Bruderkuß getauscht haben.«

»Aus politischer Notwendigkeit, wie in Ihrem Fall. Wie empfindlich Männer wie Sie doch auf Vergleiche mit den Nazis reagieren. Warum, Pedaschenko? Fürchten Sie, sich in Ihnen wiederzuerkennen?«

»Ich fürchte um die Ehre und Würde unserer Nation. Die Demütigung, die Vereinigten Staaten um Almosen anbetteln zu müssen, schreckt mich, Rußlands Ausverkauf an fremde Staaten. *Zgranista nam pamoshit*, andere Staaten sollen uns helfen, das ist Ihre Lösung für jedes Problem.«

Der Wind zerrte an Starinows Kragen. Eisige Finger schienen unter seinen Mantel zu greifen. Er unterdrückte einen Schauder. »Hören Sie«, erwiderte er ruhig. »Die Welt ist nicht so beschaffen, wie wir uns das wünschen mögen. Keine Nation kann es sich noch leisten, sich von den anderen abzuschotten.« Er hielt inne. »Wissen Sie von der amerikanischen Satellitenstation in Kaliningrad, die Roger Gordian baut? Wenn sie fertig ist, wird es möglich sein, an einem der oberen Hänge des Mount Everest eine Telefonzelle aufzustellen und von dort aus mit jemandem zu telefonieren, der sich Tausende von Kilometern entfernt aufhält, ohne Drähte, nur mit Sonnenenergie. Überlegen Sie doch einmal, Arkadij. Ist das nicht ein Wunder? In der Zukunft wird die Menschheit zusammenstehen, nicht gegeneinander arbeiten.«

»Und wenn dieses Wunder bedeuten würde, daß die Berge vom Echo amerikanischer Popsongs erbeben?«

»Dann können wir nur darum beten, daß das, was wir gewinnen, dieses Opfer wert ist.« Starinow wartete einen Augenblick, dann zuckte er die Achseln. »Ich will Klartext mit Ihnen reden, Arkadij. Ihr Angebot kann ich nur zurückweisen. Eine Rückkehr in die ›glorreiche‹ Vergangenheit wird es nicht geben.«

Pedaschenko schwieg. Sein Blick war eisig geworden. »Sie können nicht gewinnen«, erklärte er schließlich. »Das Volk wird nicht tatenlos zusehen, wie das Land vor die Hunde geht. Die Menschen werden sich um mich scharen.«

»Ihr Vertrauen klingt, als besäßen Sie in der Tat die Gabe der Vorhersehung. Ganz wie der Heilige Basilius.«

Pedaschenko rührte sich nicht von der Stelle, während sich die Sekunden zu Ewigkeiten dehnten. Seine kalten blauen Augen fixierten Starinow. Dann richtete er sich auf und marschierte über das Kopfsteinpflaster des Platzes zu seinen Leibwächtern zurück.

Starinow sah ihm nach, bis er in der Dunkelheit verschwunden war. Dann ging er in die entgegengesetzte Richtung davon.

33.

Washington, D. C.
28. Januar 2000

Das Licht oben auf der reich verzierten Kuppel des Kapitols war erleuchtet. Über den nördlichen Türen gingen rote Lampen an, während eine Glocke durch den Raum hallte. Die Führer von Regierungsmehrheit und Opposition begrüßten sich mit der gebotenen Höflichkeit und ließen sich dann an den ersten Pulten zu beiden Seiten des Mittelganges nieder. Parlamentarier, Assistenten und Sekretärinnen hatten bereits ihre Plätze eingenommen. Der Sitzungspräsident griff nach dem Hammer, während unauffällig C-SPAN-Kameras aufblinkten. Die Sitzung der erhabenen gesetzgebenden Versammlung konnte beginnen.

Von der Galerie aus beobachtete Roger Gordian, wie der erste Sprecher, Senator Bob Delacroix aus Louisiana, das Parkett betrat und zum Rednerpult schritt. Der steifen, würdevollen Erscheinung im dunklen Anzug folgten in respektvollem Abstand zwei gutgekleidete junge Assistenten.

Zwischen sich trugen sie einen ausgestopften schwarzen Bären von fast zwei Metern Länge, der rote Satinboxershorts trug, die mit Hammer und Sichel verziert waren, dem Emblem der vor langem dahingeschiedenen UdSSR.

»Freunde und Kollegen, darf ich Ihnen heute Boris, den ringenden Bären vorstellen!« donnerte Delacroix. »Seine alten Shorts hat er aus dem Schrank geholt, weil sie ihm viel besser passen als die neuen!«

Gelächter und Applaus aus den Reihen seiner Fraktion, während man sich auf der anderen Seite des Ganges in Seitenblicken und gequälten Seufzern erging.

»Boris sieht vielleicht wie ein netter Bär aus, aber lassen Sie sich davon nicht täuschen. Er kann so viel fressen, wie er will, und bleibt doch stets hungrig. Das kommt daher, daß er jeden Tag größer und stärker wird … und dann beißt er die Hand, die ihn füttert, das können Sie mir glauben!«

Gordian unterdrückte ein verächtliches Stöhnen.

Nur hereinspaziert, meine Damen und Herren, dachte er. Wie auf dem Rummelplatz!

»Lassen Sie mich Ihnen eine kleine Geschichte über Boris erzählen. Sie ist nicht besonders hübsch und nichts für Weichlinge. Aber, liebe Leute, sie lehrt uns eine Lektion«, fuhr Delacroix fort. »Es war einmal ein Bär namens Boris, der so hungrig war, daß er die ganze Welt verschlingen wollte. Nichts konnte seinen Appetit stillen! Er fraß und fraß, bis er so schwer war, daß er unter seinem eigenen Gewicht zusammenbrach. Da kam der gute Onkel Sam herbei, setzte ihn nach dem Rezept von Dr. Marktwirtschaft auf Diät, brachte ihm Manieren bei und lehrte ihn, was Zivilisation heißt, damit er aufhörte, so verfressen zu sein.«

Zahlreiche Senatoren und Abgeordnete im Saal brachen in Gelächter aus. Die anderen wirkten peinlich berührt.

»Nun, meine Lieben, ein paar Jahre lang schien die Diät Erfolg zu haben. Boris quetschte sich sogar in eine Hose, die die gleiche Farbe wie die von Onkel Sam hatte: rot, weiß und blau. Allerdings hatten die Streifen ein anderes Muster, damit ihm niemand nachsagen konnte, er hätte die Idee geklaut!« Delacroix' Stimme ließ den Saal unter der Kuppel erbeben.

Gordian fühlte sich plötzlich an Burt Lancaster in *Der Regenmacher* erinnert. Oder dachte er an den Film, in dem Lancaster einen Evangelisten spielte? Das Erstaunliche war, daß es zu funktionieren schien. Mochte Delacroix auch nur seine Anhänger und die, die es werden wollten, überzeugen, die Stimmung erhitzte sich zusehends.

»Doch dann fiel Boris in seine alten, schlechten Gewohnheiten zurück«, fuhr Delacroix fort. »Er bekam erneut Hunger. Nur hatte er sich inzwischen daran gewöhnt, Onkel Sam anzubetteln wie die Grizzlybären im Yosemitepark, die direkt ans Zelt kommen, um nach Futter zu suchen. Und Onkel Sam, diese gute, anständige Seele zeigte sich übertrieben großzügig. Er konnte einfach nicht nein sagen. Inzwischen hatte er sich nämlich folgendes eingeredet: Wenn er Boris nur nahe genug am Zelt hielte, so daß der Bär ihn von draußen bei seiner täglichen Arbeit beobachten konnte, dann würde er schon lernen, auf eigenen Beinen zu stehen. Stellen Sie sich einmal vor, Onkel Sam gab ihm Hunderttausende Tonnen von Lebensmitteln. Haben Sie das gehört? Nur damit er in seiner Nähe blieb. Wissen Sie, was passierte? Kann es sich jemand von Ihnen vorstellen? Boris wandte sich gegen ihn! Boris schlich sich in das Zelt und tat etwas so Entsetzliches, so Unvorstellbares, daß ich es Ihnen kaum erzählen mag. Aber ich muß es tun, verstehen Sie, ich *muß*. Denn manche von Ihnen haben immer noch nicht erkannt, daß Hammer und Sichel auch ohne den Bären existieren können – aber daß der Bär immer Hammer und Sichel treu bleiben wird!«

Im Saal herrschte gebanntes Schweigen. Jeder der Anwesenden hatte inzwischen die Berichte gelesen oder zumindest von ihnen gehört, die Baschkir mit dem Blutbad am Times Square in Verbindung brachten. Sie wußten ziemlich genau, worauf Delacroix hinauswollte.

Gordian bemerkte, daß selbst er sich gebannt vorgebeugt hatte. Er hatte sich gefragt, ob Delacroix sein Spiel aufgeben, das theatralische Gehabe beiseite lassen würde, wenn er an diesen Punkt gelangt war, aber offensichtlich war das nicht der Fall. Der Cajun-Senator aus Louisiana war durch und durch ein Mann der Show.

»Eines Nachts, als Sam unaufmerksam war, weil er feierte, eines Nachts, in der man hoffnungsvoll in Frieden und mit Gebeten ein neues Jahrhundert willkommen heißen wollte, schlich sich Boris in das Zelt und grub seine Zähne tief in Sams Fleisch«, erklärte Delacroix. »Er riß an ihm, biß ein Stück heraus, verwundete ihn so schwer, daß eine Narbe zurückblieb, die bis in alle Ewigkeit schmerzen wird. Bis in alle Ewigkeit! Und wissen Sie, was dann geschah? Halten Sie sich mit beiden Händen an Ihren Sitzen fest, meine lieben Freunde, so fest, wie Sie nur können, denn was ich Ihnen jetzt erzählen werde, ist wirklich unglaublich.« Delacroix trat hinter dem Podium hervor. Den Kopf vorgestreckt, ließ er seinen Blick über den großen Saal streifen. »Hören Sie mir zu? Können Sie mir noch folgen? Hier kommt die Überraschung: Der Bär besaß die Frechheit, am nächsten Tag zurückzukommen und so zu tun, als ob nichts geschehen wäre. Er bettelte doch tatsächlich wieder um Futter! Und manche Leute, irregeleitete, dumme Menschen, deren Namen ich hier nicht erwähnen will, die uns aber allen bekannt sind, wollten doch tatsächlich, daß Onkel Sam die Augen schloß und den Bären weiter fütterte!«

Delacroix trat vor den Bären und packte ihn an den Schultern.

»Nun, das werde ich nicht zulassen. Entscheiden Sie, für wen Sie stimmen, denn ich werde den Kampf mit Boris aufnehmen und ihm klarmachen, daß er sich nicht länger auf Kosten von Onkel Sam durchfressen wird. Wenn ich mit ihm fertig bin, wird er wissen, daß er sich besser ein für alle Mal davonmacht!«

Gordian hatte geglaubt, er wäre auf alles vorbereitet, aber das Schauspiel, das sich ihm jetzt bot, übertraf seine kühnsten Erwartungen.

»Komm schon, Boris, kämpf mit mir! Du wirst schon sehen, wer der Stärkere ist!« schäumte Delacroix.

Dann stürzte er sich mit wehendem Jackett auf den Bären. Die Krawatte flog über seine Schulter, als er ihn zu Boden stieß, seine Arme um ihn schlang und sich vor den Augen der Zuschauer mit ihm auf dem Boden wälzte. Erstaunt verfolgten die Beobachter auf der Besuchergalerie, wie er vor laufenden Fernsehkameras mit dem ausgestopften Tier rang.

»Es ist vorbei, Boris!« rief er. »Es ist vorbei!«

Gordians Mut sank, als er von der Galerie aus die hingerissenen Gesichter der Politiker betrachtete. Wenn Delacroix' Possen in den Spätnachrichten übertragen wurden, hatte er mit Sicherheit leichtes Spiel mit der öffentlichen Meinung. Vielleicht war wirklich alles vorbei.

34.

New York City
29. Januar 2000

Komm schon, Boris, kämpf mit mir! Du wirst schon sehen, wer der Stärkere ist!

Fast 24 Stunden nach Delacroix' theatralischem Ringkampf auf dem Boden des Kapitols war es Gordian immer noch nicht gelungen, die Szene aus seinen Gedanken zu verbannen. Zum Teil lag dies daran, daß die Medien den Köder so begeistert geschluckt hatten, wie er erwartet hatte. Auf jedem Kanal hatten die Abendnachrichten mit einem Bericht von Delacroix' Auftritt begonnen. CNN war dem Beispiel der anderen gefolgt und hatte außerdem eine Diskussion zu diesem Thema in ›Politik im Kreuzfeuer‹ und in ›Larry King Live‹ gesendet. Auch die aktuelle Reportage über den Stand der Untersuchungen des Bombenattentats vom Times Square, die jeden Abend um 22 Uhr gesendet wurde, hatte sich mit Delacroix befaßt. Heute morgen fand sich sein Auftritt auf den Titelseiten der *Washington Post* und der *New York Times.*

Das mußte man Delacroix lassen: Der Mann, der zweimal hintereinander Oberbürgermeister von New Orleans gewesen war, bevor er in den Senat gewählt wurde, hatte einen großen Koffer voll glitzerndem Mardi-Gras-Flair mit nach Washington gebracht. In Verbindung mit einem guten Gespür für Öffentlichkeitsarbeit war dies ein einzigartiger politischer Trumpf, der nur schwer zu schlagen sein würde.

Gordian versuchte, es sich in seinem Flugzeugsessel bequem zu machen, doch selbst die Erste Klasse des Linienfluges bot ihm nicht den gleichen Komfort wie sein Schreibtischsessel. So sehr er sich auch bemühte, den Gedanken an die Konsequenzen zu verdrängen, die die gestrige Sitzung für ihn haben mochte, die Probleme ließen sich nicht einfach beiseite schieben. Gab es nicht sogar ein Gedicht, in dem davon die Rede war, daß auch die Mitte nicht Bestand habe, wenn alles auseinanderbreche? Das Gespräch mit Ashley vor seiner Abreise nach Washington kam ihm in den Sinn. Den ganzen vergangenen Monat hatte sie in San Francisco verbracht. Jetzt wollte sie ihre Ehe ›in Ordnung bringen‹. Bevor sie ihn am Silvesterabend verlassen hatte, war ihm gar nicht bewußt gewesen, daß ihre Beziehung zerstört war. Vielleicht mußte sie etwas aufpoliert werden, weiter hatte er nicht gedacht, bis sie ihn verlassen hatte. Und jetzt sollte er seine tiefsten Gefühle vor einem Dritten offenlegen, von dessen Berufsstand er nicht viel hielt, sollte sich einem völlig Fremden anvertrauen.

Das alles schien Gordian eine traurige Zeitverschwendung. Seit fast zwanzig Jahren war er nun mit Ashley verheiratet. Gemeinsam hatten sie eine wunderbare Tochter großgezogen. Wenn sie nicht selbst in der Lage waren, ihr Leben in Ordnung zu bringen, wie sollte es dann jemand anderem gelingen? Die Therapie nach seiner Befreiung aus vietnamesischer Kerkerhaft war ihm noch in lebhafter Erinnerung. Damals hatte ihn die Air Force zu diesem endlosen, mühseligen Wiedereingliederungsprogramm gezwungen. Seine Erfahrung war nicht gerade vertrauenerweckend gewesen. Für manche Männer war es sicher eine wichtige Hilfestellung gewesen, aber ihm hatte die Behandlung nichts gebracht. Gar nichts.

Dennoch mußte er eine Entscheidung treffen. Wenn er einen falschen Schritt tat, konnte dies bedeuten, daß Ashley ihn endgültig verließ.

Die Stimme der Stewardeß drang durch seine Gedanken. »Noch zehn Minuten bis zum Start. Bitte verstauen Sie Ihr Handgepäck sicher in den Gepäckfächern oder unter dem Vordersitz.« Wo zum Teufel blieb Nimec? Nachdem Pete ihn gestern nacht spät in seinem Hotelzimmer angerufen hatte, hatte Gordian sein Ticket für einen Nonstop-Flug zurück nach San Francisco storniert und einen Flug nach New York gebucht. Hier war er an Bord einer Anschlußmaschine gegangen, mit der auch Nimec fliegen würde. Zumindest war es so geplant. Pete hatte behauptet, er befinde sich im Besitz einer wichtigen Information, die er ihm persönlich übergeben wolle. Hatte er immer schon die entnervende Angewohnheit gehabt, in Rätseln zu sprechen? Oder war er selbst entnervt und deswegen ungeduldig? Von Petes enormen Fortschritten in New York wußte er, aber warum ...

Ein einfacher brauner Umschlag landete in Gordians Schoß und riß ihn aus seinen Gedanken. Vor ihm im Gang stand Nimec.

»Tut mir leid, daß ich zu spät komme. Der Verkehr …«

»War mir klar«, gab Gordian mit dem unbewegten Gesicht des Pokerspielers zurück. »Wollten Sie mir das hier geben?«

Nimec nickte, während er seine Tasche im Gepäckfach verstaute.

»Darf ich es aufmachen, oder muß ich bis Weihnachten warten?« erkundigte sich Gordian.

Nimec ließ sich mit einer lokalen Boulevardzeitung in der Hand in seinem Sitz nieder. Auf der Titelseite prangte ein Foto von Delacroix.

»Nicht ganz so lange, aber ich rate Ihnen, sich zu gedulden, bis Sie in Ihrem Büro sind.«

Gordian klopfte mit dem Umschlag auf sein Knie, während er tief einatmete. »Okay, genug der Spannung. Verraten Sie mir, was da drin ist.«

Nimec lächelte. »Ausgezeichnete Neuigkeiten von ein paar ganz üblen Leuten.«

35.

KALININGRAD, RUSSLAND
30. JANUAR 2000

Daß Max Blackburn eine Affäre mit Megan Breen hatte, hatte ihn selbst am meisten überrascht. Nicht, daß er eines Nachts die Augen geöffnet und sie in seinem Bett gefunden hätte. Aber fast. Noch vor einem Monat, ja, noch vor einer Woche hätte er gelacht, wenn ihm jemand prophezeit hätte, daß er eines Tages nackt im Bett liegen und bewundernd ihre langen, schlanken Beine betrachten würde, während sie in einem kurzen, kimonoartigen Bademantel durchs Zimmer ging. Dabei erinnerte er sich an die vergangene Nacht und sehnte sich mit einer Heftigkeit, die ihn selbst überraschte, danach, ihren Körper ganz dicht an seinem zu fühlen. Ein merkwürdigeres Paar als den kampferprobten früheren Special Air Service Officer und die Intellektuelle mit dem Diplom einer Eliteuniversität konnte man sich kaum vorstellen.

Bis jetzt waren sie Freunde gewesen, aber ob das noch galt, davon war er nicht überzeugt. Was hatten sie schon gemeinsam, wenn man von ihrer eisernen Loyalität gegenüber Roger Gordian absah, in dessen Auftrag sie sich Tausende von Meilen von zu Hause entfernt aufhielten, in einem Land, das keinem von beiden besonders zusagte, und einer gegenseitigen physischen Anziehung, die sie beide mit unwiderstehlicher Gewalt gepackt hatte, sobald sie sich ihrer bewußt geworden waren? Sie kannten sich kaum, wußten kaum, was sie miteinander reden sollten, wenn es nicht um berufliche Belange ging. Dennoch war die körperliche Liebe zwischen ihnen leidenschaftlich, geradezu unersättlich. Soviel stand fest.

»Ich muß los, Max.« Megan ließ sich auf der Bettkante nieder. »Scully will sich heute morgen mit mir im Kommunikationszentrum treffen.«

Max setzte sich auf und lehnte sich gegen das Kopfteil des Bettes. »Es ist erst sieben.«

»Heute am frühen Morgen. Was soll ich dazu sagen? Scull bringt die Leute immer dazu zu tun, was er will.«

»Wo brennt's denn?«

»Das wechselt ständig.« Sie zuckte die Achseln, wobei ihm nicht entging, wie sich der Stoff ihres Bademantels leicht über der Rundung ihrer Brust spannte. »Vor ein paar Tagen waren es die vielen Techniker, die an der Umstellung der Software des Großrechners für die Politika-Datenbank beteiligt sind. Er meinte, durch die Operation würden zuviel Manpower und technische Ressourcen von der Fertigstellung der Satellitenanlage abgezogen ... die seiner Meinung nach höchste Priorität genießen sollte.«

»Und was ist sein neuestes Problem?«

»Hängt mit dem anderen zusammen. Er meint, die Sicherheit sei nicht mehr gewährleistet, weil wir uns zusehends auf Geheimdiensttätigkeit konzentrierten und dadurch immer mehr in die instabile internationale politische Entwicklung involviert würden. Vermutlich wird er mir einen langwierigen Vortrag halten, um seinen Standpunkt zu untermauern, und dann zusätzliches Personal fordern.«

»Ich wußte gar nicht, daß dieser Bereich in seine Zuständigkeit fällt.« Max lächelte. »Gerade fällt mir ein, daß ich doch eigentlich dafür verantwortlich bin. Mein letzter Stand ist, daß ich stellvertretender Leiter von *Sword* bin.«

Megan legte eine kühle Hand auf seine Brust, die merkwürdigerweise aber Wärme verströmte. Das klang, fand er, ganz nach einer schlichten, doch zutreffenden Beschreibung ihrer Beziehung. Nein, ›Beziehung‹ war das falsche Wort. ›Verhältnis‹ paßte besser.

»Scull kann nur schwer einsehen, daß seine Autorität nicht unbegrenzt ist. Und nachdem er die Leute schon so lange herumkommandiert, geht es den anderen genauso.«

»Ich frage mich, ob er Wind davon bekommen hat, daß wir miteinander schlafen. Das würde ihn zum Wahnsinn treiben.«

Megan sah belustigt aus. »Glaubst du wirklich?«

»Scull hat hier mitten im Niemandsland keine besonders gute Zeit gehabt. Und wenn es ihm schlechtgeht, dann will er auch nicht, daß ein anderer Mann Spaß hat.«

»Ich kenne eine Frau, die sich auch nicht schlecht amüsiert hat.«

»Freut mich, das zu hören.«

»Immer und immer wieder, das weißt du.« Ein Blick auf das Bettuch unterhalb seiner Taille zeigte ihr, welche Reaktion diese Bemerkung bei ihm ausgelöst hatte. Überrascht, aber keineswegs verlegen, sah sie ihn an.

»Du lieber Himmel! Ich wollte dich nicht vom Thema abbringen.«

»Allzeit bereit.«

»Da spricht der Exmarine.« Sie lächelte immer noch wie eine Katze, die soeben den Kanarienvogel verspeist hat. »Nun, wenn ich vielleicht noch einen Augenblick auf unser vorheriges Thema zurückkommen dürfte: Wie soll ich auf Sculls Probleme reagieren? Ich meine die, die er mit mir erörtern wird.«

Blackburn hatte eigentlich keine Lust, das zu besprechen. Er wollte überhaupt nicht reden, und das war ihr offensichtlich vollkommen klar.

Sein Finger strich leicht über ihren Schenkel, bis er den Saum ihres Bademantels erreichte. Er überlegte, ob er einen weiteren Vorstoß wagen sollte. »Am liebsten würde ich dich überreden, ihn anzurufen und ihm zu sagen, daß du eine halbe Stunde später kommst.«

»Das würde mir auch gefallen, und genau deshalb werde ich dich daran hindern.« Ihre Hand umklammerte sein Handgelenk. »Im Ernst, was meinst du?«

Er seufzte, versuchte aber seine Enttäuschung zu unterdrücken. »Ich weiß nicht, ob der Zeitplan für die endgültige Fertigstellung der Station durcheinandergeraten ist. Im Gegensatz zu Scull halte ich mich an das, was ich weiß. Aber er hat recht, die Sicherheitsmaßnahmen müssen verschärft werden. *Sword* ist kein reines Geschäftsunternehmen, das ist uns doch allen klar.«

»Ich nehme an, das soll heißen, daß wir zusätzliches Personal brauchen«, erklärte sie.

»Nicht unbedingt. Ich ziehe für den Augenblick eine schlanke Organisation vor, wenn die Abläufe gestrafft und effizienter gestaltet werden. Dadurch läßt sich einiges ...« Das Klingeln des Telefons neben seinem Bett unterbrach ihn.

Megan sah ihn an. »Das wird doch nicht Scull sein, oder? Er wird wohl nicht den Nerv haben, bei dir anzurufen, um mich zu erreichen.«

»Ausschließen würde ich es nicht.« Blackburn zuckte die Achseln und griff nach dem Telefon. Einen Augenblick lang zögerte er. »Wenn es wirklich Scull ist, soll ich ihn dann in die Pfanne hauen?«

»Wenn er es ist, übernehme ich das selbst.«

Er lächelte leicht und nahm ab. »Hallo?«

»Max, tut mir leid, daß ich Sie störe. Ich weiß, daß es in Kaliningrad noch früh ist, aber die Sache ist sehr wichtig«, sagte eine Stimme am anderen Ende der Leitung.

»Nein, nein, schon in Ordnung.« Blackburn deckte den Hörer ab und formte mit den Lippen das Wort »Gordian«.

Ein merkwürdiger Ausdruck erschien auf Megans Gesicht. Bildete er sich das ein, oder wirkte die unerschütterliche Megan Breen tatsächlich aufgeregt? Plötzlich kamen ihm Gerüchte in den Sinn, sie verzehre sich nach Roger, seit sie bei der Firma sei. Sollte das stimmen? Und wenn schon, was ging ihn das an? Warum traf es ihn?

»Max, Sie kennen doch die Gruppe, der Pete auf der Spur war?« Gordian vermied es bewußt, Namen zu nennen. »Die Leute, die die Silvesterparty gesprengt haben.«

»Mhm.«

»Wir haben Personenbeschreibungen von jedem von ihnen und kennen die Orte ihrer Ein- und Ausreise.«

Blackburn richtete sich auf. »Ich nehme den Anruf besser in meinem Büro entgegen, dort ist die Leitung sicherer. Ich hänge jetzt ein und rufe Sie gleich zurück.«

»Ich warte.« Gordian legte auf.

Blackburn riß sich die Bettücher vom Leib, schwang die Beine aus dem Bett und rannte zum Kleiderschrank.

»Wo brennt's denn?« fragte Megan verblüfft.

»Zieh dich an«, gab er zurück, während er in seine Hose schlüpfte. »Ich erzähle es dir unterwegs.«

36.

KREML, MOSKAU
1. FEBRUAR 2000

Starinow stand mit auf dem Rücken verschränkten Händen am Fenster und beobachtete, wie die goldenen Kuppeln der Himmelfahrtskathedrale das Sonnenlicht reflektierten, als Jeni Baschkir sein Büro betrat.

Auf Starinows großem Mahagonischreibtisch lag ein gebundener Bericht, auf dessen erster Seite in kyrillischen Buchstaben die Aufschrift ›Geheimes Material‹ prangte.

Baschkir ließ die Tür hinter sich zufallen. Mit einem Laut des Unwillens ging er zwei Schritte über den im Medaillonmuster gewebten kaukasischen Läufer. Wie immer mußte er an die lange Geschichte denken, auf die die Umgebung, in der er sich befand, zurückblickte. Wie viele Zaren und Minister hatten im Laufe der Jahrhunderte dort gestanden, wo sich nun er und Starinow befanden?

»Jeni«, begann Starinow, ohne sich umzuwenden. »Pünktlich wie immer. Sie sind der einzige Mann, den ich kenne, der genauso besessen pünktlich ist wie ich.«

»Alte Gewohnheit eines Soldaten«, erwiderte Baschkir.

Starinow nickte, während er eine Hand mit der anderen knetete. »Der Bericht. Haben Sie die Kopie gelesen, die ich Ihnen zukommen ließ?«

»Ja.«

»Das ist nicht alles. Der gesetzgebenden Versammlung der USA wurde ein Entwurf vorgelegt, der den Präsidenten zwingen soll, die landwirtschaftliche Hilfe an Rußland vollständig einzustellen und ein Wirtschaftsembargo zu verhängen. Alle Geschäftsbeziehungen zwischen unseren Ländern sollen eingefroren werden.«

»Ich weiß.«

»Die Amerikaner haben mir mitgeteilt, diese Sanktionen ließen sich vermeiden, wenn ich Schritte gegen einen Mann einleiten würde, den man als Urheber einer grausamen, zerstörerischen Verschwörung verdächtigt. Gegen einen Mann, der die härteste aller Strafen verdienen würde, sollten sich die Vorwürfe gegen ihn erhärten.«

Zwei volle Minuten lang herrschte Schweigen im Raum. Baschkir rührte sich nicht von der Stelle, während Starinow den Blick nicht von den großen, kronenartigen Kuppeln der Kathedrale wandte.

»Nur einmal«, begann er schließlich mit gesenktem Kopf, »möchte ich mich so sicher fühlen wie in meinen jungen Jahren. Verschwimmt früher oder später alles im Nebel der Ungewißheit, so daß wir am Ende unseres Lebens weniger wissen als in unseren Kindertagen?«

Baschkir wartete einen Augenblick, während er auf Starinows Rücken blickte. »Bringen wir es hinter uns. Wenn Sie mich fragen müssen, dann tun Sie es.«

Starinow schüttelte das geneigte Haupt. »Jeni ...« Ein tiefer Seufzer entrang sich Starinows Brust. Dann wandte er sich um und sah Baschkir traurig an. »Ich will wissen, ob der amerikanische Bericht korrekt ist. Ob Sie wirklich für das Bombenattentat in New York verantwortlich sind«, begann er dann. »Von Ihren Lippen will ich es hören, bei Ihrer Ehre.«

»Die Wahrheit?« erklärte Baschkir.

Starinow nickte erneut.

In Baschkirs Augen schien etwas zu zerbrechen. »Wenn ich wirklich ein Mann wäre, der Tausende von Menschen durch einen feigen terroristischen Akt tötet, der glaubt, politische Ziele rechtfertigten es, das Blut hilfloser Frauen und Kinder zu vergießen – seien sie nun amerikanischer, russischer oder irgendeiner anderen Nationalität –, wie könnten Sie dann meinem Ehrenwort vertrauen? Welchen Wert besäße unsere Freundschaft? Würde ein Mann, der Ihnen solch einen hinterlistigen Schlag versetzt, der eines derart gemeinen Verrates fähig ist, vor einer Lüge zurückschrecken?«

Starinow lächelte melancholisch. »Ich dachte, ich stelle hier die Fragen.«

Baschkirs starre Haltung hatte sich nicht verändert. Ein Nerv in seiner Wange bebte ein wenig, doch ansonsten rührte er sich nicht. Nach einem Augenblick sprach er erneut. »Hier ist Ihre Wahrheit, Wladimir. Ich habe mein Mißtrauen gegenüber der amerikanischen Regierung nie verhehlt. Mit Ihrer Politik der Öffnung gegenüber amerikanischen Investoren war ich nie einverstanden. Für mich besitzen die grundlegenden Ideale des Kommunismus immer noch Gültigkeit, und ich bin davon überzeugt, daß wir engere Beziehungen zu China brauchen, einem Land, mit dem wir eine über sechstausend Kilometer lange Grenze teilen. Diese Ansichten habe ich stets offen geäußert. Aber ebenso eindeutig habe ich meinen Abscheu vor jeder Art von Terrorismus kundgetan. Als vereidigtes Mitglied Ihrer Regierung habe ich stets nach bestem Wissen und Gewissen in Ihrem Interesse gehandelt. Wenn Sie meine Eigenschaften ignorieren, die nicht zu den Zweifeln an meiner Loyalität und Integrität passen, könnte sich Ihnen ein einfacher Ausweg bieten. Ich hätte allerdings erwartet, daß Sie meine gesamte Persönlichkeit berücksichtigen, den

Menschen, der ich immer gewesen bin, seit wir uns kennen.« Er hielt inne. Die Augen unter den buschigen Brauen hielten Starinows Blick gefangen. »Mit dem Bombenattentat habe ich nichts zu tun. Niemals würde ich mich an solchen Greueln beteiligen. Sie sprechen von Ehre? Niemals wieder will ich mich dadurch entehren lassen, daß ich auf solch eine Frage antworte. Sperren Sie mich ins Gefängnis, lassen Sie mich hinrichten ... oder noch besser, überlassen Sie das den Amerikanern. Mehr habe ich nicht zu sagen.«

Schweigen.

Im kalten Licht der Wintersonne, die durch das Fenster auf der anderen Seite des Raumes fiel, war nur Starinows Silhouette zu erkennen. Unverwandt blickte dieser seinen alten Kameraden an.

»Nächste Woche fahre ich in meine Datscha«, erklärte er. »Ich muß allein sein und nachdenken. Die Vereinigten Staaten werden massiven Druck ausüben und dabei Unterstützung von russische Gruppierungen erhalten, die wollen, daß wir nachgeben. Aber wir werden standhalten, ganz gleich, wie schwierig es wird.«

Baschkir antwortete mit einem steifen, kaum wahrnehmbaren Nicken. »Dann liegt eine Menge Arbeit vor uns«, gab er zurück.

37.

Ankara, Türkei
7. Februar 2000

Die Sonne, die durch das Fenster von Namik Ghazis Büro auf sein Gesicht fiel, wärmte angenehm. Entspannt hatte er die Hände hinter seinem Kopf verschränkt und die Füße unter dem Schreibtisch übereinander geschlagen. Auf dem Block, der vor ihm lag, stand ein glänzendes Silbertablett mit seinem morgendlichen Glas Gewürzwein, einer glasierten Keramikschale mit gemischten Oliven und einer kunstvoll gefalteten Serviette. Die in Öl eingelegten Oliven stammten aus Griechenland. Er zog sie den spanischen Sorten vor, und die aus seinem eigenen Land hielten dem Vergleich schon gar nicht stand. Erst gestern hatte er die Lieferung erhalten, und obwohl sie ihn ein Vermögen gekostet hatte, bereute er den Kauf nicht. Hatte die Olive nicht schon in der Antike als Geschenk der Götter gegolten, das vor Krankheit schützte und Jugend und Männlichkeit erhielt? Trugen nicht die Zweige des Friedens diese Frucht? Ein ausreichender Vorrat davon und gelegentliche zärtliche Zuwendung durch seine Ehefrau und seine Geliebte, und er würde das letzte Drittel seines Lebens als glücklicher Mann verbringen. Die Amerikaner und Europäer in seinem Team auf der UpLink-Bodenstation im Nahen Osten kritisierten seine Frühstücksgewohnheiten häufig, aber was wußten die schon? Seiner Ansicht nach verhinderte ihr koloniales Erbe, daß sie zu reifen Menschen wurden. Nicht, daß er etwas gegen sie gehabt hätte. Als Chef war er tolerant. Mit den meisten von ihnen kam er aus, einige mochte er und wenige Auserlesene nannte er Freunde. Arthur und Elaine Steiner zum Beispiel hatte er häufig zu sich nach Hause eingeladen, bevor Gordian sie nach Rußland geschickt hatte. Doch selbst sie … nun, Feinschmecker waren sie nicht.

Diese Westler urteilten gern, als wären ihre Eß-, Trink- und Liebesgewohnheiten das Maß aller Dinge. Kritisierte er denn ihren gottlosen Verzehr von gebratenem Schweinefleisch zu ihren morgendlichen Eiern? Ihre Vorliebe für blutiges, gehacktes Rindfleisch zum Mittag- und Abendessen? Die vulgäre Kleidung ihrer Frauen … Welchem perversen Gehirn war es eingefallen, weibliche Formen in Hosen zu stecken? *Aia, aia,* Westler. Wie anmaßend von ihnen zu glauben, sie besäßen die alleingültige Definition weltlichen Vergnügens. Sein Tag begann und endete mit Oliven und Wein, und dazwischen war fast alles Kampf und harte Arbeit!

Mit einem wehmütigen Seufzer löste Ghazi seine Finger, beugte sich vor und griff nach einer Olive. Er ließ sie in den Mund gleiten, kaute und schloß genießerisch die Augen, als der Geschmack seine Zunge erreichte.

In diesem Moment summte seine Sprechanlage.

Er ignorierte sie.

Das Gerät summte erneut. Offenbar gönnte man ihm seine Ruhe nicht.

Stirnrunzelnd drückte er auf den blinkenden Knopf. »Ja, was gibt es?« fragte er mürrisch, während er den Olivenkern in die Serviette spuckte.

»Ibrahim Bayar ist am Telefon«, erwiderte seine Sekretärin. Ihre angenehme Stimme klang gelassen wie immer. Wie hatte er nur so schroff mit ihr reden können?

»Danke, Riza, ich übernehme das Gespräch.« Plötzlich neugierig geworden, hob er den Hörer ab. Blackburn selbst hatte den Leiter von *Sword*s regionaler Sicherheitstruppe der Politika-Affäre zugeteilt. Was konnte da los sein? »*Gün aydin,* Ibrahim. Irgendwelche Fortschritte bei der Suche nach dem schwarzen Schaf?«

»Fortschritte ist zu wenig gesagt«, erwiderte Ibrahim. »Wir haben das Versteck von wenigstens einem der Terroristen gefunden. Möglicherweise handelt es sich sogar um die Frau.«

Ghazis Herz raste. »Wo?«

»In einem Zufluchtsort der Kurden bei Derinkuyu. Ich halte mich im Moment in einem Dorfgasthaus auf, dem ›Hanedan‹. Weitere Einzelheiten teile ich Ihnen später mit.«

»Brauchen Sie mehr Leute?«

»Deswegen rufe ich an. Schicken Sie mir drei Teams.

Tokats Leute müssen unbedingt dabei sein. Es könnte schwierig werden.«

»Ich werde sofort alles veranlassen. Und Ibrahim?«

»Ja?«

Ghazi befeuchtete mit der Zunge seine Lippen. »Seien Sie vorsichtig, mein Freund und Bruder.«

38.

Kappadokien, südöstliche Türkei
9. Februar 2000

Noch vor der Besiedlung durch die Hethiter vor 4000 Jahren, hatte man in der Bronzezeit Höhlenwohnungen in die merkwürdigen vulkanischen Kuppeln, Buckel, Kegel, Nadeln und die mächtigen, zerklüfteten Bergrükken Kappadokiens getrieben. Ein unterirdisches Netzwerk mit Räumen und Gängen, das sich meilenweit in den kalkhaltigen Tuff hinein erstreckte, bot Hunderten von Menschen Unterkunft. Die Wohnbereiche verfügten über Schlaf- und Wohnzimmer, Küchen, Schreine, Zisternen für die Wasserversorgung, Ställe, Lagerräume, Werkstätten und Weinkeller. Es gab öffentliche Krankenhäuser, Kirchen und Gefängnisse. Torbögen, Vorsprünge, Balkone, Treppenhäuser und Säulen, Fresken und Skulpturen, ja, sogar Möbel wie Tische, Stühle, Bänke und Schlafplattformen wurden im Ganzen aus dem festen, aber leicht zu bearbeitenden Stein herausgeschlagen. Enge Schlitze zwischen den einzelnen Wohnungen dienten der Kommunikation im Alltagsleben und erwiesen sich in Notzeiten als effizientes Alarmsystem.

Während der Jahrhunderte der römischen Besatzung fanden hier verschiedene ethnische Gruppen Zuflucht.

Später zogen sich die frühen Christen – es heißt, unter ihnen sei der Apostel Paulus gewesen – in diese bienenstockartige unterirdische Megalopolis zurück. In den Jahrhunderten danach schützten die Anlagen die Mönche der Einsiedlerorden vor der Brutalität der Mongolen, Araber und Ottomanen, die das Land überfielen. In den letzten Jahrzehnten wurden bei Ausgrabungen einzelne Teile dieser Viertel, Städte und Vororte freigelegt und in einigen Fällen Besuchern zugänglich gemacht. Andere Bereiche des Komplexes wurden entweder noch nicht entdeckt oder waren nur der einheimischen bäuerlichen Bevölkerung bekannt. Einige wurden von Kurden besetzt, die im Gefolge des Golfkriegs aus dem Irak nach Norden geströmt waren. Sie gelten bis heute als geheime Festungen der kurdischen Miliz, die einen erbitterten Kampf gegen die Regierung der Türkei und die mit ihr verbündeten Staaten führte – zu denen aus verschiedenen Gründen auch die USA gehörten.

Schon allein deswegen, dachte Ibrahim, während er sein Pferd über die zerklüfteten Hänge jagte, waren die künstlichen Höhlen südlich von Derinkuyu ein ideales Versteck für Gilea Nastik und ihren Cousin Korut Zelva, in das sie sich nach dem Bombenattentat vom Times Square zurückziehen konnten. In dieser abgelegenen Gegend besaßen die Kurden zahlreiche Sympathisanten, Männer aus den Bergen, die jedem mißtrauten, den sie nicht kannten, und die eine Einmischung Fremder in lokale Angelegenheiten sehr übel nähmen. Selbst wer politisch neutral war, würde nichts mit der Gruppe zu tun haben wollen, die die Terroristen jagte.

Da er Roger Gordians Mann in dieser abgelegenen Region war, machte er sich Sorgen, daß seine Reiter von einem Einheimischen entdeckt werden könnten. Dann würden die Schlächter mit Sicherheit gewarnt werden.

Er ritt einen gleichmäßigen Galopp. Die muskulösen, schweißgetränkten Flanken seines Pferdes fühlten sich unter seinen Steigbügeln ölig an. Die Sonne brannte wie glühendes Metall auf seinen Schultern und ließ das Gelände ausgebleicht erscheinen ... Ödland lag vor ihm, so kahl und zerklüftet, daß kein Gefährt auf vier Rädern hier eine Chance hatte. Kein Geländefahrzeug, nicht einmal die kleine Flotte von Blitzangriffsfahrzeugen, die *Sword* zur Verfügung stand, wäre hier von Nutzen gewesen.

Hier schienen kleine Stücke der Ewigkeit bewahrt geblieben zu sein. Nicht der elementarste Wandel hatte sich ereignet. Straßen und Telefonleitungen gingen hier zu Ende, und man mußte weite Entfernungen zu Pferd zurücklegen. Das Land duldete keinen Kompromiß; wer sich nicht anpaßte, war verloren.

Die Zügel locker in der Hand haltend, ritt Ibrahim dahin. Vor ihm stieg und sank der Hals seines Pferdes in einer immer gleichbleibenden Bewegung, die einem leichten, schwingenden Rhythmus folgte. Rechts und links von ihm donnerten die Hufe seiner Teamkollegen über den Boden, wobei sie Kiesel und kleine Klumpen aschefarbener Erde aufwirbelten. Die Männer waren in graubraune Kampfanzüge gekleidet und trugen VVRS-M16-Gewehre, die mit M234-RAG-Pistolen die Projektile verschossen, deren Wirkung auf kinetischer Energie basierten. Gasmasken und Schutzbrillen hingen um ihren Hals.

In etwa einem Kilometer Entfernung konnte Ibrahim einen riesigen, gewölbten Bergrücken erkennen, der sich über das übrige Gelände erhob. Die wabenartigen Öffnungen, die sich in mehreren Etagen auf den hohen Felswänden erhoben, hatten einst zu den Unterkünften einer Karawanserei geführt. Dort hatten früher die reisenden Kaufleute gerastet, die die unterirdischen Städte mit Waren versorgt hatten. Lange Treppen führten von den oberen Gemächern zu den Höhlen hinunter.

Inzwischen hausten Skorpione menschlicher und tierischer Art in den Gängen. Sein Team hatte den Auftrag, die tödlichste aller Kreaturen in ihrem Versteck aufzustöbern und gefangenzunehmen, ohne sie zu töten. Ihre Beute jedoch würde keine Gnade kennen. Wenn sich ihnen die Gelegenheit dazu bot, würden ihre Feinde sein Team bis auf den letzten Mann niedermetzeln und die Leichen auf der nackten Erde verfaulen lassen.

Nun, einen bis ins letzte fairen Kampf gab es nicht. Ibrahim und seine Waffenbrüder kannten ihre Aufgabe und würden ihr Bestes geben. Alles andere lag in Allahs Händen.

Durch das Schweigen der Wüste näherten sie sich dem Bau des Skorpions.

Im Morgengrauen – wenige Minuten vor den Fremden, die in den letzten zwei Tagen eingetroffen waren – hatte der Portier des Gasthauses ›Hanedan‹ das Dorf verlassen. Über nur den Einheimischen bekannte Abkürzungen trieb er sein Pferd unerbittlich durch die Hänge der abweisenden Mondlandschaft auf den Bergrücken zu, in dem sich der Haupteingang zu dem unterirdischen Zufluchtsort befand. Es gab andere Schlupflöcher, die Zugang zu den unterirdischen Gemächern boten, doch die meisten Gänge waren im Laufe der Jahrhunderte eingestürzt oder durch Trümmer blockiert.

Korut hatte mit Sicherheit einen Großteil seiner Posten auf dem Bergrücken postiert. Sie galt es zu warnen, und zwar schnell.

Ein Blick über die Schulter zeigte dem jungen Hotelangestellten, daß die winzigen Punkte hinter ihm immer näher kamen. Er wußte, daß sich dahinter bewaffnete Reiter und ihre Pferde verbargen. Über ihnen stieg der aufgewirbelte Staub der Wüste in Säulen zum Himmel auf. Vor ein paar Wochen waren Gilea und Korut auf der Suche nach einem Zufluchtsort nach Derinkuyu zurückgekehrt. Beide waren durch Blutsbande mit seinem Klan verwandt und konnten daher auf unbedingte Unterstützung rechnen.

Er würde sie nicht enttäuschen. Selbst wenn er sein Pferd dabei zuschanden ritt, würde er sie vor den Eindringlingen erreichen und vor der Bedrohung warnen.

Nichts, was seine Verwandten getan haben mochten, nichts auf dieser Welt würde ihn daran hindern, ihnen bei der Flucht zu helfen.

Korut rammte ein volles Dreißig-Schuß-Magazin in seine Kalaschnikow AKMS, schwang sich das Sturmgewehr über die Schulter und rannte den Gang hinunter. Seine Schritte hallten über den zernarbten, löchrigen Fußboden. Vor wenigen Minuten hatte eine besorgte Stimme durch den Schlitz in seiner Wand eine Warnung vor Angreifern gebrüllt. Fremde ritten über das Ödland und hätten die Südseite des Bergrückens bereits fast erreicht. Jede Sekunde brachte den Trupp näher heran, der am selben Morgen das Dorf verlassen hatte. Es handelte sich um ein Team aus Türken, Amerikanern und Europäern.

Welch ein Glück, daß Gilea bereits abgereist war, während er zurückgeblieben war, um neue Kämpfer zu rekrutieren und zu schulen. Inzwischen mußte sie in Amasra bereits an Bord des Mini-U-Boots gegangen sein, das sie dort erwartet hatte, und sich mitten im Schwarzen Meer befinden.

Seine Verfolger gehörten weder zur CIA noch zu Interpol, sonst wären sie per Flugzeug oder Hubschrauber gekommen, niemals aber zu Pferd. Auch wenn es sich um ein multinationales Team handelte, blieb seine Taktik die der Einheimischen. Konnte es sich um die mysteriöse Organisation handeln, von der er gehört hatte? Die, die Romas Büro in New York überfallen hatte?

Er konnte sich unmöglich Gewißheit verschaffen,

aber im Grunde war es gleichgültig. Man hatte ihn gefunden, ihn aufgestöbert, die Jagd auf ihn war eröffnet. Korut konnte nur beten, daß sie das noch bereuen würden.

Noch vor der ersten Salve sah Ibrahim das Sonnenlicht auf den automatischen Waffen auf dem Kliff aufblitzen. Als er den Blick hob, entdeckte er die in den Höhlenöffnungen postierten Schützen. Die Gewehre hämmerten gegen die Arme der Männer, während sie einen Feuerstoß nach dem anderen abgaben.

Er riß an den Zügeln, um sein Pferd zum Stehen zu bringen, während er gleichzeitig mit der flachen Hand durch die Luft fuhr. Auf dieses Zeichen hin hielten seine Männer neben ihm an. Die Pferde schnaubten und wieherten, als der Schmutz vor ihren Hufen unter den Einschlägen der Parabellums aufspritzte. Aus dieser Entfernung war es unmöglich, genau zu treffen. Im Augenblick befanden sie sich noch außerhalb der Reichweite der Gewehre. Doch der Berg befand sich in der Hand der Terroristen, die sie offenbar erwartet hatten. Jemand mußte sie vor dem *Sword*-Team gewarnt haben.

Das war Pech, aber Ibrahims Ansicht nach keine Katastrophe. Er hatte gehofft, den Feind zu überraschen, doch die Möglichkeit, daß ihm dies nicht gelingen könnte durchaus einkalkuliert. Daher hatte er sich die Gegend genau angesehen, um gegebenenfalls ein paar Trümpfe im Ärmel zu haben.

Er wandte sich an den Amerikaner zu seiner Rechten. »Mark, Sie übernehmen mit Ihrem Team die Vorderseite. Ich blockiere mit meinen Leuten das Loch, durch das unser Mann aus dem Bau schlüpfen wird.«

Marks Augen leuchteten blau in dem sonnenverbrannten Gesicht. Er nickte und gab dem Dutzend Männern hinter ihm ein Zeichen.

Während die Pferde in pfeilgerader Linie auf die Felswand zudonnerten, bog Ibrahim mit der anderen Hälfte des Teams nach links ab, wobei er seine Stute antrieb, ihr Äußerstes zu geben.

Unterdessen raste die Gruppe unter Führung des Amerikaners direkt auf das Kliff zu, wo die Männer sofort die RAG-Werfer – Waffen mit einer Reichweite von vierzig bis sechzig Metern – zu den Schultern hochrissen und die Feinde durch ihre eingebauten Zielgeräte ins Visier nahmen. Von oben herab wurden sie von den Verteidigern auf den Felsvorsprüngen unter Beschuß genommen, deren Waffen aus dieser Entfernung eine tödliche Bedrohung darstellten. Mark sah, wie einer seiner Männer aus dem Sattel stürzte und sich mit beiden Händen an die Kehle griff. Zwischen seinen Fingern spritzte das Blut hervor. Ein anderer stürzte in den Staub, während rote Flecken auf seinem Kaftan erschienen. Einem der Pferde neben ihm wurde die Brust aufgerissen. Alle vier Beine gaben nach, und es stürzte unter Zuckungen zu Boden. Der Reiter wurde mehrere Meter weit durch die Luft geschleudert. Der herzzerreißende Schmerzensschrei des sterbenden Tieres klang entsetzlich menschlich.

»Feuer!« brüllte Mark. »Zeigt den Schweinen, was Sache ist!«

In einer genau abgestimmten Salve flogen die ringförmigen kinetischen Granaten aus den Werfern. Mit einer Geschwindigkeit von fünftausend Umdrehungen pro Minute rasten sie auf die Höhleneingänge zu, spiralförmige Treibstoffspuren hinter sich herziehend. Die durch die Drehung stabilisierten Projektile flogen in einer flachen Kurve direkt auf ihr Ziel zu. Schmerzensschreie und Rufe der Verwirrung wurden unter den Männern auf den Felsvorsprüngen laut, als sie von den Granaten zu Boden gerissen wurden. Weiche, kreisförmige Gummiringe um die Granaten platzten beim Aufschlag auf und setzten CS1-Tränengas frei, das in die Höhle strömte.

Zufrieden mit der Wirkung dieser ersten Angriffswelle, brüllte Mark einen weiteren Befehl. Die Männer zogen ihre Gasmasken über das Gesicht, saßen ab und begannen die Felswand hinaufzuklettern. Ihre Stiefel gruben sich in den ausgedörrten Boden, während sie beim Aufstieg ununterbrochen VVRS-Patronen abfeuerten.

Auf den Felsüberhängen über ihnen wälzten sich schreiend von Tränengas geblendete und von Hustenkrämpfen geschüttelte Männer. Einige stolperten sekundenlang blind herum und ruderten mit den Armen, um das Gleichgewicht zu halten, bis ihre Füße den Halt verloren und sie zu Boden stürzten. Andere versuchten hilflos zu fliehen, indem sie auf allen vieren davonkrochen und mit den Händen den Weg suchten. In ihrer Orientierungslosigkeit gelang es ihnen kaum, die Eingänge zu dem Höhlensystem zu finden, während der Schmerz jeden Gebrauch der Waffen unmöglich machte.

Auf den Felsbändern angekommen, lud das *Sword*-Team hastig nach und feuerte eine weitere Salve von RAG/CS-Granaten in die Eingänge der Höhlen hinein.

Durch die Gaswolken im Halbdunkel vor ihnen stürmten sie in die Tunnel, um mit dem letzten Widerstand, der sich ihnen bot, aufzuräumen.

Korut rannte auf die Treppe zu, die zum Notausgang führte. Das schwache Licht der elektrischen Beleuchtung an den Wänden tauchte sein Gesicht in dunkle und helle Streifen. Aus dem Schacht hinter ihm drangen die Schreie und Schmerzensrufe seiner Kameraden, aber er konnte ihnen nicht mehr helfen. Er hatte angenommen, daß es ihnen gelingen würde, Angreifer, die nicht mit dem Terrain vertraut waren, zurückzuschlagen, auch wenn sich die Hälfte seiner Leute in Rußland aufhielt. Doch bei den Männern, die ihn verfolgten, schien es sich nicht um Fremde zu handeln. Wer waren sie, und wie hatten sie den unterirdischen Komplex entdeckt?

Das hatte er unbedingt herauszufinden. Gilea mußte erfahren, was heute hier vorgefallen war. Aber damit würde er sich später befassen. Wenn er nicht sofort verschwand, würde er gar nichts mehr tun können, weder für sie noch für sich selbst.

Das enge ›Treppenhaus‹ lag vor ihm. Zwei Stufen auf einmal nehmend, sprang er mit schußbereitem Gewehr der Oberfläche entgegen. Aus dem oberen Raum fiel Tageslicht auf die Treppe. Schon hörte er das verängstigte Wiehern seines Pferdes aus dem Stall.

Dann war das Ende der Treppe erreicht. Um eine hervorspringende Ecke bog er in den Stall. Obwohl sein Pferd kreuzweise in der Box festgebunden war, tänzelte es nervös herum. Offenbar hatte der Kampflärm, der von unten heraufdrang, das Tier völlig aus der Fassung gebracht.

Korut riß die Satteldecke von einem an der Wand angebrachten Stahlhaken, griff nach dem Sattel und warf beide auf den Rücken des Pferdes. Hastig zog er den Sattelgurt an. Er konnte nur beten, daß er fest genug saß. Dann setzte er einen Fuß in den Steigbügel, schwang sich auf den Rücken des Pferdes und lenkte es auf den Ausgang zu. Seine Fersen gruben sich tief in die Flanken des Tieres.

Das Pferd zögerte nur einen Augenblick. Dann stürmte es mit einem schrillen, verängstigten Wiehern aus dem Stall in das unbarmherzig grelle Sonnenlicht der Wüste hinaus.

Ibrahims Team wußte von dem Stall. Ein einheimischer Kaufmann, dem Dollar mehr galten als die Treue zu seinem Volk, hatte ihnen dessen Lage genau erklärt. Nachdem sie sich von Marks Gruppe getrennt hatten, ritten er und seine Männer daher zu dem Felsband, das den Eingang bildete, und warteten dort. Wenn es Korut gelang, dem Angriff an den vorderen Eingängen zu entgehen, würde er hier zu entkommen versuchen.

Er entdeckte sie sofort, als er die Höhle verließ. In einem lockeren Halbkreis saßen sie auf ihren Pferden. Ihre Waffen waren auf ihn gerichtet.

»Schweine«, keuchte er, als ihm klar wurde, daß er in der Falle saß. »Verdammte Schweine.«

Er hob seine Waffe, um so viele seiner Feinde zu vernichten, wie er nur konnte, doch bevor sich sein Finger um den Abzug krümmte, traf ihn ein RAG-Projektil in den Bauch und riß ihn aus dem Sattel. Sich vor Schmerzen krümmend, stürzte er zu Boden, die Knie angezogen, die Hände auf den Magen gepreßt.

»Sammelt ihn auf und laßt uns hier verschwinden«, befahl Ibrahim, während er vom Pferd stieg.

39.

REGION KALININGRAD
9. FEBRUAR 2000

Gregor Sadow hielt sich im Schießstand auf, wo er mit Nikita arbeitete, als der Anruf kam. An seinem Gürtel hing ein Funktelefon. Es war auf lautlos gestellt, doch er spürte die Vibration im Rücken.

Er schob ein neues Magazin in die AKMS ein, spannte den Abzugshebel und reichte die Waffe Nikita. Wortlos wandte er sich ab, löste das Telefon vom Gürtel und nahm den Anruf entgegen. »Ja?«

»Es ist Zeit.« Die Stimme am anderen Ende der Leitung war männlich, doch das hatte nichts zu sagen. Da sie ganz offensichtlich elektronisch verändert war, hätte sie auch Gregors Großmutter gehören können. Trotz der elektronischen Verzerrung war er sich allerdings sicher, daß es die Stimme war, die ihn von Anfang an für diese Aufträge angeheuert hatte. Mit wem er sprach, wußte er nicht einmal andeutungsweise, aber das war nichts Ungewöhnliches. In Gregors Beruf war es üblich, daß zwischen dem Ausführenden und dem Auftraggebenden mehrere Schichten zwischengeschaltet waren. Anders als sonst hatte Gregor diesmal aber tatsächlich keine Ahnung, für wen er arbeitete. Ihm war bekannt, daß es sich um ein hochrangiges Mitglied der Regierung handelte, und er konnte sich vorstellen, wer die Ziele auswählte, aber bei seinem Beruf war es besser, nicht zuviel zu wissen.

»Haben Sie das Ziel bestimmt?« fragte er.

»Ja. Eine Satellitenbodenstation in der Gegend von Kaliningrad.«

Gregor nickte, ohne zu fragen, warum man sich gerade für diese Anlage entschieden hatte. Es war nicht notwendig, daß er das wußte. »Irgendwelche besonderen Anforderungen?« Gregor mußte nicht erklären, was er damit meinte. Seine Frage bedeutete, ob bestimmte Individuen zu töten waren – oder überleben sollten.

»Keine. Sorgen Sie nur für gründliche Arbeit.«

Sadow nickte erneut. »Verstanden.«

»Da ist noch etwas«, sagte die elektronisch veränderte Stimme.

Gregors Hand krampfte sich um das winzige Telefon. »Noch etwas« war immer etwas, das ihm nicht gefiel.

»Der Auftrag ist so schnell wie möglich auszuführen.«

Gregor lächelte, doch das rasche Zucken seiner aufeinandergepreßten Lippen verriet keinerlei Belustigung. »Wie schnell? Wir brauchen Zeit für die Planung, um das Gelände auszukundschaften, zu …«

»Heute nacht.« Die Stimme klang schroff und unnachgiebig. »Spätestens morgen nacht.«

»Unmöglich ...«

»Wir zahlen den doppelten Preis.«

Sadows Protest wurde im Keim erstickt. »Das Dreifache.«

Der Mann – wenn es einer war – mit der veränderten Stimme, zögerte keinen Augenblick. »Einverstanden«, erklärte er sofort, was Gregor verriet, daß er noch viel höher hätte gehen können. »Vorausgesetzt, daß der Auftrag morgen nacht erledigt ist.«

»Das ist er.« Gregor unterbrach die Verbindung. Er wandte sich um, nahm Nikita die Waffe ab und begann die Zielscheibe zu durchlöchern. »Komm«, befahl er, als das Magazin leer war. »Es gibt Arbeit.«

40.

Region Kaliningrad
10. Februar 2000

»Der Strom ist schon wieder weg, Elaine.«

Elaine Steiner blickte von dem Verteilerkasten auf, an dem sie gerade arbeitete. Soeben hatte ihr Ehemann den Raum betreten. Wieder einmal brachte er schlechte Nachrichten. »Was ist diesmal los? Erzähl mir nicht, daß der Generator wieder ausgefallen ist.«

Die Vereinbarung zwischen Gordian und der russischen Regierung sah den Bezug von Elektrizität für die Bodenstation aus dem regionalen Netz vor, aber Gordian war nicht dumm. Er wußte, wie unzuverlässig die Stromversorgung in den abgelegenen Gegenden, die er für seine Bodenstationen auswählte, sein konnte. Daher war jede Station mit einem Generator ausgestattet, der genügend Kapazität besaß, um alle Systeme am Laufen zu halten. Das Problem war, daß die Ersatzteile sowie der für den Betrieb erforderliche Kraftstoff vor Ort eingekauft wurden und die Qualität nicht dem Standard entsprach, den die Steiners sonst verlangten.

»Nein«, erwiderte Arthur. »Der Generator ist ohne Probleme automatisch angesprungen, wie vorgesehen. Aber wir haben keine Ahnung, warum die Versorgung vom Netz unterbrochen wurde. Wir haben uns telefonisch beim lokalen Umspannwerk erkundigt: Nirgendwo sonst ist der Strom ausgefallen.«

Stirnrunzelnd legte Elaine ihr Werkzeug beiseite. Arthur und sie waren schon lange im Beruf und hatten in Ländern gearbeitet, wo Gewalt an der Tagesordnung war. Das hatte ihren Sinn für Gefahr geschärft. »Seit wann haben wir keinen Strom mehr?« erkundigte sie sich.

»Seit etwa zehn Minuten. Das Umspannwerk schickt ein Team, das die Leitungen überprüfen soll, also werden wir bald mehr wissen.«

Resigniert verzog Elaine die Mundwinkel. Ihr Ehemann war wirklich ein unverbesserlicher Optimist. »Ein Team von hier? Wir können von Glück reden, wenn sie die Stromleitungen überhaupt finden. Nein, mein Lieber, wenn wir wollen, daß der Fehler schnell behoben wird, müssen wir schon selbst dafür sorgen.«

Beim Anblick der herabhängenden Stromkabel gönnte Gregor Sadow sich den Luxus eines flüchtigen Lächelns der Befriedigung. Drei nebeneinanderstehende Strommasten waren umgestürzt. Ein wenig C4-Plastiksprengstoff, knapp oberhalb des Bodens angebracht, war wirklich äußerst effektiv.

Da es sich bei ihrem Ziel um eine amerikanische Satellitenbodenstation handelte, war Gregor klar, daß der Stromausfall nicht alle Verteidigungssysteme lahmlegen würde. Sicher war allerdings, daß ein Großteil der Leistung des Generators für die Aufrechterhaltung der wichtigsten Systeme benötigt wurde, unter anderem für die Verbindung zum Satelliten und die Kommunikationskanäle.

Gregor hatte die Absicht, den Generator auszuschalten. Nicht, daß ihm die Telefone innnerhalb der Anlage allzuviel Kopfschmerzen bereitet hätten. Man war hier zu weit von jeder Zivilisation entfernt. Es gab niemanden, den man von der Station aus hätte anrufen können – zumindest niemanden, der rechtzeitig zu Hilfe eilen konnte. Aber daß Gregor so lange überlebt hatte, verdankte er der Tatsache, daß er niemals ein unnötiges Risiko einging. Es war unmöglich, jegliche Kommunikation von der Anlage aus zu unterbinden, ohne den Satelliten aus seiner Umlaufbahn zu schießen, aber er konnte zumindest versuchen, den Generator lahmzulegen.

Er gab seinem Team das Zeichen zum Einsteigen. Sieben Leute hatte er bei sich, die drei Überlebenden seiner alten Gruppe und vier neue Leute, die ihm Gilea zur Unterstützung geschickt hatte. Viel Gelegenheit mit den Neuankömmlingen zu arbeiten hatte er bisher nicht gehabt, aber das war gleichgültig. Es waren Gileas Leute, nicht seine, und selbst wenn sie ein Jahr lang bei ihm gewesen wären, hätte er ihnen nicht vertraut.

Er hatte sein Team gleichmäßig auf die vier BTR-40 aufgeteilt. Gileas Leute hatten zwei der Schützenpanzer bemannt, er und Nikita saßen in einem und die übrigen seiner Männer in einem anderen. Auf dem Dach der Fahrerkabine jedes Fahrzeugs war ein KPV-14,5-mm-Maschinengewehr montiert. Ein eindrucksvolles Arsenal grausamer Waffen lag griffbereit. Sein Auftraggeber verlangte gründliche Arbeit, und er hatte die Absicht, die Anweisungen zu befolgen.

Sie ließen die Motoren an und fuhren – mit Gregor und Nikita an der Spitze – auf die etwa fünf Kilometer entfernte Anlage zu. Er hatte sichergehen wollen, daß niemand auf der Bodenstation die Explosion hörte, wenn sie die Stromleitungen unterbrachen.

Als sie sich der Anlage näherten, entdeckte Gregor einen amerikanischen Jeep mit Firmenlogo, der auf sie zukam. Er konnte die Insassen nicht sehen, aber er wußte, daß es sich um einen Reparaturtrupp handeln mußte, der die Ursache für den Stromausfall untersuchen sollte.

Unter anderen Umständen hätte er die Leute davonkommen lassen. Ein paar Techniker waren in seinem großen Plan bedeutungslos. Aber er hatte Anweisung, gründlich zu sein.

Er bremste und wandte sich an Nikita. »Kümmere dich um sie.«

Nikita nickte kurz. Sie holte einen der RPGs aus dem hinteren Teil des Fahrzeugs, stieg aus dem Transporter, zielte und feuerte.

Die Straße war so holprig, daß Arthur den Sicherheitsgurt angelegt hatte, im Gegensatz zu Elaine, die behauptete, sie habe das in den Staaten so oft getan, daß es für ihr ganzes Leben reiche. Ihrer Meinung nach zwang einen das Gesetz nur, Sicherheitsgurte anzulegen, Motorradhelme zu tragen und Kinder in Autositzen zu sichern, damit der Staat nicht die Kosten für die medizinische Versorgung übernehmen mußte, wenn es zu einem Unfall kam.

Wie immer, fuhr Arthur. Eigentlich war Elaine die bessere Fahrerin, aber wenn sie zusammen waren, saß Arthur am Steuer. Aus diesem Grund, und weil Arthur sich auf den Trampelpfad konzentrierte, den man in diesem Teil Rußlands ›Straße‹ nannte, entdeckte Elaine die Entgegenkommenden zuerst.

In dem Moment, als sie einige hundert Meter von ihnen entfernt über die kleine Erhebung kamen, wußte Elaine, wen sie vor sich hatten: den Feind. Schon als Arthur ihr von dem Stromausfall berichtet hatte und davon, daß sie die einzigen Betroffenen waren, war ihr Verdacht geweckt worden. Sie hatte nicht an einen Zufall geglaubt – schon gar nicht, wenn man an die nur wenige Wochen zurückliegenden Ereignisse vom Times Square dachte. Ein ganzes Monatsgehalt hätte sie für eine Waffe gegeben, aber die wenigen Waffen, über die die Anlage verfügte, waren in Friedenszeiten sicher verwahrt ... Und so begründet ihr Verdacht auch sein mochte: Offiziell herrschte Frieden.

Doch als sie jetzt vier Schützenpanzer ohne Kennzeichen auf die Anlage zurollen sah, wußte Elaine, was sie erwartete.

»Arthur ...«, sagte sie, doch es war bereits zu spät. Die vier BTR-40 hielten. Elaine sah eine Frau aus dem Fahrzeug an der Spitze steigen, die etwas aus dem hinteren Teil des Transporters holte und in ihre Richtung zielte. »Wenden, Arthur. Du mußt sofort wenden.«

Ihr Mann sah auf und begann das Lenkrad zu drehen, doch in diesem Augenblick feuerte die Frau.

Nikitas Schuß erreichte sie nicht, sondern schlug direkt vor dem Jeep einen Krater in den Boden. Kein Problem, dachte Gregor, die Wirkung war die gleiche. Der Jeep raste in das Loch, das sich plötzlich vor ihm aufgetan hatte. Der Kühlergrill bohrte sich in die Wand des Kraters, und eine Person wurde auf der Beifahrerseite aus dem Wagen geschleudert.

Er legte den Gang ein und bedeutete Nicki, wieder einzusteigen. »Komm«, sagte er. »Wir beenden das hier und fahren weiter.«

Zuerst fühlte Elaine überhaupt nichts. Sie konnte sich nicht einmal erinnern, was vorgefallen war. Alles, was sie wußte, war, daß sie auf dem Rücken lag und in einen Himmel blickte, der zu blau, zu friedlich schien, um zu dieser Erde zu gehören. Doch dann kehrte die Erinnerung zurück: die feindlichen Transporter, die Frau, die Rakete, die vor ihnen explodierte, Arthur ...

»Arthur?« sagte sie. Der Schmerz traf sie mit unvermittelter Wucht, als sie sich auf die Seite rollte. Eine große, weiße Wand brach auf sie herab, die von ihren Zehen bis zu ihrer Kopfhaut reichte. Etwas stimmte nicht. Die Explosion oder der Aufprall auf dem harten, gefrorenen Boden hatten etwas unwiderruflich zerstört. Doch das war unwichtig geworden. Alles, was zählte, war Arthur.

Den Schmerz ignorierend, zwang sie sich, auf Händen und Füßen zu dem zerschmetterten Wrack des Fahrzeugs zu kriechen.

Dort fand sie Arthur. Sein Sicherheitsgurt hatte ihn davor bewahrt, aus dem Fahrzeug geschleudert zu werden, aber das hatte ihm nicht viel genützt. Als sie näher kam, erkannte sie, daß die Lenksäule seinen Brustkorb durchbohrt und ihn an den Sitz genagelt hatte. Er bewegte sich nicht.

»Arthur.« Ihre Stimme klang wie ein geschluchztes Gebet. »Arthur.«

Es gelang ihr, durch die Türöffnung zu ihm zu kriechen. Sie schmiegte sich an seinen leblosen Körper. Ihr war klar, daß er tot war. Er atmete nicht, und aus seinen Wunden floß kein Blut mehr. Für keinen von ihnen gab es Hoffnung.

»O Arthur«, flüsterte sie, während sie die Hand ausstreckte und sanft seine Augen schloß. Verzweifelt gegen den Schmerz kämpfend, der sie zu überwältigen drohte, beugte sie sich vor und küßte ihn sanft auf die Lippen. »Schlaf gut, mein Liebster.« Ihr Kopf sank ein letztes Mal gegen seine Schulter.

Langsam, die Beretta in der Hand, näherte Gregor sich dem zerstörten amerikanischen Jeep. Er war sicher, daß niemand in dem Fahrzeug am Leben sein konnte oder zumindest niemand, der noch eine ernsthafte Bedrohung darstellte, aber Vorsicht zahlte sich immer aus. Vor allem, da durch die zersplitterten, blutigen Reste der Windschutzscheibe kaum etwas zu erkennen war.

Als er nahe genug heran war, blickte er durch die Beifahrertür. Der Mann war tot, soviel war offensichtlich. Was aber war mit der Frau? Sie war aus dem Jeep geschleudert worden und zurückgekommen. Vielleicht war sie noch am Leben.

Er hob die Beretta, aber bevor er feuern konnte, wandte sie langsam, offenbar unter großen Schmerzen, den Kopf und sah ihn an.

»Warum?« Ihre Stimme klang brüchig, zerstört wie der Jeep. »Wir wollen doch nur helfen, wir schaden doch niemandem. Warum bringen Sie uns um?«

Gregor zuckte die Achseln. »Befehl ist Befehl«, erwiderte er auf englisch, bevor er feuerte. Die Kugel traf sie in die Stirn. Ihr Kopf wurde gegen die Schulter ihres Mannes geschleudert. Sie sank nach vorne, weg von dem Mann, den sie offenbar so liebte.

Gregor zögerte, dann streckte er die Hand aus und schob ihren Körper vorsichtig zurück. Sanft lehnte er ihren Kopf an die Schulter ihres Mannes. Anschließend wandte er sich ab, stieg in den BTR-40 und fuhr auf die amerikanische Anlage zu.

41.

New York City
9. Februar 2000

Als er auf den diensthabenden Sergeant der Wache am Police Plaza Nummer eins zuging, fühlte Roger Gordian sich nervös und unbehaglich.

Teilweise war daran der Rundgang um den Times

Square schuld, den er eben hinter sich gebracht hatte. Dieser Besuch am Ort des Verbrechens hatte ihn unerwartet stark mitgenommen. Überall wurde man an die Tragödie erinnert. So entsetzlich die CNN-Bilder gewesen waren, sie hatten ihn nicht auf die Gefühle vorbereitet, die der Anblick des Platzes in ihm auslöste.

Es war weniger das Ausmaß der Zerstörung, das diese verheerende Wirkung auf ihn hatte. Schlimmer waren die kleinen Einzelheiten, die an die betroffenen Menschen erinnerten. Unter einem umgestürzten Verkehrsschild lag ein blutverschmierter Teddybär, der ein vom New Yorker Straßenschmutz und den Unbilden der Witterung völlig verdrecktes rosa Band um den Hals trug. Er konnte nur hoffen, daß die Besitzerin des Bären lebte und nicht so unter Kummer oder Schmerzen litt, daß sie ihr Stofftier vermißte.

Ja, der Besuch des Times Square war eine erschütternde Erfahrung gewesen. Dabei hatte er bereits Pläne geschmiedet, wie er beim Wiederaufbau helfen konnte. Doch das war nicht der einzige Grund für sein Unbehagen, soviel war ihm klar. Er war im Begriff, ein enormes Risiko einzugehen. Was er in der Tasche seines Mantels bei sich trug, konnte eine ungeahnte Wirkung haben.

Er wandte sich an den Sergeant.

»Commissioner Harrison, bitte. Ich habe einen Termin.«

Als seine Sekretärin ihm über die Sprechanlage mitteilte, daß Gordian da sei, legte Bill Harrison den Stapel von Berichten, die er auf der Suche nach Einzelheiten durchgegangen war, beiseite. Er setzte seine Lesebrille ab und rieb sich die Augen.

»Geben Sie mir eine Minute, bevor Sie ihn hereinbringen.«

Seit dem Tod seiner Frau schlief er kaum noch. Der Polizeipsychologe hatte ihm erklärt, das sei zu erwarten gewesen, aber die Tatsache, daß seine Gefühle vorhersehbar waren, linderte weder den Schmerz, noch half es ihm über die Alpträume und seine Einsamkeit hinweg.

Inzwischen schlief er nicht mehr im Ehebett; dort war die Erinnerung an Rosie zu stark. Schon der Anblick ihres Zimmers brachte ihn völlig aus der Fassung. Ihre Kleider, der Duft ihres Parfüms – er hatte sich das Notwendigste genommen und ins Gästezimmer gebracht. Doch auch das half nicht viel. Jedesmal, wenn er die Augen schloß, träumte er von jener Nacht, wieder und wieder, bis er schließlich schreiend vor Entsetzen erwachte.

Am schlimmsten waren die Träume, in denen er sie rettete, in denen sie alle der Katastrophe entkamen, aus denen er in eine entsetzliche Realität erwachte.

Rosie hatte ihn für immer verlassen.

Er war dazu übergegangen, die Nacht in einem Sessel im Wohnzimmer zu verbringen, was so unbequem war, daß er nie wirklich tief schlief. Das half gegen die Träume, wirkte sich aber nicht besonders günstig auf seine Konzentrationsfähigkeit aus. Dabei brauchte er diese dringender als je zuvor, wenn er das Verbrechen aufklären wollte.

Er fuhr sich mit den Händen über Gesicht und Haare und rückte seine Krawatte zurecht. Ablenkung, dachte er, das war der Schlüssel zum Überleben. An etwas anderes denken.

Er fragte sich, was dieser mächtige Mann von ihm wollte.

Zwischen den schäbigen Straßen von Manhattan und Kalifornien lagen Welten, besonders wenn man im Kalifornien Gordians lebte. Wenn man seine Eigentumswohnung in Gordians Garage unterbrachte, blieb vermutlich noch Platz für einen Lastwagen. Warum also hatte Gordians Sekretärin telefonisch einen persönlichen Termin vereinbart? In Polizeiangelegenheiten? Das schien unwahrscheinlich.

Nun, er würde es früh genug herausfinden. Seine Neugier – dieser unermüdliche Drang, alles zu erforschen, der ihn damals veranlaßt hatte, zur Polizei zu gehen – war das einzige Gefühl, das nicht unter der Tragödie gelitten hatte.

Als sich die Tür für den Mann öffnete, den er unzählige Male in Illustrierten und Nachrichtensendungen gesehen hatte, stand Harrison auf, um ihn zu begrüßen. Gordians entschlossener Miene nach zu urteilen, handelte es sich nicht um die Laune eines reichen Mannes. Ohne ein Wort zu sagen, betrat er den Raum, legte seinen Mantel auf der Couch ab und wandte sich an den Polizeipräsidenten.

Die beiden Männer stellten sich vor und schüttelten sich die Hände.

Nachdem sie die üblichen Höflichkeitsfloskeln ausgetauscht hatten, ließen sie sich nieder und plauderten ein wenig. Durch die nüchternen Jalousien fiel in Streifen die Morgensonne und tauchte die merkwürdige Zusammenkunft in ein eigenartiges Licht. Gordian fühlte sich ebenso unbehaglich wie er. Offenbar war ihnen beiden bewußt, wie merkwürdig die Situation war. Schließlich entschied sich Harrison, nicht länger um den heißen Brei herumzureden.

»Sie haben einen Flug von sechs Stunden auf sich genommen, um sich mit einem Mann zu treffen, den Sie noch nie zuvor gesehen haben. Meine Sekretärin hat mir gesagt, daß Sie heute abend noch nach San Francisco zurückfliegen. Daher nehme ich an, daß Sie nicht gekommen sind, um mit mir über das Wetter zu reden. Warum sagen Sie mir nicht, warum Sie hier sind?«

Der Augenblick der Wahrheit war gekommen, das las Harrison deutlich in Gordians Gesicht.

»Es ist eine lange Geschichte.« Gordian hielt inne. »Eine Geschichte, die vielleicht kein Happy-End hat.« Er nahm einen prall gefüllten Umschlag aus der Tasche seines Mantels, den er mit hereingebracht hatte, statt ihn von der Sekretärin an die Garderobe hängen zu lassen. Ein merkwürdiges Verhalten für einen Mann wie Gordian, der zu Hause vermutlich rund um die Uhr bedient wurde, hatte Harrison gedacht. Gordian wog den Umschlag in der Hand und sah ihn an, als könnte er jeden Augenblick explodieren. Dann erinnerte er sich offenbar, wo er war. Er blickte zu Harrison auf, der ruhig darauf wartete, daß der andere sprach.

»Vielleicht ist Ihnen bekannt, daß ich Kriegsgefangener war«, begann Gordian. »Ich wurde über Vietnam abgeschossen und interniert.«

»Ja, das weiß ich«, erklärte Harrison. Er hatte keine Ahnung, worauf sein Besucher hinauswollte. Was zum Teufel ging hier vor?

»Diese Erfahrung hat mich verändert. Als ich zurückkam, wollte ich die Welt umgestalten, zur Öffnung veranlassen, alles tun, was in meinen Kräften steht, damit nie wieder etwas Ähnliches wie dieser Krieg geschieht.« Er brach ab und blickte den Polizeipräsidenten an. »Überall auf der Welt habe ich Leute, die, fern der Heimat den politischen Strömungen in ihren Gastländern ausgeliefert, für unser aller Wohl arbeiten. Ich habe sie entsandt, ich bin für sie verantwortlich.«

»Ich verstehe, was Sie meinen«, gab Harrison zurück. »Ich schicke jeden Tag Tausende von Männern in blauen Uniformen in die Gefahr hinaus.«

»Dann wissen Sie auch, daß es wenig gibt, was ich nicht tun würde, um meine Leute zu schützen.«

»Wo liegt für Sie die Grenze? Wo würden Sie haltmachen, wenn es um eine wichtige Angelegenheit geht?« Harrison konnte sich allmählich vorstellen, weshalb Gordian hier war.

»Das kommt darauf an – wenn es um gesetzestreue Bürger geht, halten wir uns stets an die Buchstaben des Gesetzes. Ich bin stolz auf mein Unternehmen. Aber wenn wir es mit Kriminellen und Terroristen zu tun haben, gibt es … nennen wir es einmal eine ›Grauzone‹ bei den Sicherheitsmaßnahmen meines Unternehmens. Können wir es dabei belassen?« Gordian klopfte mit dem Umschlag gegen sein Bein. Das Papier kratzte ein wenig an dem feinen britischen Stoff des Anzugs. In der Stille erschien das Geräusch unverhältnismäßig laut.

»Ich werde Ihre Methoden nur hinterfragen, wenn es sich nicht vermeiden läßt.« Inzwischen starrte auch Harrison auf den Umschlag.

»Der Vorfall vom Times Square war eine entsetzliche Tragödie. Ich habe die Ereignisse im Fernsehen mitverfolgt. Vietnam schien auf einmal viel zu nahe. Sie haben mein tiefstes Beileid, falls ich das noch nicht erwähnt haben sollte.«

Harrison holte tief Atem. Gordian verstand seine Gefühle, aus schmerzlicher Erfahrung wußte dieser Mann, wie es um ihn stand. Er selbst hatte Ähnliches erlitten und überlebt. Harrison schluckte mühsam. »Danke. Aus Ihrem Mund bedeutet mir das viel.«

»Ich verabscheue Terroristen.« Ein harter Zug erschien um Gordians Kinn. »Wenn meine Leute bedroht sind, kann ich nicht däumchendrehend dasitzen und zusehen. Die Familienangehörigen von einigen meiner Angestellten waren auf dem Platz.«

»Meine auch«, erwiderte Harrison leise. »Meine auch …«

»Es tut mir leid, das war gedankenlos …« Entsetzt blickte Gordian auf, als ihm klar wurde, was er da gesagt hatte.

»Schon gut. Jeden Tag sehe ich mir die Bilder vom Ort des Verbrechens an, gehe das Material durch, das meine Männer, das FBI und die Antiterroreinheit gesammelt haben, suche nach einem Muster, aus dem sich erkennen ließe, wer das getan hat. Überall stoße ich auf Erinnerungen, das können Sie mir glauben. Ich werde herausfinden, wer meiner Frau und meiner Stadt das angetan hat. Vierhundert Mann arbeiten rund um die Uhr nur an diesem Fall. Wir werden der Sache auf den Grund gehen, und wenn ich selbst zur Schaufel greifen muß. Anders geht es nicht, wir müssen es tun. Für die Stadt, den Oberbürgermeister, für meine Frau. Dafür lebe ich weiter.« Harrison sah Gordian ruhig in die Augen. »Ich würde mich mit dem Teufel selbst auf einen Handel einlassen, wenn wir den Fall damit lösen könnten.«

Gordian reichte ihm den Umschlag, den Harrison mit bebenden Händen entgegennahm, ohne ihn zu öffnen.

»Es wäre eine Lüge zu behaupten, ich wüßte nicht, was in dem Umschlag ist. Ich werde Ihnen auch nicht erzählen, daß wir auf streng legalem Weg an das Material gelangt sind. Wir haben einige Abkürzungen genommen.«

Harrison stellte keine Fragen. Manchmal war es besser, nicht zuviel zu wissen. »Ich nehme an, Sie haben Ihre Spuren verwischt.«

»Vielleicht nicht. Damit werde ich mich befassen, wenn wir soweit sind. Alles, was wir herausfinden konnten, ist in diesem Umschlag. Das Beweismaterial, über das wir verfügen, haben wir beigelegt. Wenn Sie möchten, daß ich Sie über den Stand unserer Ermittlungen auf dem laufenden halte, werde ich das tun. Falls es Ihnen möglich ist, wäre ich Ihnen dankbar, wenn Sie ebenso verfahren würden, natürlich nur im Rahmen des Gesetzes.«

»Danke.« Harrison sah auf den Umschlag hinab, den er in den Händen hielt. »Ich werde Ihren Namen soweit wie möglich aus der Sache heraushalten.« Dann blickte er erneut Gordian an, der sich offenbar zum Aufbruch anschickte, nachdem seine Mission erfüllt war. »Noch eine Frage. Warum ich? Sie kennen mich doch gar nicht.«

»Ich dachte, Sie hätten das größte Anrecht darauf.

Nutzen Sie es gut.« Damit schüttelte Gordian Harrison die Hand. Der Griff seiner Hand war warm und fest. Schweigend drückte er damit Mitgefühl und Vertrauen aus, spendete ohne Worte Trost. Dann ging er so leise, wie er gekommen war. Offenbar hatte ihn die Begegnung mit diesem Mann so mitgenommen, daß er zu keiner Bewegung fähig war, dachte Harrison. Gordian mochte einen hervorragenden Ruf genießen, doch der wurde ihm nicht gerecht. Um zu handeln wie er mußte man Mut besitzen, Mut und ein ausgeprägtes Gewissen, ganz gleich, was er über Grauzonen gesagt hatte.

Harrison schüttelte leicht den Kopf, um wieder klar denken zu können.

Dann riß er den Umschlag auf und ließ den Inhalt auf seinen Schreibtisch gleiten.

»Mein Gott ...«

Vor ihm lagen Fotos, Namen, Zeitpunte und Orte von Ein- und Ausreise, Niederschriften von Gesprächen, Audio- und Videokassetten.

Er schob das Material hin und her, las Bruchstücke. Dann legte er die Kassette in seinen Videorecorder und sah sie sich kurz an. Ein Ausdruck der Enttäuschung zeichnete sich auf seinem Gesicht ab, doch dann wurde ihm klar, was die beiden einander liebkosenden Personen auf dem Band sagten.

Großer Gott!

Er rannte zur Tür.

»Jackie«, brüllte er. »Holen Sie mir die Leitung der Times-Square-Sondereinheit her. Rufen Sie die Staatsanwaltschaft an, wir brauchen Vorladungen. Das FBI soll auch kommen.«

Dann wandte er sich dem Fernseher zu. Dieser Film war tatsächlich nicht jugendfrei. Er blickte in die Gesichter der Mörder seiner Frau.

Es war Zeit zu handeln.

Die Sicherheitsmaßnahmen im Platinum Club waren verstärkt worden. Man hatte die Zahl der Wachen verdreifacht, und von der Decke hingen neue, durch unauffällige schwarze Plastikkugeln getarnte Videokameras.

Beim Anblick dieser Vorkehrungen lächelte Boris unwillkürlich. Boris war nicht sein wirklicher Name, er hatte ihn nur für diesen Auftrag gewählt. Nicks Versuch, nach dem Einbruch die Sicherheitsmaßnahmen zu verbessern, erinnerte ihn an ein altes amerikanisches Sprichwort – wie lautete es doch noch gleich? Ach, ja: die Stalltür versperren, nachdem die Kühe entlaufen sind.

Zu wenig, zu spät. Auch das ein amerikanisches Sprichwort, das hier zutraf.

Das Gewicht der schallgedämpften SIG Sauer P229 unter der Jacke seiner gestohlenen UPS-Uniform vermittelte ihm ein angenehmes Gefühl der Sicherheit. Er schob den übergroßen, gepolsterten Umschlag auf sein elektronisches Clipboard und ging die Treppe hinauf, die zu Nicks privaten Büroräumen führte.

Zwei große, stämmige Leibwächter, von denen der eine einen sorgfältig gestutzten Bart trug, während der andere glattrasiert war, hinderten ihn daran, sich weiter umzusehen. Gerade noch rechtzeitig, dachte Boris.

»Ich nehme das«, sagte einer der beiden.

Boris blickte auf. Von der Decke am anderen Ende des mit dickem Teppichboden ausgelegten Ganges hing ebenfalls eine der undurchsichtigen Plastikkugeln. Das überraschte ihn nicht. Es ging das Gerücht, Nick Roma zeichne gern alles auf.

»Kein Problem.« Mit diesen Worten übergab er dem bärtigen Bodyguard zu seiner Linken den übergroßen Umschlag, während er dem zu seiner Rechten das Clipboard reichte. Als dieser danach griff, drückte Boris einen eingebauten Knopf. Damit löste er die versteckte

Waffe aus und zündete gleichzeitig die kleine Brandeinheit im Umschlag.

Ein winziger Bleipfeil grub sich in das weiche Fleisch direkt unter dem sorgfältig gestutzten schwarzen Bart, während der andere Mann aufschrie, als die Flammen, die plötzlich aus dem Paket schlugen, seine Hand versengten.

Boris hatte bereits seine Neunmillimeter gezogen. Zwei schnelle, lautlose Kugeln trafen jeden der Männer, dann rannte er auf die Tür zu, die zu Nicks privatem Büro führte.

Sein Ziel war in diesem Raum, das wußte er. Die Tür würde nicht verschlossen sein, auch das war ihm bekannt. Nick verließ sich allzusehr auf fehlbare menschliche Wesen, wenn es um seine Sicherheit ging. Die Warnung seiner Sicherheitskräfte würde zu spät kommen.

Nick Roma blickte auf, als sich die Tür zu seinem Büro leise öffnete und ein Mann in einer vertrauten braunen Uniform erschien.

»Ein Paket? Von wem?« fragte er. In diesem Moment wurde ihm klar, daß der UPS-Mann nicht wie sonst von seinen Leibwächtern flankiert wurde. Er wollte nach der Waffe greifen, die er in einer Schublade seines Schreibtisches aufbewahrte, aber er kam nicht so weit.

»Unser gemeinsamer Freund Juri Wostow läßt grüßen«, sagte der Mann in der braunen UPS-Uniform.

Nick Romas Augen weiteten sich überrascht, als er begriff. Zu spät.

»Warten Sie …«

Aber Boris wartete nicht. Er jagte Nick zwei Schüsse in den Schädel. Der erste traf ihn direkt zwischen die Augen, der zweite, schwierigere, weil sich der Kopf unter dem ersten Einschlag noch bewegte, etwas höher. Boris schraubte den heißen, unbrauchbar gewordenen Schalldämpfer vom Lauf seiner Pistole, setzte einen neuen auf, legte ein frisches Magazin ein und lief auf den Notausgang zu. Nur einmal hielt er unterwegs an, um dem Spiegel ein schnelles Lächeln und ein fröhliches Winken zu gönnen. Dann war er verschwunden.

42.

REGION KALININGRAD
10. FEBRUAR 2000

Wie eine schweigende Festung erhob sich die amerikanische Anlage aus der Dunkelheit, doch der Schutz, den die massiv wirkenden Mauern zu bieten schienen, war reine Illusion. Innerhalb der Betonmauer, die das Gelände umgab, lagen zehn Gebäude, von denen keines mehr als zwei Stockwerke besaß. Gregor wußte, daß auf der Mauer Infrarotschranken und -sensoren installiert waren, die bei unbefugtem Eindringen Alarm auslösten. Er wußte aber auch, daß dieses Sicherheitssystem den Menschen innerhalb der Anlage nicht das geringste nützen würde.

In der ihnen zugewandten Seite der Mauer befand sich ein Tor, breit genug, um zwei Lastwagen nebeneinander durchzulassen. Seitlich von den verstärkten Metallflügeln waren zwei kleine Wachhäuschen angebracht.

Eine typisch amerikanische Anordnung, dachte Gregor. Auf dem Gelände selbst würden sie nur auf eine Handvoll schlecht bewaffneter Sicherheitskräfte und auf ein, höchstens zwei Dutzend Techniker treffen. Keiner der Anwesenden stellte für ihn und sein Team eine Bedrohung dar.

Wie geplant, kamen die vier BTR-40 fünfzig Meter vor dem Metalltor zum Halten, weit außerhalb der

Reichweite der an der Mauer montierten Scheinwerfer. Die Beleuchtung der Fahrzeuge hatte man gelöscht, und das gesamte Team trug Nachtsichtbrillen.

Gregor sah zu Nikita hinüber. »Mach dich fertig, Nicki.«

Einen Augenblick lang blickte sie ihn schweigend an. Dann nickte sie, kletterte auf den rückwärtigen Teil des Schützenpanzers, wo ein M-38-82-mm-Granatwerfer montiert war, und nahm die Feineinstellung auf das Ziel vor.

Um den Passagieren der drei anderen BTR-40 Zeit zur Vorbereitung zu geben, wartete sie einen Moment, bevor sie die erste Salve abgab. Einen Augenblick später flogen drei weitere raketengetriebene Granaten durch die Nacht auf das Metalltor zu.

Nicki wartete die Wirkung ihres Schusses nicht ab, sondern tauchte sofort in den bereits anfahrenden Transporter ab, wobei sie einen RPG aus dem hinteren Teil des Fahrzeugs mitnahm.

Tod und Zerstörung beendeten den Frieden und die Stille, die bis dahin die Nacht beherrscht hatten. Eine Granate schlug direkt in die metallenen Torflügel ein, riß sie aus den Angeln und schleuderte sie ins Innere der Anlage. Zwei weitere trafen die Wachhäuschen, wo sie alle Leitungen zur Außenwelt zerstörten und die Sicherheitsbeamten töteten. Nikita hatte weder auf das Tor noch auf die Wachhäuschen gezielt. Ihre Granate hatte in einem hohen Bogen die Mauer überflogen und war direkt in das Dach des Gebäudes, in dem der Generator untergebracht war, eingeschlagen. Das war der einzige Weg, die Amerikaner von jeder Kommunikation abzuschneiden. Selbst wenn es niemanden gab, den sie anrufen konnten, wollte Gregor auf keinen Fall ein unnötiges Risiko eingehen.

Nickis Schuß war ein Volltreffer. Vor sich hin lächelnd, raste Gregor über die Trümmer, die die Granaten hinterlassen hatten, um so schnell wie möglich die restliche Entfernung zurückzulegen. Welchen Schaden das an seinen Reifen und an der Unterseite des Transporters anrichtete, war ihm gleichgültig. Sein Team wußte, wo sich der Fahrzeugpool der Anlage befand. Er sollte unversehrt bleiben – im Gegensatz zu eventuell dort beschäftigtem Personal oder Angestellten, die sich dorthin geflüchtet hatten. Falls ihre Fahrzeuge beschädigt wurden, besorgten sie sich nach Erfüllung ihrer Mission dort Geländefahrzeuge für die Flucht.

Hintereinander fuhren die Schützenpanzer durch das Tor, Gregor an der Spitze, dann die vier Männer von Gilea und schließlich die übrigen Leute aus seinem Team. Sobald sie die Mauer hinter sich gelassen hatten, trennten sie sich. Jeder fuhr auf die Ecke der Anlage zu, die ihm in der Planung zugewiesen worden war. Sobald sie diese Position erreicht hatten, wendeten sie und hielten, ununterbrochen feuernd, auf das niedrige Betongebäude im Zentrum der Anlage zu, auf dessen Dach die Satellitenanlage montiert war.

Sie stießen nicht auf Widerstand. Gregor hatte nicht viel erwartet, aber doch mit etwas mehr Gegenwehr von seiten der Amerikaner gerechnet. Gleich zu Anfang wurden zwei verängstigte Wachmänner niedergestreckt, die im Freien überrascht worden waren, doch abgesehen davon, schien sich das gesamte Personal in den vorgefertigten Wohneinheiten verkrochen zu haben. Vermutlich in der Hoffnung, daß der Angriff an ihnen vorübergehen würde, wenn sie in Deckung blieben.

Unglücklicherweise lauteten Gregors Anweisungen anders.

Im Vorbeifahren schoß Gregors Team Granaten in die Eingänge der einzelnen Häuser, die weitere Zerstörungen anrichteten und die Überlebenden an der Flucht hinderten. Sein Hauptziel war das Gebäude mit der Satellitenverbindung. Wenn es zerstört war, konnte er dem Rest der Anlage seine volle Aufmerksamkeit widmen.

Das einzige Gebäude, bei dem sich Gregor länger aufhielt, war das kleine Waffendepot der Amerikaner. Zwei BTR-40 fuhren darauf zu und beschossen es so lange mit Granaten, bis sie es eingeebnet hatten. Erst dann paßte Gregor die Empfindlichkeit seiner Nachtsichtbrille an und rückte planmäßig weiter auf die Kontroll- und Kommandoeinheit der Anlage vor.

Max Blackburn telefonierte gerade mit Alan Jacobs, dem Chef des Sicherheitsdienstes der Anlage, als das Gespräch unterbrochen wurde. Max und sein Team waren die Stromleitungen abgefahren und befanden sich bereits auf dem Rückweg. Als der Strom ausgefallen war, hatte Alan ihn sofort informiert. Keiner glaubte ernsthaft, daß die Stromversorgung absichtlich oder gar böswillig unterbrochen worden war, aber das Reglement sah vor, in solchen Fällen routinemäßig ständig in Verbindung zu bleiben, bis das Problem erkannt und gelöst war. Abgesehen von Vince Scull, der noch ein paar Kabel überprüfen wollte, fuhren Blackburn und sein Sicherheitstrupp bereits zurück. Als der Anruf kam, wies er seinen Fahrer an, das Tempo zu beschleunigen.

Max hängte nicht auf, als der Hörer an seinem Ohr verstummte, sondern hielt die Verbindung weiter offen und wandte sich an Meg, die wie er auf der Ladefläche eines geschlossenen Lastwagens saß. Die Bauern der Region benutzten diese Fahrzeuge, um ihre Produkte zum Verkauf in die nahegelegenen Städte zu bringen.

»Ruf du an.« Er nannte ihr Jacobs' Durchwahl.

»Ärger?« fragte sie, während sie die Nummer eingab. Die Vorschriften untersagten die Speicherung von Telefonnummern. Zudem war die zuletzt gewählte Nummer nach Ende des Gesprächs umgehend zu löschen.

»Ich weiß es nicht. Vielleicht.«

Meg drückte die Wähltaste und hielt den Hörer ans Ohr. »Freizeichen«, erklärte sie einen Augenblick später.

Max beugte sich vor. »Geben Sie Gas«, befahl er dem Fahrer.

Meg blickte ihn fragend an. Blackburn hatte nicht einmal gewartet, bis jemand abnahm, bevor er reagiert hatte.

»Es gibt Probleme. Die Nummer hätte besetzt sein müssen. Daß du das Freizeichen gehört hast, bedeutet, daß die wichtigsten Telefonverbindungen unterbrochen sind.« Über die Schulter rief er nach Lee ›Seal‹ Johnson, dem Funkexperten des Teams. »Nehmen Sie den TAC-Sat. Ich brauche eine Satellitenverbindung mit der Anlage, und zwar sofort. Da stimmt was nicht, und ich will wissen, was.«

»Es hat keinen Sinn, Sir«, erklärte Johnson einen Augenblick später. »Der Satellit antwortet, aber die Bodenstation nicht.«

Die Lippen grimmig zusammengepreßt, nickte Blackburn. »Wie lange brauchen wir noch?«

»Zehn Minuten«, antwortete der Fahrer.

Blackburn schüttelte den Kopf. Er wußte nur zu gut, wie lang zehn Minuten waren, wenn man in ein Feuergefecht verwickelt war. »Ich gebe Ihnen fünf.«

»Aber Sir, die Achsen vertragen nicht ...«

»Die Achsen interessieren mich einen Scheißdreck«, fauchte Max. »Und die Schlaglöcher auch nicht. Für mich sind die Leute in der Anlage wichtig. Die werden nämlich gerade angegriffen und brauchen unseren Schutz. Von hier aus können wir nichts für sie tun. Also bringen Sie uns in fünf Minuten dorthin! Das ist ein Befehl.«

»Ja, Sir! Fünf Minuten.«

Blackburn nickte, wandte sich ab und begann, seinem Team Anweisungen zu erteilen. Ihnen blieben fünf Minuten, um sich auf den Kampf gegen einen unbekannten Feind mit unbekannter Stärke und Feuerkraft vorzubereiten.

Fünf Minuten – eine Ewigkeit für die Leute in der Anlage. Doch für Blackburns Team war die Zeit extrem kurz.

Gregors Männer waren auf ein Problem gestoßen. Nichts, womit sie nicht hätten fertig werden können, aber es hatte sie länger aufgehalten als vorgesehen.

Er war davon ausgegangen, daß die Wachen unbewaffnet waren, doch als sich das Team im Feuerschein der brennenden Häuser dem bunkerartigen Gebäude im Herzen der Anlage näherte, wurden die gepanzerten Fahrzeuge von allen vier Seiten aus Schießscharten unter Beschuß genommen. Dem Geräusch nach handelte es sich um kleine Waffen, nicht größer als Kaliber .38. Doch ihm bereitete ein anderes Problem Kopfzerbrechen. Wenn das Personal in einem der Wohnhäuser ebenfalls Waffen besaß, konnten Gregor und seine Leute in ein tödliches Kreuzfeuer geraten, das sie daran hindern würde, ihre Mission zu erfüllen.

Damit war sein Schlachtplan beim Teufel. Bis jetzt hatte alles mit der Präzision eines Uhrwerks funktioniert, was besonders erfreulich war, wenn man bedachte, wie wenig Zeit ihnen für die Vorbereitung zur Verfügung gestanden hatte. Doch jetzt war Improvisation gefragt.

»Fertigmachen, Nicki.« Er zog abrupt die Handbremse an.

Noch bevor der BTR-40 zum Stehen kam, sprang er heraus und rollte sich ein Stück weit über den Boden, wobei er darauf achtete, stets im dunklen Bereich hinter den grellen Scheinwerfern zu bleiben. Auf ein Knie gestützt, stellte er seine Nachtsichtbrille scharf, hob das Gewehr, stützte den Ellenbogen auf das linke Knie und nahm die nächstgelegene Schießscharte ins Visier.

Das Gesicht eines verängstigten Wachmannes starrte

über den Lauf einer 9-mm-Beretta. Eine hübsche Waffe, aber unter diesen Bedingungen ziemlich nutzlos.

Gregor holte tief Luft, ließ etwas davon ausströmen und hielt dann den Atem an, um das leichte Beben seines Gewehres zu unterdrücken. Dann feuerte er einen Schuß ab.

Selbst mit dem Nachtsichtgerät konnte er nicht erkennen, ob die Kugel getroffen hatte, weil er noch damit beschäftigt war, den Rückstoß des Gewehres abzufedern, als sie einschlug. Doch als er einen Augenblick später aufsah, war die Schießscharte leer, und von dieser Seite wurde nicht mehr geschossen.

Er beobachtete, wie Nicki erneut den Granatwerfer des BTR-40 abfeuerte und das Dach des Bunkers traf. Das Gewehrfeuer der Verteidiger verstummte endgültig, und Gregors Team eröffnete mit den anderen Granatwerfern das Feuer. Innerhalb weniger Minuten war von dem kleinen weißen Gebäude nur noch eine brennende Ruine übrig.

Gregor gab seinem Team das Zeichen auszuschwärmen. Nachdem ihr Hauptauftrag erfüllt war, galt es nun, nach Überlebenden zu suchen und sie zu neutralisieren.

Durch Handzeichen bedeutete er seinen drei Leuten, etwas zurückzubleiben. Dieser Teil ihrer Mission hatte nichts mehr mit Krieg zu tun. Das war reiner Mord, und den wollte er gerne Gileas Leuten überlassen.

Während sie sich der Anlage näherten, sah Max Blackburn Flammen aufsteigen. Er beugte sich auf seinem Sitz hinten im Lastwagen vor, als könnte er den Fahrer durch seine Willenskraft zu größerer Geschwindigkeit antreiben. Megan, die neben ihm saß, schwieg, da ihr klar geworden war, was das Bild vor ihnen bedeutete.

»Mein Gott«, sagte sie dann. Ihre Stimme war kaum lauter als ein Flüstern.

Max sprach kein Wort, sondern ballte nur die Hände zu Fäusten.

Sein Team war bereit. Alle hatten gesehen, wie die Flammen in den nächtlichen Himmel hinaufloderten. Jeder wußte, was das bedeutete. Selbst der Fahrer hatte wie die anderen Kevlarhelm und Nachtsichtgerät angelegt. Die Waffen waren schußbereit, ihr Vorgehen geplant. Sie hatten ihre Anweisungen erhalten, alles war besprochen. Jetzt wollten sie nur noch ein Ziel, damit ihre Rache nicht ins Leere ging.

Fünfzig Meter vor der Anlage befahl Max dem Fahrer, das Tempo zu verringern und mit ausgeschalteten Scheinwerfern zur rückwärtigen Mauer zu fahren. So kurz vor dem Ziel war die Straße zwar gut ausgebaut, und er hätte seine Anweisung am liebsten widerrufen und beschleunigen lassen, aber er wußte, daß das unsinnig wäre. Das Personal – wenn es Überlebende gab – zählte auf ihn. Wenn sie wie Idioten herangerast kämen und deshalb getötet würden, nützte das niemandem etwas.

Nein, so gern er auch wie die Kavallerie herangaloppiert wäre, Blackburn wußte, daß er sich an die Regeln halten mußte.

Als sie der ersten Ecke näher kamen, bedeutete Blackburn vier von seinen zwölf Männern abzuspringen. Sie würden über die Mauer klettern, je zwei Mann an den vorderen Ecken in Position gehen. Vier weitere sollten die hinteren Ecken übernehmen. Blackburn, Megan und die verbleibenden drei Männer würden über die rückwärtige Mauer gegenüber dem Tor angreifen, während der Fahrer im Wagen blieb.

»Bitte, lieber Gott«, dachte Blackburn, als sie um die erste Ecke bogen. Eigentlich hatte er für die Überlebenden beten wollen, Gott bitten, daß zumindest einige der Amerikaner diese Nacht überlebten. Statt dessen stieg ein ganz anderer Gedanke in ihm auf. »Bitte, lieber Gott, laß sie dort sein. Hilf mir, dafür zu sorgen, daß sie für ihre Verbrechen bezahlen.«

Neben ihm streckte Megan die Hand aus und berührte die seine, um ihm schweigend Mut zuzusprechen, doch er bemerkte es gar nicht. Zu sehr war er auf die vereinzelten Schüsse konzentriert, die hinter der Mauer zu hören waren. Rachepläne tobten in seinen Gedanken.

Gregor hörte, daß das Gewehrfeuer allmählich verstummte, und lächelte. In wenigen Minuten würde er sein Team zurückrufen.

»Gute Arbeit heute nacht«, sagte er zu Nicki und meinte es ernst. Ihre Leistung war fehlerlos gewesen, die Schüsse sauber. In der Hitze des Gefechts hatte sie kühlen Kopf bewahrt. Sie kämpfte gut, war eine hervorragende Soldatin. Schön, daß sie so lange überlebt hatte.

Zu seiner Rechten feuerte eine einzelne AKMS zwei Schüsse ab und verstummte dann.

Das war's, dachte er. Das war der letzte von ihnen. Er griff nach dem Sender an seinem Gürtel und drückte dreimal den Signalknopf – kurz, lang, kurz. Damit forderte er sein Team auf, sich am Fahrzeugpool zu treffen, der sich in dem einzigen unbeschädigten Gebäude der Anlage befand. Wenn er seine Leute beisammen hatte, würden sie gemeinsam das Gebäude nach eventuellen Überlebenden absuchen und sich die Fahrzeuge nehmen, die sie vermutlich verkaufen konnten.

So sah der Plan aus. Der erste Hinweis darauf, daß etwas nicht wie vorgesehen lief, war die Hand, die Gregor plötzlich auf seinem Arm spürte. Dann preßte sich eine Messerklinge gegen seine Kehle.

Max war stolz auf sein Team. Professionell hatten seine Leute ihre Gefühle verdrängt und erledigten ihren Job nun lautlos und effizient. Ihre Taktik hatten sie von Sondereinheiten wie den Army Rangers, den Special Forces und den Navy SEALs übernommen. Einzeln oder zu zweit nahmen sie sich die Feinde vor, ohne einen Schuß abzugeben. Besonders erstaunlich war angesichts der Wut, mit der sie die brennende Anlage erfüllen mußte, daß die Angreifer neutralisiert wurden, ohne daß ein einziger von ihnen getötet wurde, soweit Blackburn dies in der Dunkelheit erkennen konnte. Endlich einmal würden Terroristen vor Gericht stehen.

Als Max die letzten beiden ihrer Gegner vor sich sah, hob er die Hand, um sein Team zu besonderer Vorsicht zu mahnen. Megan zu seiner Linken, rückte er vor, wobei ihre Flanken von zwei weiteren Mitgliedern seines Teams gedeckt wurden.

Unter anderen Umständen wäre Blackburn vielleicht vorsichtiger vorgegangen und hätte einen seiner Männer die Spitze übernehmen lassen. Vielleicht aber auch nicht. Unzählige Male hatten er und Gordian diesen Punkt diskutiert, aber Max konnte einfach nicht einsehen, daß einer seiner Leute, wie jung und unerfahren er auch sein mochte, weniger unentbehrlich sein sollte als er selbst. Er weigerte sich, jemanden in eine Gefahr zu schicken, die er selbst nicht auf sich nehmen wollte.

Lautlos vorwärtsgleitend, wartete er, bis der Mann die Hand vom Funkgerät an seinem Gürtel genommen hatte. Dann handelte er. Mit der rechten Hand packte er den Terroristen am Arm, während er ihm wortlos mit der linken das Messer an die Kehle setzte. Im stillen hoffte er, der Mann würde sich wehren, würde kämpfen, ihm einen Grund liefern, das Messer einzusetzen.

Megan neben ihm war weniger nachsichtig. Gleichzeitig mit ihm trat sie vor. Das Messer mit der kurzen Klinge in der Hand, näherte sie sich der Frau, die ihr Ziel war. Die Waffe umdrehend, ließ sie den Griff mit voller Wucht auf den Nacken ihrer Gegnerin niedersausen. Bewußtlos stürzte die Frau zu Boden, während ihr langes, dunkles Haar unter dem Helm hervorquoll.

»Zu einfach«, dachte Blackburn. Ihn dürstete nach Blut. Er wollte sein Messer über die Kehle des Mannes ziehen, den er gefangengenommen hatte, aber es war ihm unmöglich. Vor allem anderen war er Soldat. Auch wenn er nun für eine Firma und nicht in erster Linie für sein Land arbeitete, gab es einen Kodex, an den er sich halten mußte.

Eines Tages würden Wut und Schmerz nachlassen, und auch dann wollte er noch in den Spiegel sehen können.

Er hielt den Mann in Schach, bis seine Männer ihn übernommen hatten. Dann schob er die Klinge in die Scheide zurück. »Bringt sie mir aus den Augen.«

Dann fuhr er herum und begann mit der Suche nach Überlebenden. Es war eine lange Nacht gewesen, und sie war noch nicht zu Ende.

43.

San José, Kalifornien
10. Februar 2000

»Juri Wostow«, sagte Gordian in das Bildschirmtelefon auf seinem Schreibtisch. Seine Stimme klang leblos, monoton, fast mechanisch. Nimec fühlte sich an die Roboterstimmen der Science-fiction-Filme aus den fünfziger Jahren erinnert. Noch nie hatte er Gordian in diesem Ton sprechen hören. Es beunruhigte ihn mehr als alles, was in den letzten vierundzwanzig Stunden vorgefallen war. Was ging in Gordian vor?

Gordian saß in seinem Büro und ließ Max Blackburns Bild auf dem kleinen LCD-Monitor nicht aus den Augen. Ihm gegenüber, auf der anderen Seite des Schreibtisches, schlürfte Nimec seine dritte Tasse Kaffee an diesem Morgen. Keiner der Männer hatte auch nur einen Augenblick geschlafen. Die dunklen Ringe unter ihren Augen sprachen Bände.

»Nach Petes Informationen ist Wostow ein Schwarzmarkthändler, ein Drogendealer. Ein billiger Ganove«, erklärte Gordian. »Sollen wir wirklich glauben, daß dieser Kerl hinter einer Verschwörung dieser Größenordnung steckt?«

Blackburns Stimme drang aus dem Lautsprecher. »Was Korut Zelva uns glauben machen willen, ist unerheblich. Indem er Wostow opfert, will er uns vermutlich von der richtigen Spur ablenken, um Zeit zu gewinnen.«

»Aber von wessen Spur? Und wofür braucht er Zeit?« fragte Nimec. »Der Kerl kann nicht so blöd sein anzunehmen, wir würden seine Informationen nicht überprüfen.« Vor allem nach dem, was man unseren Leuten auf der Bodenstation angetan hat, hätte er fast hinzugesetzt, hielt sich aber im letzten Augenblick zurück.

»Das ist der Punkt, Pete«, stimmte Blackburn zu. »Ich neige dazu, seine Aussagen über Wostow zu einem Großteil für richtig zu halten. Es paßt genau ins Bild, daß er nach Nick Roma das nächste Glied in der Kette ist.«

Gordian schüttelte den Kopf. »Damit ist Petes Hauptfrage noch nicht beantwortet. Was bringt es uns, wenn wir Wostows Namen kennen? Es ist mir egal, wie weit die russische Mafia in die Sache verstrickt ist, das erklärt nicht, wieso Zelva und diese Frau« – er warf einen Blick auf die Notizen vor sich, fand den Namen – »Gilea Nastik beteiligt sind. Die beiden sind professionelle Terroristen, die selbständig arbeiten.«

»... und seit den Tagen des Golfkriegs einen Groll gegen die Vereinigten Staaten hegen«, ergänzte Nimec. »Nach dem, was Ibrahim Max erzählt hat, werfen sie unserer Regierung vor, ihr Versprechen gebrochen zu haben, den Aufstand der Kurden gegen Saddam Hussein zu unterstützen. So wahr uns Gott helfe, vielleicht haben sie sogar recht.«

»Ihr Problem interessiert mich nicht, nachdem sie Hunderte von unschuldigen Menschen massakriert haben«, erklärte Gordian. »Außerdem erklärt es nicht, warum Wostow nicht seine eigenen Leute eingesetzt hat. Das wäre viel einfacher gewesen.«

»Roger ...«

»Es paßt einfach nicht«, unterbrach ihn Gordian. »Es paßt nicht, zum Teufel noch mal.«

Nimec sah, wie Roger mehrfach die Hand zur Faust ballte. Nicht zum ersten Mal fragte er sich, was der Tod der Steiners und der vielen anderen Opfer in ihm ausgelöst hatte.

»Gord, hören Sie, wir scheinen hier alle das gleiche zu denken«, besänftigte Nimec. »Wenn wir uns darüber einig sind, daß Wostow in die Sache verwickelt ist, müssen wir ihn uns schnappen, ihn ausquetschen, um zu sehen, was wir aus ihm herausbekommen.«

»Ich glaube nicht, daß wir von ihm etwas erfahren.« Gordian blickte Nimec an, dann wandte er sich entschlossen dem Bildschirm zu. »Verstehen Sie denn nicht? Sie sind beide der Ansicht, Korut habe uns Wostows Namen genannt, um uns abzulenken. Warum aber sollte er sich diese Mühe machen, wenn er glauben würde, daß Wostow weich wird und uns auf die richtige Spur bringt?«

Nimec schürzte nachdenklich die Lippen.

»Vielleicht unterschätzt er den Druck, den wir ausüben können«, meinte Blackburn leise und bedeutungsvoll.

»Jemand hat eine Leiche in einem Mailänder Hotelzimmer und eine andere an einem andalusischen Strand für uns hinterlassen. Den ersten Mann hatte man erhängt, dem zweiten die Kehle fast bis zur Wirbelsäule durchgeschnitten. Beide gehörten zu den Bombenlegern. Ihr Mörder ist offenbar überzeugt davon, daß wir die Absicht haben, dieser Angelegenheit auf den Grund zu gehen.«

»Roger«, wandte Blackburn ein, »ich sage ja nur ...«

Gordian sprach weiter, als hätte er nichts gehört. »Art und Elaine Steiner wurden kaltblütig niedergemetzelt – zwei der großherzigsten, anständigsten Menschen, die ich kenne. Vierzig Jahre waren die beiden verheiratet, sie freuten sich auf ihre Rente. Dutzende unserer Techniker, Verwaltungsangestellten und Bauarbeiter wurden ermordet, Menschen, die nie in ihrem Leben eine Waffe in die Hand genommen hatten. Leute, die nur ihre Arbeit taten, auf ehrliche Art ihren Lebensunterhalt verdienten und möglicherweise dabei das Leben auf dieser Welt ein wenig angenehmer machten. Meine Freunde, meine Angestellten wurden getötet, meine Bodenstation niedergebrannt, Max. Diese Leute wissen, daß wir nicht aufgeben werden. Sie wissen es und haben versucht, uns Angst einzujagen. Gestern sind sie dabei so weit gegangen, wie es ihnen nur möglich war. Aber sie haben einen Fehler begangen. Ich schwöre zu Gott, daß ich diese Bastarde für ihre Verbrechen zur Rechenschaft ziehen werde.«

Er schloß die Augen und schwieg. Seine Lippen bebten, die Hände hielt er zu Fäusten geballt. Nimec blickte einen Augenblick lang zu ihm hinüber, dann wanderten seine Augen zur Wand. Er fühlte sich wie ein Eindringling. Der Schmerz in ihm muß unerträglich sein, dachte er.

»Roger, ich will mir Wostow vornehmen, um zu sehen, was das bringt«, erwiderte Blackburn nach einer Pause, die sich schon ins Unendliche zu dehnen drohte. »Aber ich brauche Ihre Erlaubnis, alle Mittel einzusetzen. Selbst wenn das heißt, daß ich den Dreckskerl ...« Der unvollendete Satz schien im leeren Raum zwischen Rußland und der amerikanischen Westküste zu hängen.

Eine volle Minute lang gab Gordian keinen Laut von sich. Dann nickte er, mehr für sich selbst, als zu den anderen gewandt. »Es wird niemand getötet, es sei denn in Notwehr«, erklärte er. »Ich will mich nicht auf eine Stufe mit diesem Abschaum stellen. Wir müssen uns so verhalten, daß die ganze Welt die Wahrheit erfahren kann.«

»Ich verstehe.«

»Das weiß ich, Max. Es tut mir leid, daß ich so grob zu Ihnen war.«

»Kein Problem«, erwiderte Blackburn. »Die Zeiten sind für uns alle hart.«

Gordian nickte erneut.

»Ich muß wissen, wo der Sinn des Ganzen liegt. Es muß einen Sinn geben.« Roger schluckte mühsam.

Keiner der anderen beiden sagte etwas dazu. Was hätten sie auch sagen sollen?

Den Sinn finden ... Die Augen starr auf die Wand gerichtet, um nicht Gordian ansehen zu müssen, fragte Nimec sich, ob das überhaupt möglich war.

Sie waren auf eine Belagerung vorbereitet.

Zwar besaßen sie einen Haftbefehl, aber niemand erwartete, daß Nick Roma die Tür öffnen und seelenruhig abwarten würde, während man ihm Handschellen anlegte und seine Rechte vorlas.

Sie rechneten damit, kämpfen zu müssen.

Deshalb hatten sie ihre gesamte Ausrüstung dabei. High-Tech-Geräte für die Observation, Low-Tech-Rammböcke, Schutzkleidung für den gesamten Körper und Tränengasgranaten. Alles nur Erdenkliche – und sogar noch mehr. Auch ein Team der Einsatztruppe SWAT stand bereit.

Damit, daß der Platinum Club still wie eine Gruft vor ihnen liegen würde, hatte niemand gerechnet. Schon gar nicht damit, daß die Tür weit offen stehen würde.

Aber genauso war es.

»Verdammt, der Bursche hat überall seine Schnüffler. Der wußte, daß wir ihn holen kommen. Vermutlich ist er inzwischen schon auf halbem Weg nach Rußland.« Der diensthabende Polizeibeamte, Lieutenant Manny de Angelo, schaltete sein Funkgerät aus und legte seine Handschuhe wieder an. Am liebsten hätte er herzhaft geflucht, aber es war zu kalt, um Energie zu verschwenden.

»Glauben Sie, es ist eine Falle?« fragte einer seiner Männer.

»Nein.« Manny seufzte. »Nick ist schlau, aber nicht besonders raffiniert. Trotzdem schadet Vorsicht nie.« Er gab seinen Männern das Zeichen zum Vorrücken.

Paarweise, sich gegenseitig deckend, betraten sie vorsichtig das Gebäude.

Das Lagerhaus lag verlassen und war offenbar geplündert worden. Die Täter hatten ein totales Chaos hinterlassen. Nicht ein einziger Gegenstand von Wert war übersehen worden. Die Telefone waren aus den Wänden gerissen, die Getränkeautomaten aufgebrochen worden, um an das Kleingeld zu gelangen. Die Wände waren mit Graffiti übersät – offenbar war hier nicht nur *eine* Gang am Werk gewesen. Teilweise war die Sprühfarbe noch feucht.

Kleine Gauner hatten diesen Ort heimgesucht, und zwar erst vor kurzem.

Offenbar besaß Mr. Roma Feinde in den untersten Schichten.

»Diese Burschen können nur hoffen, daß Roma nicht mehr hier ist, sonst läßt er ihnen die Eier abschneiden.« Manny betrachtete den Ort der Zerstörung mit einem zynischen Blick. »Die scheinen mehr gewußt zu haben als wir.«

»Ja.«

Sie rückten weiter vor. Je tiefer sie in das Gebäude eindrangen, desto deutlicher wurden die Spuren der

Zerstörung. Vermutlich war der Wiederverkaufswert der gestohlenen Gegenstände in den inneren Räumen höher gewesen. Als sie Nicks Büro erreichten, fanden sie es nahezu leer vor. Es sah aus, als wären hungrige Termiten am Werk gewesen. Doch die Gauner hatten etwas zurückgelassen.

»Das wird dem Chef nicht gefallen.« Manny blickte auf Nicks Leiche herab, die man offenkundig auf den Boden geworfen hatte, um den Stuhl zu stehlen, auf dem er gestorben war.

»Ich weiß nicht, vermutlich hat Nick bekommen, was er verdient hat.« Der Beamte neben ihm grinste nervös. »Bin aber trotzdem froh, daß Sie die Meldung machen müssen und nicht ich.«

Manny hatte sich nicht getäuscht.

Bill Harrison saß immer noch in seinem Büro, obwohl es bereits kurz vor Mitternacht war. Auf seinem Schreibtisch stapelten sich Berichte und anderes Material inzwischen so hoch, daß er einen Archäologen gebraucht hätte, um sich hindurchzuarbeiten.

Die Fotos von der Leiche Nick Romas, aufgenommen am Ort des Verbrechens, lagen ganz oben auf dem Stapel.

Nein, Harrison gefiel die Sache gar nicht.

Er hatte den Mann, der solch unerträgliches Leid verursacht hatte, vor Gericht stellen wollen, ihm zusammen mit den anderen Opfern gegenübertreten und ihm ins Gesicht schleudern wollen, was er ihnen angetan hatte. Von den Alpträumen hatte er sprechen wollen, von seinem Schmerz, von der Einsamkeit. Er hatte ihn einsperren und zuschauen wollen, wie Nick Roma lebendig zugrundeging.

Dann, nach Jahrzehnten der Haft, hatte Bill Harrison Nick Roma auf den elektrischen Stuhl bringen, ihn sterben sehen wollen.

Doch jetzt war es zu spät dafür.

Anders als für die meisten seiner Opfer war der Tod für Nick schnell und leicht gekommen. Wahrscheinlich hatte er kaum Zeit gehabt zu begreifen, daß er sterben mußte.

Harrison war um seine Rache betrogen worden, und das gefiel ihm gar nicht.

Er sah sich die großformatigen Hochglanzfotos des Mannes an, der für immer entkommen war.

Doch dann hörte er Rosies Stimme, so deutlich, als stünde sie neben ihm. »Es ist besser so. Jetzt kannst du weiterleben.«

Er wandte sich um und fand sich allein, nicht eine Menschenseele war zu entdecken. Unter ihm pulsierte das mitternächtliche Leben der Großstadt fieberhaft wie immer. Doch zum ersten Mal spürte er in sich die Hoffnung auf Frieden. Rosie – war es wirklich Rosie gewesen? – hatte recht. Wie immer.

Sein Durst nach Rache war so zerstörerisch wie der Mann auf diesen Bildern. Er würde ihn zerfressen, seine Seele vernichten, wenn er es zuließe.

Gerechtigkeit – *dafür* mußte er kämpfen. Die Menschen, die dieses Verbrechen begangen hatten, mußten aufgehalten werden. Man mußte sie fangen und einsperren, damit sie nicht weiter morden konnten.

Nick Roma würde kein Unheil mehr anrichten. Wenn Harrison den Bericht abgelegt hatte, war der Fall Roma abgeschlossen. Natürlich hatte er nicht alleine gearbeitet, und Bill Harrison würde nicht ruhen, bis er sie alle zur Strecke gebracht hatte, so oder so. Aber nicht, um sich zu rächen, sondern um der Gerechtigkeit willen. Und um den anständigen Menschen, die zu schützen er sich verpflichtet hatte, ein Leben in Frieden zu ermöglichen.

Das war seine Aufgabe, und er würde sie erfüllen.

Er erhob sich, wandte dem Schreibtisch den Rücken zu und holte Jackett und Mantel.

Zu Hause wartete seine Tochter, die ihn brauchte, und sein Leben ging weiter. Er hatte eine Zukunft. Seiner Frau war er es schuldig, daß er für ein Leben kämpfte, das so gut war, wie es ohne sie nur sein konnte.

Er löschte das Licht und schloß die Tür hinter sich, als er das Büro verließ. Tasheya wartete auf ihn.

44.

MOSKAU
11. FEBRUAR 2000

Wenige Minuten, nachdem er das Fernsehstudio verlassen hatte, von wo seine wöchentliche Sendung ausgestrahlt wurde, ließ sich Arkadij Pedaschenko auf dem Rücksitz seines Mercedes nieder. Der Chauffeur brachte ihn zum exklusiven Hotel National, das auf die Zwiebeltürme der Basiliuskathedrale blickte. Er ließ sich vor dem Haupteingang absetzen. Mit einem vertrauten Nikken begrüßte er den Portier und die Rezeptionisten in der von Leuchtern erhellten Lobby. Dann brachte ihn der Aufzug in seine Luxussuite, die er schon seit mehreren Jahren ununterbrochen gemietet hatte.

Für Pedaschenko war dies nichts Ungewöhnliches. Ein- bis zweimal pro Woche erschien er zumeist allein im Hotel, wo sich ihm kurz darauf eine *dostupniej djewotschkija,* ein leichtes Mädchen, anschloß, das ihn in seinen Räumen aufsuchte. Fahrer und Hotelpersonal wußten davon, aber selbst bei einem prominenten Politiker schien kaum jemand dieses Verhalten skandalös zu finden. Schließlich war Pedaschenko nicht verheiratet. Seine Playboyallüren trugen in den Augen der Öffentlichkeit, die dem westlichen Jugendkult verfallen war und bei ihren Führern Glamour und erotische

Ausstrahlung suchte, nur zu seinem Charisma bei. Außerdem wußten die Russen seit jeher die Freuden des Lebens zu schätzen, und das galt insbesondere für die oberen Schichten Moskaus, aus denen sich die Anhängerschaft Pedaschenkos hauptsächlich rekrutierte. Verständnis für die Prüderie, die in den Vereinigten Staaten zu herrschen schien, durfte man hier kaum erwarten. Sollte der Mann doch seine kleinen Abenteuer genießen.

Heute hatte Pedaschenko kaum seine Räume betreten, als es auch schon leise an der Tür klopfte. Er öffnete und trat zurück, um eine Schönheit in einem kurzen schwarzen Rock, schwarzen Strümpfen, schwarzer Lederjacke und schwarzer Baskenmütze hereinzulassen. Der Portier hatte sie gesehen, als sie in ihren hochhackigen Schuhen durch die Lobby gegangen war, und sofort erraten, daß sie zu Pedaschenko wollte. Bewundernd betrachtete er ihre langen Beine, und ein Anflug von Neid stieg in ihm auf, wenn er daran dachte, wie sehr der Politiker sein Stelldichein heute nacht genießen würde. Die Frau wirkte wie ein Panther. Ein Panther, der gierig auf Sex war.

Nun ließ sie sich in einem eleganten Queen-Anne-Sessel nieder, nahm die Kappe ab und schüttelte den Kopf, so daß ihr Haar offen über ihren Jackenkragen fiel.

»Zuerst das Geld«, erklärte sie kühl.

Pedaschenko, noch in Sakko und Freizeithose vor ihr stehend, schüttelte leicht den Kopf.

»Es stimmt mich traurig, daß unsere Beziehung immer noch so ausschließlich auf der Bezahlung für geleistete Dienste beruht«, erklärte er mit schmerzlicher Miene. »Nach allem, was wir miteinander getan haben, sollte es inzwischen eine tiefere Bindung zwischen uns geben.«

»Sparen Sie sich Ihre klugen Sprüche für Ihre Fernsehzuschauer. Ich will das, was Sie mir schulden.«

Pedaschenko schnalzte mißbilligend mit der Zunge, griff aber in die Innentasche seiner Jacke und holte einen dicken weißen Umschlag heraus. Sie nahm ihn, öffnete ihn und blickte hinein, bevor sie ihn in ihrer Handtasche verschwinden ließ.

»Zumindest haben Sie es nicht für nötig befunden, den Betrag vor meinen Augen zu zählen, Gilea. Vielleicht stehen wir trotz allem am Beginn einer engeren, vertrauensvolleren Beziehung.«

»Ich habe doch gesagt: Lassen Sie den Quatsch. Wir haben wichtige Geschäfte zu besprechen.« Ihre Wangenknochen schienen plötzlich stärker hervorzutreten. »Ich habe nichts von Korut gehört. Er sollte sich vor zwei Nächten mit mir in Verbindung setzen.«

»Können Sie nicht mit ihm Kontakt aufnehmen?«

»Meine Leute verbringen ihre Nächte nicht in komfortablen Luxushotels, wo Telefone am Bett installiert sind und auf Knopfdruck ein Fax zur Verfügung steht.« Gilea warf den Kopf zurück. »Die Umgebung, in der sie sich aufhalten, ist eher spartanisch zu nennen.«

Pedaschenko blickte sie eindringlich an. »Gibt es Anlaß zur Besorgnis?«

»Nicht wirklich. Noch nicht. Vielleicht ist er auf der Flucht und hält es nicht für sicher, mit mir Kontakt aufzunehmen. Das ist auch früher schon geschehen. Wir müssen abwarten.« Sie hielt inne. »Sobald er kann, wird er mir eine Nachricht zukommen lassen.«

Pedaschenko ließ sie nicht aus den Augen. »Die Sache gefällt mir nicht. Nach dem Fehlschlag des Angriffs auf die Satellitenstation …«

»Das war nur, weil Sadow die Leitung hatte, und nicht ich. Sie hätten auf mich warten sollen.«

»Da mögen Sie recht haben. Auf jeden Fall will ich nicht darüber diskutieren. Jetzt geht es darum, unsere Fehler auszubügeln.«

»Ihre Fehler. Versuchen Sie keine psychologischen Spielchen mit mir.«

Er seufzte und kam näher. »Lassen Sie uns mit diesen Streitereien aufhören, Gilea, und zur Sache kommen. Ich habe einen neuen Auftrag für Sie.«

»Nein. Wir sind weit genug gegangen. Baschkir, der Minister, wird stürzen und Starinow mit sich in den Untergang reißen. Genau wie Sie es geplant hatten.«

»Aber es besteht die Möglichkeit, daß jemand auf unsere Spur gestoßen ist, das wissen Sie so gut wie ich. Dieser Vorfall im Hauptquartier des Gangsters in New York, die Gerüchte über eine Verbindung zu UpLink. Und dann der Widerstand, auf den wir in der Bodenstation gestoßen sind ...«

»Ein weiterer Grund, sich unauffällig zu verhalten.«

Pedaschenko seufzte erneut. »Hören Sie mir zu. Starinow hat dem Ministerium mitgeteilt, daß er die nächsten Tage auf seiner Datscha bei Dagomis verbringen wird. Ich bin selbst dort gewesen. Ein Angriff wäre ein Kinderspiel.«

»Das meinen Sie nicht ernst.« Doch Gileas Augen leuchteten auf. Ein harter Glanz war in sie getreten, während sich ihre Lippen leicht öffneten, so daß die Schneidezähne teilweise sichtbar wurden.

»Ich zahle jeden Preis, und ich garantiere Ihnen nach Erfüllung des Auftrags jeden Zufluchtsort, den Sie verlangen.«

Sie starrte ihm in die Augen. Ihre Zunge fuhr über ihre Lippen, ihr Atem kam in harten, kurzen Stößen. Eine endlos scheinende Sekunde verstrich, dann eine zweite, während sie den Blick unverwandt auf ihn gerichtet hielt. Schließlich nickte sie. »Ich nehme an.«

45.

MOSKAU
12. FEBRUAR 2000

Drei Männer in dunklen Anzügen, breitkrempigen Fedoras und langen grauen Mänteln standen vor dem Badehaus herum, als der Rover vorfuhr.

»Schaut euch die Kerle nur an«, sagte Scull aus dem Fond. »Sieht aus, als wollten sie in einem Gangsterfilm mitspielen.«

»Nicht ganz«, entgegnete Blackburn, der auf dem Beifahrersitz saß. »Einerseits können diese Affen die Wirklichkeit wohl tatsächlich nicht von dem unterscheiden, was sie in alten amerikanischen Gangsterfilmen gesehen haben. Aber man sollte andererseits nicht vergessen, daß jeder von ihnen unter seinem Mantel eine Waffe trägt.«

»Soll ich mitkommen?« fragte Neil Perry, der am Steuer saß.

Blackburn schüttelte den Kopf. »Sie warten besser, falls wir schnell von hier verschwinden müssen«, erwiderte er, während er den Reißverschluß seiner Lederjakke halb öffnete. Darunter sah Scull den Kolben einer Smith & Wesson 9 aus dem Schulterholster ragen. »Ich glaube allerdings nicht, daß sie uns viel Ärger bereiten werden.«

Perry nickte kaum merklich.

Über die Rücklehne seines Sitzes sah Blackburn sich nach Scull um. »Okay. Fertig?«

»Seit Tagen«, erklärte Scull.

Die beiden Männer stiegen aus und schlenderten den Gehweg entlang. Es war ein sonniger Tag, und die Temperatur lag um einige Grad über dem Gefrierpunkt, was für Moskau im Winter warm war. Trotz der relativ angenehmen Temperatur war die Straße nahezu verlassen, nur wenige Kunden hielten sich in den eleganten Geschäften an der *Ulitza Petrowka* auf. Das lag an der Unsicherheit, dem zunehmenden Nahrungsmangel, der drohenden Einstellung der Unterstützung durch die NATO und der Möglichkeit eines Wirtschaftsembargos. Die Leute rechneten mit dem Schlimmsten und hielten ihr Geld zusammen.

Die Gangster rückten enger zueinander, als Blackburn und Scull sich dem Eingang zum Badehaus näherten, und versperrten ihnen den Weg. Einer von ihnen, ein großer Mann mit dunklem Haar und breiter, vorstehender Kinnlade, sprach Blackburn auf russisch an.

»*Ja nje gawarju pa russkij*«, erwiderte dieser.

Der andere wiederholte seine Worte und gab den beiden Amerikanern mit einer Geste zu verstehen, sie sollten verschwinden. Aus dem Augenwinkel bemerkte Blackburn, daß einer der anderen Männer vortrat und den mittleren Knopf seines Mantels öffnete. Er war kleiner als der erste und trug einen Schnurrbart, der aussah, als hätte er ihn mit Eyeliner gezogen.

»Ich haben Ihnen doch gerade gesagt, daß ich kein Russisch spreche.« Blackburn rückte weiter vor.

Der Mann mit dem ausladenden Kinn stieß ihn mit der Schulter zurück.

»Dann sage ich es noch einmal auf *Engleeski*«, erklärte er mit geschwellter Brust. »Verschwinden Sie von hier, verdammtes amerikanisches Arschloch.«

Blackburn blickte ihn kurz an. Dann wirbelte er herum und rammte die Faust mit voller Wucht gegen sein Brustbein. Mit schmerzverzerrtem Gesicht ging der Mann in die Knie. Er würgte zweimal und erbrach sich dann über seinen Mantel.

Aus dem Augenwinkel bemerkte Blackburn, wie der Gangster mit dem Schnurrbart eine Hand unter den Mantel steckte. Er fuhr herum, zog seine Waffe und setzte ihm die Mündung an die Kehle. Dann spannte er den

Abzug. Die Hand des Schnurrbärtigen erstarrte unter dem Aufschlag des Mantels.

»Nimm die Hand heraus und laß sie dort, wo ich sie sehen kann«, befahl Blackburn. »Verstanden?«

Der Mann nickte. Furcht und Verwirrung standen in seinem Blick, als er die Hand aus dem Mantel zog. Scull eilte zu ihm, tastete ihn ab und holte eine Glock unter dem Aufschlag hervor, die er in die rechte Hüfttasche seiner Jacke steckte.

Blackburn warf einen Blick auf den dritten Mann, der sich nicht von der Stelle gerührt hatte, seit sie aus dem Auto gestiegen waren. Hastig schüttelte er den Kopf, als er Blackburns Blick bemerkte. Dann hob er die Hände.

»Kein Problem«, versicherte er. »Kein Problem.«

Scull durchsuchte ihn, fand eine Waffe und ließ sie in seiner Jacke verschwinden.

Unterdessen drückte Blackburn die Mündung seiner Pistole härter gegen die Kehle des Schnurrbärtigen. »Hilf deinem *Komerade* auf die Füße.«

Der Gangster kam dem Befehl sofort nach, so daß schließlich alle drei zitternd vor ihnen standen.

Blackburn gestikulierte erneut mit der Waffe. »Ihr geht jetzt alle drei langsam und ruhig in das Badehaus hinein. Ein Geräusch, das mir nicht gefällt, und es ist um euch geschehen. Wir sind direkt hinter euch. Vorwärts!«

Einen Augenblick später marschierten alle los. Der Mann mit dem ausladenden Unterkiefer war noch etwas wackelig auf den Beinen; Erbrochenes tropfte ihm vom Kinn.

Abgestandene, feuchte Wärme empfing sie, als sie das Badehaus betraten. Ein Bademeister steckte den Kopf aus einem Raum, zog ihn aber sofort wieder zurück und schloß die Tür leise.

Scull blickte sich um und fing an, verdächtig wirkende Türen zu öffnen. Auf halbem Weg fand er, wonach er suchte: einen Schrank voller Handtücher und Reinigungsmittel. Er stieß die Gangster hinein, wobei er ihnen flüsternd verkündete, was er mit ihnen tun würde, sollte er in der nächsten Stunde ein Geräusch aus dem Schrank hören. Dann schloß er die Tür, verriegelte sie und stellte einen Stuhl unter die Klinke. Irgendwann würde es ihnen gelingen auszubrechen, aber nicht, ohne gewaltigen Lärm zu verursachen, und das würden sie nicht so bald riskieren.

»Kommen Sie«, sagte Blackburn zu Scull.

Die Sauna befand sich links im rückwärtigen Teil des Gebäudes. Stöhnen drang durch die Tür. Ein Mann, mindestens zwei Frauen. Blackburn nickte Scull zu, griff nach der Klinke und riß die Tür auf, damit ein Teil des Dampfes entweichen konnte. Die Smith & Wesson hielt er dabei in der anderen Hand.

Juri Wostow war nackt wie die Frau, die er auf dem Schoß hielt. Ihr Hinterteil preßte sich gegen seine rundliche Mitte, während seine Hände auf ihrem Bauch lagen. Nackt war auch die zweite Frau, deren Kopf sich zwischen den Schenkeln der beiden anderen befand. Entsetzt und verwirrt blickten die drei auf, fuhren auseinander, als sie den bewaffneten Mann in der Tür entdeckten.

Scull riß ein paar Handtücher von den Haken an der Wand und warf sie den Frauen zu. »Auf Wiedersehen.« Er wies mit dem Daumen über seine Schulter auf die Tür. »*Doswidanje!*«

Die Handtücher notdürftig um ihre Körper geschlungen, verschwanden die beiden so schnell, wie es ihnen möglich war.

Wostow schickte sich an, sich von der Bank zu erheben.

»Nicht weiter.« Blackburn richtete die Waffe auf ihn, während er abwehrend die Hand ausstreckte. »Sie bleiben, wo Sie sind.«

Wostows kleine, tiefliegende Augen sprangen zwischen Blackburn und Scull hin und her wie Kieselsteine auf der Oberfläche eines Teiches. »Wer sind Sie?« fragte er auf englisch. »Was wollen Sie von mir?«

Blackburn trat näher an ihn heran, ohne die Waffe zu senken.

»Sie werden uns jetzt sagen, wer das Bombenattentat von New York in Auftrag gegeben hat. Und zwar sofort.«

»Sind Sie verrückt? Woher soll ich denn wissen ...«

Blackburn preßte die Waffe mit hartem Druck zwischen Wostows Beine.

Wostow zuckte unter dem Schmerz zusammen und schien mit der gefliesten Wand hinter sich verschmelzen zu wollen.

»Sagen Sie es uns.« Blackburn spannte den Hahn seiner Smith & Wesson. Es klickte.

Wostow blickte an seinem Körper hinab. Sein fleischiges Kinn legte sich in Falten, sein Atem ging stoßweise, während seine Augen hervortraten. »Sind Sie von der CIA? Ihr Vorgehen ist kriminell!«

Blackburn rammte ihm die Waffe noch tiefer ins Fleisch. Wostow wimmerte und krümmte sich, und auf seinen Wangen erschienen kreisförmige rote Flecken.

»Die CIA wird Ihnen nicht die Eier wegblasen«, erklärte Blackburn, »aber ich werde es gleich tun. Es sei denn, Sie hätten mir etwas zu sagen.«

»Bitte ...«

»Sie haben drei Sekunden. Eins. Zwei ...«

»Pedaschenko.« Wostow schluckte. »Es war Arkadij Pedaschenko. Er hat Komplizen im Ausland gehabt.« Er schluckte erneut. »Bitte, nehmen Sie die Waffe da weg. Ich habe Ihnen doch gesagt, was Sie wissen wollen.«

Blackburn schüttelte den Kopf. Seine Lippen waren zu einem dünnen Strich geworden. »Nein, das haben Sie noch lange nicht. Wir fangen gerade erst an.«

46.

Dagomis, Schwarzmeerküste, Russland
12. Februar 2000

In einer leichten Windjacke, Jogginghosen und Turnschuhen schlenderte Wladimir Starinow am Strand entlang. Er hielt sich direkt oberhalb der Flutlinie und genoß die sanfte Berührung der salzigen, fast tropischen Brise auf seinen Wangen. Hinter ihm trottete sein Cockerspaniel durch den weißen Sand. Aufgeregt jagte er den kleinen Wellen nach, die auf den Strand plätscherten und zurückliefen. Gelegentlich erbeutete er dabei ein Büschel Seetang, das die Brandung herangetragen hatte und das er theatralisch schüttelte, so daß Fell und Ohren flogen, um es schließlich wieder ins Meer zu werfen. Es war eine wunderschöne, klare Nacht. Ein kupferfarbener Halbmond hing über dem Wasser, während die Sterne am Himmel funkelten wie zufällig auf schwarzem Satin verstreute Diamanten.

Starinow überkam ein Gefühl des Friedens, zum ersten Mal seit langer, zu langer Zeit. Weit im Norden herrschte immer noch der grausame Winter, und er wußte, daß die Drohung einer landesweiten Hungersnot schwer auf dem russischen Volk lastete. Dennoch gönnte er sich diese Atempause, eine Zäsur in dem unbarmherzigen Marschtempo, zu dem ihn seine Führungsrolle und der Kampf ums politische Überleben zwangen. Manchmal erschien ihm der Kreml wie eine riesige Maschine, die ihn gefangenhielt und deren Räder unaufhaltsam weiterliefen.

Die Hände in den Taschen vergraben, blieb er stehen und blickte auf das Wasser hinaus. Etwa dreihundert Meter entfernt entdeckte er die Lichter eines kleinen Bootes, das über das Meer glitt wie eine Schnecke über glattes, dunkles Glas.

»Ja, Ome«, sagte er zu seinem Hund, während er sich zu dem Tier beugte, um ihm den Kopf zu kraulen, »das Leben besteht nicht nur aus Problemen. Hier können wir nachdenken und uns wieder ins Gedächtnis rufen, wofür wir kämpfen.« Beim Anblick des Hundes, der zu grinsen schien, mußte er lachen. »Oder verstehst du mich etwa nicht? Sollte dir mein Geschwätz völlig gleichgültig sein, mein Kleiner?«

Der Hund leckte ihm die Hand.

Immer noch lächelnd, wandte Starinow sich um und blickte über die Dünen zu seiner Datscha hinüber. Ein schwaches, gelbliches Licht fiel durch die Fenster, die auf den Strand hinausgingen. In der Dunkelheit entdeckte er die kaum sichtbaren, bewegungslosen Umrisse der beiden Wachen, die vor seinem Haus postiert waren. Wie sie gegen seine einsamen Spaziergänge protestierten! Aber manchmal mußte der Mensch einfach allein sein.

Ein paar Minuten lang blieb er noch am Wasser stehen und sah dem Boot nach, das seinen müßigen Weg zu einem unbekannten Hafen fortsetzte. Dann entschied er sich zurückzugehen. Eine Tasse Tee würde ihm guttun, vielleicht würde er auch ein wenig lesen, bevor er zu Bett ging. Es war schon spät, und er fühlte sich angenehm müde.

»Komm«, er klatschte in die Hände, um die Aufmerksamkeit des Spaniels zu erregen. »Wir wollen unseren Leibwächtern nicht noch mehr Kummer bereiten!«

Damit wandte er sich den Dünen zu, während der Hund um seine Beine tollte.

»Perfekt«, dachte Gilea, die den Strand durch ihr Nachtsichtgerät beobachtete.

»Was treibt unser Freund?« erkundigte sich eine männliche Stimme hinter ihrem Rücken.

»Er hat sich offenbar von seiner Verzückung erholt

und befindet sich auf dem Rückweg zur Datscha.« Sie senkte die Gläser. Grüne Flecken tanzten vor ihren Augen, bis sie sich an die Dunkelheit gewöhnt hatte. »Vielleicht hat er gespürt, daß ihn die kalte schwarze See heute nacht holen wird. Was meinst du, Adil?«

Der große, grobknochige Mann gab einen unverbindlichen Laut von sich. Wie Gilea und die anderen an Bord, trug er einen schwarzen Naßanzug aus Spandex und Schwimmflossen. Seine Tauchermaske hatte er auf die Stirn geschoben. Alle trugen Tiefenmesser an ihren Handgelenken und wasserdichte Behälter für Waffen und Ausrüstung auf dem Rücken. Unter Wasser würden die Geräte auf ihrer Brust in einem geschlossenen Kreislauf ihre eigene Atemluft recyclen, Kohlendioxid ausscheiden und die gereinigte Luft mit Sauerstoff aus den Druckflaschen anreichern.

»Die Tauchboote sind fertig«, erklärte Adil.

Gilea blickte ihn an und nickte. Das Licht des Mondes, das sich in ihren Pupillen brach, funkelte wie zersplittertes Glas. »Dann ist es Zeit.«

Mit erstaunlicher Leichtigkeit arbeiteten sich die Geländefahrzeuge fast geräuschlos durch die Dünen, überquerten mit eleganter Gewandtheit, von schallgedämpften Motoren angetrieben, sandige Hügel und Täler. Eine Tochtergesellschaft von UpLink hatte die Fahrzeuge eigens für *Sword* entwickelt. Jedes von ihnen verfügte über ein vollautomatisches Funkgerät und bot Platz für ein Zwei-Mann-Team aus Fahrer und Schütze. Hinter dem Cockpit waren VVRS-Waffen montiert, die Geländescheinwerfer waren durch Blenden getarnt. Die Fahrzeuginsassen trugen schwarze Nomex-Tarnanzüge, kugelsichere Westen und Schutzbrillen. In die Schutzhelme waren Funkkopfhörer integriert, und ihre Gesichter waren von Tarnfarbe bedeckt.

Blackburn und Perry hatten sich an die Spitze der insgesamt zwölf Fahrzeuge gesetzt, die übrigen folgten ihnen, immer ein Wagen hinter dem anderen.

Die Hände energisch um die Lenkstangen geschlossen, spähte Blackburn angestrengt durch seine Nachtsichtbrille auf die niedrigen Dünen. Wann kam Starinows Datscha endlich in Sicht? Wenn er doch nur mehr als ein paar Stunden zur Verfügung gehabt hätte, um seine Mission zu organisieren ... Wenn er doch nur gewußt hätte, wann und wie die Killer zuschlagen wollten ... Natürlich hätte er Starinow und seine Wachen telefonisch warnen können. Doch er hatte gefürchtet, die Datscha könnte abgehört werden und jeder Kontakt Gilea Nastik dazu bringen, vorzeitig zuzuschlagen. Schließlich hatte er ein Übel gegen das andere abwägen müssen. Nun mußte er mit seiner Entscheidung leben, genauso wie mit dem Handel, den er mit Wostow eingegangen war. Er kam sich vor, als hätte er einen Pakt mit dem Teufel geschlossen.

Er lenkte das Geländefahrzeug über eine riesige, wellenförmige Düne. Während sie über den Kamm glitten und ihm der Sand ins Gesicht peitschte, ging ihm ihre Vereinbarung nicht aus dem Sinn. Es war ein einfacher Tauschhandel gewesen: Die Rolle des russischen Gangsters bei der Planung des Bombenattentates wurde unter den Teppich gekehrt, und seine Eier blieben intakt, wenn er vorbehaltlos mit ihnen zusammenarbeitete und alle Informationen lieferte, über die er verfügte. Und so hatte er alles ausgespuckt, nicht nur über den Times Square und wie man Baschkir in die Falle geführt hatte, sondern auch alles, was er über die für heute nacht geplante Eliminierung Starinows wußte ... und das war nicht wenig. Für eine Million amerikanische Dollar hatte er Gilea Männer, Waffen und Transportmittel zur Verfügung gestellt. Der Angriff würde vom Wasser aus erfolgen, aber möglicherweise vom Land her unterstützt werden. Das Problem sollte damit endgültig gelöst werden: Starinow sollte sterben. Schluß mit den machiavellistischen Spielen, das Ende der Zeit der kleinen Stiche war gekommen. Man wollte nicht länger warten, bis die schwerfällige Maschinerie der Regierungen in Gang gekommen war.

Ein fähiger Politiker würde den Tod finden. Das bedeutete das Ende, damit würde man der Demokratie in Rußland den Gnadenstoß versetzen.

Es sei denn, er und sein zusammengewürfeltes Team, das aus Überlebenden der Bodenstation und einer Handvoll Leute vom Prager *Sword*-Büro bestand, konnten den Angriff der Verbrecher abwehren.

Blackburn gab Vollgas, rief den Männern hinter sich über Funk einen Befehl zu und hörte, wie die Motoren hochdrehten, als sie beschleunigten, um mit ihm Schritt zu halten.

Die Versuchung, die Bodenstation frontal anzugreifen, war ihm noch lebhaft in Erinnerung. Damals hatte er widerstanden, aber heute zwangen ihn die Umstände zu einem solchen Vorgehen.

Sein Instinkt und alles, was er gelernt hatte, sprachen dagegen, jede Faser seines Körpers wollte sich wehren. Nur allzu leicht konnte ein offener Sturmangriff zum Selbstmord werden, wenn einen der Feind erwartete.

Die Luft wurde aus den flexiblen Auftriebskörpern abgelassen und die Trimmzellen geflutet. Wie Teufelsrochen glitten die Subskimmer unter den Wellen hindurch.

Der Transport der schnittigen Tauchboote war an Bord von Gileas Trawler kein Problem gewesen. Mit einigen präzisen, wohlkoordinierten Handgriffen waren sie entladen worden. Angetrieben von zwei kompakten, aber leistungsstarken Außenbordmotoren, trug jedes Gefährt drei Taucher, die wie Schatten auf ihrem dunklen Boot auf den Strand zuglitten. Lautlos und unsichtbar konnten sie so mit Hilfe der Elektromotoren bis zu siebzig Seemeilen zurücklegen. Die Taucher selbst konnten über vier Stunden unter Wasser bleiben, ohne daß verräterische Luftblasen aufstiegen, wie dies bei herkömmlichen Tauchgeräten der Fall war. Aufgrund des erhöhten Wasserdrucks wirkte der reine, gefilterte Sauerstoff allerdings in einer Tiefe von über fünfzehn Metern toxisch auf den Organismus. Doch heute nacht spielten weder Zeit noch Entfernung eine Rolle: Die Küste war nicht weit entfernt, und ihre Planung sah einen flachen Tauchgang mit hoher Geschwindigkeit vor.

Nach wenigen Minuten schon erschienen die Tauchboote wieder an der Oberfläche, wo sie bis auf Höchstgeschwindigkeit beschleunigten. Mit über achtzig Knoten glitten sie dahin wie auf Schienen. Eine schmale Kielwelle schäumenden Wassers bildete sich hinter ihnen, als sie von der Brandung an Land getragen wurden. Die Taucher sprangen von Bord, holten Gewehre und Nachtsichtgeräte aus den wasserdichten Behältern und schlichen auf das Festland zu.

Auf einer niedrigen Anhöhe mehrere hundert Meter weiter unten am Strand erhob sich in geringer Höhe Wladimir Starinows einsame Datscha, von Männern bewacht, die nichts von dem mörderischen Anschlag ahnten, der ihnen drohte. Schwaches Licht drang aus den Fenstern in die dunkle Nacht.

Starinow nahm die Teekanne vom Herd, ging zur Eßekke und goß kochendes Wasser in seine Tasse.

Bevor er sich setzte, zog er einen Hundekeks aus der Schachtel auf dem Küchenschrank und rief durch den bogenförmigen Durchgang nach Ome, während er ihm mit ausgestreckter Hand den Leckerbissen anbot. Vielleicht ließ sich das Tier dadurch beruhigen. Der Hund sah ihn an, rührte sich aber nicht von der Stelle. Kurz zuvor war er aus dem Zimmer getrottet und hatte sich vor der Eingangstür winselnd und schnüffelnd flach auf den Boden gepreßt, aufgeregt mit dem Schwanz wedelnd.

Zuerst hatte Starinow angenommen, das schrille Pfeifen des Teekessels hätte das Tier beunruhigt, doch auch jetzt ignorierte Ome die lockenden Rufe seines Herren und blieb vor der Tür liegen.

Starinow zuckte die Achseln, ließ den verschmähten Keks in einer Tasche seines Bademantels verschwinden und blies auf die Tasse hinab, um den Tee abzukühlen. Obwohl ihm das Verhalten seines Hundes merkwürdig erschien, war er nicht weiter beunruhigt. Ome wurde manchmal von den Wachen aufgestört, die ihre Runden drehten, und das war vermutlich auch jetzt der Fall.

Na gut, sollte er bleiben, wo er war, dachte Starinow. Nach seinem Spaziergang am Strand fühlte er sich erholt und entspannt, und diesen kostbaren Zustand wollte er noch ein wenig genießen.

Ärger würde es nur allzubald wieder geben.

Der vor der Datscha postierte Wachmann in der Uniform der russischen Armee glaubte am Fuß des Abhangs ein Geräusch gehört zu haben. Vermutlich bedeutete es nichts, stammte von dem Wind, der über den Sand und in die Zweige fuhr, oder von einem Nagetier, das nach Nahrung suchte. Dennoch wollte er der Ursache auf den Grund gehen.

Einen Blick auf seinen Kameraden am anderen Ende der Datscha werfend, fragte er sich, ob er ihn zu Hilfe holen sollte, doch dann bemerkte er das orangefarbene Glimmen einer Zigarette in dessen Hand und entschied sich dafür, ihm die Pause zu gönnen.

Er kletterte zum Fuß der Anhöhe, wo er stehenblieb und sich prüfend umsah. Dann trat er ein paar Schritte auf den Strand hinaus. Mit gerunzelter Stirn hielt er erneut an. Im Sand hatte er keine Bewegung entdecken können, doch jetzt vernahm er ein anderes Geräusch, ein Dröhnen wie von einem herannahenden Motor. Nein, es waren mehrere Motoren, in einiger Entfernung zwar, doch sie kamen stetig näher. Wie Wespen. Ein ganzes Wespennest. Doch was hatte das mit dem verstohlenen Rascheln zu tun, das er zu hören geglaubt hatte? Drohte dem Präsidenten Gefahr?

Plötzlich stieg Unbehagen in ihm auf, und er entschloß sich, trotz allem die anderen zu alarmieren. Schon war er auf dem Rückweg zur Datscha, als sich eine Hand über seinem Mund schloß. Ein knochiger Arm packte seinen Hals und brach ihm mit einer schnellen, harten Bewegung das Genick.

»Hast du das Geräusch gehört?« zischte Gilea Adil zu, der unterhalb des Abhangs neben ihr stand. »Klingt nach Motoren.«

Er reckte den Kopf vor, ein verschlagener Ausdruck breitete sich auf seinem Gesicht aus. Hinter ihnen schlossen die übrigen Männer über den Strand zu ihnen auf. Zu Adils Füßen lag der tote Wachmann im Sand.

»Ich weiß nicht ...« Abrupt brach er ab, deutete mit dem Finger auf das schmale Band des Strandes.

Gileas Augen, die seinem Finger gefolgt waren, weiteten sich. »Mist!« Sie brachte ihr Gewehr in Anschlag.

Nachdem Blackburn um eine Biegung auf den Strand gefahren war, sah er das einsame Häuschen links von sich auf einer niedrigen Anhöhe. Im Lichtkegel der Scheinwerfer entdeckte er auch die Gestalten in den Naßanzügen, die offenbar ihre Fahrzeuge in der Brandung zurückgelassen hatten. Vor ihnen lag ein uniformierter Wachmann im Sand. Der eigenartige Winkel, in dem der Kopf des Mannes zu seinem Körper stand, deutete darauf hin, daß man ihm das Genick gebrochen hatte.

»Es geht los!« brüllte er in sein Mikrofon. Seine Augen suchten den Strand ab, nahmen jede Einzelheit in sich auf. »Zum Angriff, vorwärts!«

Er gab Vollgas, als sich die Killer über den Strand verteilten. Die beiden neben der Leiche rannten auf die Böschung zu. Hinten im Fahrzeug zog Perry mit seiner VVRS-Maschinenpistole weite Bögen und gab kurze, schnelle Salven ab. Überall am Strand wurde geschossen. Kalaschnikows richteten sich auf die Fahrzeuge und begannen zu rattern.

Einer der Taucher brach unter Perrys Salve zusammen, als die Kunststoffhülsen gegen seine Brust schlugen, und seine Waffe flog in hohem Bogen davon. Ein weiterer Mann ging in einem Wirbel aufgeworfenen Sandes zu Boden.

Blackburn beobachtete, wie das von Vince Scull gelenkte Fahrzeug nach rechts abschwenkte und zwei Männer in Naßanzügen ins Meer trieb. Sie wichen zurück, bis sie bis zu den Oberschenkeln im Wasser standen, doch Scull folgte ihnen. Die Brandung spritzte auf, als er wie ein angreifender Stier auf sie zuhielt. Da schlug eine Kugel in die Seitenwand von Blackburns Geländefahrzeug, und er war gezwungen, einen Zickzackkurs einzuschlagen, um dem Feuer auszuweichen.

Geschosse pfiffen durch die Luft. Obwohl das *Sword*-Team den Vorteil der Überraschung auf seiner Seite hatte, stieß es auf erbitterten, mörderischen Widerstand. Ein Hagel von 7.62-mm-Patronen ging auf eines der Geländefahrzeuge nieder und durchsiebte den Fahrer. Wie ein Sack fiel er über die Lenkstangen, Blut spritzte aus seiner Brust. Das Fahrzeug überschlug sich zweimal in der Luft, so daß der Schütze aus seinem Sitz geschleudert wurde. Verwirrt rappelte sich der Mann auf. Blut tropfte unter seinem Helm hervor, und bevor er sich orientieren konnte, wurde auch er erschossen.

Rechts von Blackburn hatten sich die Killer ein zweites Geländefahrzeug vorgenommen. Die Luft entwich mit einem explosionsartigen Geräusch, als ein Reifen platzte und sich von der Felge schälte wie eine alte Hautschicht. Das Fahrzeug geriet aus dem Gleichgewicht und schlitterte, Sandfontänen aufwirbelnd, über den Strand. Die Insassen in ihren Tarnanzügen wurden herausgeschleudert. Einer von ihnen lief zu seinem Partner und half diesem auf die Beine. Blackburn sah, wie einer der Killer auf die beiden zielte und wußte, daß höchste Eile nottat, wenn er seine Leute retten wollte.

Abrupt änderte er die Richtung und fuhr auf sie zu. Gerade lange genug, um Perry ein Zeichen zu geben, nahm er eine Hand vom Lenker. Dieser nickte, richtete sein Gewehr auf den Taucher und setzte ihn mit einer präzisen Salve aus nächster Nähe außer Gefecht, bevor der auf die beiden Männer schießen konnte, die aus dem Wagen geschleudert worden waren.

Blackburn hatte erneut die Richtung geändert, als er plötzlich Gewehrfeuer vom oberen Ende der Böschung hörte. Er fluchte vor sich hin.

Starinow! Mit diesem Gedanken zwang er sein Fahrzeug den Hang hinauf.

Dort oben waren die Mörder. Dort oben bei Starinow.

Gilea und Adil hatten den Abhang hinter sich gelassen und sprinteten nun auf die Datscha zu, die weniger als zehn Meter von ihnen entfernt war. Hinter ihnen strömte das Blut eines toten Wachpostens in den Sand, dessen Uniformrock von Kugeln durchsiebt war. An der Tür hielten sie an. Gilea wich zurück, um Adil Platz zu verschaffen, damit er sie eintreten konnte.

Sie wirbelte herum, um ihm Deckung zu geben. Angespannt suchte sie mit den Augen die Dunkelheit rechts und links von sich ab. Ein Posten kam am Haus entlang herbeigerannt. Noch bevor er sie entdeckt hatte, mähte sie ihn nieder, durchsiebte seinen Körper mit Kugeln. Von der rückwärtigen Seite des Hauses tauchten zwei weitere russische Soldaten auf. Einer von ihnen brach in dem

Moment unter ihren Schüssen zusammen, als sie hörte, wie das Holz der Tür splitternd nachgab. Dem anderen jedoch gelang es, einige Schüsse abzufeuern, bevor sie ihn neutralisierte. Er stolperte in einem weiten Kreis herum, gab ein hustenähnliches Geräusch von sich und fiel dann zur Seite. Die Waffe glitt aus seiner Hand.

Gilea wandte sich wieder dem Haus zu. Adil lag mit halb zerschmettertem Schädel vor der offenen Tür. Der zweite Mann mußte ihn erwischt haben.

Sein Tod ließ sie kalt. Was sie interessierte, war ihr Auftrag. Und der lautete, dafür zu sorgen, daß Starinow Adils Schicksal teilte.

Blackburn erklomm die Anhöhe gerade noch rechtzeitig, um zu sehen, wie Gilea Nastik über die Leiche ihres Gefährten stieg, die im Eingang lag.

Sand spritzte auf, als er abrupt bremste, aus dem Fahrzeug sprang und ihr nachsetzte. Im Laufen holte er unter seiner kugelsicheren Weste seine Smith & Wesson hervor. Perry folgte ihm auf den Fersen.

Blackburn stürzte in den Raum, schob eine Kugel in die Kammer der Pistole und sah sich hastig um. Er wollte Gilea Nastik lebend, aber wenn er zwischen ihr und Starinow zu wählen hätte, wußte er, wie seine Entscheidung ausfiele.

Der Gang war leer. In welcher Richtung sollte er suchen? Wo, zum Teufel, war sie?

Hinter sich hörte er Perry. Mit einer knappen Bewegung bedeutete er ihm, die linke Hälfte des Hauses abzusuchen. Er selbst wollte sich gerade nach rechts wenden, wo sich das Schlafzimmer zu befinden schien, als er das Knurren eines Hundes hörte und Schüsse vernahm. Mit einem lauten Krachen fiel jemand gegen eine Wand.

Als die Schießerei begonnen hatte, hatte sich Starinow in der Küche befunden. Ihm war sofort klar, daß es sich um einen Angriff auf sein Haus handelte, daher stürzte er ins Schlafzimmer, um seine Waffe aus der Kommodenschublade zu holen. Er besaß nur eine kleine .22-Kaliber-Faustfeuerwaffe. Gegen die automatischen Waffen, die er draußen in der Nacht hörte, würde sie ihm nicht viel nützen, doch mehr hatte er nicht.

Er hatte gerade die Schublade aufgerissen und wühlte unter den Kleidungsstücken nach seiner Pistole, als die Frau hereinstürzte und ihre AK auf ihn richtete. Aus dieser Entfernung mußte jeder Schuß treffen. Das Grinsen, das ihr Gesicht verzerrte, kam ihm unmenschlich vor.

In diesem Moment schoß Ome mit gefletschten Zähnen unter dem Bett hervor. Knurrend und geifernd stürzte er sich auf die Frau und grub seine Zähne in ihren Knöchel.

Überrascht stürzte sie rückwärts gegen die Wand, während sich eine unkontrollierte Salve löste. Mit den Füßen nach dem Hund tretend, versuchte sie, ihr Gleichgewicht wiederzugewinnen, konnte jedoch nicht verhindern, daß sich die Zähne des Tieres tief in ihr Fleisch gruben.

»Keine Bewegung!« brüllte Blackburn, der mit beiden Händen die Smith & Wesson auf sie gerichtet hielt. »Lassen Sie die Waffe fallen, verstanden? *Fallen lassen*!«

Ohne seinem Befehl zu gehorchen, blickte Gilea Nastik ihn quer durch den Raum an. Der Hund kläffte sie immer noch an, das Bein ihres Taucheranzugs war blutgetränkt. Hinter Blackburn strömten seine Männer, die er über Funk herbeigerufen hatte, in den Raum. Unter der Führung von Scull brachten sie Starinow im Schutz ihrer Körper aus dem Gefahrenbereich.

»Das ist Selbstmord«, sagte Blackburn. »Es ist vorbei.«

Ohne ihn aus den Augen zu lassen, schüttelte Gilea Nastik grinsend den Kopf. Mit bebenden Händen umklammerte sie die Maschinenpistole. Bevor er reagieren konnte, hatte sie die AK emporgeschwungen, so daß die

Mündung direkt auf sein Herz zielte.

»Wenn es für mich vorbei ist, dann auch für Sie.«

Sein Mund wurde trocken, und das Blut rauschte in seinen Ohren, während er, die Waffe auf die Frau gerichtet, die auf ihn zielte, ihre Hand beobachtete. Nicht die kleinste Bewegung durfte ihm entgehen. Er konnte nur hoffen, daß er schnell genug sein würde, ihr zuvorzukommen. Seine Konzentration reduzierte sich auf einen engen Tunnel, in dem nichts außer seiner Hand und Gilea Nastik existierten.

Ganz langsam verging ein Augenblick, noch einer. Keiner der beiden rührte sich, keine der Waffen wurde gesenkt. Die Luft um Blackburn schien zu pulsieren wie Gelatine, durch die Strom geleitet wurde.

Erst als es zu spät war, bemerkte er die rasche Bewegung hinter seinem Rücken. Es schien alles mit blitzartiger Geschwindigkeit zu geschehen. Das Klicken eines geölten Abzugsmechanismus an seinem Ohr, das laute Krachen der Waffe, die sich knapp hinter ihm entlud, der überraschte, fragende Ausruck auf Gileas Gesicht, bevor die Kugel ihre Stirn traf. Ein roter, kreisrunder Fleck erschien über ihrer Nasenwurzel. Blackburn sah die Maschinenpistole in ihrer Hand zucken und war sich einen entsetzlichen Augenblick lang sicher, daß ihr Finger sich in einem letzten Krampf um den Abzug schließen würde, daß ihre Kugeln ihn töten würden.

Doch die Waffe entglitt ihrem Griff, ohne daß sich ein Schuß löste. Ihre Augen verdrehten sich, die Beine gaben unter ihr nach, und sie glitt zu Boden. Blut, Gehirnmasse und Schädeltrümmer blieben an der Wand haften, als sie zusammenbrach.

Blackburn senkte seine Waffe. Seine Muskeln waren so verspannt, daß es ihm schwerfiel, den Kopf zu wenden.

Starinow stand direkt hinter ihm. Er hatte sich zwischen den *Sword*-Leuten hindurchgeschoben, die ihn umkreist hatten. Aus dem Lauf der .22er, die er immer noch im Anschlag hielt, stieg Rauch.

Seine Augen begegneten Blackburns Blick. Sie sahen sich an.

»Es ist besser so«, sagte Starinow dann.

Blackburn schluckte mühsam, erwiderte aber nichts. Der Geruch des Kordits stach ihm in die Nase.

»Ihre Leute haben mein Leben gerettet und ich das Ihre.« Starinow senkte die Waffe. »Vielleicht wären Sie jetzt so freundlich und würden mir erklären, woher Sie kommen.«

Blackburn schwieg einen Augenblick. An Starinow vorbei blickte er auf sein Team, auf die Männer, die aus allen Winkeln der Erde herbeigeeilt waren, um eine Aufgabe zu erfüllen, die sie in größte Gefahr gebracht hatte und für die sie keinen Dank erwarten konnten. Er dachte an Ibrahim und seine Wüstenreiter in der Türkei, an Nimecs Leute in New York und an die ganz normalen Menschen, die alles getan hatten, was in ihren Kräften stand, um ihnen zu helfen.

Was sollte er antworten? Er überlegte einige Sekunden lang, dann zuckte er die Achseln. »Wir kommen eigentlich von überall her, Sir.«

47.

New York City, Kennedy International Airport
17. Februar 2000

Die untergehende Sonne tauchte die vereinzelten Wolken am Himmel über der Jamaica Bay in prachtvolle Scharlach- und Goldtöne. Vor diesem Bild erhob sich in der Ferne die Skyline von Manhattan. Überall in der Stadt, die niemals schlief, gingen die Lichter an. New York schickte sich an, sein feenhaftes Nachtgewand anzulegen. Doch Roger Gordian, der alleine am Ende des Rollfeldes stand, hatte kein Auge für die Schönheit, die sich ihm darbot.

Er mußte seine Leute nach Hause bringen.

Der Schmerz und die entsetzliche Verantwortung, die auf ihm lasteten, drohten ihn in die Knie zu zwingen.

Während er wartete, ging er im Geiste noch einmal die Ereignisse der letzten Monate durch. Er fragte sich, ob er in einer bestimmten Situation anders hätte handeln können, um diesen Augenblick zu vermeiden. Hätten er oder seine Leute etwas tun können, um zu verhindern, daß diese Menschen im Sarg nach Hause gebracht werden mußten? War er schuld daran, daß ihre Familien um sie trauern würden, statt das Wiedersehen mit ihnen zu feiern?

Falls es eine solche Möglichkeit gegeben hatte, war sie ihm nicht bekannt. Normalerweise wußte man im nachhinein alles besser, doch selbst rückblickend konnte er nicht einen Augenblick der Zeitverschwendung entdecken. Jede noch so kleine Information war überprüft und berücksichtigt worden.

Die Tragödie war so still über sie gekommen wie der Nebel in der Nacht, hatte sich auf sie gesenkt, sie ohne Vorwarnung überfallen. Ausgelöst von einer Handvoll Opportunisten am anderen Ende der Welt, die nichts als Gier und Ehrgeiz kannten. Gewissen und Moral bedeuteten ihnen nichts. Vom Augenblick der Planung an war es zu spät gewesen, die Ereignisse aufzuhalten, hatte sich nichts mehr verhindern lassen.

Aber was für einen Preis hatten sie gezahlt! Mein Gott, wie teuer war es sie zu stehen gekommen …

Gordian fuhr sich mit der Hand über die Augen.

Das Attentat vom Times Square war nur der Anfang gewesen. Über tausend Menschen waren hier gestorben, viele Tausende verletzt worden. Zurückgeblieben waren Familien und Freunde, denen für immer die einfache Freude versagt sein würde, mit den Menschen zu leben, die sie liebten. Wie viele Überlebende würden nie wieder einen Tag ohne Schmerzen kennen, waren an Geist und Seele gebrochen, so daß sie nur noch die Trümmer ihres Lebens recht und schlecht zusammenflicken konnten? Und nur, weil sie den glorreichen Beginn eines neuen Jahrtausends hatten feiern wollen.

Roger Gordian wußte aus bitterer, persönlicher Erfahrung, wie hoch der Preis war.

Doch so sehr er den Tod dieser Menschen, den Verlust, den sie erlitten hatten, beklagte, sie hatten nicht zu ihm gehört. Ihr Schicksal hatte ihn getroffen, aber er war für ihren Tod nicht verantwortlich, hatte sie nicht selbst ins Unglück geschickt.

Aber mehr als zwanzig Menschen, die für ihn an Orten arbeiteten, an die er sie entsandt hatte, kehrten in Särgen zurück. Aus der Bodenstation in Rußland, aus Kappadokien in der Türkei.

Die meisten von ihnen hatte er mit Namen gekannt, manche sogar gut. Einige wenige hatten zum engen Kreis seiner besten Freunde gehört.

Diese Menschen hatte er in den Tod geschickt. Für den Rest seines Lebens würde er sich bei jedem Atemzug daran erinnern. Nie würde er sich verzeihen können.

Und worum war es bei all dem gegangen? Um Politik, elende, stinkende, korrupte Politik. Seine Leute waren gestorben, weil ein machthungriger Demagoge eine Wahl verhindern wollte.

Das machte ihn körperlich krank, verursachte ihm Übelkeit.

Jeder einzelne seiner Angestellten war auf seine Art ein guter Mensch gewesen. Pedaschenko war es nicht wert, sich mit ihnen im gleichen Raum aufzuhalten. Dennoch hatte er sie mit seinen fanatischen Eroberungsplänen getötet.

Mein Gott, der Schmerz …

»Hör auf damit, Gordian«, sagte er sich selbst. »Atme tief durch. Löse dich aus diesem endlosen Kreis von Schuld und Selbstvorwürfen. Nichts kann die Vergangenheit ungeschehen machen, und du weißt, wohin diese Grübelei führt.«

Richtig. Was also blieb für ihn zu tun?

Im Augenblick …

Die Situation in Rußland hatte sich stabilisiert. Starinow hatte die allgemeine Empörung über Pedaschenkos Vorgehen genutzt, um seine Regierung zu konsolidieren. Amerikanische und europäische Hilfslieferungen flossen nach Rußland. Die Hungersnot, die Millionen unschuldiger Männer, Frauen und Kinder zu töten gedroht hatte, war für den Augenblick abgewendet.

Rechtfertigte das den Tod von Arthur und Elaine Steiner? Nein, nichts konnte diesen Verlust aufwiegen. Doch genauso wenig ließ er sich ungeschehen machen.

Roger Gordian, einer der Mächtigen dieser Welt, war machtlos. Nicht eine einzige Sekunde der Vergangenheit konnte er noch beeinflussen. Ein einsamer Mann, den sein Gewissen plagte, wartete auf die Landung eines Charterflugzeuges voller Leichen, für deren Tod er sich immer verantwortlich fühlen würde.

Was konnte er gegen den Schmerz tun? Wohin sollte er sich wenden? Er hob die Augen zum Himmel, als suchte er dort die Antwort. Zum ersten Mal bemerkte er die Schönheit des Sonnenuntergangs, der nun seine ganze Pracht entfaltet hatte. Es war ein überwältigender Anblick. Eine Sekunde lang vergaß Gordian seine Sorgen und genoß in vollen Zügen die Schönheit, die sich ihm darbot. Ihm wurde klar, daß es das erste Mal seit dem Attentat vom Times Square war, daß er etwas wirklich ansah und seine Gefühle zuließ.

Die Welt da draußen in all ihrer unvollkommenen Schönheit existierte immer noch. Die Erde drehte sich noch immer um ihre Achse und würde es auch weiterhin tun, ganz gleich, was die guten, bösen oder gleichgültigen Menschen taten, die auf ihrer Oberfläche krabbelten.

Es lag an ihm, was aus der Zukunft wurde.

Das war ein Geschenk, nach dem Arthur und Elaine Steiner mit beiden Händen gegriffen hätten. Er wünschte, sie wären noch am Leben und hier bei ihm, um diese Gabe mit ihm zu teilen. Doch sie waren nicht hier. Nun lag es an ihm.

Vielleicht war das die Antwort, die er suchte. Die Vergangenheit konnte er nicht ändern, er konnte nur die Herausforderung der Zukunft annehmen und sein Bestes geben.

Es war Zeit, damit zu beginnen.

Das Flugzeug, auf das er gewartet hatte, eine graue IL-76, rollte in den schrägen goldenen Strahlen der untergehenden Sonne die Landebahn entlang. Einige Flughafenangestellte leiteten sie mit fluoreszierenden orangefarbenen Lampen bis zum Halt, andere eilten herbei und legten Bremsklötze vor die Räder. Eine motorisierte Gangway beschleunigte, fuhr zum Flugzeug und kam wenige Zentimeter vor der Tür zum Stehen. Der Fahrer stellte den Motor aus, zog die Bremse an und stieg aus, um die letzten Handgriffe vorzunehmen.

Dann öffnete sich die Tür des Flugzeugs, um die Passagiere aussteigen zu lassen, die Überlebenden. Einige trugen Verbände, die von dem zeugten, was sie durchgemacht hatten. Einige der schwerverletzten Opfer befanden sich noch in Europa, ihr Zustand war so kritisch, daß er keinen Transport erlaubte. Das Bild verschwamm vor Roger Gordians Augen, als die Tränen aufstiegen, die er nicht hatte weinen wollen. Zumindest waren nicht alle seine Leute ums Leben gekommen. Max und seinem Team war es zu verdanken, daß viele, die ohne ihre Hilfe den Tod gefunden hätten, jetzt aus eigener Kraft das Rollfeld hinuntergingen. Er zwinkerte, um wieder klar sehen zu können.

Am Ende des Flugzeugs öffnete sich eine Luke. Ein kleines Orchester, das er eigens für diese Gelegenheit engagiert hatte, begann im Hintergrund zu spielen. Die feierlichen Klänge der Musik Bachs erfüllten den Abend. Ein Sarg wurde herausgereicht, einer von vielen, wie Roger wußte. Erneut drohten ihn die Schuldgefühle zu überwältigen. Er schob sie beiseite und konzentrierte sich statt dessen auf seine Erinnerungen. Bilder aus den Tagen, die er mit Arthur und Elaine auf Bodenstationen überall auf der Welt verbracht hatte, stiegen auf. Die Umgebung hatte sich oft verändert, doch immer hatte es eine Konstante gegeben, die so unveränderlich gewesen war wie die Zeit selbst. Stets hatte es ihn gefreut, die Liebe der Steiners zueinander zu beobachten. Die beiden waren ein Vorbild für jeden, der sie kannte. Der Tod hatte daran nichts geändert. Diese Liebe war zu groß, als daß die Kugel eines Mörders sie hätte töten können. Gordian wußte, daß sie zusammen waren, wo immer das auch sein mochte. So hätten die beiden es sich gewünscht.

Immer mehr Särge wurden vorsichtig auf dem Asphalt abgestellt, während Gordian sich seinen Erinnerungen hingab. Er schuldete diesen Menschen etwas, mehr, als er je zurückzahlen konnte. Es war an der Zeit, ihnen ein Denkmal zu setzen.

Er würde die russische Bodenstation wieder aufbauen, würde andere Stationen errichten, damit Informationen nicht nur jene Steppen, sondern die gesamte Welt ungehindert erreichen konnten. Wenn irgend etwas eine Wiederholung der Tragödie verhindern, die Gewalt im Keim ersticken würde, dann dies. Und er besaß die Macht, etwas dafür zu tun.

Er würde nicht aufgeben.

Doch irgendwie war es nicht genug. Erneut stieg das Bild von Elaine und Arthur in ihm auf, so, wie er sie zuletzt gesehen hatte. Sie waren nicht mehr jung gewesen, besaßen die Erinnerung an eine lange und reiche, gemeinsame Vergangenheit, die sie aneinander band. Wie Teenager hatten sie sich an der Hand gehalten, während sie über eine Wiese gingen, die übersät war von den ersten Blumen des Frühlings. Ihre Liebe war geradezu greifbar gewesen.

Auch das war ein Denkmal für sie.

Er wußte, was sie ihm gewünscht hätten.

Es war Zeit, Ashley anzurufen und mit ihr ins reine zu kommen.

Er liebte sie, und sie liebte ihn. Das war ein Geschenk, das zu wertvoll war, um es zu verschwenden. Er mußte lernen, seine Frau so zu schätzen wie Arthur Elaine. Sich selbst und den Steiners war er es schuldig, seiner Ehe eine echte Chance zu geben.

Heute abend, dachte er, heute abend werde ich sie anrufen. Ich werde dafür sorgen, daß wir eine Chance haben.

Als der letzte Sarg auf dem Rollfeld stand, als das letzte Tageslicht dem weißen Schein des Flutlichts gewichen war, gab Roger Gordian das Zeichen zum Beginn der Trauerfeier, die er arrangiert hatte. Die Welt, so dachte er, würde niemals vergessen, was ihnen allen zugestoßen war.

Genau wie er.

Es war Zeit, an dem Neuanfang zu arbeiten, für den seine Leute gestorben waren. Er war es ihnen schuldig, seine Aufgabe zu Ende zu bringen.

Mit einem Trommelwirbel nahm die Zeremonie ihren Anfang.

Roger Gordian trat einen Schritt vor, um die Verantwortung für die kostbare Fracht zu übernehmen. Bei diesem Schritt wurde ihm klar, daß seine Reise eben erst begonnen hatte.

Roger Gordian öffnete der Zukunft sein Herz.